Marina Neumeier

INFINITAS –
Fluch aus Glut und Asche

Roman

PIPER

Mehr über unsere Autoren und Bücher:
www.piper.de

Wenn Ihnen dieser Roman gefallen hat, schreiben Sie uns unter Nennung des Titels »Infinitas – Fluch aus Glut und Asche« an empfehlungen@piper.de, und wir empfehlen Ihnen gerne vergleichbare Bücher.

ISBN 978-3-492-50510-9

Sprachredaktion: Uwe Raum-Deinzer
Satz auf Grundlage eines CSS-Layouts
von digital publishing competence (München)
mit abavo vlow (Buchloe)
Covergestaltung: Giessel Design
Covermotiv: Bilder unter Lizenzierung von Shutterstock.com genutzt
Printed in Germany

Flüche sind für die Lebenden, nicht für die Toten.

Und ich lebe. Für immer. Für meinen Fluch.

Ich atme die Ewigkeit, in tiefen Zügen wie ein Ertrinkender. Tief in meine Lungen, wo sie den Rest meines Körpers befällt. Ich drohe daran zu ersticken, an der Unsterblichkeit, die meine Adern füllt. Die ein Herz durch mich pumpt, das schon lange zu Staub zerfallen sein sollte. Vermischt mit der Asche derer, die vor mir gingen und vor mir gehen werden. Erlöst, auch wenn sie den Tod fürchten.

Ich kenne eine Wahrheit, die grausamer ist als das Sterben.

Sie fließt durch mich mit jedem Atemzug.

Und hier bin ich. Ewig hier, ewig ich. Ewiglich.

Kapitel Eins

Aliqua

Unmittelbar über mir tapsen Schritte hinweg.

Ich versuche die Augen zu öffnen, doch die undurchdringliche Hülle aus erkalteter Lava, die mich wie eine zweite Haut einhüllt, verhindert es. Ein stummes Seufzen formt sich in meinen Gedanken.

Seit einer Ewigkeit ist mein Körper inzwischen hier gefangen, und noch immer kommt es vor, dass ich diese Tatsache vergesse. Total bescheuert, ich weiß, aber in so langer Zeit entfällt einem so einiges. Vor allem, wenn ich mal wieder für eine Weile (Jahrzehnte? Jahrhunderte? Wer weiß das schon!) im Dämmerschlaf versinke und nichts mehr wahrnehme.

Aber da ... schon wieder Schritte! Ich spüre deutlich die Erschütterungen, die wie Schockwellen durch das Vulkangestein dringen, unter dem ich begraben bin.

Das ist wirklich seltsam.

Es ist schon sehr lange her, seit das letzte Mal jemand dort oben herumgelaufen ist, direkt über mir. An der Oberfläche.

Mein Herz zieht sich zusammen, wenn ich an die Welt außerhalb meines steinernen Gefängnisses denke. Auch wenn ich das Gefühl habe, inzwischen schon alles darüber vergessen zu haben, ist da immer noch diese Sehnsucht in mir. Nach Sonnenschein und Wind auf meiner Haut. Nein, niemals könnte ich die Sonne vergessen.

Angestrengt lausche ich auf weitere Vibrationen, doch eine Zeit lang herrscht Ruhe.

Bei Jupiter, ich wünschte wirklich, dass ich mehr hören könnte. Aber genauso hartnäckig, wie sie meine Augenlider daran hindert, sich zu öffnen, verschließt die erstarrte Lava meine Ohren. Mehr als Vibrationen kann ich nicht wahrnehmen.

Fast habe ich mich damit arrangiert, dass meine Besucher wieder verschwunden sind und ich für ein paar weitere Jahrzehnte im Dämmerschlaf versinken kann, als es plötzlich passiert.

Eine gewaltige Erschütterung lässt das Gestein um mich herum erbeben, und wenn ich könnte, würde ich schreien. Die Schockwelle ist so heftig, dass jeder Knochen in meinem Körper erzittert. Ich möchte die Hände in den Untergrund krallen oder irgendetwas tun, um mich dagegen zu wappnen, aber ich kann mich nicht bewegen.

Tatsächlich kenne ich solche Erdstöße – immerhin ist diese Gegend ein notorisches Erdbebengebiet, und auch wenn es früher heftiger war, kommt es immer wieder zu kleinen Schüben, die mich aufschrecken.

Aber so heftig wie jetzt war es noch nie.

Außerdem kommen die Stöße normalerweise aus dem Untergrund, tief aus der Erde selbst und dringen nicht von oben auf mich ein. Äußerst merkwürdig.

Was hier gerade passiert, ist definitiv anders und macht mich ziemlich nervös.

Die nächste Erschütterung schlägt ein, dann noch eine. Der Rhythmus steigert sich zu einem rasenden Stakkato, in dem die Einschläge zu einem einzigen markerschütternden Dröhnen verschmelzen.

Ich beiße die Zähne so fest zusammen, dass mein Kiefer knackt, während um mich herum die Erde bebt.

Alles in mir schreit danach, sich zu bewegen, die Arme schützend über den Kopf zu heben und mich zu einer Kugel zusammenzurollen, bis es vorbei ist. Aber noch immer umgibt mich die Lava-Zwangsjacke von Kopf bis Fuß und zwingt mich dazu, reglos liegen zu bleiben.

Wenn das so weitergeht, werde ich in meine Einzelteile zerspringen, und das war's dann mit der Freiheit, nach der ich mich schon so lange sehne.

Ganz allmählich zwingt das unermüdliche Donnern von oben den Tuff dazu nachzugeben: Risse fahren wie Blitzeinschläge ins Gestein, das sich kreischend aufspaltet und zerbirst. Und je näher mir diese rohe, hämmernde Kraft kommt, desto deutlicher spüre ich, wie auch mein Panzer Risse bekommt. Schlag um Schlag lockert sich das Gestein um mich herum, bricht weiter auf und befreit mich das erste Mal seit einer Ewigkeit aus diesem starren Korsett.

Die erkaltete Lava, die mir Ohren, Nase, Mund und Augen versiegelt hat, platzt als Erstes von mir ab, und ich breche beinahe in Tränen aus angesichts des bestialischen Lärms, der um mich herum herrscht. Ich werde wahrscheinlich taub, noch bevor ich meine wiedergewonnene Sinneskraft auskosten kann. Einige unerträgliche Minuten hält das Donnern noch an, das meine winzig kleine Welt in Schutt und Asche legt, dann verstummt es endlich. Das Beben hat aufgehört, und ich spüre der neuen Umgebung nach, in der ich mich jetzt wiederfinde.

Der undurchdringliche Kokon aus Vulkangestein ist zerbröselt und gewährt mir ein ganz neues Gefühl von Freiheit. Da ist plötzlich Luft, die durch die Ritzen dringen kann, um mein freigelegtes Gesicht zu umschmeicheln. Ich möchte den Mund öffnen und tief Luft holen, aber ich habe zu viel Angst, dass ich nichts als Schutt einatmen könnte. Lieber noch ein wenig abwarten und dieses neue Gefühl erproben.

Probehalber wackle ich mit den Zehen, und ich kann spüren, wie der steinerne Mantel um meine Füße aufbricht.

Über mir sind schabende Geräusche zu hören, die ich nach einer Weile als Schaufeln einordnen kann, die in das Geröll gestoßen werden, um das lose Material über mir zu entfernen.

Ich bin ganz verblüfft über diese Erkenntnis. Ist da vielleicht jemand zu Gange, nur um mich zu befreien? Nach all der Zeit war ich eigentlich davon überzeugt, dass sich keine Menschenseele mehr an mich erinnern würde.

Stück um Stück wird das Erdreich über mir abgetragen. Das Gewicht von Jahrhunderten beginnt von mir zu weichen, und mein Herz dehnt sich vor Hoffnung aus, bis es meinen Brustkorb zu sprengen droht.

Es wird wirklich wahr: Ich werde befreit!

Doch als nur noch wenige Schippen fehlen, um mich vollkommen freizulegen, hört es mit einem Mal auf.

Nein, will ich brüllen, *macht weiter!*

Aber die Grabung kommt tatsächlich zum Erliegen, und stattdessen höre ich herumtänzelnde Schritte und wilde Laute, die an kämpfende Tiere erinnern. Was ist dort oben nur los? Warum haben sie aufgehört?

Wut macht sich in mir breit, und mit ihr kommt der Gedanke, dass ich selbst versuchen könnte, mich aus den letzten Zentimetern zu graben. Meine Arme zu heben, wie viel Zeit auch vergangen sein mag, und die letzten Brocken wegzuschieben.

Und dann tue ich es.

Als wäre es das Natürlichste der Welt, schiebe ich mich nach oben, wie ein Taucher, der aus großer Tiefe aufsteigt, um durch die Wasseroberfläche zu dringen. Und obwohl das Meer, aus dem ich mich emporkämpfe, aus fester erkalteter Magma besteht, schaffe ich es, bis nach oben zu gelangen.

Meine Muskeln brennen wie Feuer, jede steife Sehne in meinem Körper protestiert und meine Gelenke ächzen. Aber ich bewege mich, spüre sandigen Staub und Schutt über meine Haut rieseln, von der die harte Ascheschicht abplatzt.

Reine Willenskraft bringt mich dazu, die letzten Brocken aus dem Weg zu schieben, und dann bin ich frei. Zum ersten Mal seit Menschengedenken frei.

Keine erkaltete Lava mehr weder an noch unter oder über mir.

Diese Tatsache überwältigt mich so sehr, dass ich weinen möchte, doch für den Moment bin ich zu beschäftigt damit, zu atmen und meinen wiedererwachenden Körper zu bestaunen. Jeder Quadratmillimeter schmerzt, aber so fühlt sich die Freiheit an. Es kann bis in alle Ewigkeit wehtun, wenn es bedeutet, dass ich nicht mehr gefangen bin.

Santo

Ich bin unruhig diese Nacht.

Alleine und fast unsichtbar bahne ich mir meinen Weg durch die Straßen von Rom. Ganz in Schwarz gekleidet, verschmelze ich nahezu mit den Schatten und bewege mich so leise, dass kein Passant mich bemerkt, während ich wachsam meine Runden ziehe.

Eine Nacht wie jede andere, sollte man meinen, aber meine Sinne sind in Aufruhr. Ich spüre es, seit die Sonne untergegangen ist, noch bevor mein Verstand kapiert hat, was es ist.

Unsterblichkeit liegt in der Luft, und das kann nur eines bedeuten: Ärger.

Eigentlich bin ich es müde. Ich bin schon so viele Jahre müde, dass ich mich nicht daran erinnern kann, wann ich mich das letzte Mal wirklich wach und lebendig gefühlt habe.

Die Nächte auf Patrouille sind nur ein weiteres lähmendes Übel eines Daseins, in dem Tage längst an Bedeutung verloren haben. Das war nicht immer so, aber in letzter Zeit wird es immer schlimmer.

Vor fünfhundert Jahren konnte mich eine Verfolgungsjagd noch richtig begeistern, aber selbst dieser Nervenkitzel ist inzwischen verblasst. Auch die unheilvolle Vorahnung, die heute Nacht wie ein Mantel über der Stadt liegt, beunruhigt mich nicht annähernd so sehr, wie es sollte.

Im Endeffekt ist jede Unruhe, die diese Ewigkeitsjünger verursachen, nichts weiter als ein weiteres ermüdendes Ärgernis – nur dass sie im Gegensatz zu mir nie die Lust daran verlieren. Was mich zu der Erkenntnis bringt, dass Dummheit Bestand hat, egal wie lange man lebt.

San Lorenzo, das Viertel, das ich gerade durchstreife, kommt auch nachts nie ganz zur Ruhe. Hier wohnen viele Studierende, deren lärmende Partys aus angelehnten Fenstern hinunter auf die Straße geweht werden. Auch die Bars und Kneipen sind um diese Zeit noch gut besucht, und es wird noch belebter, je näher ich dem Hauptbahnhof komme.

Seit Jahren liege ich meinem Onkel Nerone in den Ohren, dass ich eine andere, weniger belebte Patrouillenroute haben möchte, doch mit dieser Bitte stoße ich bei ihm auf taube Ohren.

»Keiner ist so geschickt darin sich unsichtbar zu machen, wie du, Santo. Wenn ich einen von den anderen in die Gassen schicke, hört man sie schon aus einem Kilometer Entfernung herantrampeln, und diese Bastarde sind längst über alle Berge, bis einer auftaucht.«

Das Lob meines Onkels sollte mir schmeicheln, doch es befeuert eher meinen Trotz. Wenn sie wollten, könnten die anderen genauso leise sein wie ich. Aber sie bevorzugen die ruhigen, weitläufigen Außenbezirke der Stadt, wo man weniger auf der Hut sein muss. Die Innenstadt erfordert dagegen permanente Aufmerksamkeit, Konzentration und Intuition. Im Gewühl der Menschen sind Ewigliche so viel schwieriger aufzuspüren.

Doch obwohl die Luft vor Anspannung bebt, bemerke ich in der Stadt nichts Ungewöhnliches. Was uns Ewigliche angeht, ist alles ruhig. Aber trotzdem ...

Das Handy in meiner Hosentasche vibriert und unterbricht meine Sondierungen. Ich ziehe es hervor, und das Gesicht meines Cousins Scuro erscheint auf dem Bildschirm.

Was will der denn?

Soweit ich weiß, hat er diese Nacht keinen Dienst, und eigentlich sollte er wissen, dass er mich in Ruhe lassen sollte. Trotzdem gehe ich ran.

»Was gibt's?«, knurre ich. Während ich das Handy ans Ohr halte, wandert mein Blick weiter aufmerksam über die Piazza Indipendenza, die jetzt vor mir liegt. Doch außer einigen Autos, die den begrünten Mittelstreifen umrunden, gibt es nichts Spannendes zu sehen.

»Santo!«, dringt die Stimme meines Cousins aus dem Hörer. Ich verstehe ihn kaum, denn im Hintergrund wummert Musik und quillt Stimmengewirr dazwischen. Scuro ist auf einer Party? Kaum zu glauben. »Bist du noch unterwegs?«

Ich rolle mit den Augen. »Es ist kurz nach Mitternacht, meine Tour hat quasi erst begonnen.« *Leider.*

»Dann mach dich sofort auf den Weg hierher! Wir brauchen Unterstützung.«

Ich seufze. Adone muss ihn abgefüllt haben.

»Ich kann jetzt auf keine Party kommen, Scu. Wo steckst du überhaupt?«

Mein Cousin scheint sich von den Feiernden etwas wegzubewegen, denn im Hintergrund wird es deutlich ruhiger.

»Adone und ich sind in Positano, und hier liegt was in der Luft, ganz in der Nähe. Ernsthaft, es wundert mich, dass du es nicht bis nach Rom spüren kannst.«

Ich versteife mich und weiche unwillkürlich einen Schritt zurück in den Schatten der Gasse, an deren Ende ich stehe. Denn ich kann durchaus etwas spüren – auch wenn ich nicht gedacht hätte, dass es von außerhalb der Stadt kommt. Das ist ungewöhnlich und beunruhigend.

»Positano? Was zum Teufel macht ihr an der Amalfiküste?«

Scuro seufzt, und ich kann fast vor mir sehen, wie er mit den Augen rollt. »Adone musste mich unbedingt auf diese Party schleppen. Aber das ist doch jetzt völlig egal. Sieh zu, dass du so schnell wie möglich herkommst. Was auch immer da los ist, wir brauchen dich zur Unterstützung.«

Der eindringliche Ton in seiner Stimme ist es, der mich schließlich dazu bewegt, meinen Patrouilleposten zu verlassen. Ich kenne Scuro fast besser als mich selbst, und wenn er so alarmiert ist, dass er mich von Rom ins über zwei Stunden entfernte Positano ruft, dann ist die Sache wirklich ernst.

»Okay, ich komme. Ruf mich unterwegs an, wenn was ist.«

Ich lege auf und eile den Weg zurück, den ich gekommen bin. Leute weichen erschrocken vor mir zurück, als ich wie ein nachtschwarzer Blitz an ihnen vorbeizische. Doch ich bin schon weg, ehe sie sich zu mir umdrehen können. Mein Herzschlag hebt sich ein wenig, und ein Gefühl, das ich beinahe vergessen habe, macht sich in mir breit: eine leise Ahnung von Aufregung.

Mein Motorrad steht in einer Seitenstraße in der Nähe der Sapienza-Universität.

Fünfzehn Minuten später habe ich die Stadt hinter mir gelassen und fahre auf die Autostrada A1, die mich auf direktem Weg runter nach Neapel bringt.

Der Motor meiner schwarzen Moto Guzzi V12 grollt wie eine zufriedene Raubkatze, als ich über die kaum befahrene Autobahn rase und alle Tempolimits ignoriere.

Was auch immer mich an der Amalfiküste erwartet, diese Spritztour ist die Sache jetzt schon wert. Es ist schon viel zu lange her, dass ich mich dem Rausch der Geschwindigkeit hingegeben habe und einfach nur gefahren bin.

Keine Ahnung, was ich Nerone später sagen werde, um zu erklären, warum ich meinen Patrouilleposten verlassen habe, aber um Erklärungen können sich genauso gut Scuro und Adone kümmern. Immerhin bin ich nur wegen der beiden unterwegs in Richtung Süden.

Kurz vor Neapel halte ich an einem verlassenen Rastplatz und ziehe mein Handy aus der Innentasche meiner schwarzen Lederjacke. Ich habe es während der Fahrt mehrere Male an meiner Brust vibrieren gespürt, checke aber erst jetzt die eingegangenen Nachrichten, weil ich nicht alle paar Kilometer anhalten wollte. Andernfalls hätte ich es nie in der rekordverdächtigen Zeit von unter zwei Stunden hierher geschafft.

Ich habe mehrere Kurznachrichten von meinen beiden Cousins erhalten, die Positano inzwischen verlassen haben und sich im Küstenort Portici mit mir treffen wollen. Als ich den Namen dieses Ortes lese und mir klar wird, *wo genau* er liegt, senkt sich so was wie eine dunkle Vorahnung über mich. Das ist für meinen Geschmack entschieden zu nahe an jenem Flecken Erde, den ich am liebsten nie wieder betreten würde.

Bilder, die ich in den hintersten Winkel meines Gedächtnisses vergraben habe, drängen an die Oberfläche. Es sind Erinnerungen, älter als alles um mich herum, auf denen der Staub von Jahrhunderten liegt und die ich doch noch immer nicht anzutasten wage.

Es hat nichts mit damals zu tun, sage ich mir und klappe das Visier meines Helms wieder herunter.

Lauter als nötig lasse ich den Motor aufheulen und mache mich auf den Weg.

Keine zehn Minuten später stelle ich meine Maschine auf einem öffentlichen Parkplatz, direkt am kleinen Bahnhof von Portici, ab. Schon als ich den Helm vom Kopf nehme und mir durch die platt gedrückten Haare fahre, sehe ich zwei Schatten auf mich zukommen.

Trotz der Anspannung, die mich gefangen hält, seit ich weiß, wo wir uns treffen wollen, muss ich beim Anblick meiner beiden Cousins grinsen.

»Hey, Sackgesicht«, begrüßt mich Adone launig und verpasst mir einen Klaps, der einen schwächeren Mann in die Knie gezwungen hätte. Ich aber stemme die Beine in den Boden und erwidere seinen Gruß mit einem knappen Nicken.

Adone ist Nerones Sohn und ganz der Adonis, nach dem er benannt wurde. Er scheint aus nichts als Muskeln zu bestehen, und die Frauen schmelzen bei seinem Anblick reihenweise dahin. Neben ihn tritt Scuro, über einen Kopf kleiner und neben dem massigen Adone fast schmächtig. Aber der Eindruck täuscht. Scuro ist flink, clever und todbringend. Niemand, mit dem ich mich anlegen würde – aber das gilt für beide.

Wir drei sind Cousins, aber im Grunde stehen wir uns näher als Brüder. Schon immer, für immer.

Jetzt schaue ich die beiden mit fragend gehobenen Augenbrauen an. »Also, weswegen habt ihr mich nun den ganzen Weg hierher gejagt?«

»Als wäre das eine Zumutung für dich gewesen«, spottet Adone mit einem wissenden Blick auf meine Moto Guzzi.

Scuro geht dazwischen. »Spür mal.«

In dem Moment, in dem ich meine Aufmerksamkeit bewusst auf die Anwesenheit anderer Ewiglicher richte, bricht ein regelrechtes Feuerwerk an Aktivität über mich herein. Es explodiert in meinem Kopf, und ich brauche einen Moment, um mich zu sortieren.

Die Überreste der Göttergabe, die es mir möglich macht, meinesgleichen aufzuspüren, schlägt aus wie die Nadel eines Seismografen. So stelle ich mir meine Fähigkeit zumindest gerne vor – ein empfindliches Instrument, das die Schwingungen von Unsterblichkeit in der Luft wahrnehmen kann. Und hier pulsiert die Nacht geradezu.

Irgendetwas ist hier ganz in der Nähe. Und es riecht nach Ärger.

Wortlos setzen wir uns in Bewegung.

Portici ist ein dicht bebautes Örtchen, doch es zieht uns stetig nach Südosten, bis wir das überschaubare Stadtwäldchen erreichen und die eng gedrängten Häuser hinter uns lassen. Allumfassende Ruhe empfängt uns zwischen den Bäumen, unsere Schritte sind die einzigen Geräusche weit und breit. Die Härchen auf meinen Armen richten sich auf, aber nicht aus Angst – nein, Angst habe ich nicht mehr gespürt, seit Napoleon in Italien einmarschiert ist –, sondern aus einem Anflug von Vorfreude. Götter, heute Nacht bin ich regelrecht emotional.

Die gute Laune verpufft allerdings so schnell, wie sie gekommen ist, als wir den Wald durchquert haben und vor uns der Ort auftaucht, der direkt an Portici grenzt: Ercolano. Auf den ersten Blick ist es ein Städtchen wie alle anderen in Italien: enge, schlecht geteerte Straßen, Häuser, die schon bessere Zeiten gesehen haben, und Autos, die sich an jede Ecke quetschen. Aber Ercolano verbirgt noch mehr, den Grund, warum ich diesen Ort am liebsten für immer aus meinen Erinnerungen streichen würde: die antike Ruinenstadt Herculaneum. Sie wurde zusammen mit Pompeji, Stabiae und Oplontis beim Ausbruch des Vesuv im Jahr Neunundsiebzig zerstört und in der Neuzeit wieder ausgegraben. Es ärgert mich bis heute, dass wir nichts dagegen unternehmen konnten. Wenn es nach mir ginge, würde besonders Herculaneum für alle Ewigkeit unter dem Tuffstein begraben liegen. So aber wurden Teile der untergegangenen Stadt wieder freigelegt und befinden sich als lukrativer Touristenmagnet inmitten der modernen Nachfolgesiedlung Ercolano.

Adone scheint meinen Unwillen zu teilen. »Die treiben sich nicht wirklich in Herculaneum rum, oder? Ich hab noch nie gewusst, was damals alle an diesem Kaff gefunden haben.«

Meine Mundwinkel krümmen sich leicht. Ja, Adone fand diesen Ort schon immer zum Sterben langweilig. Das antike Herculaneum war ein klassisches Ziel für Sommerfrischler; reiche Säcke, die sich hier Villen gebaut haben, um den grandiosen Blick über den Golf von Neapel zu genießen und sich die frische Luft um die Nase wehen zu lassen. Nichts für jemanden wie meinen Cousin, der früher zum Vergnügen an Gladiatorenwettkämpfen teilgenommen hat.

Scuro enthält sich wie so oft, und sein Schweigen verrät nichts darüber, was er wirklich denkt. Aber ich weiß, dass es ihm genauso wenig wie uns behagt, hier zu sein. Dieser Ort weckt Erinnerungen in jedem von uns, die wir am liebsten für immer vergessen würden.

In Ercolano ist es ruhig, als wir durch die Straßen laufen, in Richtung der unsterblichen Aktivität, die uns magnetisch anzieht. In meinem Kopf sieht es aus wie auf einem Radarmonitor, der voller hell leuchtender Flecken ist, die sich auf einen Ort konzentrieren.

Das Ausgrabungsgelände von Herculaneum befindet sich inmitten der modernen Siedlung, aber nur ein Bruchteil der untergegangenen Stadt wurde überhaupt ausgegraben. Vieles, was der Vesuv damals verschluckt hat, liegt noch immer unter meterdicken Lavamassen begraben.

Je näher wir den Ruinen von Herculaneum kommen, desto klarer wird, dass sie dort zu Gange sein müssen. Mir steigt die Galle hoch, wenn ich daran denke, dass ich das Gelände wirklich betreten muss. Meine Finger zucken; diese fehlgeleiteten Bastarde können sich auf eine Abreibung gefasst machen.

Die Aggression wächst mit jedem Schritt in mir, aber nach den Jahren der Abgestumpftheit heiße ich diese Regung willkommen. Sie erfüllt mich mit einer Lebendigkeit, von der ich dachte, dass ich sie längst verloren habe. Ich bin weiß Gott nicht der Einzige von uns, dem es so geht, und das ist ja auch der Grund, warum die meisten so dringend nach einem Ausweg suchen.

Auf die archäologische Stätte zu kommen, ist nicht besonders schwer. Am Rand des Geländes klettern wir über eine bröckelige Außenmauer, die man kaum als Herausforderung betrachten kann. Zwar sind wir nicht mit übermenschlicher Stärke oder Ausdauer gesegnet (solche Vorteile hat der Fluch natürlich nicht für uns vorgesehen), aber wenn man so lange lebt wie wir, bleibt viel Zeit, den eigenen Körper zu trainieren.

Lautlos kommen meine Cousins und ich auf der anderen Seite auf und ducken uns in den Schatten der Mauer, um zunächst die Lage zu sondieren. Die wieder ausgegrabenen Straßen und Gebäude wirken auf den ersten Blick ruhig und verlassen. Aber aus einiger Entfernung dringen Geräusche zu mir, die meine Aufmerksamkeit fesseln. Ein dumpfes Hämmern und Kratzen, das ich zunächst nicht einordnen kann.

»Hört ihr das?«, raune ich, meine Stimme so leise, dass sie fast mit dem Wind verschmilzt.

Scuro und Adone nicken.

»Graben ... die da etwas um?«

Als Scuro es ausspricht, sind wir augenblicklich alarmiert.

Ewigliche, die im Schutz der Nacht Grabungen in Herculaneum vornehmen ... jede Faser meines Körpers spannt sich an, und das, was ich gerade für Aggression gehalten habe, verpufft angesichts einer dunkleren, tödlicheren Regung, die sich jetzt in mir breitmacht. Eiskalte Raserei, die mich bis in den hintersten Winkel meines Seins erfüllt und nur ein Ziel kennt: sie aufzuhalten.

Nur über meine verfluchte Seele werde ich zulassen, dass irgendjemand hier herumwühlt und Geheimnisse aus dem Boden holt, die für immer hier begraben bleiben sollten.

Ohne weiter darüber nachzudenken, setze ich mich in Bewegung. Hinter mir stößt Adone einen leisen Fluch aus, doch er und Scuro folgen mir auf dem Fuß.

Geschmeidig wie Panther, fast gänzlich mit der Dunkelheit verwoben, bewegen wir uns durch die Siedlung. Vorbei an ehemaligen Schenken, Ladengeschäften und Wohnhäusern, die wie Gerippe in den Nachthimmel ragen.

Trotz der unbezähmbaren Rage, die in mir tobt, bewege ich mich lautlos wie ein Schatten vorwärts.

Und da ist es schon. Ein Gebäude, nur zur Hälfte ausgegraben und der Öffentlichkeit nicht zugänglich. Ich muss nicht hinsehen, ich spüre mit unfehlbarer Sicherheit, dass die Grabungsarbeiten in diesem Haus vor sich gehen. Ohne eine Sekunde darauf zu verschwenden, mich mit Scuro und Adone abzusprechen, stürme ich durch das Atrium ins Innere. Ich überlasse meinen Instinkten die Führung, ergebe mich vollständig der Raserei, die mich auch blind an mein Ziel führt.

Vier vermummte Personen befinden sich in dem halb verfallenen Raum und sind gerade dabei, einen Teil des Bodens mit Hacken und Schaufeln zu bearbeiten. Neben ihnen liegt ein Presslufthammer, den sie wohl zunächst benutzt haben, um das Gestein aufzubrechen. Jetzt scharren sie durch den aufgeworfenen Schutt, als würden sie nach etwas suchen.

Sie sind so in ihre Tätigkeit vertieft, dass sie zu spät bemerken, dass meine Cousins und ich hereinkommen. Ich verschwende keine Zeit für Warnungen, sondern knöpfe sie mir gleich vor. Mit dem Fuß trete ich einem von ihnen das Werkzeug aus der Hand, was ihn überrascht aufschreien lässt. Seine Gefährten halten in ihrem Tun inne und wenden sich in dem Moment um, als Adone und Scuro auf sie losgehen.

Im ersten Moment sind sie von unserem Angriff überrumpelt, doch sie fangen sich schnell und setzen sich zur Wehr.

Gut so. Ich will sie nicht von hinten k. o. schlagen, sie sollen kämpfen.

Der Kerl, dem ich die Hacke aus der Hand getreten habe, fährt zu mir herum. Er richtet sich in der Drehung auf und entgeht so einem Tritt gegen die Brust. Ein Knurren entweicht mir, als er auf mich losgeht, mit einer Geschicklichkeit und Schnelligkeit, die meiner in nichts nachsteht.

Unermüdlich weiche ich Schlägen und Tritten aus und versuche ihn aus der Reserve zu locken. Ich habe nicht vor, den Dreckskerl auszuschalten – er ist genauso unsterblich wie ich, es ist also eh ein Ding der Unmöglichkeit –, aber wenn ich ihn ärgere, wird er irgendwann sauer, und dann bekomme ich die Chance zuzuschlagen. Mein Gegner kriegt gar nicht mit, wie ich ihn immer weiter in die Ecke treibe. Ich erhöhe die Intensität meiner Schläge, weiche ihm nicht länger aus, sondern lasse den Zorn in mir angreifen. Die Kapuze verhüllt noch immer sein Gesicht, aber ich muss es nicht sehen, um zu spüren, dass er nervös wird. Er kapiert, dass er mit dem Rücken zur Wand steht, und ich besiegle es mit einem bösen Grinsen.

Hinter mir nehme ich ein Geräusch wahr, das mich für den Bruchteil einer Sekunde ablenkt. Ein Knacken, gefolgt von einem dumpfen Stöhnen. Was zum ...?

Mein Gegner nutzt den Moment der Unachtsamkeit und tritt die Flucht an. Blitzschnell ist er unter meinem Arm hindurchgehuscht, und ich komme nicht mehr dazu, nach ihm zu greifen.

Auch Adone und Scuro haben sich ablenken lassen, und als ich mich umdrehe, sehe ich gerade noch, wie die vier Bastarde hinaushuschen.

Ich stoße einen Fluch aus.

»Was war denn das?«, grunzt Adone, noch immer geladen von dem so abrupt unterbrochenen Kampf. Sein wilder Blick wandert durch den halb verfallenen Raum.

Ich zucke mit den Schultern und nähere mich vorsichtig der Grube, die sie mit dem Presslufthammer in den Boden getrieben haben. Es ist ein einziger Schutthaufen, aber viel tiefer, als ich angenommen habe.

Was haben sie hier eigentlich gesucht?

Diese Frage habe ich mir noch gar nicht gestellt, mein ganzes Denken war davon beherrscht, sie aufzuhalten und ihnen dann eine Abreibung zu verpassen, weil sie an diesem Ort herumgewühlt haben. Aber jetzt interessiert es mich brennend, was sich in der Grube verbirgt. Denn *etwas* ist dort unten. Und es bewegt sich.

Adone und Scuro treten neben mich, und gemeinsam lugen wir hinunter in das finstere Loch.

Wieder ist dieses Knacken zu hören, als würde eine dicke Eierschale aufgebrochen werden. Gestein rieselt zu Boden, und Staub wird aufgewirbelt. Ich muss die Augen zusammenkneifen, um überhaupt noch etwas erkennen zu können.

Undeutlich nehme ich eine Bewegung wahr und beobachte mit angehaltenem Atem, wie sich ein Schemen aus der Dunkelheit schält.

Ist das ... kann das ein Mensch sein? Da ist nichts außer Staub, Asche und Gestein.

Ich versuche noch zu begreifen, was ich da sehe, als inmitten des Schutts etwas aufblitzt.

Ein Paar Augen.

Sie finden meinen Blick, und im selben Atemzug stolpere ich zurück, als wäre eine Kugel auf mich abgefeuert worden.

Das kann nicht sein!

Das ist unmöglich!

Kapitel Zwei

Rom, 79 n. Chr.

Vor den Podesten herrschte hektisches Treiben.

Die Bürger Roms drängten sich auf dem Platz vor dem Dioskurentempel, riefen wild durcheinander, feilschten und zankten. Es war ein unheimliches Getöse, doch das Mädchen auf dem Podest nahm es kaum wahr.

Eingerahmt von einem kräftigen blonden Hünen und einer schwarzhaarigen Frau mittleren Alters stand sie dort oben und vermied es, direkt in die Menge zu blicken.

Wenn sie nicht hinsah, konnte sie sich weiterhin einreden, dass dies gerade nicht passierte. Dass es nicht sie selbst war, die mit einem Schild um den Hals auf dem Sklavenmarkt am Dioskurentempel zum Verkauf stand. Es schüttelte sie noch immer vor Abscheu, wenn sie daran dachte, was auf diesem Schild stand: Römerin, gebildet, makellose Schönheit, besitzt alle Zähne. Eine Zierde für jeden Haushalt oder das Bett.

Ja, sie war in der Tat gebildet und hatte deshalb die Worte lesen können, mit denen der arabische Händler sie den Käufern schmackhaft machen wollte. Und wenn sie gekonnt hätte, hätte sie ihm liebend gern die Augen dafür ausgekratzt.

Sie war schon ihr Leben lang eine Sklavin – als Tochter einer Unfreien war sie automatisch in diesen Stand hineingeboren worden –, doch sie hätte nie erwartet, je auf einem dieser Märkte zu enden. Zum Verkauf feilgeboten wie Vieh.

Ein Mann trat näher, dem Auftreten nach ein wohlhabender Bürger, und besah sich einen dunkelhäutigen Sklaven, der ein paar Schritte von ihr entfernt stand. Vorhin hatte sie einen kurzen Blick auf seine Tafel erhaschen können. Nubier, stand dort. Also stammte er aus dem fernen Afrika, und nur die Götter wussten, unter welchen Umständen es ihn hierher verschlagen hatte. Fortuna war ihnen allen nicht hold.

Wie sie hatte er den Blick stoisch auf einen Punkt jenseits des Publikums gerichtet, während der Interessent ihn genauestens musterte.

Der Händler umschwärmte ihn emsig, und man konnte bereits die goldenen Sesterzen in seinen Augen funkeln sehen. Dieser Kunde versprach ein gutes Geschäft.

»Ich hätte jemanden schicken können, aber ich sehe mir einen Sklaven lieber selbst an, ehe ich ihn erwerbe«, erklärte dieser dem Händler gerade blasiert. »Das letzte Mal, als ich es nicht persönlich erledigt habe, habe ich beschädigte Ware erhalten.«

Der drohende Blick ließ den Händler eilends betonen, dass man bei ihm nur beste Qualität zu erwarten hatte. Um es zu demonstrieren, packte er den dunkelhäutigen Mann am Arm und zwang ihn, sich nach allen Seiten zu drehen, um seinen kräftigen Körperbau vorzuführen. Dann drückte er ihm mit einer Hand den Mund auf, um das makellose weiße Gebiss zu demonstrieren.

»Er ist kräftig, aber auch äußerst geschickt. Beherrscht Latein!«

Der reiche Römer wiegte nachdenklich den Kopf. »Was verlangst du für ihn?«

»Siebentausend Sesterzen.«

Sie begannen zu handeln, ehe sie sich schließlich auf einen Preis von fünftausendachthundert Sesterzen für den nubischen Sklaven einigten.

Schließlich zerrte ihn sein neuer Besitzer mit selbstzufriedener Miene wie einen Schafbock von dem Podest. Der Sklave hatte seine Verschacherung mit stoischer Miene ertragen und stand jetzt reglos neben seinem neuen Meister.

Das alles verfolgte sie mit halbem Ohr, während sie weiter mit aller Kraft versuchte, diesen fürchterlichen Ort auszublenden. Aber es war schier unmöglich, wenn überall um sie herum Menschen wimmerten und Kinder greinten. Alle mit einem Schild um den Hals, welches das Ende ihres bisherigen Lebens symbolisierte. Diese Menschen waren aus allen Teilen des Imperiums hierher verschleppt worden. Männer, Frauen, Kinder waren ihrem alten Leben für immer entrissen worden, während sie selbst nie etwas anderes gekannt hatte.

Das Leben als Sklavin war nicht durchweg furchtbar. Das hätte sie manchen von ihnen gerne gesagt, um sie aufzumuntern. Im Haushalt ihres alten Herren Flavius Verus, in dem sie gelebt und gearbeitet hatte, seit sie denken konnte, war es ihr gut ergangen. Sie hatte mit den Töchtern des Hauses lernen dürfen, war ihnen Gefährtin und Dienerin gewesen, und man hatte nie die Hand gegen sie erhoben. Ihr waren so viele Privilegien zuteilgeworden, die für ein namenloses Sklavenmädchen nicht selbstverständlich waren.

Doch dann war Flavius gestorben, und sein Erbe hatte beschlossen, einige der Sklaven aus seinem Nachlass zu verkaufen, weil er selbst schon genug besaß. Und sie war eine der ersten gewesen, die dem Händler übergeben worden war. Schöne junge Frauen mit Bildung brachten am meisten ein.

Nein, sie ängstigte am heutigen Tag nicht die Aussicht, ihre Freiheit zu verlieren – die hatte sie nie besessen.

Dennoch lag hier, auf dem Markt, eine wichtige Wegscheide für ihr Leben. Hier entschied sich, ob sie weiterhin das angenehme Leben einer Haussklavin genießen durfte oder womöglich in einem Bordell endete. Beides war denkbar. Wenn der Verkäufer ihren Preis zu hoch angesetzt hatte, sie vielleicht doch nicht so schön war, wie er mit dröhnender Stimme verkündete und er sie nicht losbekam, dann würde sie verschachert werden. Und die Götter wussten, dass Dirnen in dieser Stadt ein elenderes Leben fristeten als mancher Ackergaul.

Also hielt sie sich gerade, das Gesicht reglos und ruhig, um niemandem den Schrecken in ihrem Inneren sehen zu lassen.

Einige Interessenten zogen an ihr vorbei, ließen sich ihren Körper vorführen und gingen doch wieder weiter. Die Sonne wanderte stetig ihrem Zenit entgegen, und die löchrigen Leinenplanen boten kaum Schutz vor der aufkommenden Hitze.

Lange würde das Markttreiben auf dem Forum nicht mehr andauern, und sie würden zurückgetrieben werden in den Verschlag, in dem sie zusammengepfercht wie Tiere bis zum nächsten Tag ausharren mussten. Wie oft würde der Händler sie noch hier oben auf dem Podium ausstellen, ehe er sie unter der Hand an einen Zuhälter verschacherte?

In diesem Moment des Zweifelns wagte sie es das erste Mal, den Blick über die Marktgänger schweifen zu lassen, um abschätzen zu können, wie viele Interessenten noch anwesend waren. Vielleicht konnte sie einen von ihnen mit einem Lächeln locken.

Ihr Blick huschte suchend umher.

Und dann sah sie ihn. Den jungen Mann in der feilschenden Menge. Er sah sie direkt an, und über das Gewühl der Menschen hinweg trafen sich ihre Blicke.

Was geschah, war ein Moment der vollkommenen Ruhe inmitten des hektischen Chaos. Das Gebrüll, das leise Weinen und Gezeter verstummte, während sie sich über die Distanz in die Augen schauten.

Sein Blick fesselte sie ganz und gar.

Augen, so blau wie das Tyrrhenische Meer, das war selbst über die Entfernung zu erkennen. Er hielt ihren Blick fest, und sie vergaß die Angst, die sie innerlich schüttelte, seit sie an einen Strick gefesselt auf die hölzerne Empore gezerrt worden war.

Er stand neben einem Mann, der sein Vater sein musste. Die massige, hochgewachsene Gestalt des Älteren war Ehrfurcht gebietend, und alles an seiner Haltung drückte aus, dass er ein Mann von Rang und Namen war.

Ohne den Blick von ihr zu lösen, sagte der junge Mann etwas zu seinem Vater, sodass auch dieser in ihre Richtung sah. Er musterte sie seinerseits, und eine Falte bildete sich zwischen den dichten Augenbrauen des Älteren.

Ihr Herz begann zu rasen – doch diesmal nicht vor Panik, sondern aus Aufregung. Beratschlagten die beiden gerade, sie zu kaufen?

Sie wusste nicht warum, aber die Aussicht, in den Besitz dieser beiden Männer überzugehen, ängstigte sie nicht im Geringsten. Es lag etwas im Blick dieses jungen Mannes, das sie alle Furcht vergessen ließ. Das ihr die Zuversicht gab, das Kinn zu recken und seinem Vater entgegenzublicken, als er sich einen Weg durch das Gewühl bis nach vorne zum Podium bahnte.

»Wie viel verlangst du für diese Sklavin?«, fragte er den Händler, und seine Stimme klang tief und angenehm.

»Hundertzwanzigtausend Sesterzen und kein As weniger.«

Ihr Herz raste wie verrückt. Hundertzwanzigtausend Sesterzen, das war ein horrender Preis!

Doch der Herr schien sich tatsächlich darauf einzulassen und begann zu feilschen. Sie verfolgte jedes Wort gespannt und musste sich immer wieder daran erinnern, Atem zu schöpfen.

Und dann, als sie dachte, sie wären sich einig, kam plötzlich der Mann dazu, der vorhin den nubischen Sklaven erworben hatte.

»Tiberius! Wie erfreulich, dich zu treffen. Hast du ein Auge auf dieses hübsche Täubchen geworfen?«

Der Mann, Tiberius, erwiderte den Gruß knapp. »Salve, Faustus.«

Faustus' Augen wanderten zu ihr, und sie schauderte unter seinem abschätzenden Blick.

»Wie steht der Preis?«

»Hundertzehntausend Sesterzen«, warf der Händler eilfertig ein, der ganz offensichtlich einen lukrativen Bieterkrieg witterte. »Diese hellen Augen sind einzigartig, meinen die edlen

Herren nicht auch? Wie der edelste Bernstein aus dem barbarischen Norden. Einmalig hier in Rom.«

Als Faustus und Tiberius zu feilschen begannen und der Händler ihren Preis immer weiter in die Höhe trieb, suchte sie nach den blauen Augen in der Menge. Er war nicht mit seinem Vater nach vorne an die Tribüne gekommen, sondern zurückgeblieben. Und nun hatten ihn die Menschen verschluckt!

Aufgeregt suchte sie von ihrem erhöhten Standpunkt aus die Gesichter ab, aber er war nirgends mehr zu entdecken. War er weitergezogen und hatte es seinem Vater überlassen, die neue Sklavin zu erwerben? Hatte sie sich diese besondere Verbindung, während sie sich angesehen hatten, womöglich nur eingebildet?

Schließlich hörte sie einen Satz von Tiberius, der ihr das Blut in den Adern gefrieren ließ.

»Verzeiht, aber mehr bin ich nicht gewillt zu zahlen. Faustus, ich gratuliere zu deiner entzückenden neuen Sklavin.« Mit einem respektvollen Nicken vor dem Händler und seinem Mitstreiter wandte sich Tiberius zum Gehen.

Nein, wollte sie rufen, geht nicht! Nehmt mich mit! Doch er warf keinen Blick zurück und war im nächsten Moment in der Menge verschwunden.

Der Händler zählte indes vor Stolz strahlend die Münzen, die er von Faustus überreicht bekommen hatte.

Sie hatte nicht mitbekommen, wie viel letztendlich für sie geboten worden war. Eigentlich war es ihr auch gleichgültig. Der junge Mann mit den blauen Augen war verschwunden, sie musste mit Faustus gehen und würde ihn nie mehr wiedersehen.

Die Hoffnungslosigkeit, die sie den ganzen Vormittag über so stoisch niedergerungen hatte, übermannte sie nun, und sie bekam es gar nicht mehr mit, wie sie von dem Podium hinuntergezerrt wurde.

Aliqua

Das Pochen und Stechen meines Körpers, mit dem ich mich gerade aus meinem aufgebrochenen Gefängnis befreit habe, tritt in den Hintergrund, als ich Bewegungen über mir wahrnehme und den Kopf hebe. Ich starre nach oben, wo die drei Gestalten am Rand der Grube stehen und zu mir hinunterschauen. Trotz der Dunkelheit spüre ich ihre Blicke auf mir. Meine Aufmerksamkeit dagegen liegt ausschließlich auf der Person in der Mitte, die mich auf unerklärliche Weise fesselt – und plötzlich einen Satz nach hinten macht, als hätte sie den Leibhaftigen gesehen.

Nun, wer weiß, ob ich das nicht vielleicht bin. Das wäre immerhin eine Erklärung dafür, warum ich so lange unter der Erde weggesperrt war. Im nächsten Moment flammt jäh ein grellweißes Licht auf, was mich erschrocken die Lider zusammenkneifen lässt. Autsch! Das erste Licht seit einer Ewigkeit, und es sticht mir in die Augen wie glühende Nadeln.

Von oben ertönt eine männliche Stimme. »Bei Jupiter, was haben wir denn da?«

Blinzelnd wage ich es, die Augen zu öffnen, doch das Licht ist noch immer so blendend hell, dass ich nichts sehen kann. Welche Ironie.

»Ein Mädchen«, sagt eine weitere Stimme, aus der dieselbe Verwunderung klingt.

»Sie müssen sie zurückgelassen haben ... aber warum dann hier unten in der Grube?«

Ich kann euch hören, will ich sagen, aber mir kommt kein Wort über die Lippen.

Stattdessen versuche ich aufzustehen, um endlich aus diesem Loch herauszukommen. Aber so einfach ist das gar nicht. Meine Beine fühlen sich ganz steif und schwach an, nachdem ich sie so lange nicht benutzt habe. Ein Wunder, dass meine Muskeln nicht komplett verkümmert sind, aber eigentlich müsste nach all der Zeit mein ganzer Körper längst zerfallen sein. Ich stolpere und wanke, bis sich Hände zu mir nach unten strecken und mir Hilfe anbieten. Dankbar greife ich zu, und starke Arme ziehen mich aus dem Loch, das so lange mein Grab war. Zerklüftetes Gestein schabt über meine nackte Haut, und dann habe ich es geschafft.

Ich bin draußen. Frei.

Nur selten habe ich es mir erlaubt, darüber nachzudenken, wie dieser Moment sein würde. Wie würde es sich anfühlen? Würde ich tanzen vor Freude und den Göttern danken? Oder schlicht überwältigt sein vor Dankbarkeit und Glück?

Im Moment keines von alledem. Die Realität ist weder von Freudentränen noch von Glückstaumel erfüllt.

Meine Befreiung war schmerzhaft, und nicht nur meine Beine, die mich plötzlich wieder tragen müssen, fühlen sich wackelig an. Ich zittere am ganzen Körper und spüre dem überwältigenden Gefühl von Freiheit nach. Ich war so lange Zeit gebannt – es ist ein Wunder, dass ich überhaupt noch funktioniere. Dass ich nicht längst den Verstand verloren habe und jetzt hier stehen kann. Verwirrt, aber bei Sinnen.

Tief atme ich durch. Ich spüre es mit jedem Atemzug. Die Luft, die meine Lungen füllt und ausdehnt, das Blut, das durch meine Adern rauscht, und die Welt, die auf mich einströmt. Es fühlt sich fremd an und gleichzeitig so berauschend vertraut.

Endlich haben sich meine Augen an die grellen Lichtquellen gewöhnt, sodass ich die dunklen Gestalten – alles Männer, wie ich annehme – meinerseits mustern kann.

Mein Atem stockt.

Mir gegenüber stehen zwei junge Männer, die gegensätzlicher nicht sein könnten. Auf den ersten Blick sehen sie sich recht ähnlich mit dem dunklen, kurz geschnittenen Haar und der blassen Haut. Aber da enden die Gemeinsamkeiten auch schon. Der eine hat ein schmales, scharf geschnittenes Gesicht mit dunklen, melancholischen Augen. Seine Statur wirkt drahtig, aber in ihm lauert eine unverkennbare Erbarmungslosigkeit, die mich mahnt, ihn nicht zu unterschätzen. Der daneben dagegen ist groß und muskulös. Sein Bizeps wölbt sich beeindruckend, als er die Arme vor der Brust verschränkt, und ein Blick in sein Gesicht … mhhh. Etwas flattert in meinem Magen, während ich ihn betrachte. Ein anderes Wort als *schön* fällt mir nicht ein. Sie sehen beide nicht schlecht aus, aber sein Gesicht ist von einer universellen, unwiderstehlichen Attraktivität. Und als sich unsere Blicke treffen und er träge eine Augenbraue hebt, wird mir klar, dass er sich über diesen Umstand völlig bewusst ist. Er wirkt geradezu lächerlich selbstsicher.

Eine ganze Weile stehen wir uns schweigend gegenüber. Sie mustern mich ihrerseits, mit zusammengekniffenen Augen und anscheinend ratlos, wie sie mich einordnen sollen. Gut, so geht es mir nämlich auch. Ich habe keinen blassen Schimmer, wie ich mich verhalten soll. Auf dem Absatz kehrtmachen und zu fliehen versuchen? Auf die Knie gehen und ihnen die Füße küssen?

Als ich das Schweigen nicht mehr aushalte, beschließe ich den ersten Schritt zu tun.

»Danke!«

Das erste Wort seit Jahrhunderten. Das erste Mal nach so langer Zeit, dass ich meine eigene Stimme außerhalb meiner Gedanken höre.

Manchmal hatte ich Angst, das Sprechen verlernt zu haben, keinen Ton herauszubekommen, sollte es einmal so weit sein. Aber genau wie das Atmen funktioniert es wie von selbst, und ein kleiner Glücksschauer rieselt über meinen Rücken.

Beim Klang meiner Stimme zucken die beiden zusammen, und ihre Augen weiten sich.

»Sieh an, du kannst also sprechen.« Der Muskelprotz wechselt einen raschen Blick mit seinem Begleiter, der kaum merklich die Achseln hebt.

»Sie ist keine von ihnen.«

Keine von wem? Wovon sprechen sie? Meine Ratlosigkeit scheint man mir vom Gesicht ablesen zu können.

»Wer bist du?« Die Frage kommt von dem Kleineren mit dem ernsten Blick.

Und er erwischt mich eiskalt damit. In meinem Kopf herrscht dahingehend eine gähnende Leere, als hätte die Zeit selbst meine Identität ausradiert. Egal wie sehr ich mich anstrenge, es scheint nur einen Fetzen zu geben, der mir geblieben ist: meinen Namen.

»Ich heiße Aliqua.«

»Nur Aliqua? Kein Nachname?«

Bedauernd schüttle ich den Kopf. Nein, ich wüsste nicht, dass ich einen Nachnamen hätte.

Ihre Gesichter bleiben reglos, kein Hauch von Wiedererkennen auf ihren Mienen. Aber was habe ich auch erwartet? Dass nach all der Zeit noch jemand lebt, der sich an mich erinnert? Wohl eher nicht.

»Und ähm ... wer seid ihr?« Es macht mich unerklärlicherweise nervös, ihre Namen nicht zu kennen. Und noch immer kann ich nicht einschätzen, wie sie mir gesinnt sind. Wahrscheinlich, weil sie es selbst noch nicht genau wissen. Ich stehe zwei Raubtieren gegenüber, die sich noch nicht entschieden haben, ob ich Feind, Beute oder Freund bin. Wobei ich Letzteres natürlich bevorzugen würde.

Der Muskelprotz gibt sich einen Ruck und tritt vor. Seine Augen bleiben wachsam, während er mich anlächelt. »Ich bin Adone«, stellt er sich vor. »Und das ist mein Cousin Scuro.« Er weist auf den kleineren Mann neben ihm. »Und Santo, ein weiterer Cousin. Wo steckt der Kerl eigentlich? Hey, Santo!« Suchend wendet er sich um.

Erst jetzt wird auch mir bewusst, dass sie anfangs zu dritt am Rand der Grube gestanden haben, ehe einer von ihnen zurückwich, als er mich sah. Diese Reaktion beunruhigt mich ziemlich. Adone und Scuro scheinen mich wirklich nicht zu kennen, aber was hat der Dritte in mir gesehen, das ihn so heftig reagieren ließ? *Santo,* Adone nannte ihn Santo. Im Gegensatz zu den anderen zupft beim Klang dieses Namens irgendetwas an den Tiefen meines Bewusstseins. Auf eine sehr abstrakte, schwer fassbare Weise fühlt es sich vertraut an.

Adone kommt zu uns zurück, und ihm folgt der dritte Mann.

Mein Atem stockt. *Schon wieder.*

Scuro und Adone verblassen, verschwinden geradezu aus meinem Sichtfeld, obwohl sie direkt neben ihm stehen. Aber nichts, absolut nichts in der Welt hat Bestand, angesichts des Gefühls, das mich übermannt, als ich ihm ins Gesicht schaue. Etwas reißt in diesem Moment an meinem Bewusstsein, ein kleiner Widerhaken, der sich wie eine längst vergessene Erinnerung anfühlt. Die Empfindung von Vertrautheit und Wiedererkennen ist so mächtig, dass alles in mir erbebt. Ich kann den Blick nicht von ihm nehmen, betrachte ihn in dem verzweifelten Wunsch, herauszufinden, woher meine Reaktion kommt.

Er ist so schön, dass ich wahrhaftig keine Luft mehr bekomme.

Dunkles Haar fällt ihm in widerspenstigen Wirbeln in die Stirn, während er reglos meinen Blick erwidert und mich seinerseits mustert. Jeder Gesichtszug scheint von der Hand eines antiken Meisterbildhauers geformt, und doch sind es seine Augen, die mich fesseln. Blau, so viele Nuancen von Blau. Das Meer verblasst gegen seine Augen. Gegen diesen Strudel aus Azurblau und Violett.

Eine ganze Weile blicke ich ihn an und krame verzweifelt in meinen verstaubten Erinnerungen nach dem Ursprung dieses Erkennens. Denn ich sehe diese Augen nicht zum ersten Mal. Es ist nicht das erste Mal, dass ich dieses Gefühl erlebe, den Boden unter den Füßen zu verlieren, wenn ich dieses Blau anschaue. Aber das kann nicht möglich sein, oder?

»Santo«, murmle ich gedankenverloren.

Eine Emotion huscht bei meinen Worten über sein Gesicht und legt sich wie ein Schatten über seine Züge. Eine uralte Düsternis, eine Traurigkeit, die an meinem Innersten zerrt. Es ist schneller verschwunden, als ich blinzeln kann, aber es ist mir nicht entgangen.

Noch immer hat er nichts zu mir gesagt, starrt mich nur reglos an, als könnte er selbst nicht ganz glauben, wen er da vor sich sieht.

»Santo«, sagt Scuro, der sich bisher im Hintergrund gehalten hat. »Weißt du, wer sie ist?«

Mehrere Augenblicke lang rührt sich Santo nicht. Würde sich seine Brust nicht unter schnellen Atemzügen heben und senken, könnte man meinen, er sei zu einer Statue erstarrt. Sein Gesicht gibt keine Regung preis, nur seine Augen flackern. Als er dann doch spricht, scheint seine Stimme aus weiter Ferne zu kommen.

»Ich kenne sie nicht.«

Seine nüchternen Worte schneiden durch mein Inneres wie eine geölte Klinge. Er behauptet, mich nicht zu kennen, und die Enttäuschung ist so schmerzhaft, dass ich mich zusammenkrümmen möchte. Irgendwie hat er die irrige Hoffnung in mir wachgerufen, dass uns etwas verbindet, an dem ich mich festhalten kann. Ein Anker, um mich zu orientieren.

Adone, Scuro und Santo starren mich noch immer forschend an.

Schließlich ist es Scuro, der als Erster wieder das Wort ergreift. »Wie bist du in diese Grube gekommen?«

Automatisch schaue ich zu der aufgeworfenen Spalte im Boden und weiche einen Schritt zurück. Ich bin weit genug davon entfernt, aber trotzdem habe ich Angst, wieder in dieses unerbittliche Grab hinabgesogen zu werden, wenn ich mich zu nah heranwage.

»Ich war dort unten gefangen«, sage ich, nachdem ich mich endlich davon losgerissen habe. Es laut auszusprechen, lässt mir ein Schaudern den Rücken hinunterlaufen.

Den dreien ist anzusehen, dass sie mit dieser Erklärung nicht viel anfangen können. Auch wenn es mir schwerfällt, versuche ich konkreter zu werden.

»Ich weiß nicht, wie oder warum, aber ich war für ziemlich lange Zeit hier, unter der Erde, gefangen. Irgendwann habe ich das Zeitgefühl verloren, und ich kann mich an kaum etwas erinnern. Da sind noch ein paar Fetzen ... Hitze und Lärm und Chaos.«

Die Stille, die auf meine Worte folgt, ist ohrenbetäubend.

Scuros unergründlicher Blick liegt mit einer Intensität auf mir, als versuchte er durch meinen Schädel direkt in meinen Kopf zu schauen. Komischerweise fühlt es sich so an, als hätte er Erfolg damit.

»Du warst die ganze Zeit über am Leben? Dort unter der Erde?«

Ich nicke wieder und frage mich gleichzeitig, warum ich selbst nie genauer über diesen Umstand nachgedacht habe. Dort unten habe ich mich nie darüber gewundert, so lange am Leben zu sein.

Scuro lässt den Blick durch den Raum schweifen, in dem wir uns befinden. »Soweit ich weiß, wurde dieser Teil von Herculaneum während des Ausbruchs des Vesuv im Jahr 79 verschüttet. Du warst dort unten ... das muss heißen, dass du von den Vulkanmassen begraben wurdest. Und überlebt hast.«

Ich spüre die Blicke von Santo und Adone auf mir, die beide vollkommen entgeistert wirken. Aber wenn es stimmt, was Scuro vermutet und ich von einem Vulkan verschüttet wurde und überlebt habe ... das ist verrückt. Vollkommen verrückt, und trotzdem stehe ich hier. Schwach und wackelig, aber definitiv lebendig.

Santo ist der Einzige, der nicht weiter reagiert. Fest presst er die vollen Lippen zusammen und wirkt ansonsten so, als wäre er mit seinen Gedanken an einem völlig anderen Ort.

Ein Glucksen reißt mich jäh aus meiner Versunkenheit.

Adone lacht leise in sich hinein. »Immer, wenn ich denke, die Welt wird langweilig, schafft sie es doch wieder, mich zu überraschen.« Feixend schaut er in die Runde. »Sie muss wohl eine Art von Ewiglicher sein.«

Scuro schüttelt den Kopf, und das erste Mal treten erkennbare Emotionen hinter seiner kühlen Fassade hervor. »Wie kann es sein, dass sie lebt?«, will er wissen und mustert mich mit neuem Argwohn. Ich muss mir alle Mühe geben, aufrecht stehen zu bleiben und nicht unter dem Gewicht dieses Blickes einzuknicken.

Adone zuckt nur mit den Schultern. Fragend rempelt er Santo an, der heftig blinzelt, als wäre er aus einem Traum erwacht. »Ich habe keine Ahnung.« Santo klingt glatt und schneidend. Mir sackt ein schweres, bitteres Gefühl in die Magengrube. Anscheinend ist er ganz und gar nicht glücklich über meine Wiederauferstehung. Wünscht er sich, es wäre anders?

Ich weiß nicht, warum mir dieser Gedanke so viel ausmacht. In meinem Kopf ist keine konkrete Erinnerung an diesen Kerl, nichts weiter als ein vages Gefühl, das mir sagt, dass er mir einmal wichtig war. Und wenn es wirklich so gewesen ist, dann tut es weh, dass er nun so abweisend reagiert. Aber kann ich mir wirklich sicher sein, mir das nicht nur einzubilden?

Ich beginne zu zittern, was Staub und Gesteinsbröckchen an meinem Körper hinabrieseln lässt.

Scuro, dessen Blick offenbar nichts entgeht, bemerkt es. »Wir sollten sehen, dass wir hier wegkommen. Um alles andere können wir uns später kümmern.«

»Ja«, stimmt Santo ihm zu. »Wir sollten zurück in die Stadt, bevor hier jemand auftaucht. Die Bastarde waren bestimmt nicht gerade leise.« Er wirft einen bedeutungsschweren Blick auf den Presslufthammer am Boden. Seine Kiefermuskulatur tritt hervor und verrät, wie angespannt er noch immer ist.

Ich nicke stumm, weil auch ich diesen Ort so schnell wie möglich verlassen will. Weggehen und am besten nie mehr hierher zurückkehren. Noch immer habe ich keine Ahnung, wer diese drei überhaupt sind, geschweige denn, was sie mit mir vorhaben. Aber auf unerklärliche Weise vertraue ich ihnen, und sei es nur, damit sie mich von hier fortbringen.

Ohne einen Blick zurück verlasse ich das halb verfallene Gebäude und die gähnende Grube, die sich inmitten des Mosaikfußbodens auftut.

Santo

Verdammt! *Verdammt, verdammt, verdammt!*

Ich gehe vorneweg. Sorgsam achte ich darauf, meine Schritte möglichst lässig und meine Haltung entspannt wirken zu lassen, während in mir ein Höllensturm tobt. Ich will nicht weiter den Anschein erwecken, dass Aliquas Wiederkehr mich in irgendeiner Weise besonders berührt. Das, was bei ihrem Anblick aus mir herausgebrochen ist, konnte ich nicht kontrollieren, und ich kann nur hoffen, dass es zu einem späteren Zeitpunkt nicht auf mich zurückfallen wird.

Trotzdem fürchte ich, dass Adone und Scuro mich noch in die Mangel nehmen wollen. Meine Behauptung, Aliqua nicht zu kennen, war nicht gerade überzeugend, nachdem ich sie so unverwandt angestarrt habe.

Meine Hände, die ich in den Hosentaschen vergraben habe, ballen sich zu Fäusten.

Meine Fingernägel graben sich schmerzhaft in meine Handflächen, aber ich begrüße den Schmerz. Er fühlt sich realer an als das dumpfe Pochen in meiner Brust. Gibt mir das Gefühl, noch Herr über meine Sinne zu sein, nachdem mir der Boden unter den Füßen weggezogen wurde.

Wortwörtlich.

Aliqua in dieser Grube kauern zu sehen, von oben bis unten mit Staub und verkrusteter Asche bedeckt, sodass sie aussah wie eine fleischgewordene Statue, hat mich völlig unvorbereitet getroffen. Ihre Augen zu sehen, die als einziger Teil von ihr lebendig und erschreckend real wirkten. Der schlimmste Schock in meiner elendigen Existenz, und das muss was heißen.

Nicht in tausend Jahren hätte ich gedacht, dass sie noch am Leben ist. Das Entsetzen über diese Tatsache frisst ein Loch in meine Brust und bringt mich innerlich ins Taumeln. Sie, ausgerechnet *sie.*

Das macht mir eine Scheißangst. Zusammen mit der Frage, wie das möglich sein kann. Ich war mir so sicher, dass sie tot ist. So sicher, dass ich sie inzwischen erfolgreich aus meinen Erinnerungen getilgt hatte. Und doch genügte ein Blick auf sie, um alles zurückzuholen. All die Bilder, die ich nie wieder sehen wollte. Die Gefühle, die mich zu überwältigen drohen, jetzt, da sie zurück ist. Schuld, Hass, Gram.

Es war reiner Instinkt, so abweisend zu reagieren und sie zu verleugnen. Selbstschutz.

Was beim letzten Mal passiert ist, hat mich meine Lektion gelehrt.

Ein paar Minuten später nähern wir uns dem Parkplatz in Portici. Aufmerksam sondiere ich die Umgebung, aber noch ist alles ruhig. Es wird noch ein paar Stunden dauern, ehe jemandem die Verwüstung auf der archäologischen Grabungsstätte auffällt und das Chaos losbricht.

Mein Kopf brummt, wenn ich daran denke, welchen Rattenschwanz dieser Abend nach sich ziehen wird. Nicht nur hier in Herculaneum, sondern für mich und die Familien. Ich muss Nerone Bescheid geben, der das Tribunal informieren wird. Unmöglich, Aliqua vor ihnen geheim zu halten. Es wird eine Untersuchung geben, Befragungen, Nachforschungen.

Und alter Klatsch wird ausgegraben werden.

Aliqua stakst mit nackten Sohlen über den porösen Untergrund und verzieht jedes Mal das Gesicht, wenn sie auf spitze Steinchen oder Unrat tritt. »Wohin werdet ihr mich bringen?«

Ihre Stimme ist nicht mehr so rau wie vorhin, aber noch immer etwas belegt. So, als hätte sie sie schon lange Zeit nicht mehr benutzt. Noch immer kann ich nicht ganz begreifen, dass sie gerade ausgegraben wurde. Aus der Erde von Herculaneum, nachdem sie so lange Zeit dort unten lag – wenn es stimmt, was sie behauptet. Allein die Vorstellung führt dazu, dass sich mir der Magen umdreht.

Unwillkürlich lasse ich mich zurückfallen, um die Unterhaltung verfolgen zu können.

»Wir werden dich nach Rom mitnehmen.« Adone, der sich noch nie von einer Frau fernhalten konnte, selbst wenn nicht feststeht, wer oder was sie ist, wirft Aliqua sein berüchtigtes Grinsen zu. Ich merke genau, dass er bereits Sympathie für sie empfindet, und das bereitet mir Sorgen.

Sie blinzelt ein paarmal, ansonsten ist ihrem staubverkrusteten Gesicht keine Regung zu entnehmen. Trotzdem fällt mir auf, dass sie unmerklich näher an ihn herantritt. Sollten die beiden eine Allianz bilden, dann helfe mir Minerva.

Prompt wirft sich Adone in die Brust. »Die Frage ist nur, zu wem wir dich bringen. Ich hätte genug Platz ...«

»Nein.« Das Wort entfährt mir mit ungeahnter Heftigkeit. »Sie kommt mit zu mir. Orela kann sich um sie kümmern.«

Dieser Ausbruch ist ein weiterer Fehler. Adone zieht auf seine nervtötende Art eine Augenbraue hoch und betrachtet mich mit neuem Interesse. Die meisten halten ihn für einen gedankenlosen Weiberhelden, aber damit unterschätzen sie meinen Cousin. Er kann verdammt scharfsichtig sein, und mir gefällt die Art, wie er mich gerade ansieht, überhaupt nicht. Hinter seiner Stirn arbeitet es, und mir graut vor den Schlüssen, die er ziehen könnte. Sobald ich mich halbwegs beruhigt habe, muss ich mit ihm reden und diesmal wirklich überzeugend sein. Was Scuro angeht ... das steht auf einem ganz anderen Blatt.

Wir erreichen Adones schwarz glänzenden Land Rover, und er mustert Aliqua mit hochgezogenen Brauen. »Tut mir leid, aber bevor ich dich in mein Auto setzen kann, müssen wir dich wohl durch eine Waschanlage schleusen. Das *Perfect Shine* Programm.«

Aliqua wirft ihm einen gereizten Blick zu. »Ich fahre gerne im Kofferraum mit, wenn ich zu *dreckig* bin.« Sie wirft ihr langes, völlig verdrecktes Haar über die Schulter, und eine weitere Staubwolke steigt auf. Ich muss mich bemühen beim Aufblitzen ihres Temperaments nicht zu lächeln.

Adone grinst zerknirscht. »Das war ein Witz. Willst du vorne einsteigen?«

Als er an mir vorbeigeht, um ihr die Beifahrertür aufzumachen, höre ich ihn in sich hineinmurmeln: »Ich muss mir einen Industriestaubsauger besorgen.«

Nachdem er die Autotür hinter ihr zugeschlagen hat, nehme ich ihn zur Seite. »Ich fahre mit dem Motorrad in die Stadt. Wir treffen uns dann bei mir.«

Sein Blick wirkt nachdenklich. »Keine Ahnung, aber ich hab das Gefühl, dass du gerade einen Geist gesehen hast. Zweitausend Jahre sind eine lange Zeit, bist du sicher, dass du sie nicht kennst?«

Ich muss das letzte bisschen Konzentration zusammennehmen, um ruhig zu bleiben. Mich nicht weiter zu verraten. »Ich vergesse nie ein Gesicht«, ist alles, was ich dazu sage, bevor ich mich abwende.

Mit einem letzten langen Blick in meine Richtung steigt Adone hinters Steuer seines Wagens, und auch Scuro hüpft auf den Rücksitz.

Der Motor erwacht mit einem ohrenbetäubenden Grollen, und ich muss über Adones Vorliebe für gigantische, protzige Autos seufzen.

Aber gut, wer bin ich, mit meiner geliebten Moto Guzzi, um über ihn zu urteilen.

Ich bin verdammt froh, den Weg zurück nach Rom alleine auf meinem Motorrad zurücklegen zu können. Das gibt mir die Chance, meine Gedanken zu ordnen und meine Fassung vollends zurückzugewinnen.

In Gedanken gehe ich den Abend noch einmal durch und versuche Ordnung in das Chaos in meinem Kopf zu bringen.

Ich komme zu dem Schluss, dass ich mich nicht weiter wie ein abweisendes Arschloch verhalten kann. In Aliquas Augen habe ich nichts lesen können, was darauf schließen ließe, dass sie sich an viel erinnern kann. Was gut ist, wie ich mir sage. Die Vergangenheit ist geschehen, ich kann sie nicht rückgängig machen, egal wie sehr ich mich anstrenge. Und wenn sie sich nicht erinnert, werde ich den Teufel tun und sie auf die Idee bringen, auf Spurensuche zu gehen.

Ich werde ihr ein Freund sein. Sie dabei unterstützen, sich wieder an das Leben in Freiheit zu gewöhnen und nachzuholen, was sie verpasst hat. Das bin ich ihr schuldig.

Es wird nicht leicht für sie werden, sich in der neuen Zeit zurechtzufinden. Als sie verschwand, herrschten die Kaiser über das Imperium und die Götter hatten noch ihre Finger im Spiel. Es war eine archaische Welt, in die wir alle hineingeboren worden sind, voller Gewalt und Mysterien. Die Menschen sind noch immer gleich, aber alles darum herum hat sich gewaltig verändert. Damit muss sie lernen klarzukommen.

Obwohl ... wenn ich darüber nachdenke, geht sie damit eigentlich ziemlich cool um. Sie war das letzte Mal vor knapp zweitausend Jahren draußen und ist, ohne mit der Wimper zu zucken, in ein Auto gestiegen. Sie wusste sogar, was ein Kofferraum ist.

Warum weiß sie so viel über die moderne Welt, wenn sie doch so lange gefangen war?

Diese Frage setze ich auf meine schier unendliche Liste an Punkten, die es zu klären gilt.

Der Morgen dämmert bereits, als wir in Rom ankommen. Auf den Straßen ist immer noch wenig los, aber die ewige Stadt erwacht allmählich. Gemüsehändler sind mit ihren knatternden Ape-Lieferfahrzeugen unterwegs, vereinzelt werden die Gitter vor den Geschäften hochgefahren, und die ersten Menschen machen sich verschlafen auf den Weg zur Metro.

Als wir bei mir zu Hause ankommen, öffne ich mit einer Fernbedienung für Adone das Tor der Tiefgarage und fahre hinter ihm hinunter zu den Stellplätzen. Eine Tiefgarage in Rom ist ein unschätzbarer Luxus, vor allem wenn man wie ich im Zentrum wohnt, wo es schier unmöglich ist, einen Parkplatz zu finden.

Adone parkt auf einem der freien Besucherparkplätze, während ich mein Motorrad neben Orelas schnittigem Cabrio abstelle.

Aliqua öffnet die Beifahrertür und plumpst geradezu aus dem riesigen Geländewagen. Bei jeder Bewegung rieseln Staubflocken aus ihren Haaren und der einfachen Tunika, die sie noch immer trägt. Ich muss mir ein Grinsen verkneifen, wenn ich daran denke, wie Adone fluchen wird, wenn er seine hellen Ledersitze reinigt.

Zu viert steigen wir in den Aufzug, der uns nach ganz oben in die Penthousewohnung bringt, die ich zusammen mit meiner Schwester bewohne. Dank des Aufzugs können wir schon ein paar Jahrzehnte unbehelligt in dieser Wohnung leben, da wir unsere Nachbarn kaum zu Gesicht bekommen. Niemandem fällt auf, dass die beiden Bewohner aus der obersten Etage nicht altern, und wir sind nicht gezwungen, alle paar Jahre umzuziehen.

Oben angekommen krame ich den Hausschlüssel aus der Innentasche meiner Lederjacke und öffne die Wohnungstür. Noch bevor wir alle eingetreten sind, kommt Orela aus dem Durchgang zum Wohnzimmer und prescht wie eine Furie durch den Flur auf mich zu.

»Wo warst du?«, faucht sie wutentbrannt und verpasst mir einen Schlag auf den Arm. »Ich bin hier fast durchgedreht, aber der Herr geht ja nicht an sein Handy.« Ihr Blick wandert weiter zu Adone und Scuro. »Und ihr zwei! Glaubt ja nicht, ich hätte es nicht bemerkt, dass ihr mit dabei wart!«

Selbst Scuro duckt sich unter dem zornigen Blick meiner kleinen Schwester. Sie trägt einen mitternachtsblauen Seidenpyjama, der mit unzähligen weißen Sternchen bedruckt ist, doch das tut ihrer furchteinflößenden Aura keinen Abbruch. Orela hasst es, ausgeschlossen zu werden, vor allem, da sie diejenige ist, die am meisten von uns allen sieht.

»Hey, ganz ruhig«, versuche ich sie zu beschwichtigen, doch sie schnaubt nur – wenn sie könnte, würde sie in diesem Moment Feuer spucken.

»Gnade, o du mächtige Sibylle«, sagt Adone übertrieben demütig. »Wir haben eine Überraschung als Wiedergutmachung dabei. Darf ich dir Aliqua vorstellen?«

Mit großer Geste tritt er zu Seite und gibt den Blick auf Aliqua frei, die er bisher mit seiner breiten Gestalt verdeckt hat.

Orela, die gerade zu einer weiteren Schimpfkanonade ansetzen wollte, hält abrupt inne. Ihr Mund bleibt offen stehen, und eine unnatürliche Blässe huscht über ihr Gesicht. Einen Moment befürchte ich, meine Schwester könnte vor Schock in Ohnmacht fallen.

Die beiden Mädchen stehen sich reglos gegenüber und starren einander an. Obwohl es schon so lange her ist, habe ich keinen Zweifel daran, dass meine Schwester erkennt, wer da vor ihr steht. Endlich huscht Orelas Blick zu mir, und in ihren Augen steht eine riesige, unausgesprochene Frage. Kaum merklich schüttle ich den Kopf. *Halt den Mund,* sage ich stumm, *bitte.* Sie blinzelt ein paarmal, ringt um Fassung und trifft schließlich ihre Entscheidung.

Ihre Lippen biegen sich zu einem freundlichen, aber ansonsten neutralen Lächeln. »Überraschungen, die du nach Hause bringst, Adone, sind mir die liebsten.« Sie greift nach Aliquas staubigen Händen und drückt sie. »Mein Name ist Orela. Ich hoffe diese Wüstlinge von Kerlen haben dich anständig behandelt.«

Aliqua wirkt noch immer leicht verwirrt, während sie Orela mit großen Augen mustert. »Ja ... ja das haben sie.«

»Siehst du, Orela, kein Grund zur Sorge.« Adone tätschelt Aliquas Schulter, was ein Staubwölkchen aufsteigen lässt. »Bevor wir weitermachen, brauche ich einen Drink. Sonst noch jemand?«

Kapitel Drei

Aliqua

Das Mädchen im Pyjama mustert mich mit einem rätselhaften Ausdruck. Im ersten Moment glaube ich so etwas wie Wiedererkennen darin aufleuchten zu sehen, doch die Regung ist so schnell verschwunden, wie sie aufgetaucht ist. Jetzt schaut sie mich mit einem freundlichen Lächeln an, das wie eine Maske über ihre Züge geglitten ist und nichts über ihre wahren Gefühle verrät.

Forschend erwidere ich ihren Blick, während ich erneut dieses Zupfen im hintersten Winkel meines Bewusstseins spüre. Es ist nicht so intensiv wie bei Santo, aber definitiv löst ihr Anblick etwas in mir aus. Eine Erinnerung, so alt und verblasst, dass ich sie nicht mehr greifen kann. Und ihr Name. Orela. Er ist mir so seltsam vertraut ...

Ihre Augen sind genauso strahlend blau wie Santos, fällt mir auf, auch wenn ihre von einem etwas kühleren Eisblau sind. Etwas sehr, *sehr* Altes schlummert in diesen Augen, auch wenn ich noch nicht begreifen kann, was es ist.

Und überhaupt ... bis gerade eben war ich noch zu sehr mit dem Schock über meine unverhofft zurückerlangte Freiheit beschäftigt, um mir Gedanken über diejenigen zu machen, die mich aus Herculaneum herausholten. Ja, sie waren erstaunt, als sie hörten, dass ich lange Zeit unter der Erde gefangen war. Aber dabei ging es eher um die lange Zeitspanne meiner Gefangenschaft und nicht darum, dass ich quicklebendig aus einem unterirdischen Kerker geklettert bin. Sollten sie nicht ... ich weiß auch nicht ... verwundert sein, dass ich schon so ewig lebe? Ich selbst, die ich es am eigenen Leib erfahren habe, kann es ja kaum fassen. Und gemessen an normal menschlichen Standards ist das doch absolut unnatürlich.

Sie scheinen aber auch nicht normal zu sein, geht es mir durch den Kopf. Rein äußerlich ist ihnen nichts anzusehen, aber diese vier umgibt definitiv eine Aura des Außergewöhnlichen. Obwohl sie allesamt nicht älter wirken als zwanzig, geht eine bedrückende Schwere von ihnen aus, die mir flüstert, dass sie schon länger existieren als der Rest der Welt. Mehr gesehen haben, als eine einzige Lebensspanne bereithalten kann. Erneut überkommt mich ein Frösteln, und wieder löst sich dabei Dreck von meinem Körper, der lautlos auf den glänzenden Steinboden rieselt.

Ich merke erst richtig auf, als Adone leicht auf meine Schulter klopft. »Bevor wir weitermachen, brauche ich einen Drink. Sonst noch jemand?« Zustimmung heischend schaut er in die Runde, doch Orela verschränkt mit strenger Miene die Arme vor der Brust. Es sieht niedlich aus, wie sie in diesem Pyjama den drei hünenhaften Kerlen gegenübersteht, die ich ziemlich beeindruckend finde, und sie in Grund und Boden starrt.

»Ich denke, dass Aliqua zunächst etwas anderes braucht.« Ihr Blick wird weicher, als sie zu mir schaut und mir einladend eine Hand entgegenstreckt. Unsicher zögere ich, doch sie nimmt mir die Entscheidung ab und greift nach meinen Fingern. Mit einem letzten mahnenden Blick zurück auf die Jungs zieht sie mich den beeindruckenden Flur der Wohnung hinunter. Der Boden ist mit weißem und schwarzem Marmor gefliest, und die Wände sind fast vollständig mit Bilderrahmen in allen Formen und Größen bedeckt. Auf einem niedrigen Bord am Boden reiht sich eine bunte Mischung aus Kunst- und Dekoobjekten aneinander. Luxuriös und gemütlich gleichermaßen.

»Diesen Neandertalern ist es vielleicht egal, aber bevor wir irgendetwas anderes tun, brauchst du ein Bad. Ich will dir nicht zu nahe treten, aber du bist staubig.« Orela spricht so laut, dass besagte Neandertaler sie auch hören.

Wir kommen an einem offenen Durchgang vorbei, hinter dem ich einen Raum erspähe, in dem Reihen von dunklen Bücherregalen bis zur Decke reichen. Weitere Türen und Durchgänge ziehen an mir vorbei, und ich beginne zu begreifen, dass diese Wohnung ziemlich groß sein muss.

Schließlich bugsiert mich Orela in ein gemütliches Schlafzimmer und durch eine angrenzende Tür, die in ein Badezimmer führt. Sie geht zu einer freistehenden Badewanne und dreht das Wasser auf, während ich mich staunend umsehe.

»So etwas gab es damals nicht«, stelle ich mit einem Blick auf das WC und die an der Wand befestigte Rolle Toilettenpapier fest. Zwar erinnere ich mich noch immer nicht an mein Leben vor der Gefangenschaft, bin mir aber trotzdem sicher, dass das hier neu für mich ist. Aber wieso weiß ich dann, wie es heißt?

Orela wirft mir einen forschenden Seitenblick zu. »Du bist alt, nicht wahr?« Sie spricht die Worte ganz behutsam aus, als wöge sie sorgsam ab, was sie zu mir sagt.

»Wenn das, was ich zu wissen glaube, stimmt, dann ja. Es ist nur ... nach der langen Zeit unter Herculaneum bin ich mir nicht mehr sicher, was Wahrheit und was Traum ist. Meine Erinnerungen sind so verzerrt und teilweise komplett verschwunden. Ich weiß nur, dass ich schon eine wirklich lange Zeit existiere.«

Orela nickt bedächtig. »Das muss ziemlich überwältigend für dich sein, nicht wahr? Es hat sich viel verändert.«

Wenn ich an die fernen Fetzen des Lebens denke, das ich früher kannte, trifft das absolut zu. Seltsamerweise kommt mir diese Welt, in die ich so plötzlich hineingeworfen wurde, aber überhaupt nicht fremd oder beängstigend vor.

Das ist mir schon aufgefallen, als wir von Herculaneum nach Rom gefahren sind. Adone und Scuro waren schweigsam während der Fahrt, haben mir aber ständig Blicke zugeworfen, wie um zu überprüfen, ob ich beim Anblick von Autobahnbrücken oder Lastwagen ausflippe. Objektiv wäre eine solche Reaktion nur logisch gewesen, aber mir ist, als hätte ich all das schon einmal gesehen. Es fühlt sich nicht so an, als wäre ich so lange Zeit ohne Kontakt zur Außenwelt weggesperrt gewesen. Vielleicht befinde ich mich aber auch immer noch in einer Art Schockzustand, und mein Geist gaukelt mir vor, dass all das völlig normal und bekannt ist, damit ich nicht durchdrehe.

»Ihr seid es aber auch, oder? Alt ... meine ich.« Die Frage brennt mir unter den Nägeln, und gespannt warte ich auf ihre Antwort.

Orela durchsucht eine Reihe von Flakons am Rand der Badewanne und wirft mir einen kurzen Blick zu. »Das sind wir.«

Ich will weiter nachhaken, was genau sie sind, aber Orela kippt schon ein Öl ins Badewasser, das einen himmlischen Zitronenduft verbreitet, und bringt mir dann ein paar Handtücher aus einem Schränkchen unter dem Waschbecken.

»Shampoo und Duschgel stehen dort auf dem Fensterbrett an der Wanne. Benutz so viel du möchtest! Und ich lege dir frische Klamotten aufs Bett. Komm einfach ins Wohnzimmer, sobald du fertig bist.« Mit einem letzten Lächeln huscht sie hinaus und schließt die Tür hinter sich.

Die Badewanne füllt sich stetig, aber bevor ich hineinsteige, setze ich mich einen Moment auf den geschlossenen Deckel der Toilette und atme tief durch.

Ich bin wirklich frei, das hier ist kein Traum.

Wie ein Mantra sage ich mir diese Worte immer wieder vor. Es wird bestimmt eine Weile dauern, bis ich es wirklich glauben kann. Bis auch der letzte Teil von mir begriffen hat, dass ich nicht länger tief unter der Erde gefangen bin.

Ich wackle mit den Zehen und lasse die Schultern kreisen, einfach glücklich darüber, dass diese kleinen Dinge wieder möglich sind. Ich kann atmen, blinzeln, die Luft schmecken und alles um mich herum wahrnehmen. Momentan sind die Eindrücke, die auf mich einströmen, noch ein wenig überwältigend, aber ich werde mich wieder daran gewöhnen.

Schließlich stehe ich auf und drehe das Wasser ab, da die Wanne voll genug ist. Heißes Wasser aus der Leitung ist auch eine dieser Annehmlichkeiten, die es früher nicht gab. Ich freue mich schon so sehr auf das Bad. Doch zuvor muss ich meine Tunika ausziehen. Unschlüssig fahre ich mit den Händen über den steifen Stoff, vermeide es aber, an meinem Körper hinunterzusehen.

Bisher habe ich mich davor gehütet, mich selbst genauer in Augenschein zu nehmen, weil ich Angst hatte vor dem, was ich sehen würde. Ja, mein Körper fühlt sich ziemlich normal an, aber ein kleiner Teil von mir fürchtet, dass ich mir über die Zeit selbst fremd geworden bin. Dass ich in den Spiegel schaue und mein Gesicht nicht mehr erkenne. Es hinauszuzögern, bringt aber auch nichts.

Tief durchatmend trete ich vor den Spiegel über dem Waschbecken.

Was ich da sehe, ist ein Schock.

Ich bin grau, von oben bis unten. Meine Haut ist von einer dicken Ascheschicht bedeckt, und man erkennt die Stellen, wo ich mit den Händen hingefasst habe oder berührt worden bin. Wenn ich mich nicht bewege, sehe ich aus wie eine verunstaltete Statue. Einzig meine Augen sind ein hellbrauner Farbklecks in meinem Gesicht. Und meine Haare ... die langen, dunklen Strähnen hat es definitiv am schlimmsten erwischt. Sie sind vom Staub ganz verkrustet und sehen aus wie ein riesiger Haufen Spinnweben. Igitt!

Trotzdem erfasst mich beim Anblick meines Spiegelbildes eine Welle der Erleichterung. Da bin ich! Verborgen hinter einer dicken Schicht Asche und Staub, aber darunter erkenne ich mich selbst ohne jeden Zweifel. Dieses Gesicht gehört keiner Fremden, und das erleichtert mich ungemein.

Plötzlich habe ich es eilig, in die Wanne zu steigen, halte aber kurz davor inne, als mein Blick auf die Dusche an der gegenüberliegenden Wand fällt. Wahrscheinlich ist es sinnvoller, den groben Schmutz zuerst abzubrausen, wenn sich das duftende Badewasser nicht direkt in eine graue Schlammsuppe verwandeln soll. Die Vorstellung allein lässt mich die Nase rümpfen.

Entschlossen, herauszufinden, wie ich ohne die dicke Schmutzschicht aussehe, streife ich die Tunika ab und steige in die ebenerdige Duschkabine. Zum Glück durchschaue ich schnell, wie ich die Hebel und Knöpfe bedienen muss, damit Wasser in der perfekten Temperatur aus dem Duschkopf strömt. Aufseufzend lege ich den Kopf in den Nacken, recke die Arme nach oben und genieße es, wie das Wasser über meinen Körper rinnt. Es ist ein unglaubliches Gefühl, als sich die verkrustete Ascheschicht auf meiner Haut zu lösen beginnt und von mir abgewaschen wird. So herrlich befreiend, die Spuren meiner Gefangenschaft endgültig im Abfluss verschwinden zu sehen.

In einem Metallkörbchen an der Kachelwand stehen einige Tuben, und ich greife mir eine, die mit Rosen und Hortensien bedruckt ist – Orela scheint eine Vorliebe für blumige Pflegeprodukte zu haben. Ich gebe einen Klecks des duftenden Gels in meine Handfläche und beginne mich von oben bis unten einzuseifen. Augenblicklich bin ich in himmlisch duftenden Schaum gehüllt, mit dem ich die hartnäckigen Stellen reinige – der Staub sitzt wirklich in den unmöglichsten Falten und Ritzen.

Als irgendwann nur noch klares Wasser an mir hinunterläuft, schalte ich die Dusche aus und haste tropfnass hinüber zur Wanne.

Endlich kann ich mich in das angenehm warme Badewasser sinken lassen, was sich noch tausendmal besser anfühlt als die Dusche. Glücklich plansche ich eine Weile, dann begutachte ich neugierig die Haarpflegeprodukte, die in Griffweite am Fensterbrett neben der Wanne stehen. Nachdenklich wiege ich eine Flasche in der Hand. Sie ist rundherum mit Text bedruckt, doch ich traue mich noch nicht ganz, mir die Worte genauer anzusehen. Gesprochenes Italienisch verstehe ich auf magische Weise ohne Probleme und kann es genauso gut sprechen, aber ob ich es auch lesen kann? Meine Muttersprache ist Latein, und obwohl ich mich erinnern kann, in meinem früheren Leben Lesen und Schreiben gelernt zu haben, ist es etwas anderes, jetzt eine Sprache lesen zu wollen, die damals noch gar nicht existiert hat.

Ich gebe mir einen Ruck und schaue mir die Rückseite an. *»Geben Sie den Conditioner nach der Haarwäsche ins feuchte Haar, und lassen Sie ihn zwei bis drei Minuten einwirken.«*

Mein Herz macht einen Hüpfer, als ich ohne Probleme über die Zeilen fliege. Ich kann es wirklich! Die Tatsache, dass ich es eigentlich gar nicht können *dürfte,* schiebe ich für den Moment von mir und vertiefe mich stattdessen in die Pflegehinweise und Inhaltsstoffe.

Schließlich entscheide ich mich für ein mildes Reinigungsshampoo mit weißem Tee und die dazu passende Haarkur.

Das Gefühl, meinen Kopf zu shampoonieren, ist so fantastisch, dass ich den Vorgang zweimal wiederhole und nur auf ein drittes Mal verzichte, weil ich Orelas Produkte nicht vollkommen aufbrauchen möchte.

Erst als das Wasser kalt wird und meine Finger schon ganz schrumpelig sind, steige ich aus der Wanne und wickle mich in die bereitgelegten Handtücher. Am Waschtisch entdecke ich eine Haarbürste, mit der ich meine verwirrten Haare ausbürste, bis sie mir feucht und glatt auf die Schultern fallen.

Erst dann wage ich einen zweiten Blick in den Spiegel.

Mein Gesicht schaut mir entgegen, sauber und rosig und ohne die Aschekruste, die mich wie eine Maske bedeckt hat.

Wie eine Blinde, die ihr Augenlicht zurückerlangt hat, betrachte ich mein Spiegelbild. Dabei stiehlt sich unweigerlich ein Lächeln auf meine Lippen, und nach ein paar Minuten wende ich mich ab, um ins Nebenzimmer zu gehen.

Wie versprochen hat mir Orela Kleidung herausgesucht und auf das Bett gelegt. Einfache Baumwollunterwäsche, eine butterweiche beige Jogginghose und ein T-Shirt. Die Sachen passen mir und sind so gemütlich, dass es sich wie eine Ganzkörperumarmung anfühlt.

Angenehm erschöpft nach dem ausgiebigen Bad bleibe ich einen Moment auf dem Bett sitzen. Orela hat gesagt, ich solle ins Wohnzimmer kommen, sobald ich fertig bin, aber einen Moment will ich noch die Ruhe für mich genießen. Gähnend fahre ich mit den Händen über die samtige Bettwäsche und beschließe, dass es nicht schaden kann, mich für ein paar Minuten gegen das gepolsterte Kopfteil zu lehnen und die Augen zu schließen.

Santo

Während Orela Aliqua ins Badezimmer entführt, machen es sich Scuro und Adone im Wohnzimmer bequem. Ich schenke uns ein paar Fingerbreit Whiskey aus der Hausbar ein, ungeachtet der Tatsache, dass es erst fünf Uhr morgens ist. Wenn man die ganze Nacht wach war, um totgeglaubte Menschen aus der Antike aus der Erde zu fischen, spricht in meinen Augen nichts gegen einen Drink zur Morgendämmerung.

Meine Cousins lümmeln gähnend auf der Couch, aber ich kann unmöglich still sitzen. Mein Geist ist in Aufruhr, und so tigere ich mit meinem Tumbler in der Hand vor dem offenen Kamin auf und ab.

Adone verfolgt meine Bewegungen unter halb geschlossenen Lidern hervor. »Worüber zerbrichst du dir dein hübsches Köpfchen?«

Nachdenklich lasse ich den Alkohol in meinem Glas kreisen. »Was glaubst du denn? Ich versuche zu begreifen, was da heute Nacht passiert ist.«

»Meint ihr, sie sagt die Wahrheit?«, gibt Scuro zu bedenken, der sich seit der Abfahrt in Herculaneum in einen Mantel des Schweigens gehüllt hat.

Im Gegensatz zu dort bin ich sofort auf der Hut und kalkuliere meine Reaktion gewissenhafter. »Warum sollte sie das nicht tun?«

Scuro starrt in sein Whiskeyglas. »Da waren Immortali am Werk. Und die Vorstellung, dass sie so lange Zeit dort unter der Erde war ... lebend ... ich verstehe das nicht. Wer ist sie, wenn nicht eine von den Immortali? Wie kann sie eine Ewigliche sein?«

Wohlweislich bleibe ich am Fenster stehen und drehe meinen Cousins weiter den Rücken zu. Obwohl ich mir alle Mühe gebe, fürchte ich, meine Miene nicht im Griff zu haben.

»Ich weiß nicht, wie viel wir überhaupt aus ihr selbst herausbekommen können. Ihr Erinnerungsverlust schien mir aufrichtig.«

Alle Muskeln in meinem Körper spannen sich bei Scuros Andeutung an. *Etwas aus ihr herausbekommen.* Ja, mein Cousin kennt jede Menge Methoden, um verstockte Zungen zu lösen, aber keine davon wird er an Aliqua anwenden. Nicht, solange ich es verhindern kann.

Zum Glück kommt Orela in diesem Moment zurück ins Wohnzimmer und setzt sich mit einem Seufzen neben Adone. »Sie badet jetzt.« Mit einem Blitzen in den Augen schnappt sie Adone das halb leere Whiskeyglas aus der Hand und nimmt einen Schluck daraus.

»Hey!«, protestiert er.

»Den hab ich mir verdient«, sagt sie süßlich und trinkt auch noch den letzten Schluck. »Nachdem ich die halbe Nacht vor Sorge fast verrückt geworden bin, weil ihr euch alle nicht gemeldet habt.«

»Nicht jeder kann ununterbrochen an seinem Handy hängen!«

Das Gezanke der beiden verstärkt das dumpfe Pochen hinter meiner Stirn, und ohne etwas zu sagen, gehe ich aus dem Zimmer.

Von einem Balkon aus, der zum Innenhof unseres Wohngebäudes zeigt, steige ich über eine schmale Treppe hinauf aufs Dach.

Diese Dachterrasse ist einer der Gründe, warum ich so gerne hier wohne. Abgeschirmt durch Bäumchen, Palmen und Blumen, die in Kübeln und an Rankhilfen wuchern, ist die Terrasse eine intime Oase über den Dächern von Rom. Der Lärm der Straßen ist kaum zu hören, und wenn man will, kann man von hier aus die ganze Altstadt überblicken.

Heute Morgen allerdings lasse ich mich blind für die Schönheit dieses Fleckchens auf einen Outdoor-Loungesessel fallen und ziehe mein Handy aus der Jackentasche. Tatsächlich ist der Bildschirm voller Meldungen über verpasste Anrufe von Orela, Textnachrichten und SMS. Gott, sie hat mir seit meiner Ankunft an der Amalfiküste wirklich die Hölle heißgemacht, und ich habe das Summen an meiner Brust überhaupt nicht mehr wahrgenommen. Seufzend lösche ich die Mitteilungen meiner Schwester und stoße auf Nachrichten von Nerone.

Ach verdammt, mit ihm muss ich auch noch reden.

Erschöpft fahre ich mir mit den Händen durchs Haar, ehe ich seine Nummer anklicke und dem Freizeichen lausche. Er nimmt nach dem dritten Tuten ab. Es wundert mich gar nicht, dass er um diese Uhrzeit wach ist.

»Santo, na endlich!«, bellt er in den Hörer, seine Stimme wie immer tief und grollend. »Was zum Teufel ist los? Warum hast du deinen Patrouillenposten verlassen?«

Er schäumt vor Wut, und ich bin froh, dass ich ihn angerufen habe, anstatt persönlich mit ihm zu reden. Seiner Laune nach hätte er mir, ohne Erklärungen abzuwarten, den Hals umgedreht. Was schmerzhaft und lästig gewesen wäre.

»Du wirst es nicht glauben, aber dein Sohn war dafür verantwortlich. Unter anderem.«

»Unter anderem, eh? Das kann nur heißen, dass Scuro auch dabei war. Was haben Adone und er angestellt?« Ich muss es ihm hoch anrechnen, dass er mit Adone und Scuro sofort richtig getippt hat – andererseits sind wir drei auch ein notorisches Trio, und Nerones zweiter Sohn Remo ist dagegen brav wie ein Lämmchen. Er würde sich nie in diese Art von Ärger verstricken.

»Mach dich auf was gefasst«, murmle ich, ehe ich beginne, die Ereignisse der letzten Stunden detailliert zu erzählen.

Nerone unterbricht mich kein einziges Mal, was mir zeigt, dass er tatsächlich vollkommen von den Socken ist. Auch als ich ende, herrscht einige Atemzüge lang Schweigen am anderen Ende der Leitung.

»Das ist in der Tat äußerst merkwürdig«, sagt Nerone dann. »Behaltet das unbedingt für euch, ja? Ich will nicht, dass etwas davon nach außen dringt, bevor wir uns über alles im Klaren sind.«

»Was hast du vor?«, frage ich angespannt.

»Ich muss das Tribunal darüber in Kenntnis setzen. Es ist beunruhigend, dass die Immortali damit beginnen, in Herculaneum herumzuwühlen. Der Sache müssen wir auf den Grund gehen. Und natürlich muss dieses Mädchen befragt werden.«

»Aliqua«, erinnere ich ihn automatisch. »Ihr Name ist Aliqua.«

Die angenehme, beruhigende Wärme des Whiskeys verpufft jäh unter einer neuen Welle eiskalter Beklommenheit. *Aliqua befragen ... der Sache auf den Grund gehen.*

Nur mit Mühe schaffe ich es, meine Stimme ruhig klingen zu lassen. »In Ordnung, wir werden nichts sagen. Aliqua kann in nächster Zeit bei Orela und mir bleiben.«

Nerone stimmt brummend zu. »Alles klar, bleib auf Abruf. Und, Santo?«

»Mh?«

»Glaub ja nicht, dass deswegen deine abgebrochene Patrouille ohne Folgen bleibt. Du darfst dich auf Extraschichten gefasst machen.«

Mit diesen Worten legt er auf, und ich starre den Handybildschirm in einer Mischung aus Verärgerung und Sorge an.

Ich musste Nerone Bescheid geben, auch wenn mir nicht gefällt, was er zu sagen hatte. Was wiederum keine Überraschung war. Als Vorsitzender des Tribunals und Anführer der Damnati ist es seine Pflicht, eine Untersuchung durch das Tribunal einzuleiten und Aliqua genauer unter die Lupe zu nehmen. Wenn die Immortali ein wie auch immer geartetes Interesse an ihr haben, dann müssen wir herausfinden, was es sein könnte. Um ihnen einen Schritt voraus zu sein, ehe sie uns alle weiter ins Verderben stürzen. Elende Ewigkeits-Jünger.

Erschöpft lasse ich mich tiefer in den Sessel sinken und starre hoch zum Himmel über mir, der von der aufgehenden Sonne in ein fast schon kitschiges Rosa getaucht wird.

Meine Lider werden schwer, und ich erlaube mir einen Moment lang die Augen zu schließen. Ich weiß, dass Nerone im Grunde verdammt froh darüber ist, dass wir in Herculaneum eingeschritten sind, aber natürlich muss er mir die Patrouille-Extraschichten als Machtdemonstration aufs Auge drücken.

Adone darf sich bestimmt noch was anhören, sobald er seinen Vater trifft. Und Scuro? Beim Gedanken daran, wie ihm seine schrullige Mutter die Leviten liest, muss ich tatsächlich grinsen. Er wird von uns dreien am besten davonkommen.

Unten auf der Straße hupt ein Auto, und in der Nähe gurren Tauben. Alles scheint wie immer, und doch ist alles anders als noch vor vierundzwanzig Stunden. Mein Leben war so langweilig, eintönig und leer, dass ich alles für einen Funken Gefühl gegeben hätte. Und jetzt das. Man sollte wirklich vorsichtig sein mit dem, was man sich wünscht, vor allem, wenn man Santo Omodeo heißt und eine verfluchte Seele hat. Die Götter sind vielleicht von der Erde verschwunden, aber ihre Ohren funktionieren noch immer erstaunlich gut. Und offenbar können sie sich noch immer köstlich darüber amüsieren, einen Menschen wie mich ins Verderben zu stürzen.

Dass sie dafür ausgerechnet Aliqua als Schachfigur zurück aufs Brett geholt haben, zeugt nur von ihrer uralten Grausamkeit.

Stöhnend lasse ich den Kopf nach vorne sinken und vergrabe das Gesicht in den Händen. Bis gerade eben habe ich mir alle Mühe gegeben, mich unter Kontrolle zu halten, doch jetzt, in diesem Moment, bricht die Panik in schweren Wellen über mir zusammen. Ich zittere unkontrolliert, und eine Kälte kriecht über meine Haut, die bis in die Knochen dringt.

Aliqua ist zurück und damit das Sinnbild meiner größten Sünden. Ich war so knapp davor, in Ohnmacht zu fallen, als ich sie am Grund der Grube hocken sah, lebendig und mit diesem unverkennbaren Leuchten in den Augen. Auch jetzt noch fühle ich den Schwindel, das abgrundtiefe Entsetzen darüber, sie nach so langer Zeit plötzlich vor mir zu sehen.

Bei Pluto, ich bin das größte Arschloch, das je diese Erde betreten hat, weil ich so entsetzt darüber bin, dass sie noch lebt. Ich sollte mich freuen, dass sie wieder frei ist. Aber ich kann das Grauen nicht abschütteln. Dieses Gefühl, das meinen ganzen Körper gepackt hält und mich zu zerquetschen droht wie die Faust eines Riesen.

Sie scheint sich an nichts zu erinnern. Der Gedanke taucht wie ein Leuchtfeuer in dem dichten Paniknebel auf, der mein Gehirn füllt. Ich nehme einen flachen Atemzug und stoße ihn zischend durch meine zusammengebissenen Zähne wieder aus. Der Druck in meinem Inneren nimmt dabei ein wenig ab. Sie hat anscheinend vergessen, was damals, im Jahr Neunundsiebzig, passiert ist, und ich hoffe, dass ihre Erinnerungen unwiederbringlich zu Asche zerfallen sind. Das ist ein weiterer Arschloch-Gedanke, aber ich weiß, dass es besser ist, darauf zu hoffen. Für sie und den Rest von uns. Alle Details kannten sowieso nur sie und ich ... und Orela. Aber nein, meine Schwester wird dichthalten. Vorhin an der Tür hat sie es bewiesen. Sie hat mir damals geschworen, niemals ein Wort darüber zu verlieren, und sie wird es auch jetzt nicht tun. Vielleicht schadet es aber nicht, sie bei Gelegenheit an ihr Versprechen zu erinnern. Besonders jetzt, da Aliqua wieder da ist.

Aliqua.

Ihr Name ist mein Wiegenlied. Wenn ich wach bin, kann ich den Gedanken an sie verdrängen, aber sobald ich die Augen schließe, flüstern mir meine Erinnerungen ihren Namen ins Ohr.

Seit Jahrhunderten, nein, Jahrtausenden.

Bis der Klang sich mit meinen Gedanken verwoben hat und bei jedem Atemzug wortlos über meine Lippen wispert.

Kapitel Vier

Rom, 79 n. Chr.

Die Sommerhitze flirrte über den Basaltplatten, mit denen die Straßen gepflastert waren, und staute sich in den engen Gassen.

Zusammen mit dem nubischen Sklaven lief sie hinter ihrem neuen Herrn her, der es merklich eilig hatte, nach Hause zu kommen. Begleitet wurden sie von der Entourage ihres Herren, wie es für wohlhabende römische Bürger üblich war. Sie bestand an diesem Tag aus weiteren seiner Sklaven – je mehr ihn flankierten, desto deutlicher stellte er seinen Wohlstand zur Schau. Manchmal wurden sogar Tagelöhner engagiert, um die Gefolgschaft zu vergrößern.

Umgeben von der schweigsamen Gruppe, überkam sie trotz der hohen Temperaturen ein Frösteln, wenn sie daran dachte, was ihr Herr mit ihr vorhaben mochte. Das Schildchen vom Markt hing nach wie vor um ihren Hals und klopfte bei jedem Schritt gegen ihre Brust.

Eine Zierde für jeden Haushalt oder das Bett.

Oder das Bett …

Ihr graute davor, sollte er sie wirklich für diese Aufgabe ausersehen haben. Bisher war ihr eine solche Demütigung in ihrem Leben erspart geblieben, und auch wenn es, wie sie wusste, inzwischen unter Strafe stand, seinen Sklaven in dieser Form Gewalt anzutun, war es doch noch immer gang und gäbe, sich Lustobjekte zuzulegen.

Ihr Herz raste vor Furcht, als sie an der Domus ihres Herren ankamen. Von außen wirkte sein Haus schlicht, geradezu karg und abweisend, doch sie wusste, dass sich solche Häuser nur die wirklich reichen Bürger Roms leisten konnten. Trutzburg nach außen, luxuriöser Palast im Inneren.

Sie durchschritten das bronzebeschlagene Holzportal und gelangten in einen schattigen Korridor. In einem Alkoven stand ein Pförtner, der sich bei der Ankunft seines Herrn ehrerbietig verneigte. Sein Blick glitt neugierig über die beiden Neuankömmlinge, die aus der Gruppe herausstachen.

Als sie das Atrium betraten, öffnete sich ihr Mund vor Staunen zu einem stummen Seufzen. Dieser Raum war an Pracht kaum zu überbieten. Die Wände des rechteckigen Saals waren über und über mit Fresken verziert, die in den buntesten Farben leuchteten. Landschaften, Götterbilder und fantasievolle Ornamente verwoben sich zu einem schillernd bunten Teppich. In der Mitte des Raumes lag ein quadratisches Wasserbecken, das sich direkt über einer Öffnung im Dach befand. Dieses Haus schien über eine eigene Zisterne zu verfügen – ein Luxus, den es nur in wenigen Häusern gab.

Sie fühlte sich ganz demütig angesichts des Reichtums, den dieses Heim demonstrierte. Dagegen wirkte die Domus ihres alten Herrn Flavius Verus geradezu ärmlich.

Ihr Besitzer steuerte auf eine hölzerne Falttür zu, als ein junger Mann durch einen Vorhang trat, hinter dem sie einen kurzen Blick auf einen begrünten Innenhof erhaschen konnte. Er trug eine weiße, gegürtete Tunika, und sein kurzes lockiges Haar war modisch frisiert.

»Vater, du bist zurück.« Seine dunklen Augen streiften die beiden neuen Sklaven. »Und ich sehe, du warst erfolgreich.« Er trat auf den Nubier zu und musterte ihn abschätzig. »Ich hoffe, dieser taugt etwas.«

Sein Vater trat neben ihn und legte ihm eine Hand auf die Schulter. »Gewiss, Marcellus, noch einmal lasse ich mich nicht übervorteilen.« Die beiden tauschten einen grimmigen Blick, dann wandte sich die Aufmerksamkeit des Sohnes ihr zu.

»Und wen haben wir denn da?« Seine Stimme senkte sich zu einem aufreizenden Raunen, und er betrachtete sie mit hungrigem Ausdruck. Sie versteifte sich unter diesem Blick, und ein Angstschauer lief ihr über den Rücken.

»Wie heißt du?«

Sie wollte ihm antworten, das war ihre Pflicht, aber ihr Mund war so ausgedörrt, dass sie kein Wort herausbekam.

Marcellus machte einen Schritt auf sie zu und umfasste mit der Hand ihr Kinn. »Wie heißt du? Oder bist du stumm?« Ein höhnisches Lächeln kräuselte seine Lippen. Sein Griff schmerzte, und er drückte ihren Kopf unsanft in den Nacken, damit sie ihm in die Augen sah. »Rede, Serva.«

Die Art, wie er sie Sklavin nannte, machte deutlich, was er von Ihresgleichen hielt. Aus seinem Mund klang es wie ein Schimpfwort.

»Aliqua«, brachte sie schließlich mit Mühe heraus.

Marcellus kniff die Augen zusammen, während er sie weiter unbarmherzig festhielt. »Das soll ein Name sein?«, spottete er. »Irgendjemand *– so nennt man dich?«*

Sie nickte, und Tränen traten ihr in die Augen, weil seine Finger schmerzhaft in ihre Wangen drückten.

»Du bist also so wenig wert, dass man es nicht einmal für nötig gehalten hat, dir einen vernünftigen Namen zu geben? Nun gut, dann solltest du zumindest wissen, wo dein Platz ist.«

Er machte Anstalten, sie loszulassen, als etwas seine Aufmerksamkeit zu fesseln schien. Zwar löste er endlich den Griff von ihrem Gesicht, fasste aber stattdessen an den Ausschnitt ihrer schlichten Tunika. Seine Finger fanden die Lederschnur und zogen den Anhänger hervor, der unter dem Stoff an ihrer Brust ruhte. Sie wurde noch näher zu ihm hingezogen, als er den Anhänger auf die flache Hand legte und ihn betrachtete. Es war ein schlichter, metallisch schimmernder schwarzer

Stein, in den wenig kunstvoll eine gezackte Krone geritzt war. Dennoch trat ein interessiertes Glühen in seine Augen.

»Ein Blutstein«, murmelte Marcellus leise. »Woher hast du das denn?«

Aliquas Kehle fühlte sich staubtrocken an. »Es ist bloß ein Talisman. Ich habe ihn bei meiner Geburt von meiner Mutter bekommen.«

Marcellus schwieg, und sie fürchtete schon, er würde ihr den Anhänger wegnehmen, doch dann schnaubte er und ließ sie los. Demonstrativ wischte er sich die Hand an seiner Tunika ab, als hätte er etwas Schmutziges berührt.

»Wie bezeichnend, dass sie dir eine Kette hinterlassen hat, aber keinen Namen.«

Mit schamroten Wangen senkte sie den Blick. Ihr Name war schon immer schwer zu ertragen gewesen. Wer wollte schon Irgendjemand *oder* Irgendetwas *heißen? Nachdem ihre Mutter unmittelbar nach ihrer Geburt gestorben war, hatte niemand im Haushalt gewusst, wie man sie nennen sollte, und so hatte sich Aliqua mit der Zeit eingebürgert. Sie war ein Niemand, ohne Herkunft oder Wurzeln. In gewisser Weise hatte sie sich diesen Namen zu eigen gemacht und ihn wie einen Panzer um sich errichtet.*

Marcellus' beißender Spott riss allerdings die alte Wunde wieder auf, weshalb sie sich erneut verloren und wertlos fühlte.

»Ich habe sie nicht wegen ihres Namens gekauft, sondern aufgrund der Fertigkeiten, die sie verspricht. Außerdem ist sie nicht für dich bestimmt, du musst dich also gar nicht damit abgeben«, erklärte Faustus und bedachte seinen Sohn mit einem strengen Blick.

»Wenn sie nicht für Marcellus ist, für wen ist sie dann?«, erklang in diesem Moment eine weibliche Stimme hinter ihr.

Aliqua lugte über die Schulter und sah ein Mädchen die Treppe zum Obergeschoss herunterschreiten. Sie war hübsch und in eine prächtige apricotfarbene Tunika gekleidet. Der Stoff schimmerte bei jedem ihrer anmutigen Schritte.

»Octavia!«, grüßte Faustus sie herzlich und lud sie mit einer Geste ein, näher zu treten. Marcellus lehnte mit mürrischer Miene an einer Säule und ließ Aliqua nicht aus den Augen.

»Mein liebes Kind, ich habe ein Geschenk für dich!«

Mit leuchtenden Augen kam Octavia näher und trat neben ihren Vater, der ihr einen Arm um die Schulter legte.

»Hier. Sie gehört ganz dir.« Er deutete auf Aliqua, als wäre sie ein wunderbares kleines Geschenk. Eine Schmuckschatulle vielleicht. Kein Mensch, der lebte und atmete.

Octavia musterte sie eingehend. »Was kann sie?«

»Alles, mein Schatz. Sie hat die Töchter ihres vorherigen Besitzers versorgt und ist in allem bewandert, was eine gute Dienerin können muss.«

Mit wiegenden Schritten kam Octavia auf sie zu und besah sie sich aus der Nähe.

»Sie ist so hübsch«, murrte sie dann. »Sie wird mir noch die Schau stehlen.«

Faustus lachte. »Kein Römer wird einen zweiten Blick an sie verschwenden, wenn du im selben Raum bist, meine Tochter. Venus war unserer Familie wohlgesonnen, als sie uns dich geschenkt hat.« Er betrachtete seine Tochter voller väterlicher Bewunderung, und sie schien durch seine Worte besänftigt.

»Sie soll in der Kammer neben meinem Gemach schlafen. Ich brauche sie stets auf Abruf.«

»So soll es sein.«

Aliqua wurde den Eindruck nicht los, dass Faustus seine Tochter nach Strich und Faden verwöhnte und ihr jeden Wunsch von den Augen ablas – selbst wenn sie verlangen sollte, Aliqua in ein Fass voll Teer zu stecken und anschließend zu federn, damit sie ihr ja nicht die Schau stahl.

Die größte Sorge bereitete ihr allerdings Marcellus und der unvermindert gierige Ausdruck in seinen Augen. Er mochte sie für ein Wesen weit unter seiner Würde halten, aber das würde ihn gewiss nicht daran hindern, sich von ihr zu nehmen, wonach ihm der Sinn stand.

Aliqua

Gestein !

Von allen Seiten bin ich von Gestein umgeben. Es schmiegt sich so vollkommen um mich, dass ich mich nicht bewegen kann. Eine zweite Haut, ein Panzer.

Nein!, will ich rufen, doch kein Laut kommt über meine Lippen. Meine Lunge schreit nach Luft, aber nur Asche füllt meinen Mund.

Asche, die von einem Himmel regnet, der in schwelendem Rot und Orange glüht. Blitze zerfetzen das Firmament, und die Luft selbst scheint in Flammen zu stehen. Ich höre die Schreie von Menschen um mich herum, ihre verzweifelten Hilferufe und das Trampeln ihrer Schritte, als sie versuchen, sich in Sicherheit zu bringen. Aber es gibt kein Entkommen, kein Versteck. Die brennende Luft holt sie ein, Rußwolken ersticken ihre Stimmen, und wie Quellwasser, das einen Berg hinabstürzt, naht die flüssige Hitze …

Auch ich will mich bewegen, fortkommen, aber ich bin wie gebannt.

»Du hast dich diesem Schicksal freiwillig hingegeben«, raunt eine körperlose, grausame Stimme. *»Erinnere dich an das Opfer, das du gebracht hast.«*

Nein, nein, nein, nein!

Zitternd fahre ich aus dem Schlaf hoch, die Worte noch auf den Lippen. »Nein«, wispere ich rau und versuche mich zu orientieren. Wo bin ich?

Der Traum fühlt sich nach wie vor erschreckend real an. Die Schreie der Menschen hallen in meinen Ohren nach, und ich habe den Geschmack von Asche und Schwefel im Mund. Mein Blick irrt umher, fast erwarte ich die gewaltigen Rußwolken zu sehen, die mir gerade eben noch die Lunge verstopft haben. Nur langsam begreife ich, dass ich nicht mehr unter der Erde bin. Nicht mehr gefangen.

Stattdessen befinde ich mich in einem gemütlichen Schlafzimmer, und zwischen den zugezogenen Vorhängen dringt Sonnenlicht hervor.

Schwer atmend schiebe ich mir die vom Schlaf zerzausten Haarsträhnen aus dem Gesicht und erinnere mich wieder, wo ich hier bin. Die Wohnung von Santo und Orela in Rom. Sie haben mich hierher gebracht, nachdem ich in Herculaneum befreit wurde. Und offenbar bin ich nach dem Bad in den frühen Morgenstunden auf dem Bett eingeschlafen und erst jetzt wieder aufgewacht. Wie spät ist es? Es kommt mir so vor, als hätte ich nur ein paar Stunden geschlafen, trotzdem fühle ich mich frisch und ausgeruht.

Ein letztes Mal atme ich tief durch, um den Schrecken des Traums abzuschütteln, dann steige ich aus dem Bett und tapse ins Bad. Unter dem Waschtisch finde ich neben weiteren Handtüchern eine verpackte Gästezahnbürste, in einem Becher neben dem Waschbecken eine Tube Zahnpasta. Nach dem Zähneputzen wasche ich mir das Gesicht mit kaltem Wasser und beschließe, dass ich die geliehene Kleidung von Orela weiter tragen kann.

Schließlich verlasse ich das Schlafzimmer und luge in den Flur. In der Wohnung ist es ruhig, aber angesichts ihrer Größe kann es sein, dass ich ihre Bewohner von hier aus nur nicht hören kann.

Meine Schritte verursachen auf dem spiegelblanken Marmorboden keinerlei Geräusche, und ich fühle mich ein wenig wie ein Geist, während ich durch leere Flure gehe und in verlassene Zimmer luge. Einen Moment verharre ich am Eingang der wunderschönen Bibliothek, die mir schon bei meiner Ankunft aufgefallen ist, dann laufe ich weiter ins Wohnzimmer. Der Raum ist genauso herrlich eingerichtet wie der Rest der Wohnung, besonders fasziniert mich ein offener Kamin aus hellem Marmor, in den ein antikes Schlachtenfries gemeißelt ist. An das Wohnzimmer schließt sich eine offene Küche an, benutzte Kaffeetassen in der Spüle deuten darauf hin, dass heute schon mal jemand hier war. Dann fällt mir eine angelehnte Glastür auf, die hinaus auf einen Balkon führt. Die Aussicht auf frische Luft und Sonnenschein lockt mich nach draußen. Der Balkon liegt im Schatten und ist kaum mehr als ein Austritt zum Innenhof, auf dem ein rostiger Gartenstuhl und ein paar Pflanzentöpfe Platz finden. Allerdings gibt es eine Treppe, die an der Hauswand entlang weiter hinaufführt. Einen Moment zögere ich noch, dann siegen meine Neugier und die Aussicht auf Sonne oben auf dem Dach.

Schon nach ein paar Stufen ergießt sich Sonnenlicht über mich, und oben angekommen stockt mein Atem. Wie ich vermutet habe, befindet sich auf dem Dach eine Terrasse, und ich weiß nicht, was schöner ist: der eingewachsene Garten aus Topfpflanzen, der die Terrasse rundum umgibt, oder der Ausblick über die Dächer von Rom. Wir befinden uns wirklich direkt in der Innenstadt – wohin ich mich auch wende, ich bin umgeben von einem Meer an ockerfarbenen Hausdächern, Kirchtürmen und Kuppeln. Der Himmel leuchtet kobaltblau und ist nur von ein paar Schleierwolken bedeckt. Schon das Gefühl des freien Nachthimmels über mir war gestern schier überwältigend, doch dieses strahlende Blau lässt mein Herz hüpfen.

Erst nach einer Weile fällt mir auf, dass ich nicht alleine auf der Terrasse bin. Im Schatten einer Palme liegt Santo auf einem Gartenstuhl und schläft. Seine Position sieht nicht gerade bequem aus, und mir fällt auf, dass er noch die Kleider vom Vortag trägt: schwarze Jeans und eine Lederjacke über einem grauen Shirt. War er die ganze Zeit über hier oben?

Vorsichtig, um ihn nicht zu wecken, nähere ich mich ihm. Ich nutze die Gelegenheit, ihn noch mal in Ruhe zu betrachten und diesem seltsam drängenden Gefühl nachzuspüren, das mich bei seinem Anblick überkommt. Irgendetwas rüttelt da definitiv energisch an einer Barriere in meinem Unterbewusstsein.

Es hat eine besondere Magie, ein schlafendes Gesicht zu betrachten. Das schwarze Haar fällt ihm wirr in die Stirn, seine vollen Lippen stehen ein wenig offen. Er wirkt so ruhig und friedlich, keine Spur von der aufgepeitschten Düsternis, die ihn gestern umgeben hat.

Als würde er meine Anwesenheit spüren, beginnt er sich plötzlich zu regen. Seine Augenbrauen zucken, und er zieht die Mundwinkel nach unten. Erschrocken weiche ich zurück, damit er mich nicht dabei ertappt, wie ich ihn ungeniert anglotze. Ich haste zur Balustrade und gebe vor, in den Ausblick vertieft zu sein, während er hinter mir mit einem gequälten Stöhnen endgültig aufwacht. Stoff raschelt, als er sich auf dem Rattansessel aufrichtet, und ich höre seine Gelenke knacken, als er sich ächzend streckt. Dann entdeckt er mich.

»Aliqua.«

Seine Stimme klingt ganz verschlafen, und ich drehe mich extralangsam um und versuche angemessen überrascht auszusehen; ganz so, als wäre mir seine Anwesenheit erst just in diesem Moment bewusst geworden. Als wären nicht sämtliche meiner Sinne auf ihn ausgerichtet, um jede Regung wahrzunehmen.

Ich gehe ein paar Schritte auf ihn zu, und er beobachtet mich unter halb geschlossenen Lidern. Das Blau seiner Augen züngelt wie eine Flamme zwischen seinen dunklen Wimpern hervor und macht dem Sommerhimmel Konkurrenz. Wir schauen uns einen Moment zu lang in die Augen und eine prickelnde Hitze jagt mein Rückgrat hinunter. Bilder blitzen in meinen Gedanken auf, verblasst, als hätte jemand einen Sepiafilter darübergelegt. Ein Holzpodium unter einer löchrigen Plane, das Forum, und ein Paar blauer Augen in der Menschenmenge.

Geblendet von diesen alten Eindrücken lasse ich mich auf ein Loungesofa gegenüber von Santo sinken.

»Es kommt mir so vor, als würde ich dich kennen.« Meine Stimme scheint aus weiter Entfernung zu kommen, und mein Satz klingt nach einer Frage. Diese Vermutung nun auszusprechen, fühlt sich ziemlich befreiend an.

Santo mustert mich prüfend, dann zuckt er mit den Schultern. »Vielleicht erinnere ich dich an jemanden, den du früher gekannt hast. Deine Erinnerungen sind verblasst, nicht wahr?«

Das flatternde Gefühl in meinem Magen verpufft und wird ersetzt von Ernüchterung.

Ich weiß nicht wieso, aber irgendwie habe ich trotz allem gehofft, dass wir uns einst gekannt haben. Dass es eine Erklärung gibt für diese schwer greifbare Sehnsucht, die mich bei seinem Anblick überkommt. Enttäuscht sinke ich in mich zusammen.

»Ich bin so verwirrt«, gestehe ich und gehe auf ein anderes Thema ein, das mich umtreibt. »Keine Frage, es ist fantastisch, dass ich wieder frei bin, ich könnte nicht glücklicher darüber sein. Aber da sind so viele Dinge, die ich nicht verstehe. Warum *kenne* ich diese Welt, wenn ich doch so lange weggesperrt war? Ich kann die Sprache, weiß über Autos Bescheid und diese ganzen Sachen, als wäre es nichts Neues für mich. Und gleichzeitig erinnere ich mich kaum an mein altes Leben. So lange habe ich auf die Freiheit gehofft, und jetzt fühle ich mich verloren.« Dieses Geständnis kostet mich einige Überwindung, und ich traue mich nicht, Santo anzuschauen.

Er seufzt leise. »Sei nicht zu hart zu dir, das ist gerade sehr viel, womit du zurechtkommen musst. Und was dein Gedächtnis angeht: Keiner weiß, wie oder warum du unter die Vulkanmassen von Herculaneum gelangt bist. Anscheinend hat dich jemand dort gebannt und dafür gesorgt, dass dein Körper sich nicht verändert.«

»Ich hatte auch keinerlei Bedürfnisse, dort unten«, stimme ich ihm zu. »Weder Hunger noch Durst, und atmen musste ich auch nicht. Ich habe einfach ... existiert. Es war zum Sterben langweilig, und manchmal ... bin ich abgedriftet.«

»Abgedriftet?«, hakt Santo nach.

»Die meiste Zeit war ich wach, aber es gab Phasen, in denen ich wie weggetreten war. Es war kein Schlaf, eher ein Dämmerzustand. Mein Geist war in diesen Moment einfach ... weg.« Hilflos zucke ich mit den Schultern, weil ich nicht weiß, wie ich es besser ausdrücken soll.

Santo wirkt nachdenklich, als ich vorsichtig zu ihm hinüberlinse. »Darüber muss ich genauer nachdenken. Vielleicht weiß Nerone mehr darüber.«

»Wer ist Nerone?«

»Er ist unser Anführer, sowas wie ein Familienvorsteher und Leiter des Tribunals der Damnati. Damnati nennen wir uns selbst – die Verfluchten.« Ein bitterer Zug legt sich um seine Lippen, als er es ausspricht.

Die Verfluchten.

Ist der erste Eindruck, den ich von ihnen hatte, richtig? Dass sie selbst keine ganz normalen Menschen sind? Sondern ... etwas anderes? Ein Berg von Fragen türmt sich in meinem Kopf auf; jede Antwort, die ich bekomme, tritt unweigerlich eine ganze Welle weiterer los.

Heillos verwirrt runzle ich die Stirn. »Ich verstehe das alles nicht.« Ein frustrierter Laut entfährt mir. »Ich existiere offenbar seit dem großen Ausbruch des Vesuv, und das scheint euch nicht weiter verwundert zu haben.«

»Oh doch, verwundert waren wir durchaus. Denn du dürftest nicht mehr am Leben sein. Bei uns dagegen sieht die Sache etwas anders aus.« Santo stützt die Ellenbogen auf die Knie und lehnt sich dadurch näher zu mir hin. Auch ich strebe ihm unwillkürlich entgegen, begierig, mehr Informationen von ihm zu bekommen. Einen Moment legt sich Anspannung auf sein Gesicht – oder ist es Genervtheit? – doch die Regung ist so schnell wieder verschwunden, dass ich mir nicht sicher bin.

»Zwei römische Familien, Omodeus und Pomponius, brachten vor fast zweitausend Jahren einen Fluch über sich, der uns alle zu ewigem Leben verdammte. Es gibt keinen Ausweg, kein gnädiges Ende, das uns eines Tages erlöst. Wir sind dazu verdammt zu leben.«

Die rabenschwarze Bitterkeit in seiner Stimme lässt mich trotz des milden Morgens frösteln. Mit einem Mal klingt er alt, so unendlich alt und müde.

Santo streicht sich die zerzausten Locken aus der Stirn, wodurch ihm die Haare zu Berge stehen. »Und wir nennen uns Damnati, weil wir von den Göttern zu diesem ewigen Dasein verflucht wurden. Und du bist das beste Beispiel dafür, dass nicht einmal tausend Jahre unter der Erde uns etwas anhaben können.«

Wir schauen uns in die Augen, und die Schwere seiner Worte schlägt sich in meinem Herzen nieder. *Verflucht für die Ewigkeit.* Aus seinem Mund klingt ein ewiges Leben nicht nach dem, was so viele Menschen begehren. War meine Befreiung nach jahrtausendelanger Gefangenschaft nur der Anfang einer Fessel, die für die Ewigkeit bestimmt ist?

»Heißt das, ich bin auch eine von euch? Ich bin auch verflucht?« Der Gedanke an einen Fluch, der auf mir lastet, ohne dass ich etwas davon ahne, lässt mich schaudern.

Bei meinen Worten geht in Santos Gesicht ein merklicher Wandel vor. Ein leichtes Zittern durchfährt seinen Körper, und für den Bruchteil einer Sekunde bricht sein Blick auf. Die Härte in seiner blauen Iris zerbröselt und legt einen Kern von Emotionen frei, die mir den Atem rauben. Und Dunkelheit. Eine derart bodenlose Dunkelheit, dass ich das Gefühl habe zu fallen, während ich ihm in die Augen schaue. Wer auch immer er ist. In ihm lauert ein Abgrund, endloser und finsterer als Plutos Totenreich.

Erst später fällt mir auf, dass er mir keine Antwort auf meine Frage gegeben hat.

Santo

Ich drohe in der Dunkelheit, die mich erfüllt, zu ertrinken, während ich Aliquas Blick erwidere. Mir hätte von vornherein klar sein sollen, dass es ein Risiko darstellt, dieses Gespräch mit ihr alleine zu führen. Ihr die ersten Fragen ohne die anderen zu beantworten, hat genau zu dem geführt, was ich vermeiden wollte: Ich bin in meinen eigenen Abgrund gestürzt und reiße sie mit mir. Leutselig wie ein Reiseführer nehme ich sie an der Hand und lasse sie das volle Ausmaß der Düsternis sehen, gegen die ich kaum noch die Kraft habe zu kämpfen. Bevor sie auftauchte, war ich beinahe so weit, mich ihr vollständig zu ergeben. Und jetzt überwältigt mich der Drang, Aliqua alles davon zu verraten, beinahe.

Nur mit Mühe schaffe ich es endlich, den Blickkontakt zu lösen, und lasse den Kopf schwer zwischen die Knie sinken. Ich brauche mehrere tiefe Atemzüge, ehe ich mich wieder gefasst habe und es wage aufzuschauen. Aliqua sitzt mir vollkommen reglos gegenüber, den Oberkörper noch immer leicht nach vorne geneigt und die Bernsteinaugen voller Fragen. Fragen, die ich ihr nicht beantworten kann.

Vor Erleichterung sinke ich etwas in mich zusammen, als Schritte ertönen, die die Treppe zur Dachterrasse heraufpoltern. Ich drehe mich um und entdecke Adone, der mit der Eleganz eines Elefantenbüffels aufs Dach trampelt. Wäre es sehr sonderbar, ihm vor Dankbarkeit um den Hals zu fallen? Er ist zum genau richtigen Zeitpunkt aufgetaucht, bevor ich etwas wirklich Dummes tun konnte. Und weder er noch Aliqua haben den Hauch einer Ahnung.

Er trägt eine verspiegelte Pilotenbrille und scheint mal wieder unerträglich gut gelaunt zu sein. Ich frage mich wirklich, wo er den Elan dafür hernimmt.

»Aha, hier seid ihr also.« Er wendet den Kopf und brüllt mit voller Lautstärke: »Sie sind hier oben auf dem Dach, Orela! Bring den Kaffee mit!«

Breit grinsend schlendert er dann zu uns herüber und lässt sich neben Aliqua auf das Sofa fallen. Offenbar hat er über Nacht beschlossen, ihr neuer bester Freund zu sein.

»Ich hab dir Cornetti mitgebracht, *bella*«, sagt er neckisch. »Dachte, wir müssen dich ein bisschen verwöhnen, jetzt, da du wieder auf der Erde wandelst.«

Er wirft eine braune Papiertüte auf den Tisch zwischen uns, die prall gefüllt zu sein scheint mit klebrig süßen Hörnchen. Prompt knurrt mein Magen und erinnert mich daran, dass ich schon viel zu lange nichts mehr gegessen habe. Na ja, eigentlich hatte ich auch nicht geplant, hier auf der Terrasse einzuschlafen und erst mittags wieder aufzuwachen. Mein Nacken ist höllisch verspannt, was einen pulsierenden Schmerz bis in meine Schläfen sendet.

Indes hat Adone eine von Aliquas braunen Haarsträhnen zwischen die Finger genommen und hält sie gegen das Licht, wodurch karamellfarbene Reflexe aufleuchten.

»Kaum zu glauben, dass sich unter diesem ganzen Dreck tatsächlich ein Mensch versteckt hat«, sagt er auf seine entwaffnend charmante Art. »Du siehst toll aus!«

Aliquas Wangen färben sich rot, und sie wendet den Blick ab.

Irgendwie wurmt es mich, dass ich nicht selbst auf die Idee gekommen bin, ihr ein Kompliment zu machen. Ich erinnere mich noch gut an meinen eigenen Vorsatz, ihr ein Freund zu sein, aber das bedeutet ja nicht, dass ich nicht aufmerksam sein kann. Oder?

Natürlich ist mir gleich aufgefallen, dass sie heute wie verwandelt aussieht. Wie ein Schmetterling hat sie ihren Kokon abgeworfen, und was darunter zum Vorschein kam, ist so schön, dass es wehtut. Sie hat sich wirklich kein bisschen verändert, und ihr Gesicht wiederzusehen, das so lange nur in meinen Erinnerungen existiert hat, lässt das altbekannte Stechen in meiner Brust aufflammen. Vielleicht ist es besser, dass ich mich mit bewundernden Worten zurückgehalten habe.

Bemüht, das Thema zu wechseln und um Adone abzulenken, der Aliqua immer noch mit Komplimenten vollsülzt, frage ich: »Wo steckt Scuro?«

»Vater hat ihn mit Giulia noch mal nach Herculaneum geschickt. Sie sollen die Gegend im Auge behalten und Ausschau nach Immortali halten. Vielleicht kommen sie noch mal zurück.«

»Immortali?«, fragt Aliqua interessiert nach. Vorhin habe ich ihre Flut an Fragen zum Erliegen gebracht, aber mir hätte klar sein sollen, dass sie noch lange nicht fertig ist.

»Ts, ts, ts«, macht Adone und schüttelt den Kopf. »Da finde ich euch in trauter Zweisamkeit versteckt auf dem Dach, und du hast noch keine Gelegenheit gefunden ihr die Grundlagen zu erklären, Cousin? Was habt ihr denn die ganze Zeit so getrieben?«

Er ist nicht mal fünf Minuten hier, und schon bekomme ich Lust, ihn über das Balkongeländer nach unten zu schubsen. Warum genau war ich dankbar über sein Auftauchen? Unsere Blicke treffen sich, und trotz der Sonnenbrille sehe ich Adone an, dass seine Augen voller Häme sind.

Das Geschepper von Porzellan ist an der Treppe zu hören, und Orela kommt herauf. Sie stemmt ein Tablett, das voll beladen ist mit einer silbernen Espressokanne, Tassen und kleinen Gefäßen mit Milch und Zucker. Mit einem Klirren stellt sie das Tablett auf dem Tisch neben der Gebäcktüte ab und setzt sich auf den freien Sessel neben mir.

Ich hätte große Lust, mir die Kanne Espresso direkt in den Mund zu gießen, begnüge mich dann aber fürs Erste doch mit einer Tasse, die ich randvoll fülle, nachdem ich den anderen eingeschenkt habe.

»Ich hoffe du hast gut geschlafen«, wendet sich meine Schwester an Aliqua und lächelt.

Diese windet sich auf ihrem Platz. »Es tut mir so leid, dass ich auf deinem Bett eingeschlafen bin! Ich wollte nur kurz durchatmen, und als Nächstes bin ich vorhin aufgewacht.«

Aber Orela grinst nur und winkt ab. »Ich habe Santos Bett für ein Nickerchen in Beschlag genommen, wir haben ja alle nur ein paar Stunden Schlaf erwischt. Und für heute Nacht machen wir dir das Gästezimmer fertig.« Ihr Blick huscht zu mir. »Wo hast du eigentlich gesteckt? Ich habe damit gerechnet, dass du auftauchst und mich aus deinem Bett wirfst.«

»Ich bin hier oben eingeschlafen, versehentlich.«

»Zumindest konntet ihr ein wenig schlafen«, gähnt Adone. »Scuro wurde quasi direkt weitergeschickt.«

Orela rollt mit den Augen und kippt einen Löffel Zucker in ihre Tasse, ehe sie warme Milch aus einem Kännchen hineingießt. So viel Mühe hat sie sich mit dem morgendlichen Kaffee schon lange nicht mehr gemacht, was einzig und allein an unserem wiedererwachten Gast liegt.

Ich schiele zu Aliqua, die gerade neugierig an ihrem dampfenden Becher riecht. »Ah, Kaffee«, murmelt sie gedämpft und klingt mal wieder, als wäre sie über sich selbst überrascht. Schließlich tut sie es meiner Schwester gleich und gibt Milch und Zucker hinein.

Es ist tatsächlich merkwürdig, dass sie die moderne Welt so gut zu kennen scheint. Ich frage mich, woher sie das alles weiß, denn Kaffee gab es im Jahr Neunundsiebzig nun wirklich noch nicht.

Aliqua nimmt einen Schluck aus ihrer Tasse, seufzt genießerisch und sagt dann: »Also, wer oder was sind Immortali?«

Eigentlich würde ich lieber über etwas anderes sprechen, aber da Adone und Orela dabei sind, kann ich nicht so einfach vom Thema ablenken.

»Immortali sind Unsterbliche wie wir, nur verfolgen sie andere Ziele«, erkläre ich. »Ich habe ja vorhin die beiden Familien erwähnt, die verflucht wurden. Nach dem Fluch sind wir zu einer großen Gruppe, den Ewiglichen, geworden, wovon sich die Immortali vor ein paar Jahrhunderten abgespaltet haben. Vereinfacht gesagt streben sie danach, die Macht der Ewiglichen auszuweiten, während wir Damnati das ewige Leben als Bürde betrachten und einen Weg suchen, um wieder sterblich zu werden.«

Aliquas Lippen öffnen sich, und sie umklammert die Kaffeetasse mit beiden Händen. »Ihr wollt ... sterben?«, haucht sie.

Adone zuckt mit den Schultern. »Krepieren, entschlafen, abkratzen – nenn es, wie du willst.«

Ihre Augen weiten sich vor Entsetzen.

»Es heißt nicht, dass wir auf der Stelle tot umfallen möchten«, beeile ich mich klarzustellen. »Wir wollen nur unsere Sterblichkeit zurückerlangen, um eines Tages, nach Ablauf dieses letzten Lebens, friedlich gehen zu können wie alle anderen Menschen auch.«

Aliqua atmet merklich auf, offenbar erleichtert über die Tatsache, dass sie hier nicht mit drei Lebensmüden zusammensitzt. »Und, ähm ... wie nah seid ihr diesem Ziel?«

Adone, Orela und ich wechseln Blicke.

»Empfindliche Frage, Schätzchen«, seufzt Adone und fischt sich einen Cornetto aus der Tüte. »Du hast zielsicher unseren wunden Punkt getroffen.«

»Nun, den Fluch zu brechen, der uns an das ewige Leben kettet, ist so gut wie unmöglich«, räumt Orela ein. »Was uns aber nicht davon abhält, weiter nach einer Lösung zu suchen!«

Ich strecke meine Hand aus und drücke ermutigend ihre Schulter. Diese Suche nach einem Ausweg ist für die meisten von uns der einzige Grund, der uns weitermachen lässt. Egal wie unwahrscheinlich es scheint, dieses Fünkchen Hoffnung bleibt bestehen und verhindert, dass wir uns vor lauter Langeweile und Überdruss in Zombies verwandeln.

Wir verfallen in Schweigen. Orela schnappt sich die Gebäcktüte und verteilt Cornetti an uns andere, bevor Adone sie alle alleine verputzt.

Aliqua wirkt nachdenklich, während sie an einem Hörnchen knabbert und dabei Puderzucker auf der unteren Hälfte ihres Gesichts verteilt. »Und ihr könnt wirklich nicht sterben. Was ist ... hm, wenn euch jemand köpft? Zum Beispiel.«

»Wirkungslos«, schmatzt Adone. »Wir haben alle erdenklichen Methoden probiert, nichts davon wirkt. Egal was wir versuchen, am Ende setzen wir uns wieder zusammen, und der Spaß geht von Neuem los.«

Aliquas Augen weiten sich, doch sie fragt nicht weiter.

Was wir ihr gerade erzählt haben ist nur ein Bruchteil dessen, was es über unsereins zu wissen gibt, aber ich habe das Gefühl, dass ihr die Infos für den Moment genügen. Ich will sie nicht überfordern, sondern so behutsam wie möglich wieder an die Welt heranführen, die sie zum Großteil vergessen hat.

»Ich habe heute Morgen noch mit deinem Vater telefoniert«, sage ich zu Adone, um das Thema zu wechseln.

»Ach ja?«

»Er will so schnell wie möglich eine Vollversammlung des Tribunals abhalten. Ihn beunruhigt die ganze Angelegenheit auch.«

Adone rollt mit den Augen. »Natürlich tut es das. *Beunruhigung* ist sein zweiter Vorname.«

»Ich will nur sagen, dass du dich auf ein Kreuzverhör gefasst machen darfst, wenn du ihn siehst.«

Ein Grinsen zuckt über sein Gesicht. »Und genau das, mein Lieber, ist der Grund, warum ich gerade einen großen Bogen um meinen Vater mache. Mir reicht die Aussicht, alles vor dem Tribunal ausbreiten zu müssen.«

Ich fange Aliquas Blick auf, und sie sieht besorgt aus. »Bekommt ihr Ärger wegen mir?«

Energisch schüttle ich den Kopf. »Nein.«

Adone streckt sich und legt ihr einen Arm um die Schultern. »Das Tribunal wird wissen wollen, wer du bist, und versuchen herauszufinden, wie du nach Herculaneum gekommen bist und all das. Aber am beunruhigendsten ist die Aktivität der Immortali. Diejenigen, die nach dir gegraben haben. Es ist ziemlich schwer herauszufinden, was sie im Schilde führen. Seit einiger Zeit haben sie Methoden gefunden, um sich unserem Radar zu entziehen.«

Als er Aliquas fragende Miene bemerkt, erklärt er weiter: »Santo, Scuro, ich und ein paar andere von uns haben besondere Fähigkeiten, die es uns ermöglichen, die Aktivität von Ewiglichen wahrzunehmen.« Vielsagend tippt er sich an die Stirn. »Es ist schwer zu erklären, aber stell es dir wie ein Radargerät vor, auf dem helle Punkte aufleuchten, wenn jemand besonders aktiv ist. Wir können zwar nicht genau unterscheiden, ob es Damnati oder Immortali sind, die wir spüren, aber die Erfahrung hat uns gelehrt, dass meistens die Abtrünnigen die Auslöser sind. Sie stiften Unruhe und halten sich an keine unserer Regeln. «

»Und ihr hab Schwierigkeiten, die Immortali aufzuspüren?«, fragt sie nach.

Adone nickt mit verdrießlicher Miene.

»Habt ihr alle solche Fähigkeiten?« Die Faszination in Aliquas Blick ist ungebrochen.

»Mehr oder weniger«, sage ich. »Es sind die Überreste der Gaben, die wir einst von den Göttern erhalten haben. Wir Ewiglichen hatten die unterschiedlichsten, fantastischen Fähigkeiten. Als der Fluch über uns kam, wurden uns diese

Gaben wieder genommen, aber ein kleiner Rest davon ist in den meisten von uns zurückgeblieben.«

Ihr Blick huscht zu meiner Schwester.

Orela spielt angelegentlich mit ihrem Kaffeelöffel herum. »Ich bin eine Seherin oder so was in der Art.«

Innerlich seufze ich. Orela hat sich immer schwergetan, mit ihrer Gabe zurechtzukommen. Früher war sie ein Spielball der Götter, und heute noch gehen ihr die Leute auf die Nerven, weil sie erwarten, dass sie Kontakt zu ihnen herstellen kann. Dabei war die Leitung zwischen ihr und den Göttern immer nur einseitig. Was die wenigsten akzeptieren wollen.

»Du kannst in die Zukunft sehen?«, hakt Aliqua vorsichtig nach.

»Mhh, eher ein sechster Sinn, der mich Dinge ahnen lässt, die passieren werden. Außerdem weiß ich immer ziemlich genau, was die drei Chaoten so treiben.« Sie wirft mir einen frechen Blick zu, und ich atme auf, weil es ihr offenbar nichts ausmacht, mit Aliqua darüber zu sprechen.

Egal ob sechzehn oder sechzehntausend Jahre alt, sie wird immer meine kleine Schwester sein, die ich beschützen will. Auch wenn ich sehr gut weiß, dass sie das eigentlich alleine kann.

Ich schenke mir gerade eine weitere Tasse Kaffee ein, als mein Handy klingelt. Es ist Scuro, und ich gehe sofort ran. Vielleicht hat er in Herculaneum etwas herausgefunden.

»Scuro?«

»Hey, Santo! Sind die anderen bei dir?«

»Ja, ich stelle das Gespräch auf Lautsprecher, damit sie mithören können, okay?«

Er brummt zustimmend, und ich schalte das Telefonat laut.

»Hey Mann«, grüßt Adone, den Mund voller Gebäck.

Ich kann regelrecht sehen, wie Scuro die Augen verdreht.

»Also, wie sieht es in Herculaneum aus?«

Aus dem Augenwinkel nehme ich wahr, wie sich Aliqua anspannt und unwillkürlich nach vorne lehnt.

»Hier ist die Hölle los. Der Verwaltung ist schon aufgefallen, dass jemand in die Anlage eingedrungen ist und diese Hütte umgegraben hat. Inzwischen wimmelt es von Pressevertretern, und die Behörden sind eingeschaltet. Sie spekulieren darüber, ob ein Schatz oder so was gehoben wurde. In den nächsten Tagen sollte es keine Gelegenheit für die Immortali geben, unbemerkt zurückzukommen.«

Ich atme auf, weil das für uns zusätzliche Zeit bedeutet, in der wir herausfinden können, was hinter ihrem Interesse an Herculaneum steckt. Vorausgesetzt natürlich, dass sie dort weitermachen wollen und sich in der Zwischenzeit nicht längst einem anderen Ziel zugewandt haben.

Im Hintergrund höre ich eine weibliche Stimme etwas murmeln.

»Ah ja«, sagt Scuro prompt. »Giulia hat es geschafft, sich mit den Reportern auf das Gelände zu schleichen. Einer der Ermittler hat erwähnt, dass sich am Boden der ausgehobenen Grube der Abdruck eines menschlichen Körpers befindet. Sie können sich aber noch keinen Reim darauf machen, weil bisher keinerlei Knochen gefunden wurden.«

»Das hat uns aber nicht zu beunruhigen«, entgegne ich möglichst entspannt, weil ich sehe, wie alarmiert Aliqua wirkt.

»Vielleicht doch. Wenn die Medien diese Information veröffentlichen, ist es für die Sterblichen vielleicht nicht besonders wichtig, aber sobald es die Immortali aufschnappen, könnte das ihr Interesse wecken. Wir wissen nicht, was sie dort wollten und ob sie überhaupt wussten, was oder wen sie da ausgruben. Die Möglichkeit besteht, dass sie Aliqua noch nicht entdeckt hatten, als wir dazustießen, und wenn sich jetzt herausstellt, dass dort unten tatsächlich jemand war, dann könnten sie nach ihr suchen.«

Verdammt, es war ein Fehler, dieses Gespräch auf Lautsprecher zu stellen. Aliqua ist vor Entsetzen über Scuros Worte weiß wie eine Wand geworden.

Alles in mir sträubt sich gegen den Gedanken, dass die Immortali hinter Aliqua her sein könnten.

»Aliqua ist absolut unwichtig«, platzt es deswegen heftiger als geplant aus mir heraus. »Sie hat offenkundig nichts, was sie wollen könnten. Sie suchen nach etwas anderem.«

Dass diese Worte ein Fehler waren, begreife ich, als ich zu Aliqua schaue. Sie ist geradezu gespenstisch blass geworden, und ihre Bernsteinaugen schwimmen ... in Tränen. O nein! Bevor ich meine harschen Worte zurücknehmen oder mich erklären kann, ist sie aufgesprungen und flüchtet von der Terrasse. Orela setzt ihr prompt nach.

Scuro redet am anderen Ende der Leitung weiter, aber ich verstehe kein Wort mehr. Hilflos schaue ich Aliqua hinterher, die kopflos die Treppe hinunterstolpert.

Benebelt beende ich das Gespräch und schneide Scuro damit mitten im Satz ab.

»Na das hast du ja toll hinbekommen«, grollt Adone und bedenkt mich mit einem Blick, der nichts als Verachtung ausdrückt.

Mit einem Fluch auf den Lippen sinke ich in meinem Sessel zusammen und raufe mir die Haare.

Kapitel Fünf

Aliqua

Kopflos haste ich zurück in Orelas Zimmer, Santos Worte wie ein Echo in meinem Kopf. *Aliqua ist absolut unwichtig.*

Ich bin vollkommen durch den Wind, weil seine Worte so unerwartet schmerzhaft waren. Es lag an seinem Tonfall, so kalt und barsch, es fühlte sich wie eine Ohrfeige an. Oder eine Zurückweisung. Beides tut gleichermaßen weh.

Gerade noch saß ich gemütlich auf der Dachterrasse, habe mein erstes Frühstück seit Menschengedenken genossen und versucht, Santo nach unserem Gespräch nicht allzu offensichtlich anzustarren. Und jetzt hat er unmissverständlich klargemacht, was er von mir hält. *Nichts,* weniger als nichts. Dieses Gefühl der Unzulänglichkeit rüttelt an einem tief verwurzelten, alten Schmerz in meinem Inneren. Aber ich schrecke vor diesen staubigen Kapiteln meiner Selbst zurück, die ohnehin viel zu gut verborgen liegen. So unerreichbar weit entfernt wie die Vergangenheit, in der ich einst lebte.

Stattdessen wandern meine Gedanken unwillkürlich zurück zu Santo.

Götter, bestimmt bereut er längst, mich mitgenommen zu haben, und wünscht sich, ich würde für ein weiteres Jahrtausend im Erdboden verschwinden. Er hat sich nicht offen feindselig verhalten, im Gegenteil, er kam mir überwiegend verständnisvoll und mitfühlend vor. Aber trotzdem ist da irgendetwas, das ihn auf Distanz gehen lässt und mir das Gefühl gibt, eine Plage für ihn zu sein. Oder eine Heimsuchung.

Die Matratze des Bettes gibt federnd nach, als ich mich wie ein Sack drauf plumpsen lasse. Von der prickelnden Euphorie dieses neuen Tages ist nichts mehr übrig. Mit trübem Blick starre ich die schimmernde elfenbeinfarbene Stofftapete an und kämpfe gegen die Tränen.

Bevor ich noch weiter in Trübsal versinke, fliegt die Zimmertür auf, und Orela kommt herein. Wut umgibt sie wie eine pulsierende Aura, als sie sich schwungvoll neben mich auf das Bett wirft. »Dummkopf.« Sie dreht den Kopf und funkelt mich an. Meint sie etwa mich?

»Man sollte meinen, dass ihm zweitausend Jahre Lebenserfahrung ein wenig Feingefühl gelehrt hätten, aber für meinen Bruder ist wohl alle Hoffnung verloren. Nimm es nicht persönlich, was da alles aus seinem Mund kommt. Der Junge ist vollkommen durch den Wind.«

Das weckt meine Neugier, aber ich zögere, Orela über ihren Bruder auszufragen. Sie wird mir wohl kaum hinter seinem Rücken seine Geheimnisse anvertrauen.

»Hab ein bisschen Geduld mit ihm«, rät sie mir. »Dein Auftauchen hat ihn ziemlich überrumpelt.«

Aber warum?, will ich brüllen. Es macht mich verrückt, denn egal was er behauptet, irgendetwas schlummert da in unserer Vergangenheit. Aber wahrscheinlich bleibt mir momentan wirklich nichts anderes übrig, als Orelas Rat zu beherzigen und Geduld zu haben. Eine Tugend, die mir offenbar abhandengekommen ist, seit ich zurück an der Erdoberfläche bin.

»Sag mal.« Orela stützt sich auf die Unterarme auf, ein tatendurstiges Glitzern erscheint in ihren Augen. »Was hältst du davon, wenn wir die Jungs für den Moment vergessen und ...« Sie stockt mitten im Satz. Ihr kristallblauer Blick verharrt auf mir, und sie kneift die Lider zusammen. Dann rückt sie näher an mich heran. Verwirrt über ihr Verhalten ziehe ich die Brauen hoch, doch Orela scheint mich gar nicht richtig wahrzunehmen. Sie wirkt vollkommen konzentriert, und dann ganz plötzlich … mein Atem stockt, als sich ein Schleier über ihre Augen legt. Es erinnert mich an Reptilien, die ein durchsichtiges Lid vor ihr Auge schieben können, um unter Wasser zu sehen. Nur dass Orelas ganzer Augapfel sich zu verfärben scheint und weiß wird. Ein spiegelndes Perlweiß ohne Pupille oder Iris. Ich glaube, ich habe noch nie etwas Gruseligeres gesehen. Der Effekt hält einige Momente lang an, dann blinzelt sie und scheint die Welt um sich herum wieder wahrzunehmen. Als ihr auffällt, wie nah sie mir auf die Pelle gerückt ist, rappelt sie sich auf, bis sie mit mehr Abstand auf der Matratze kniet.

Stumm, in einer Mischung aus Ehrfurcht und Schrecken, starre ich sie an.

Orela öffnet mehrere Male den Mund, ohne ein Wort hervorzubringen. Wenn ich mich nicht täusche, ist sie mindestens genauso entsetzt wie ich.

»Ist alles in Ordnung?«, wispere ich dann.

Sie reibt sich die Schläfen. »Ja … nein, wie man's nimmt.« Sie schaut auf, und ich bin heilfroh, dass ihre Augen wieder blau und vollkommen normal aussehen.

»Ich wollte es nicht glauben, aber *du* bist es.« Fassungslos schüttelt sie den Kopf.

Verunsichert schaue ich sie an. »*Was* bin ich?«

»Seit gestern habe ich dieses Gefühl, dass etwas *Göttliches* in der Nähe ist. Ich dachte, dass ich es mir nur einbilde, dass meine Sinne in der ganzen Aufregung über dein Auftauchen verrücktspielen. Aber das gerade war der Beweis. Du hast irgendwas in dir, das die Seherin in mir wachruft.«

Völlig überrumpelt erwidere ich ihren Blick. Was soll das denn nun bedeuten?

Orela seufzt. »Sorry, ich will dir keine Angst machen, aber die Sache ist, dass ich so etwas seit fast zweitausend Jahren nicht mehr erlebt habe. Das haut mich gerade richtig um.

Als die Götter die Erde verließen, erstarb auch mein Dienst als ihr Medium, und geblieben sind nur unnütze Vorahnungen und Träume.«

Ich muss immer noch ziemlich belämmert dreinschauen, denn sie lässt sich in den Schneidersitz sinken und seufzt wieder. »Tut mir leid, ich habe nicht daran gedacht, dass du dich an nichts erinnerst. Also, ein kleiner Crashkurs über die römischen Götter: Sie hatten nie eine eigene Gestalt, um damit auf der Erde in Erscheinung zu treten, und es gab so unendlich viele von ihnen, die für jeden Aspekt dieser Welt standen. Dass sie nie einen eigenen Körper besaßen, war das größte Ärgernis für die Götter. Zwar konnten sie Menschen für eine Weile in Besitz nehmen, aber dann war es ihnen nicht möglich, ihre Kräfte vollumfänglich einzusetzen ... ein sterblicher Körper ist schlichtweg nicht stark genug, um göttliche Macht über längere Zeit in sich zu tragen und zu kanalisieren. Da sie aber ansonsten körperlos und unsichtbar waren, erwählten sie Sibyllen wie mich, die als ihr Sprachrohr fungierten. Wann immer einer der Götter den Menschen etwas mitzuteilen hatte, kamen sie zu mir, und ich musste die Botschaft überbringen.«

Ich nicke langsam und lasse dieses Wissen sacken. Santo hat vorhin die Götter erwähnt, als er von dem Unsterblichkeitsfluch gesprochen hat. Auch ohne genauer nachzufragen war mir damit klar, dass es sie wirklich gegeben hat. »Die Götter hatten also keine eigenen Körper, okay. Und wie genau haben sie mit dir Kontakt aufgenommen? Bist du in so eine Art Trance gefallen, wie gerade eben?«

Orela lacht kurz und humorlos auf. »Das gerade eben war nur ein Vorgeschmack dessen, was damals passiert ist. Im Endeffekt hatte ich kaum Kontrolle über meinen eigenen Körper, weil es immer und jederzeit passieren konnte, dass sie mich überfielen. Gut, Apollo, der als Gott der Weissagung für mich zuständig war, hat mich so gut wie möglich abgeschirmt, aber das hat einige der kleineren Gottheiten nicht davon abgehalten, mich mit ihrem Geschwätz zu belagern.«

»Und du konntest nichts dagegen tun? Sie abblocken, ihnen die Meinung sagen?«

Orela schüttelt den Kopf. »Stell es dir so vor: Ich bin ein Radio, das die Frequenz der Götter empfängt. Immer, jederzeit auf Sendung. Egal was reinkam, ich habe es gemerkt. Im Umkehrschluss war ich aber nicht in der Lage, selbst Kontakt mit ihnen aufzunehmen, weil ich nie mehr war als das Endgerät.« Ein Schatten huscht über ihre Miene, und ich bin mir nicht sicher, wie ich ihren Gesichtsausdruck deuten soll.

»Die Art, wie du über sie sprichst«, setze ich vorsichtig an. »Sie waren keine guten Wesen, oder?« Ich weiß nicht, woher es kommt, aber wenn ich an Götter denke, tauchen Assoziationen von mildtätigen Gestalten auf, die zwar strafen können, im Grunde aber nur das Beste im Sinn haben. Was Orela da allerdings angedeutet hat, klingt weniger freundlich.

»Sie sind ... anders, als die Menschen sie sich heute vorstellen. Wie gesagt, sie haben keine überirdisch schönen, starken Körper, um nach Lust und Laune unter den Menschen zu wandeln. Sie waren nicht mehr als bloße Präsenzen, aber fähig, die Geschicke der Welt zu lenken – und das haben sie auch mit größtem Vergnügen getan. Sie haben Kriege geschürt, Umweltkatastrophen ausgelöst oder die Menschen zu ihrem eigenen Vergnügen wie Marionetten tanzen lassen. Es kam ihnen eher selten in den Sinn, etwas Gutes zu vollbringen. Wenn ein Gott etwas wollte, konnte ihn niemand aufhalten. Und wenn wir ihnen Opfer brachten ... das war nicht dazu da, ihre Huld zu gewinnen und auf Mildtätigkeit zu hoffen. Es diente einzig dem Zweck, sie zu besänftigen, um sie davon abzuhalten, sich einzumischen und immer neue grausame Ränke zu planen. Ehrlich, für die Welt war es besser, als sie ein für alle Mal verschwanden. Auch wenn wir Ewiglichen dadurch das Nachsehen haben.«

»Sie sollen also besser niemals zurückkommen?«

Orela schüttelt den Kopf, was ihre nachtschwarzen Haare fliegen lässt. »Darin sind wir uns einig, zumindest wir Damnati. Was die Immortali angeht ... das ist genau das, was sie wollen. Sie versprechen sich von einer Rückkehr der Götter ihre alte Macht und die übermenschlichen Gaben, die wir einst innehatten. Sie wären bereit, sich vor den Göttern zu beugen, wenn es hieße, dass sie zu ihrem eigenen Göttergeschlecht hier auf der Erde aufsteigen. Und so was *willst* du dir gar nicht vorstellen.« Ihre vollen Lippen zu einer grimmigen Linie zusammengepresst, starrt sie ins Leere.

»Aber das bedingt auch unser Dilemma. Die Götter haben uns verflucht, ohne sie wird es schwierig, den Bann zu brechen. Es ist ein Drahtseilakt, zu entscheiden, wie sehr wir uns darum bemühen, sie zurückzuholen ... denn wenn sie einmal zurück sind, gehen sie vielleicht nie mehr wieder. Seit vor einigen Jahrhunderten der Wunsch immer lauter wurde, den Fluch zu brechen, diskutieren wir hin und her.«

Ich spüre, wie Orelas Beklommenheit sich über mich legt wie eine schwere Decke. Jedes Detail, das ich erfahre, fügt sich in ein Bild ein, das dunkler ist, als ich erwartet habe. Der Kontrast zwischen meiner eigenen Freude am Leben und ihrer Hoffnungslosigkeit zerrt an mir. Wird es mir irgendwann auch so gehen, wenn die Jahre verstreichen und die Begeisterung abebbt? Bin ich überhaupt wie sie und muss gegen den Fluch ankämpfen?

Nervös kaue ich auf dem Nagel meines kleinen Fingers herum.

»Tja, fast zwei Jahrtausende Funkstille, und plötzlich tauchst du auf, und ich empfange wieder Schwingungen.« Orela betrachtet mich nachdenklich, als versuchte sie, mir kraft ihrer Gedanken in den Kopf zu schauen.

Ich fühle mich ehrlich gesagt etwas unwohl. Dass sie mit ihren Seherinnenfähigkeiten auf mich reagiert, bedeutet sicher nichts Gutes, wo die Götter doch so unangenehme

Kreaturen waren. Ich will nicht sein wie sie, etwas, das die Damnati für immer fortwünschen.

Plötzlich keimt ein furchterregender Gedanke in mir auf ... vielleicht war ich deshalb so lange unter dem Erdboden von Herculaneum gebannt. Weggesperrt wie die Götter, weil ich gefährlich war oder böse. Und möglicherweise hat Santos Verhalten etwas damit zu tun. Weiß er, was ich damals war, und war deswegen so wenig begeistert, mich zu sehen? So bemüht, meine Bedeutung kleinzureden, damit ich nicht auf die Idee komme genauer darüber nachzudenken, *wer ich einmal gewesen bin?* Mir schaudert, doch einmal losgetreten lässt sich mein Kopf nicht mehr davon abbringen. Und plötzlich fürchte ich mich vor dem, was hinter dem undurchdringlichen Schleier meiner Erinnerungen verborgen liegen könnte.

Orela schnalzt mit der Zunge, was mich von meinen panischen Überlegungen losreißt. »Dieses Thema verdirbt mir die Laune.« Sie zuckt mit den Schultern, als wollte sie die Schwere abschütteln, und steht vom Bett auf. Ein tatendurstiges Funkeln tritt in ihre Augen. »Ich weiß das perfekte Mittel gegen dumme Männer und ausweglose Schicksale.«

»Ach echt?«

»Wir gehen shoppen.«

Shoppen ist definitiv einer jener modernen Begriffe, die mir eigentlich fremd sein sollten, und doch weiß ich genau, was gemeint ist. Inzwischen habe ich aufgehört, mich darüber zu wundern, auch wenn die Frage, wie das sein kann, noch immer in meinem Hinterkopf lauert. *Geduld,* das hat mir Orela gerade gepredigt, und ich werde schon noch dahinterkommen, was es mit meiner unerklärlichen Vertrautheit mit der modernen Welt auf sich hat. Zuerst muss ich mir ihren Vorschlag durch den Kopf gehen lassen. Einkaufen zu gehen klingt wirklich nett, und ich habe große Lust, es selbst zu erleben. Da ist nur eine Sache ...

»Ich habe kein Geld«, wende ich ein.

Orela winkt lachend ab. »Ist schon gut, das übernehme ich.«

Bisher habe ich es als wirklich angenehm empfunden, dass ich die Zügel aus der Hand geben und die Omodei machen lassen konnte. Alleine hätte ich nach meiner Befreiung aus Herculaneum keine Ahnung gehabt, was ich tun sollte, und ich bin bereitwillig mit ihnen gekommen. Aber Orela auch noch für meine Einkäufe bezahlen lassen? Genügt es nicht, dass ich bei ihnen wohnen darf?

»Ich weiß nicht, ob ich mich wohl damit fühle, dich bezahlen zu lassen«, wende ich ein.

Orela zieht die Brauen hoch. »Du bist wieder zurück unter den Lebenden. Und willst du wirklich die nächste Zeit in geliehenen Jogginghosen von mir herumlaufen? Das Tribunal wird dich bald sehen wollen, da brauchst du ordentliche Kleidung.«

Als ich trotzdem weiter widersprechen will, hebt sie die Hand. »Sieh es als Darlehen an, okay? Sobald du dein Leben eingerichtet hast, kannst du es mir zurückgeben, wenn es unbedingt sein muss. Aber Geld ist wirklich das Letzte, worüber ich mir Gedanken mache. Hast du eine Ahnung, wie viel man davon im Laufe von zweitausend Jahren verliert und wieder anhäuft?«

Davon habe ich ehrlich keinen blassen Schimmer, aber sie wirkt so entschlossen, dass es wohl sinnlos ist, weiter mit ihr zu diskutieren.

Als ich nachgebe, nickt Orela zufrieden. »Du wirst es nicht bereuen! Hier in der Gegend gibt es die tollsten Boutiquen.«

Seufzend stehe ich vom Bett auf. »Hat dir schon einmal jemand gesagt, dass du eine Tyrannin bist?«

»Oh, das höre ich ständig. Aber glaub mir, von mir herumkommandiert zu werden hat noch niemandem geschadet.«

Santo

Seit zweitausend Jahren zu leben, ist ein seltsames Gefühl.

Ich habe mir schon lange keine Gedanken mehr über meine Existenz gemacht, aber jetzt gerade, da ich im Foyer von Nerones Villa sitze und warte, drängt sich mir das Thema auf.

Für einen Normalsterblichen muss eine solche Lebensdauer sämtliche Vorstellungen sprengen. Und auch ich frage mich manchmal, wie mein eigenes Gehirn damit klarkommt. Ich meine, ich sammle seit so vielen Jahrhunderten konstant Erfahrungen und Eindrücke und kann mich trotzdem an so gut wie alles erinnern. Okay, die unbedeutenden Kleinigkeiten verblassen mit der Zeit, wie bei jedem anderen, aber das meiste habe ich noch vor Augen. Äonen von Erinnerungen, die für immer bleiben. Da könnte man doch meinen, dass der Speicherplatz irgendwann voll ist.

Einige Theoretiker unter den Damnati gehen davon aus, dass es mit dem Göttertrank zu tun hat. Wir haben ihn in der Absicht bekommen, ein unsterbliches Leben zu erhalten, und dazu gehört eben auch, dass wir nicht mit der Zeit durchdrehen, weil unsere Gehirne von der konstanten Datenflut überlastet sind. Bei dem Gedanken, dass dieses Zeug, das wir damals so willig geschluckt haben, unsere Körper dermaßen verändert hat, gruselt es mich noch immer. Hätten wir damals gewusst, was wir uns einbrocken ... aber nein, es bringt nichts, darüber nachzudenken. Mit dem Wissen von heute hätte ich es anders gemacht, aber damals ... nichts und niemand hätte mich davon abhalten können, die Ambrosia zu nehmen. Keine Warnung, kein gut gemeinter Rat. Es ist ja nicht so, als hätte es mir niemand gesagt. Es gab einige Skeptiker unter uns, die den Göttern nicht trauten. Aber Orela hatte es als eine der Ersten genommen, und nie und nimmer hätte ich meine kleine Schwester alleine dem unsterblichen Leben überlassen. Vielleicht habe ich schon geahnt, dass es übel enden und sie mich eines Tages an ihrer Seite brauchen würde. Denn Orela war eine derjenigen, die der Fluch der Götter am meisten mitgenommen hat. Es hat fast dreihundert Jahre gedauert, ehe sie sich davon erholte. Und noch heute kommt es mir so vor, als hätte sie den Weggang der Götter nicht vollkommen verwunden. Es gab immer wieder Phasen, in denen ihr Blick über Jahrzehnte düster wurde und nichts und niemand sie aufheitern konnte. Sosehr sie es die meiste Zeit hasste, wahrscheinlich hat der Verlust ihrer Aufgabe als Seherin ihr das Herz gebrochen. Dabei ging es mir in der ersten Zeit nach dem Fluch selbst ziemlich bescheiden (die Untertreibung des Jahrtausends). Ich glaube, nur die Tatsache, dass Orela mich brauchte, hat mich davor bewahrt, selbst in einem bodenlosen schwarzen Loch zu versinken.

Das Schlagen einer Standuhr in einem nahen Salon unterbricht meine Grübeleien abrupt. Erschrocken über die Richtung, in die meine Gedanken abgedriftet sind, richte ich mich kerzengerade auf. Ein rascher Blick auf mein Handy zeigt mir, dass es schon sechzehn Uhr ist. Meine Güte, Adone muss sich einiges im Büro seines Vaters anhören, ich hocke schon zwei Stunden auf der Sitzgruppe am Fuße der geschwungenen Marmortreppe herum. Aber Adone hat mich dazu genötigt mitzukommen, während er sich seine Standpauke abholt. Zumindest musste ich nicht mit in Nerones Büro und riskieren, dass meine Trommelfelle bleibenden Schaden nehmen ... mein Onkel kann ziemlich laut werden.

Müde reibe ich mir mit den Händen übers Gesicht, verärgert über den bitteren Nachgeschmack meiner eigenen Gedanken. Es hat einen guten Grund, warum ich mir solche Überlegungen normalerweise nicht erlaube. Heute allerdings ...

Na gut, vielleicht habe ich sie zugelassen, damit ich nicht an die andere Sache denke. Aliquas verletzten Gesichtsausdruck heute Morgen auf dem Dach zum Beispiel. Ich würde ihr gerne erklären, warum ich das gesagt habe, doch bis Adone damit fertig war, mir einen Vortrag über Taktgefühl zu halten (ha, ausgerechnet er!), und wir in die Wohnung runterkamen, waren sie und Orela schon verschwunden. Eine knappe SMS meiner Schwester informierte mich darüber, dass die beiden eine Shoppingtour unternehmen. Und dass ich mich den restlichen Tag von der Wohnung fernzuhalten habe. Ganz große Klasse. Von meiner kleinen Schwester vor die Tür gesetzt.

Es ist nur so … ich bin in Panik geraten, als Scuro andeutete, die Immortali könnten auf Aliqua aufmerksam werden. Bis wir nicht einen von ihnen schnappen, um ihn auszuquetschen, können wir nur mutmaßen, warum sie überhaupt in Herculaneum gegraben haben. Und das *ausgerechnet* genau an der Stelle, unter der eine Ewigliche schlummerte. Muss schon ein gigantischer Zufall gewesen sein. Trotzdem klammere ich mich an die Hoffnung, dass sie Aliqua nicht gesehen haben, ehe meine Cousins und ich dazustießen. Dass sie etwas ganz anderes suchten, das nichts mit ihr zu tun hat. Und dass diese lästigen Abtrünnigen auch keine Fernsehnachrichten schauen.

Das Trommeln von Füßen auf den Marmorstufen kündigt meinen Cousin an. Adone kommt im Joggingtempo die Treppe herunter.

»Was ist? Können wir los?«

Er tut ja gerade so, als wäre *ich* derjenige, der uns über Stunden hier aufgehalten hat. Ein wenig steif drücke ich mich von dem Sofa hoch. Mein Körper hat einen dunklen Abdruck in dem feinen blauen Samtstoff hinterlassen, und ich bin mir sicher, dass Adones Mutter Diana bald hier vorbeikommen und alles wieder piekfein herrichten wird. Sie hat so eine Art, alles in perfekter Ordnung zu halten.

Ich folge meinem Cousin durch das Portal nach draußen auf die Auffahrt, wo sein Wagen parkt. Nerone und Diana bewohnen eine herrschaftliche Villa auf dem Gelände des

Parco di Villa Ada, im Norden der Stadt gelegen. Der Park ist die zweitgrößte Grünanlage in Rom, voller knorriger Pinien und mit einem malerischen See. Kaum jemand weiß, dass sich das Herrenhaus meines Onkels hier befindet, auf einem Flecken Land, den er zu Zeiten von König Viktor Emanuel II. erwarb und auch jetzt noch besitzt, nachdem der restliche Park längst in öffentlichen Besitz übergegangen ist. Ein lockeres Pinienwäldchen und eine patrouillierende Sicherheitsfirma sorgen dafür, dass sich keine Parkbesucher auf den Privatbesitz verirren.

Adone, Scuro und ich wohnen allerdings zentraler, im Viertel Campo Marzio. Als wir geboren wurden, befand sich das Areal noch außerhalb der Stadtmauer, doch heute ist es ein quirliges Viertel im Zentrum, das sich von der Spanischen Treppe bis zur Piazza del Popolo erstreckt.

Als ich auf den Beifahrersitz von Adones Wagen rutsche, fällt mir auf, dass alles wieder blitzsauber ist. Wahrscheinlich hat er noch in den frühen Morgenstunden das helle Leder von dem Dreck befreit, den Aliqua darauf hinterlassen hat ... und bei der Gelegenheit ein paar Tränen verdrückt.

Über den Privatweg verlassen wir den Park und tauchen in den chaotischen Stadtverkehr von Rom ein. Adone ist schweigsam, bis er vor seinem Wohnhaus parkt.

»Gehen wir was essen.«

Ich folge ihm durch die verwinkelten, kopfsteingepflasterten Straßen rund um unsere Gegend in der Via Margutta, meine eigene Wohnung ist nur einen Straßenzug entfernt. Mein Herz zieht sich zusammen, wenn ich daran denke, dass Orela und Aliqua gerade die Boutiquen in der Umgebung unsicher machen. Vielleicht laufen wir ihnen ja zufällig über den Weg ...

Adone entscheidet sich für ein kleines Café, dessen Fassade mit den langen Ranken einer Kletterpflanze bewachsen ist. Und weil er ein verdammter Glückspilz ist, ergattern wir den letzten freien Platz im Außenbereich.

Sobald wir sitzen, zieht Adone ein Päckchen Zigaretten aus der Innentasche seiner Lederjacke. Einer der unschätzbaren Vorteile, unsterblich zu sein, ist, dass potenziell tödliche Substanzen uns nichts anhaben können, und so blicken wir alle auf eine bunte Vergangenheit mit verbotenen Stoffen zurück. Adone pustet mir eine Wolke Mentholqualm ins Gesicht, doch ich lehne dankend ab, als er mir auch eine Kippe anbietet.

Eine junge Kellnerin kommt an unseren Tisch und errötet prompt, als Adone mit einem trägen Lächeln zu ihr aufschaut, die Zigarette lässig in den Mundwinkel geklemmt.

»Was kann ich euch bringen?« Heftiges Wimperngeklimper.

Adone lässt sich Zeit, schaut ihr erst tief in die Augen und schnurrt dann: »Einen doppelten Espresso für mich. Und ein paar Tramezzini, entscheide du über den Belag. Ich bin mir sicher, du hast einen erstklassigen Geschmack.«

Die Kellnerin nickt, dann reißt sie mit merklicher Mühe den Blick von ihm los und schaut zu mir.

»Dasselbe für mich.« Die Worte kommen wie ein Knurren über meine Lippen, was die Frau dazu bewegt, sich hastig ins Lokal zurückzuziehen.

»Du hast sie verjagt«, mault Adone und lehnt sich zurück.

»*Scusa,* wollte dir nicht die Tour vermasseln.«

Keine Ahnung, warum ich gerade so gereizt auf Adones Geplänkel reagiere. Immerhin war er schon immer ein notorischer Weiberheld, und meistens nehme ich die nie endenden Flirtereien gar nicht mehr wahr.

Er gluckst. »Schlechtes Gewissen, eh?«

»Gegenüber dir?«

Adone zieht nur die Augenbrauen hoch, womit er erneut die Kellnerin aus dem Konzept bringt, die gerade unseren Kaffee serviert.

Um einen Themenwechsel bemüht frage ich: »Wie lief es eigentlich mit deinem Vater?«

Mein Cousin drückt die Zigarette im Aschenbecher aus und kippt ein Tütchen Zucker in die winzige Espressotasse. »Das Übliche. Hat mir Vorwürfe gemacht, warum ich dich von deinem Posten weggeholt habe, anstatt die Sache in Herculaneum wie ein Mann selbst in die Hand zu nehmen.«

Ich verziehe den Mund. »Das ist Schwachsinn. Eigentlich hätte er dich loben sollen, weil du so umsichtig gehandelt und Unterstützung gerufen hast.«

»Das ist das Problem, wenn man so ein Moralapostel wie mein Vater ist. Er dreht sich alles so hin, wie er es gerade braucht, damit er eine Gardinenpredigt vom Stapel lassen kann. Hätte ich dich nicht geholt und die Immortali wären mit Aliqua verschwunden, hätte es *dafür* Ärger gegeben.«

Wo er recht hat …

»Für morgen wird eine Vollversammlung des Tribunals einberufen. Sein Assistent setzt gerade eine Rundmail auf.«

Nachdenklich nippe ich an meinem Espresso. Morgen schon, das ist deutlich früher, als ich erwartet habe. Wir sind nicht viele, aber die meisten der Damnati neigen zur Trägheit, was es schwierig macht, sie so kurzfristig zusammenzutrommeln. Das bedeutet im Umkehrschluss, dass sich Nerone Sorgen macht, wenn er dermaßen zur Eile drängt.

Als die Tramezzini kommen, greife ich zu, ohne Hunger zu spüren.

»Vater will Aliqua kennenlernen. Ihre Existenz ist ein ziemlicher Schock und wirft jede Menge Fragen auf.« Adone schaut mich ernst an.

Ich nicke. Natürlich will Nerone sie kennenlernen. Allerdings gefällt mir die Vorstellung nicht, dass sie vor eine Vollversammlung der Damnati gestellt wird, um sich zu erklären. Mir wäre es lieber, wenn sie noch ein bisschen mehr Zeit bekäme, um sich an ihre neugewonnene Freiheit zu gewöhnen.

»Meinst du, wir finden heraus, was es mit ihr auf sich hat? Wie und warum sie nach Herculaneum geraten ist?«

Ich nehme meine Espressotasse in die Hand, um Adone nicht sofort antworten zu müssen. Während ich den bitteren Kaffee auf der Zunge rolle, lege ich mir meine Worte sorgsam zurecht.

»Ich hoffe, dass sie behutsam vorgehen und ihr nicht zu viel aufbürden. Immerhin ist sie gerade erst freigekommen und weiß selbst nicht, was passiert ist.«

Gedankenverloren dreht Adone sein Feuerzeug zwischen den Fingern. »Weißt du, ich mag sie, was wohl keine große Überraschung ist, weil mir das mit fast jedem weiblichen Wesen so geht. Aber Aliqua scheint wirklich tapfer zu sein, wenn man bedenkt, was sie durchmachen musste. Und sie hat etwas an sich ... nenn mich verrückt, aber ich habe das Gefühl, dass da irgendetwas in steckt. Es ist dunkel, aber nichts, wovor man sich fürchten müsste. Im Gegenteil, es wirkt eher anziehend.« Nachdenklich legt er die Stirn in Falten.

Was er sagt, überrascht mich. Dass er dieses Gefühl der Anziehung wahrnimmt, von dem ich eigentlich dachte, dass nur ich es spüre.

»Wer oder was sie auch immer ist«, fährt er fort. »Sie war bestimmt nicht ohne Grund all die Zeit unter Herculaneum gefangen. Hoffen wir nur, dass da nichts in ihr schlummert, von dem sie selbst nichts weiß und das uns noch Probleme machen könnte.«

Kapitel Sechs

Rom, 79 n. Chr.

Aliqua lebte sich rasch in der familia *ihres Herrn Faustus ein. Die Tagesabläufe und Aufgaben unterschieden sich kaum von dem, was sie schon ihr Leben lang an Arbeit kannte, und die restliche Dienerschaft des Hauses hatte sie freundlich aufgenommen.*

Wer ihr das Leben schwer machte, waren Faustus' Kinder.

Marcellus bekam sie zum Glück nur selten zu Gesicht, aber jedes Mal, wenn sie sich über den Weg liefen, verschlang er sie ungeniert mit seinen Augen, was sie zunehmend beunruhigte. Sollte er sich ihr irgendwann nähern, dann hatte sie ihm nichts entgegenzusetzen. Er war der Sohn ihres Herrn und sie damit auch sein Eigentum. Außerdem war er groß gewachsen und stark, er würde sie mühelos überwältigen können.

Octavia wiederum war auf eine ganz andere Art furchterregend. Eitel, verwöhnt und selten zufriedenzustellen, vereinnahmte sie Aliqua rasch vollkommen. Sie hatte ihrer Herrin stets zu folgen, um ihr auf Schritt und Tritt zu Diensten zu sein.

An diesem Tag, eine gute Woche nach Aliquas Ankunft in ihrem neuen Heim, war es besonders schlimm. Ein festliches Bankett stand an, und Octavia hatte sich vorgenommen, die Schönste von allen zu sein. Am Vormittag hatte Aliqua sie in eine der öffentlichen Thermen begleitet, wo sich ihre Herrin ausgiebig hatte baden, massieren und einölen lassen, während

Aliqua draußen wartete und ihre abgelegte Kleidung bewachte, weil Octavia den Sklaven in den Thermen nicht traute.

Sie waren erst am Nachmittag zurückgekehrt, und nun war Aliqua seit über einer Stunde damit beschäftigt, Octavias Haar zu richten.

»Nein, mach es neu! Das sieht ja grauenhaft aus«, rief Octavia nun schon zum dritten Mal, nachdem sie sich prüfend in ihrem Kupferspiegel betrachtet hatte. Aliqua konnte nur mit Mühe ein Augenrollen unterdrücken.

»Es soll glatt sein, wie deines«, murrte Octavia und ließ sich in ihrem Stuhl zurückfallen.

Das ist ein hoffnungsloser Wunsch, dachte Aliqua für sich, während sie die glänzenden Locken ihrer Herrin auskämmte. Egal mit welchen Pasten und Ölen sie das Haar behandelte, es würde niemals vollkommen glatt sein.

Angesichts der fortgeschrittenen Stunde gab sich Octavia schließlich mit ihrer Frisur zufrieden, und Aliqua half ihr beim Ankleiden. Sorgsam drapierte sie das lachsfarbene Seidengewand und raffte den Stoff an den Schultern mit Goldfibeln zu eleganten Falten. Zum Schluss legte sie ihr den Schmuck an, den Octavia bereits vor Tagen herausgesucht hatte.

Erschöpft ließ sie sich an die Wand sinken, nachdem Octavia das Gemach verlassen hatte, um beim Empfang der Gäste anwesend zu sein. Ihr Kopf dröhnte, und gerne hätte sie sich ein wenig hingelegt, um auszuruhen, doch dafür war keine Zeit. Sie musste den anderen Dienern während des Banketts zur Hand gehen und würde sich wahrscheinlich erst spät in der Nacht zur Ruhe legen können.

Die Küche, ein verhältnismäßig kleiner Raum, platzte an diesem Abend aus allen Nähten. Das Herdfeuer heizte sie schier unerträglich auf, und auf jeder Ablagefläche stapelten sich Speisen, zwischen denen der Koch und seine Gehilfen herumflitzten. Aliqua war heilfroh, als sie angewiesen wurde, beim Auftragen zu helfen. Lieber lief sie den ganzen Abend zwi-

schen dem Bankettsaal und der Küche hin und her, als nur eine Minute länger in diesem stickigen Dampfbad zu verbringen.

Mit einem Korb voll geschnittenem Brot im Arm folgte sie Theos, dem nubischen Sklaven, der am selben Tag wie sie gekauft worden war. Er war ein schweigsamer Geselle, hatte jedoch stets ein freundliches Lächeln für sie, wenn sie sich im Haus begegneten. Sie würde nicht so weit gehen und ihn als ihren Freund bezeichnen – dafür müssten sie zuerst mal ein paar Worte miteinander wechseln – aber sie waren so etwas wie stumme Leidensgenossen. Als Marcellus' persönlicher Diener hatte er es bestimmt auch nicht leicht.

Im Bankettsaal schlug ihnen eine emsige Geräuschkulisse entgegen. Die Liegen, die sich in der Form eines Hufeisens um die runden Tische mit den Speisen anordneten, waren bereits alle mit illustren Gästen besetzt – drei Personen lagerten auf jeder Liege. In der hinteren Ecke des Raumes saßen drei Sklaven und musizierten auf Flöten und Leiern.

Aliqua hielt die Augen gesenkt, während sie das Brot auf Silberschälchen an den Tischen verteilte. Dennoch spürte sie einen Blick auf sich ruhen, der jeder ihrer Bewegungen folgte. Das musste Marcellus sein, der auf dem Ehrenplatz neben seinem Vater lagerte, wie sie mit einem raschen Blick beim Eintreten bemerkt hatte. Doch sie vermied es aufzuschauen, sondern gab sich Mühe, so unscheinbar und unsichtbar zu sein, wie es von ihr als Bediensteter erwartet wurde.

Octavias Stimme erhob sich schrill vor Aufregung über die Gespräche. Abende wie diese waren für sie von besonderer Wichtigkeit, da sie noch immer nicht verheiratet war und Gefahr lief, bald als alte Junger zu gelten. Sie hatte Aliqua schon in aller Ausführlichkeit erklärt, dass der Bruder eines einflussreichen Senators anwesend sein würde, dessen Sohn eine exzellente Partie für sie abgeben würde. Offenbar verschwendete sie keine Zeit damit, den hohen Herrn zu beeindrucken.

Unauffällig zog sich Aliqua zurück, um wieder in die Küche zu eilen und weitere Speisen aufzutragen. Den Gästen wurde eine schier endlose Abfolge an Gerichten kredenzt, die wirkungsvoll den Wohlstand der Familie Pomponius demonstrierten.

Aliqua war gerade dabei, eine Platte mit gebratener Meerbarbe am Ehrenplatz abzustellen, als eine Hand sie grob am Nacken packte. Sie erstarrte mitten in der Bewegung, die Hände um die Griffe der silbernen Servierplatte gekrampft.

»Anonyma!« Marcellus' Stimme drang an ihr Ohr, schon ganz verwaschen von dem Wein, der an diesem Abend in Strömen floss. Er benutzte den Spitznamen, den er ihr vor ein paar Tagen verpasst hatte, um ihren eigentlichen Namen ins Lächerliche zu ziehen. Schlimm genug, dass sie Irgendjemand *hieß, als wäre sie für niemanden von Bedeutung.*

»Sie ist so ein hübsches Ding, die neueste Zierde in unserem Besitz. Komm, zeig dich unseren Gästen!«

Grob riss er sie hoch, und Aliqua biss die Zähne zusammen, um unter seinem Griff nicht zu ächzen. Sie warf einen hilflosen Blick in Faustus' Richtung, der ein solches Verhalten seines Sohnes normalerweise unterband, doch der knabberte in weinseliger Versunkenheit an einem Stück Honigbrot und schien Marcellus' Ungehobeltheit überhaupt nicht wahrzunehmen.

»Los, Anonyma, tu etwas für das Geld, das mein Vater für dich ausgegeben hat. Tanze für uns! Erheitere unsere Gäste.« Marcellus ließ sie los und lehnte sich abwartend auf seiner Liege zurück.

Aliqua verharrte reglos. Ihr Herz raste, jetzt, da sie sich unvermittelt im Zentrum der allgemeinen Aufmerksamkeit wiederfand. Alle Blicke lagen auf ihr – interessiert, gelangweilt, sensationsgierig. Sie schaute sich gehetzt um, suchte nach einem Ausweg oder jemandem, der ihr helfen könnte. Octavia hob nur eine Augenbraue und schien nicht gewillt, ihrem Bruder Einhalt zu gebieten. Sie schien nichts daran zu finden, dass er sie zwang, zur Erheiterung der Gäste zu tanzen. Stattdessen beugte sie sich mit einem Lächeln zu dem jungen Mann, der neben ihr lag. Er schien sie allerdings nicht zu beachten, sondern schaute zu Aliqua. Als sich ihre Blicke trafen, vergaß sie, wo sie war und wie elend sie sich fühlte. Jeder Gedanke wurde aus ihrem Kopf gefegt, und was blieb, war nur das Paar Augen, das ihren Blick nicht losließ. Genau wie es auf dem Sklavenmarkt geschehen war.

Denn er war es. Derselbe junge Mann, der sie über die Köpfe der Menge hinweg angesehen hatte und durch dessen Augen die Welt um sie herum zum Stillstand gekommen war. Er schien geradewegs in ihr Innerstes zu blicken, und ein leichtes Lächeln erschien auf seinem Gesicht, als sich ihr Mund vor Verblüffung leicht öffnete.

Aliqua war fest davon ausgegangen, ihn niemals wiederzusehen, und das unerklärliche Gefühl des Verlusts hatte sie seitdem begleitet. Sie kannten einander nicht, hatten noch kein Wort gewechselt, und doch war es gewesen, als hätte er einen Teil von ihr mit sich genommen. Geraubt, nur durch einen einzigen, langen Blick.

»Beweg dich!«, raunzte Marcellus, und sie zuckte zusammen, als er ihr einen festen Schlag auf den Hintern verpasste. Der Augenkontakt brach ab, und sie fand sich jäh in der Realität wieder. Unter der Wucht des Hiebs taumelte sie vorwärts, fing sich gerade noch und hob schicksalsergeben die Arme. An diesem Abend schien Marcellus sämtliche Hemmungen abgelegt zu haben, und lieber fügte sie sich seinem Willen, als Prügel zu riskieren.

Ihr Gesicht brannte vor Scham, während sie sich vor den Augen aller zur Musik bewegte. Es sollte ihr nichts ausmachen zu tanzen. Wenn es nach Menschen wie Marcellus ging, dann war sie nichts weiter als ein Objekt, das zufälligerweise atmete, aber ansonsten zum Vergnügen diente. Vor allem sie, die als Unfreie geboren worden war und kein anderes Dasein kannte, sollte sich nicht so sehr dagegen sträuben, als Ding betrachtet zu werden. Aber sie tat es.

Seit dem Moment, als die blauen Augen ihre gefunden hatten und ihr zum ersten Mal das Gefühl gegeben hatten, gesehen zu werden. Nicht nur ein hübsches Sklavenmädchen, das alle Fertigkeiten einer Kammerdienerin besaß und über genügend Bildung verfügte, um darüber hinaus nützlich zu sein. Nicht eine Sache, der ein bestimmter Wert in Goldmünzen beigemessen wurde.

Sondern sie selbst. Als Mensch. Ganz unabhängig davon, welches Los ihr die Geburt zugestanden hatte und das darüber bestimmte, wie sie ihr Leben zu führen hatte.

Er hatte sie gesehen, und unter seinem Blick fühlte sie sich wertvoll.

Aliqua bewegte sich weiter im Takt der Musik, blendete ihre Zuschauer aus, die anzügliche Bemerkungen fallen ließen oder sie johlend anfeuerten, und dachte an den jungen Mann mit den blauen Augen. Es war noch immer unendlich demütigend, in seiner Anwesenheit wie ein Äffchen tanzen zu müssen, doch sie konzentrierte sich dabei auf das Gefühl, das er in ihr auslöste. Wenn sie auch niemals ein Wort miteinander reden würden, würde sie ihm doch nie vergessen, welches Geschenk er ihr gemacht hatte, einfach nur, weil er sie angesehen hatte. Er hatte eine Flamme in ihrer Brust entzündet, die sie wärmte und schützte, während Marcellus' Kommentare immer anzüglicher wurden.

Aliqua

Der Gedanke, dass Orela für meine neue Garderobe bezahlen will, gefällt mir noch immer nicht. Allerdings ist mir ziemlich schnell klar geworden, dass ich es zulassen muss, wenn ich vor den restlichen Ewiglichen von Rom nicht in einer Jogginghose auftauchen will. Denn Orela verfügt zwar über einen gigantischen Kleiderfundus, allerdings ist sie einen Kopf kleiner als ich und viel zierlicher gebaut. Das ist bei gemütlichen Jogginghosen nicht besonders aufgefallen, aber Straßenkleidung für mich herauszusuchen, gestaltet sich deutlich schwieriger. Ich komme also nicht umhin, einkaufen zu gehen.

Wie am gestrigen Abend nehmen wir den Aufzug, allerdings bringt er uns nicht hinunter in die Tiefgarage, sondern entlässt uns in einen Eingangsbereich im Erdgeschoss, von wo aus wir nach draußen auf die Straße treten. Sofort umfängt mich die laue Wärme eines Frühsommertags, gewürzt mit dem Duft der Geißblattranken, die das Haus gegenüber überwuchern. Darüber legen sich die Ausdünstungen einer modernen Großstadt; heißer Asphalt, Abgase und überquellende Mülltonnen. Letzteres ist nicht gerade verlockend, aber trotzdem vermischt sich alles zu einem unwiderstehlichen Bouquet, das nach *mehr* riecht. In mir regt sich die Neugier, das alles zu entdecken.

Orela hakt sich bei mir unter und gemeinsam schlendern wir die kopfsteingepflasterte Straße hinunter. Sie ist so schmal, dass keine zwei Autos nebeneinander hindurchpassen, und gesäumt von kleinen Geschäften und Cafés. Mit Augen, die nach neuen Eindrücken hungern, schaue ich mich um und sauge die Details in mich auf. Vorbeiflanierende Fußgänger, emsige Kellner vor den Straßencafés und Touristen, die man an ihren gezückten Handykameras erkennt. Vespas knattern in halsbrecherischem Tempo an uns vorbei, und auf dem gegenüberliegenden Bürgersteig kläffen sich zwei kleine Hunde an.

»Welches Datum haben wir eigentlich?« Die Frage taucht ganz plötzlich in meinen Gedanken auf.

Durch die dunklen Gläser der Sonnenbrille, die auf Orelas Nase sitzt, kann ich ihre Augen kaum erkennen, als sie mich von der Seite anschaut. »Der neunzehnte Mai 2019.«

Uff! Ich *wusste* ja, dass ich wirklich lange Zeit gefangen war, aber eine konkrete Zahl zu hören, macht es irgendwie greifbarer. Mein Hals wird eng, und obwohl es so warm ist, überkommt mich ein Frösteln. Wir sind hier tatsächlich im einundzwanzigsten Jahrhundert, das heißt, ich habe zwanzig Jahrhunderte verpasst, während ich unter der Erde lag. Der Versuch, mir eine solche Zeitspanne vorzustellen, macht mich schwindelig. Und noch schlimmer wird es, wenn ich daran denke, dass Orela und die anderen diese Zeit tatsächlich *erlebt* haben, jede Sekunde davon. So viele Erinnerungen, so unendlich viele Menschen, die sie kommen und gehen sahen.

Orela tätschelt meinen Arm, als wüsste sie, worüber ich nachgrüble. »Du hast ein schönes Datum für deine Wiedergeburt erwischt. Der neunzehnte Mai 2019.«

»Wiedergeburt«, wiederhole ich nachdenklich. »Würdest du es so nennen?«

»Klar! Es ist doch was Positives, dass du wieder frei bist. Lass dir nichts anderes einreden! Egal was das Tribunal sagen wird.«

Hm, über dieses ominöse Tribunal habe ich mir noch gar keine Gedanken gemacht. Aber so, wie Orela darüber spricht, klingt es irgendwie respekteinflößend. Und nicht besonders spaßig.

»Was ist dieses Tribunal eigentlich? Erwartet mich so was wie ein ... Gerichtsverfahren?« Meine Stimme klingt hoch und nervös, und hastig räuspere ich mich.

»O nein, du hast ja nichts verbrochen! Das Tribunal ist der Verwaltungsapparat der Damnati. Sie sorgen dafür, dass alle sich an die Gesetze halten, bestrafen Regelverstöße und kümmern sich um alle Anliegen und Streitigkeiten unserer Gemeinschaft. Adones Vater ist der Vorsitzende.«

»Es gibt Gesetze?« Bei diesem Punkt horche ich sofort auf, denn wenn es verbindliche Gebote gibt, will ich sie lieber sofort erfahren. Orela beteuert zwar, dass ich nichts verbrochen habe, aber ich muss es ja nicht provozieren, weil ich keine Ahnung habe.

»Das meiste ist selbsterklärend. Wir müssen unsere Existenz vor den Sterblichen geheim halten ... in der Vergangenheit gab es zu viele Probleme mit Ewiglichen, die mit ihrer Unsterblichkeit geprahlt haben. Stichwort Scheiterhaufen. Das heißt auch, dass niemand bemerken darf, dass wir nicht altern. Und wir sollten nicht zu den Ewigkeitsjüngern überlaufen.«

Als ich nur fragend die Brauen hebe, kichert sie. »Das ist Santos Name für die Immortali. Weil sie die Unsterblichkeit noch immer als göttergegebenes Geschenk betrachten. Es ist ätzend. Sie haben sich von uns losgesagt und halten sich natürlich *nicht* an die Regeln und Gesetze des Tribunals. Deswegen braucht es Leute wie Santo und meine Cousins, die in der Stadt für Ordnung sorgen.«

Eine neue Frage keimt bei ihren Worten in mir auf. »Die Ewiglichen sind noch immer alle in Rom?« Zumindest klingt es ganz danach, als würde sich der Großteil der Damnati und Immortali hier aufhalten.

»Oh, wir waren schon überall auf der Welt. Aber egal wie schön es an anderen Orten ist, über kurz oder lang kehren wir alle wieder hierher zurück. Wir Ewigliche hängen an Rom und haben die meiste Zeit unseres Daseins hier verbracht.« Orela stockt und runzelt leicht die Stirn. »Von den Immortali sind bestimmt gerade so gut wie alle hier, wo sie doch alles umgraben und etwas suchen.«

Beim Stichwort Immortali überläuft mich ein Schaudern. »Was ähm ... was tun die Immortali denn so?« Ich kann nichts dagegen tun, dass meine Stimme sich piepsig anhört.

»Von den Gaben, welche die Götter uns einst schenkten, ist kaum noch etwas übrig, sie nahmen uns das meiste wieder weg, als der Fluch kam. Du weißt schon, übermenschliche Kraft, Schnelligkeit und ein paar der coolen Götterfähigkeiten. Ein paar Funken davon sind aber noch da, was es den Jungs erlaubt, andere Ewigliche, besonders Immortali, aufzuspüren. Sobald wir beispielsweise kämpfen oder diese Reste der göttlichen Kraft anderweitig einsetzen, können unsere Wächter das spüren. Sie merken es unter anderem, wenn ich als Seherin aktiv bin und nach Vorahnungen suche. Außerdem hatten wir Ewiglichen sehr lange Zeit, um unsere Körper zu stählen und Fähigkeiten zu schulen. Dadurch sind wir den Sterblichen in gewisser Weise überlegen, und die Immortali nutzen das aus. Es macht ihnen *Spaß*, sie zu jagen, zu verletzen und zu töten ... manchmal verschwinden auch Menschen und tauchen nie wieder auf. Ehrlich gesagt haben wir keine Ahnung, was genau sie treiben. Sie haben sich vor etwa dreihundert Jahren vollkommen von uns abgespaltet und agieren seitdem im Geheimen.«

Orela runzelt die Stirn, und ich sehe, wie besorgt sie darüber ist. Mir geht es ähnlich. Wenn ich daran denke, dass es diese Immortali waren, die mich ausgegraben haben ... was hätten sie wohl mit mir getan, wenn Santo, Adone und Scuro nicht aufgetaucht wären? Womöglich würde ich jetzt nicht durch die Stadt spazieren und die frühsommerliche Sonne genießen.

»Frei zu sein und in diese Welt zurückzukehren, mit allem, was ich nicht weiß, fühlt sich noch immer seltsam an, aber ich bin froh, dass ich bei euch gelandet bin.«

Orela grinst mich übermütig an. »Weißt du eigentlich, wie sehr ich auf jemanden wie dich gewartet habe? Die ganze Zeit nur diese selbstgefälligen Jungs um mich, die sich wie die letzten Klugscheißer benehmen. Jetzt haben *wir* die Ewigkeit zur Verfügung, um ihnen gemeinsam auf die Nerven zu gehen. Das wird großartig.«

Bevor ich noch weitere Fragen über die Ewiglichen und Immortali stellen kann, zieht sie mich energisch durch die offen stehende Glastür einer Boutique. Blumiger Parfumduft umfängt mich, und eine gertenschlanke Verkäuferin kommt uns strahlend entgegen. Mein Bauchgefühl sagt mir, dass das hier lange dauern wird.

Tatsächlich schleift mich Orela stundenlang von Geschäft zu Geschäft. Wir verlassen keinen Laden, ohne nicht mindestens ein Teil gekauft zu haben, und bald schwirrt mir der Kopf von den parfümierten Verkaufsräumen und den emsigen Beraterinnen, die uns umschwirren wie Honigbienen. Irgendwie scheinen sie zu wittern, dass Orela fest entschlossen ist, Geld auszugeben, und offenbar kein Limit kennt. Mit routiniertem Blick geht sie die Kleiderstangen durch, zieht einzelne Teile heraus und schickt mich damit in die Umkleidekabine. Dann präsentiere ich die Klamotten, und wir beraten uns – oder besser gesagt, Orela und die Verkäuferin beraten sich, während ich zunehmend apathisch mein Spiegelbild betrachte und mich frage, wann ich diese ganzen Sachen jemals tragen soll. Wahrscheinlich werden sie von Motten zerfressen, ehe ich dazu komme.

Nachdem wir mit einer weiteren Tragetasche bepackt ein Dessousgeschäft verlassen, bleibe ich erschöpft auf dem Bürgersteig stehen.

»Orela«, winsle ich. »Ich kann nicht mehr.«

Sie dreht sich auf dem Absatz zu mir um, und ihre blauen Augen weiten sich schockiert. »Ist das dein Ernst? Es ist gerade mal ein Uhr! Wir haben noch den ganzen Nachmittag vor uns!«

»Gnade.« Flehentlich schaue ich sie an. »Gestern um diese Zeit war ich noch unter der Erde begraben, und heute zwingst du mich schon zu diesem Gewaltmarsch. Gönn mir eine Pause.«

Ihre Miene wird weicher, und leicht betreten schiebt sie sich eine Strähne hinters Ohr. »Ich hab's übertrieben, oder?«

Hilflos zucke ich mit den Schultern. »Etwas?«

Sie schnaubt. »Okay. Dein Termin beim Friseur ist in zwei Stunden. Bis dahin können wir irgendwo was essen.«

Sie hat sich schon wieder in Bewegung gesetzt, und ich beeile mich zu ihr aufzuschließen. »Friseurtermin? Wann hast du den vereinbart?«

Orela grinst listig. »Gleich heute Morgen. Ich wusste nicht, ob ich dich zum Shopping überreden kann, aber ein Haarschnitt *muss* sein. Die ganze Asche hat ihnen einfach nicht gutgetan.«

Ich seufze. *Na gut,* Haareschneiden klingt tatsächlich nicht schlecht. Außerdem muss ich dabei nichts anderes tun als in einem Stuhl sitzen und vielleicht in einem Magazin blättern.

»Orela! Hey, ciao!« Ein Ruf von der gegenüberliegenden Straßenseite lenkt mich von der Frage ab, woher ich so genau weiß, wie ein Friseurbesuch abläuft.

Ein junger Mann überquert die Straße und irgendwie kommt er mir bekannt vor. Dunkelbraune Strubbelhaare, ein markantes Kinn und Lippen, die sich zu einem schiefen Grinsen verziehen.

»Remo! Ciao.« Orela begrüßt ihn mit Wangenküsschen. »Wie geht's dir?«

Remo fährt sich durch die Haare. »Bestens. Bin mit Freunden unterwegs.« Er zeigt hinüber, wo ein paar Jungs auf ihn warten und neugierig zu uns schauen.

Merkwürdigerweise runzelt Orela die Stirn und wirkt irgendwie … unglücklich. Aber anstatt etwas zu sagen, presst sie nur die Lippen zusammen.

»Und? Was machst du?«, fragt Remo mit einem Seitenblick auf die zahlreichen Einkaufstüten, mit denen sie beladen ist. Dann erst huscht sein Blick kurz zu mir.

»Wir sind shoppen.« Orela legt mir eine Hand auf die Schulter. »Ich muss euch noch einander vorstellen! Aliqua, das ist Remo, Adones jüngerer Bruder und ein weiterer meiner Cousins. Du siehst, unsere Familie ist *wirklich* männerlastig.«

Natürlich. Jetzt, da ich es höre, ist die Familienähnlichkeit zu Adone wirklich unübersehbar.

Remo senkt grinsend den Kopf. »Darüber jammerst du seit Jahrhunder…, äh, Jahren.« Hastig korrigiert er sich und wirft mir einen weiteren flüchtigen Blick zu.

Orela winkt ab. »Keine Sorge, Cousin, sie weiß Bescheid.«

Ruckartig hebt Remo den Kopf und starrt mich mit geweiteten Augen an. Ich erwidere seinen Blick und frage mich, wie jemand, der rein äußerlich wie ein Siebzehnjähriger aussieht, in Wahrheit schon so viele Jahrhunderte auf dem Buckel haben kann. Allerdings … ich schaue genauer hin, und da ist etwas im Ausdruck seiner Augen. Eine unterschwellige Stumpfheit, die verrät, wie alt er in Wirklichkeit ist.

Remo wird blass, seine Pupillen weiten sich. Ich kann ihm deutlich vom Gesicht ablesen, dass er einige Fragen hat. Nachdem mir Orela gerade erst erklärt hat, dass die Ewiglichen eigentlich dazu verpflichtet sind, nicht über sich zu sprechen, wundert er sich bestimmt, warum ich eingeweiht bin. Seltsamerweise zögere ich aber, ihm zu sagen, dass ich nicht nur Bescheid weiß, sondern eine der Ihren bin. Zumindest in etwa. So richtig scheint niemand zu wissen, *wer* oder *was* ich bin.

Remo mustert mich wie eine Kuriosität, bei der er sich nicht ganz sicher ist, ob er sie interessant oder bedrohlich finden soll. Trotz der seltsamen Stimmung zwinge ich mich zu einem Lächeln. Remo zuckt ganz leicht zusammen.

»Na ja dann.« Plötzlich scheint er es eilig zu haben weiterzukommen. »Wir sehen uns. Beim Tribunal.« Er wirft mir einen letzten, forschenden Blick zu, dann kehrt er zu seinen Freunden zurück. Bevor die Gruppe weiterzieht, schaut er noch ein paarmal zu uns zurück.

Orela stößt ein frustriertes Seufzen aus, dann zieht sie mich weiter. »Er lernt es einfach nicht.«

»Hm?«

»Remo sucht sich immer wieder sterbliche Freunde und ist dann untröstlich, wenn er sie nach einigen Jahren aufgeben muss. Für die Älteren von uns ist es leichter, zu verschleiern, dass sie nicht altern, aber er? Als ewig Siebzehnjähriger ist es einfach zu auffällig, dass er sich nicht verändert.«

Was sie erzählt, klingt wirklich deprimierend, und auch wenn er gerade etwas seltsam war, tut er mir leid. »Hat er denn keine Freunde unter den Ewiglichen?«

»Nicht wirklich. Ab und zu, aber das geht nie lange gut. Eine enge Freundschaft, wie Santo, Adone und Scuro sie haben, ist selten. Man geht sich mit der Zeit einfach zu sehr auf die Nerven.« Orela klingt unsicher, und sie weicht meinem Blick aus.

»Wir können es versuchen, oder?«, schlage ich vor. Sie wirkt so besorgt wegen Remo, dass ich versuchen will, sie aufzuheitern. »Schließen wir eine Wette ab, wie lange wir beide befreundet sein können, ehe wir uns gegenseitig anöden. Ich setze hundert Jahre.« Hundert Jahre kommen mir selbst als Einsatz zwar übertrieben vor, aber ich erreiche, was ich beabsichtigt habe: Ein überraschtes Strahlen breitet sich auf Orelas Gesicht aus. »Okay, ein Jahrhundert, ehe es langweilig wird. Aber ich halte dagegen, dass wir uns innerhalb der nächsten fünfzig Jahre mindestens einmal an die Kehle gehen. Ich kann Leute zur Weißglut treiben.«

Nach dieser rigorosen Shoppingtour will ich ihr in diesem Punkt nicht widersprechen, also grinse ich nur. »Abgemacht.«

»Dort hinten ist ein tolles Restaurant, ich kenne den Besitzer. Und während wir essen, können wir uns schon mal Gedanken über deine Haare machen. Willst du Strähnen? Oder vielleicht eine komplett andere Farbe? Es gibt endlose Möglichkeiten!« Aufgeregt plappernd lotst mich Orela den Weg hinunter.

Santo

Schichtdienst ist beschissen. Auch wenn man unsterblich ist. Oder vielleicht macht es dieser Umstand nur noch beschissener, weil man weiß, dass man es noch für eine lange Zeit tun wird. Eine richtig, *richtig* lange Zeit. So was wie Rente gibt es für Ewigliche nicht. Und auch Umschulungen sind ein Fremdwort. Die Vorstellung, was Nerone dazu sagen würde, wenn ich darum bäte, als Wächter aufzuhören, um etwas anderes zu machen, lässt mich müde kichern. Diese Ader an seiner Schläfe würde zu pulsieren beginnen, und wahrscheinlich bekäme ich weitere Extraschichten aufgebrummt, einfach so, weil er ein Stinkstiefel ist. Aber es hat definitiv seinen Reiz, unseren Anführer zu provozieren, und ich male mir ein paar absurde Jobs aus, während ich am Rand des Vierströmebrunnens auf der Piazza Navona lehne.

Karikaturist für Touristen vielleicht; genau so ein Kerl hockt mit seiner Staffelei und Beispielbildern neben einem belebten Restaurant und versucht Passanten anzulocken. Mein Blick gleitet träge über die Porträts von Prominenten, die mit übergroßen Augen, Nasen und Mündern dargestellt sind. Himmel, wenn ich will, dass jemand meine Visage deformiert, wende ich mich an Adone.

Nein, so was würde Nerone nur ein müdes Stirnrunzeln entlocken. Außerdem ist dieses Gedankenspiel ohnehin witzlos … er würde mich *niemals* von meiner Pflicht entbinden. Selbst wenn mir jemand anbieten würde, der König eines Landes zu werden. Ich bin einfach zu gut in dem, was ich tue. Das klingt selbst in meinem eigenen Kopf arrogant, aber es ist eine Tatsache. Mein Ewiglichen-Radar ist messerscharf und quasi unfehlbar, wenn es um Immortali geht. Obwohl wir Wächter eigentlich nicht unterscheiden können, ob unsterbliche Aktivität von Immortali oder Damnati ausgeht, habe ich manchmal schon das Gefühl, die Schwingungen zu unterscheiden. Das, was von den Immortali ausgeht, fühlt sich aggressiver an. Ich habe ja sogar gestern Nacht gespürt, dass etwas im Busch ist, obwohl ich über zweihundert Kilometer von Herculaneum entfernt war.

Und trotzdem ... diese Nächte auf Patrouille sind anstrengend. Heute besonders, da ich nachts zuvor lange unterwegs war und nicht gerade bequem auf der Dachterrasse geschlafen habe. Ächzend reibe ich mir den verspannten Nacken, der noch immer schmerzt, und lasse den Blick aufmerksam über die Piazza schweifen. Obwohl es schon weit nach Mitternacht ist, herrscht jede Menge Betrieb. Die Menschen genießen vor den Restaurants die lauen Temperaturen, und Nachtschwärmer torkeln in Grüppchen über das Pflaster. Über sie alle wache ich gerade, werfe meine Sinne aus wie ein Netz, das sich unsichtbar über das Viertel legt. Während ich scheinbar unbeteiligt an der Brüstung lümmle, die das runde Brunnenbecken umgibt, taste ich nach unsterblicher Aktivität.

In meinem Rücken erhebt sich ein steinernes Massiv, auf dem vier männliche Figuren sitzen, die für jeweils einen Fluss stehen. Donau, Ganges, Nil und Río de la Plata. Das sanfte Gurgeln des Wassers entspannt mich, was der Hauptgrund ist, aus dem ich jetzt hier stehe. Meine Schicht neigt sich dem Ende zu, und ich muss mich anstrengen, die Konzentration zu halten. Denn so oft ich mich auch über die Arbeit beschwere, die Sicherheit jedes einzelnen Sterblichen ist mir wichtig. Die Menschen sind schon zueinander grausam genug, da braucht es nicht auch noch ewigliche Bastarde, die ihnen zusetzen. Sie haben keine Chance gegen Immortali, die eine Ewigkeit Zeit hatten, ihre Körper zu stählen und sich in Grausamkeiten zu üben, die jedes Vorstellungsvermögen sprengen. Sterbliche sind für sie wie Puppen, denen sie zum Vergnügen Gliedmaßen ausreißen, um sie dann im Dreck liegen zu lassen. Galle steigt mir hoch, und ich schlucke mit angewiderter Miene.

Heute Nacht allerdings ist alles ruhig. An jedem anderen Tag wäre das nichts Besonderes gewesen; auch größenwahnsinnige Fanatiker brauchen mal Pause. Tatsächlich nehme ich die Anwesenheit einiger Ewiglicher in der weiteren Umgebung wahr, aber niemand setzt die Reste der göttlichen Fähigkeiten ein, die ich als Wächter erspüren kann. Alles ist friedlich. Aber anstatt froh darüber zu sein, stellen sich mir die Nackenhaare auf, und ich fische geradezu hektisch nach einem Funken. *Irgendjemand* von ihnen muss sich doch herumtreiben. Diese unnatürliche Ruhe der Immortali beunruhigt mich mehr als zwanzig Angriffe an einem Abend. Was auch immer sie nach Herculaneum getrieben hat, ist mir noch immer ein Rätsel, aber ich bin mir sicher, dass sie nicht aufgeben, nur weil wir sie gestört haben.

Ich stürze beinahe rückwärts in das flache Brunnenbecken, als sich wie aus dem Nichts eine Hand auf meine Schulter legt. Erschrocken, dass ich nicht registriert habe, wie sich mir jemand nähert, ducke ich mich und will in die Knie gehen. Doch bevor ich meinem vermeintlichen Angreifer die Beine wegtreten kann, bemerke ich, dass es Scuro ist. Mein Cousin mustert mich mit typisch unbewegter Miene, ehe sich langsam ein angedeutetes Lächeln auf seine Lippen stiehlt.

»Abgelenkt?«, schnarrt er. Sein süffisanter Tonfall weckt den Wunsch in mir, ihm vielleicht *doch* gegen die Schienbeine zu treten. Stattdessen richte ich mich wieder auf und zwinge meine Muskeln dazu, sich zu entspannen. Nachdem ich so lange unbewegt hier rumstand, sind meine Gelenke ganz starr, und ich strecke mich, bis die Sehnen ächzen.

»Irgendwelche Besonderheiten?« Routiniert lässt Scuro den Blick über die Piazza Navona streifen.

»Nichts«, knurre ich frustriert. »Rein gar nichts. Da ist was faul, wenn du mich fragst.«

Scuro wiegt den Kopf. »Die Ratten haben sich in ihr Loch zurückgezogen. Die tauchen schon wieder auf.«

Seine Gleichgültigkeit zerrt an meinen Nerven. »Wenn wir nur wüssten, *wo* diese Löcher sind, verdammt! Wie kann es sein, dass wir nie einen ihrer Unterschlüpfe ausheben konnten?« Die Frustration dieser ereignislosen Nacht bricht sich Bahn, doch es prallt an Scuro ab wie an einer Betonmauer.

»Sie haben Schutzmechanismen entwickelt, die sie wirkungsvoll von uns abschirmen. Solange wir keinen von ihnen schnappen, der den Mund aufmacht, wird das auch so bleiben. Aber du warst ja oft genug dabei, man kriegt kein Wort aus ihnen heraus.«

Ich lasse den Kopf hängen und massiere mir den schmerzenden Nacken. Ja, das weiß ich nur zu gut. Egal welche Methoden wir versucht haben, sie schweigen, und am Ende müssen wir sie nach ein paar Jahrzehnten wieder laufen lassen. Trotzdem nagt es an mir. Diese Ahnungslosigkeit ... wir werden uns ewig abrackern und gegenseitig jagen wie ein Hund seinen eigenen Schwanz.

»Wie dem auch sei, du hast jetzt Feierabend, Cousin.« Scuro klopft mir freundschaftlich auf die Schulter.

Echt, ist es schon so spät? Gefühlt haben sich die letzten Stunden hingezogen wie Kaugummi, aber ein Blick auf mein Handy verrät mir, dass es wirklich schon zwei Uhr nachts ist.

»Danke Mann.« Ich schenke Scuro ein schwaches Lächeln, klopfe ihm zum Abschied auf den Rücken und wende mich zum Gehen.

Fünfzehn Minuten später bin ich zu Hause angekommen und drücke die Wohnungstür mit der Schulter auf. Mein Körper fühlt sich bleischwer an, und alles, was ich will, sind eine heiße Dusche und mein Bett. Umständlich kicke ich mir die Schuhe von den Füßen und hänge meine Lederjacke an einen Wandhaken im Eingangsbereich. Dann schlurfe ich den langen Flur hinunter. Am Durchgang zur Bibliothek halte ich inne, weil ein gedämpfter Lichtschein aus dem Raum dringt. Hölle, Orela wird es niemals lernen, alle Lampen auszuschalten.

Müde betrete ich die Bibliothek, damit unsere Stromrechnung dank meiner Schwester nicht das Bruttoinlandsprodukt eines Zwergstaats annimmt. Gähnend lasse ich den Blick durch den gemütlichen Raum mit den deckenhohen Regalen schweifen, um die Lampe zu finden, die noch brennt. Stattdessen entdecke ich eine Gestalt, die zusammengerollt in einem der Sessel sitzt und in ein Buch vertieft ist.

Mit einem Mal sind alle meine Sinne in Aufruhr. Reglos wie eine Statue verharre ich am Eingang und betrachte Aliqua. Sie ist in das warme Licht einer altmodischen Stehlampe getaucht, das goldene Reflexe in ihren dunkelbraunen Haaren aufleuchten lässt ... apropos ihre Haare. Irgendwas hat sie damit angestellt. Sie sind deutlich kürzer als heute Morgen und fallen ihr in seidig glänzenden Wellen bis zu den Schlüsselbeinen. Mein Mund wird trocken, je länger ich sie in ihrer Versunkenheit betrachte. Ihre Haut sieht samtweich aus und ist ebenfalls von einem goldenen Schimmer überhaucht. Und sie trägt ... gottverdammte Ewigkeit! Was ist das? So, wie sie dasitzt, kann ich nicht mehr erkennen als verheißungsvoll schimmernden Stoff, der definitiv nichts mit einer Jogginghose gemein hat.

Ich muss wohl irgendein Geräusch von mir gegeben haben, denn Aliquas Kopf schnellt hoch und ihre Augen weiten sich überrascht, als sie mich mitten im Raum stehen sieht.

Alles klar, Santo, das wirkt gerade gar nicht gruselig. Wahrscheinlich kann ich froh sein, dass sie nicht schreit wie am Spieß, weil ich völlig lautlos aufgetaucht bin und sie anglotze.

Ihre vollen Lippen teilen sich zu einem *Oh,* und ihr Anblick lässt eine Körperregion zum Leben erwachen, die schon sehr, *sehr* lange Zeit geschlummert hat.

»Santo.« Ihre Stimme klingt unsicher, was mich ein wenig zur Räson bringt.

Siedend heiß fällt mir ein, dass ich mich heute Morgen ziemlich unsensibel verhalten habe. Der verletzte Ausdruck in ihren Bernsteinaugen hat sich mir eingebrannt, und sie war so schnell vom Dach verschwunden, dass ich ihr nicht mehr erklären konnte, wie meine Worte gemeint waren.

Vorsichtig mache ich einen Schritt auf sie zu. »Was machst du denn hier?« Selbst in meinen eigenen Ohren klinge ich hölzern, meine Stimme ist ganz belegt.

Sie blinzelt, als würde ihr in diesem Moment erst bewusst, dass sie sich mitten in der Nacht in der Bibliothek befindet. Sie ist doch keine Schlafwandlerin, oder?

»Ich hatte einen Traum und konnte nicht mehr schlafen.« Sie runzelt die Stirn. »Das war echt gruselig. Ich war eine Frau, die von der Arbeit nach Hause kam, und ihr Mann hat sie angeschrien, weil es noch kein Abendessen gab. Er saß auf der Couch, während sie völlig erledigt zurückkam und sich von ihm beschimpfen lassen musste. Das klingt vielleicht nicht außergewöhnlich, aber ich hatte dieses Gefühl ... ich *war sie.* Verstehst du? Ich habe keine Verbindung mehr zu mir selbst gespürt, aber ich habe jede ihrer Empfindungen wahrgenommen, als wären es meine eigenen. Sie ... ihr ging es grauenvoll, ihr Mann ist ein solcher Tyrann, und sie muss sich jeden Tag von ihm schikanieren lassen.«

Aufgewühlt reibt sich Aliqua über die Schläfen, und ich gehe unwillkürlich weiter auf sie zu. Was sie erlebt hat, scheint ihr wirklich nahezugehen, und am liebsten würde ich sie in die Arme nehmen, um sie zu beruhigen. Aber ich verbiete mir diesen Impuls, das wäre aus mehreren Gründen unklug.

»Hey!« Sie hebt den Blick, als ich sie sanft anspreche. »Es war nur ein Traum, oder?«

Aliqua zuckt mit den Schultern. »Ja, eigentlich schon. Aber als ich mittendrin war, hat es mir Angst gemacht, weil es sich zu echt angefühlt hat. Als würde ich nie wieder ich selbst werden, sondern diese arme Frau bleiben. O Mann, jetzt klinge ich wirklich verrückt.«

»Nein gar nicht. So ist das mit Träumen, sie sind unberechenbar und ganz sicher nicht rational. Wie wär's, ich mache dir einen Tee, danach fühlst du dich bestimmt besser.« Keine Ahnung, wie ich jetzt ausgerechnet auf Tee komme, aber ich will irgendetwas für sie tun, damit sie sich besser fühlt. Und ein warmes Getränk tut doch immer gut, oder?

Eine gemeine Stimme in meinem Hinterkopf flüstert mir, dass ich mich zu nahe an sie heranwage. Dass es genügt, sie zu beschwichtigen, und ich jetzt besser schleunigst in mein Zimmer verschwinden sollte. Und unter die Dusche springen. Eine eiskalte, wohlgemerkt.

Mein Herz allerdings, das immer noch auf sie reagiert wie ein Süchtiger auf Stoff, weitet sich erfreut, als sie nickt und sich aus dem Sessel hochstemmt. Sie legt das Buch beiseite und ... mein Hirn erleidet einen Kurzschluss. Anders kann ich es nicht beschreiben. Alle Gedanken, jeder Vorsatz, sind wie weggefegt, als sie aufsteht und ich nun sehe, was sie anhat. Ein Nachthemd aus pfirsichfarbener Seide, am Ausschnitt mit Spitze verbrämt und kurz genug, um jede Menge von ihren nackten Beinen zu zeigen. Der schimmernde Stoff umfließt ihren Körper wie flüssiges Kupfer, legt sich um jede Kurve und bringt mein Denken dauerhaft zum Erliegen.

Offenbar kann ich Tausende Jahre alt werden und beim Anblick eines Negligés immer noch wie ein Neandertaler reagieren. Und ich dachte, die Zeit hätte sämtliche niederen Instinkte in mir abgetötet. Ganz offensichtlich hat es lediglich Aliquas Wiederkehr bedurft, um mich in mein achtzehnjähriges Ich aus der Antike zurückzukatapultieren. Fantastisch.

Ich beiße die Zähne zusammen und zwinge mich, einen Schritt zurückzuweichen, um ihr Platz zu machen. Aliqua tritt neben mich, wobei ich etwas von ihrem Duft erhasche, und *schon wieder* drohen meine Sicherungen durchzubrennen. Verdammte Götter, stopp! Mit aller Macht versuche ich mich auf die Fakten zu konzentrieren.

Ergo: Aliqua und ich, das ist nicht gut. Gar nicht gut.

Ihr kann ich keine Schuld geben, aber ich habe so vielen Leuten wehgetan, Fehler begangen, die nie wiedergutzumachen sind. Wenn auch nur irgendjemand den vollen Umfang meiner Taten ahnen würde ... ich wäre schneller im Marianengraben versenkt, als ich blinzeln könnte. Und doch ... obwohl ich diese Schuld schon so lange mit mir herumtrage und mir jeden Tag ihrer Schwere bewusst bin, genügt ein Blick in Aliquas Augen, und ich bin wieder im Jahr Neunundsiebzig. Unbedarft, ahnungslos und schwer davon überzeugt, das Richtige zu tun.

Was für ein Narr ich war. Zwar kann ich nie wiedergutmachen, was damals geschehen ist, aber ich bin es ihr und allen schuldig, zumindest zu versuchen, mich heute besser zu verhalten. Klüger.

Trotzdem gehe ich mit ihr in die Küche, denn obwohl ich entschlossen bin, die Fehler der Vergangenheit nicht zu wiederholen, will ich mich gleichzeitig nicht noch mal wie ein Vollidiot benehmen. Ich kann Aliqua ein Freund sein. Auch wenn meine Gedanken gerade unerlaubterweise Achterbahn fahren ... was ja niemand erfahren muss. Dennoch achte ich darauf, ihr immer einen Schritt voraus zu sein, damit ich gar nicht erst in Versuchung gerate, mir ihren Körper beim Gehen noch genauer anzuschauen.

In der Küche setze ich Teewasser auf, auch wenn es sich ungewohnt anfühlt, weil ich so was nie mache. Die Knöpfe der Kaffeemaschine zu bedienen, ist bei mir das Höchste der

Gefühle. Deswegen krame ich auch ein paar Minuten ziellos in den Hängeschränken, bis ich die Box mit den Teebeuteln finde. Es ist mir ganz recht, weil es mir Zeit verschafft, um wieder runterzukommen und meine Gedanken zurück in geordnete Bahnen zu schicken. Dennoch bin ich mir Aliquas Anwesenheit beinahe schmerzhaft bewusst. Sie lehnt an der Küchentheke, etwa zwei Armlängen von mir entfernt, und ich nehme ihre Anwesenheit wahr, als stünde sie unmittelbar neben mir. Diese Sensibilität für sie, die schon früher dazu geführt hat, dass ich sie in der chaotischsten Menschenmenge bemerkt habe, ist ungebrochen. Die Härchen auf meinen Armen stellen sich auf, und ein Schauer läuft mein Rückgrat hinunter. Völlig willkürlich greife ich nach einem Teebeutel, werfe ihn in eine Tasse und gieße kochendes Wasser darüber. Ohne den Blick von der Arbeitsfläche zu nehmen, schiebe ich Aliqua den heißen Becher zu.

»Danke«, murmelt sie.

Ich stütze mich mit beiden Händen auf der Marmorplatte ab und lasse den Kopf hängen, weil er mir plötzlich so schwer vorkommt. Das Gewicht meiner Gedanken wiegt tonnenschwer.

Eine Weile hört man nur das vorsichtige Schlürfen, mit dem Aliqua an dem heißen Tee nippt. Ich sollte mit ihr reden, irgendetwas sagen, um die dröhnende Stille zwischen uns zu vertreiben. Aber ich habe diese irrationale Angst, dass es wieder vollkommener Schwachsinn sein könnte, der sie verletzt.

Schließlich schlucke ich gegen die stechende Enge in meiner Kehle an und wende mich ihr zu. »Ich muss mich entschuldigen. Das, was ich heute Morgen auf dem Dach gesagt habe ... am Telefon, das war missverständlich formuliert.«

Aliqua rührt gedankenversunken in ihrem Tee, ihre dichten Wimpern werfen Schatten auf ihre Wangen. »Für mich war es ziemlich eindeutig, was du gesagt hast.« Ihre großen, whiskeyfarbenen Augen richten sich auf mich. Ihr Tonfall ist nüchtern, und ich weiß nicht warum, aber es wäre mir lieber, wenn sie schimpfen oder fluchen würde … oder irgendeine Emotion zeigen. So aber wirkt sie erschreckend stumpf.

»Bitte, hör mir zu.« Ich halte ihren Blick fest, der zu flackern beginnt, je länger ich die Verbindung halte. Gut, also hat sie sich nicht vollkommen abgeschottet. »Das, was ich gesagt habe, dass du vollkommen unwichtig seist, ist aus mir herausgeplatzt, weil ich in Panik war. Der Gedanke, die Immortali könnten dich jagen, macht mir eine Scheißangst, und ich wollte mich und alle anderen davon überzeugen, dass du es nicht sein *kannst,* was sie wollen. Ich habe im selben Moment gemerkt, wie dämlich das war. Egal was ich sage, ich kann sie von nichts abbringen, und statt dir in dieser verrückten Situation zu helfen, habe ich dir wehgetan. Das tut mir leid.«

Ihre Kehle bewegt sich, als sie schluckt, und mein Blick verharrt an der Kuhle zwischen ihren Schlüsselbeinen. Früher ruhte an dieser Stelle ein Anhänger. Dieser Anhänger … o verdammt, mir dreht sich der Magen um, wenn ich daran zurückdenke. Ihren Hals nackt und schmucklos zu sehen, ist auf so vielen Ebenen falsch, und tja, ich bin schuld daran. *Wow, Gehirn, heute kramst du ja nur die Crème de la Crème der schmerzhaften Erinnerungen heraus, eh?*

Aliqua wirkt verzagt, und wieder muss ich mir in Erinnerung rufen, was sie gerade durchmacht. Wahrscheinlich ist sie immer noch dabei, sich an das Gefühl der Freiheit zu gewöhnen. Sie verhält sich nach außen hin so normal, dass ich zu vergessen drohe, dass es in ihr ganz anders aussehen muss. Deswegen schlucke ich den ganzen Schwachsinn hinunter, den ich sagen will, und versuche es mit einem aufmunternden Lächeln.

»Ich bin wirklich froh, dass du hier bist. Gemeinsam bringen wir das alles in Ordnung, okay?«

Etwas blitzt in ihren Augen auf, und auch in mir regt sich eine tief vergrabene Erinnerung. Und eines wird mir in diesem Moment erschreckend klar: Es wird verdammt schwierig werden, dafür zu sorgen, dass sich die Geschichte nicht wiederholt.

Kapitel Sieben

Santo

Am Tag darauf dröhnt mir der Schädel. Nach dem nächtlichen Zusammentreffen mit Aliqua habe ich mich noch lange ruhelos im Bett hin und her geworfen und fühle mich jetzt regelrecht verkatert. Das ist die zweite Nacht in Folge, in der ich kaum geschlafen habe, und allmählich macht sich der Schlafmangel bemerkbar.

Die Tribunalsversammlung steht an und schwebt seit dem Aufstehen über mir wie ein Schlechtwettergebiet, das meine Stimmung niederdrückt. Ich bin nervös und aufgekratzt, was mir gar nicht behagt. Diese Regungen fühlen sich fremd an, nachdem ich so lange nichts als Langeweile gespürt habe. Vor ein paar Tagen war ich noch gefangen in der trüben Wolke der Abgestumpftheit, ein Zustand, der mir plötzlich ziemlich erstrebenswert vorkommt. Aber andererseits ... nein. Gefühle sind gut, selbst wenn sie unangenehm sind. Wenn ich ehrlich bin, fühle ich mich so lebendig wie seit Ewigkeiten nicht mehr. Das Stechen und Kribbeln erinnert mich daran, dass ich tatsächlich noch hier bin. Keine leere Hülle, mehr als ein lebensmüder Zombie.

Nerone hat das Gremium definitiv gebrieft, und ich wüsste zu gern, was sie über Aliqua und die ganze Sache denken. Misstrauisch werden sie definitiv sein, ist nur die Frage, ob sie sie als potenzielle Bedrohung einstufen. Oder noch schlimmer: als Sündenbock, der den Fluch über uns brachte. Nun, das zumindest werde ich nicht zulassen.

Das leichte Tappen von nackten Füßen auf dem Hartholzboden kündigt eine meiner Mitbewohnerinnen an. Ohne mich umzudrehen, weiß ich, dass es Orela ist. Nennt mich esoterisch, aber es sind die Schwingungen, die ich wahrnehme und direkt meiner Schwester zuordnen kann. Wäre es Aliqua, würden meine Eingeweide längst Rumba tanzen.

Gähnend lässt sich Orela neben mich auf das Sofa fallen. »Überrascht mich, dass du schon wach bist.«

Nicht bereit, den Grund für meine Schlaflosigkeit mit ihr zu erörtern, zucke ich bloß mit den Schultern. Aber natürlich lässt sie nicht locker. »Ist was passiert heute Nacht?«

Im ersten Moment erschrecke ich, weil ich befürchte, sie könnte etwas von den ... na ja, unangebrachten Gedanken ahnen, die mir beim Anblick von Aliqua in diesem Nachthemd durch den Kopf geschossen sind. Aber dann wird mir klar, dass sie die Patrouille meint. Meine Schwester sieht zwar mehr, als gut für sie und den Rest der Welt ist, aber wenn sie schläft, ist sie tatsächlich nicht auf Sendung.

»Es war besorgniserregend ruhig, wenn du mich fragst. Am Abend von Herculaneum ist die unsterbliche Aktivität regelrecht explodiert, doch jetzt herrscht absolute Funkstille.«

»Ich glaube, ihr habt sie erschreckt, weil ihr dort aufgetaucht seid.« Während sie nachdenkt, kaut Orela auf dem Nagel ihres rechten Ringfingers herum.

»Meinst du?«

»Ich wette, sie waren unvorsichtig, haben ihre Schutzmaßnahmen nicht ordentlich hochgefahren. Normalerweise erwischen wir sie doch nie auf frischer Tat, sondern dürfen nur den Dreck hinter ihnen aufräumen.«

Da hat sie leider recht. Wie auch immer sich die Immortali vor uns abschirmen, es funktioniert meist so gut, dass wir sie erst lokalisieren können, wenn es schon zu spät ist. Oder wir arbeiten präventiv, indem wir ihnen signalisieren, dass wir unsere Runden drehen und wachsam sind. Trotzdem schlüpft immer wieder jemand durchs Netz.

»Wie dem auch sei. Ich traue dem Frieden nicht.«

Orela gähnt wieder und stemmt sich dann von der Couch hoch. »Willst du auch Kaffee?«

»Gern.«

Ich folge ihr in die Küche und lehne mich an die Arbeitsfläche, während Orela die Kaffeemaschine anwirft. Mir fällt auf, dass ich an derselben Stelle wie Aliqua letzte Nacht stehe, und da erinnere ich mich an etwas, das ich meiner Schwester sagen muss.

»Orela?«

»Hm?« Sie schaut nicht auf, aber ich weiß, dass ich ihre Aufmerksamkeit habe.

»Ich muss dich an deinen Schwur erinnern.«

Auf der Stelle fährt sie zu mir herum. Ihre Augen sprühen Funken, und wenn sie nicht meine kleine Schwester wäre, fände ich sie gerade ziemlich beängstigend. »Willst du mich beleidigen, Sanctius?«

Oh, oh! Wenn sie mich Sanctius nennt, habe ich sie wohl wirklich brüskiert. Hastig rudere ich zurück. »Ich weiß, dass du dich an deine Schwüre hältst, ich wollte dich ja nur daran erinnern. Immerhin hast du gleich geschaltet, als wir sie hierher brachten. Du scheinst dich gut mit Aliqua zu verstehen, und vielleicht stellt sie mal Fragen ... ich will nur nicht, dass ihr wehgetan wird. Und das würde passieren, wenn sie die Wahrheit wüsste.«

Die Glut in Orelas Blick scheint um ein paar Grad abzukühlen. Sie streicht sich das vom Schlaf zerzauste Haar aus dem Gesicht und nickt. »Nein, das möchte ich auch nicht. Ich habe dir geschworen, niemandem davon zu erzählen, und so wird es auch bleiben. Seherinnen-Ehrenwort.« Mit einem letzten, vielsagenden Blinzeln dreht sie sich wieder zur Kaffeemaschine um, die unter ihren Händen brummend zum Leben erwacht.

»Du magst sie also wirklich, oder?«

Von Orela kommt nur ein Schnauben. »Was für eine dämliche Frage ist das denn?«

Himmel, wann bin ich zu so einem Trottel geworden, und warum habe ich nichts davon gemerkt? Ich kneife die Augen zu und überlege gut, was ich als Nächstes sage. »Ich meine nur, weil ich dich ziemlich überrumpelt habe, indem ich sie hierher brachte. Seit dem Jahr Neunundsiebzig ist viel Zeit vergangen.«

Noch immer dreht mir Orela den Rücken zu, aber ihre Stimme hat einen sanften Tonfall angenommen. »Die Zeiten sind anders, Santo. *Endlich.* Ich mochte Aliqua schon immer, vom ersten Moment an. Aber damals konnte ich nicht ihre Freundin sein, ich durfte es nicht. Und deswegen genieße ich es heute sehr, dass diese dämlichen Schranken zwischen Sklaven und römischen Bürgern nicht mehr zwischen uns stehen. Zwischen uns allen.«

Ihre letzten Worte werden von dem Zischen des Milchaufschäumers übertönt, aber ich verstehe sie trotzdem. Sosehr ich mein unbeschwertes Leben als normaler Sterblicher beizeiten vermisse, diese Aspekte gehören nicht dazu. Orela und ich hatten riesiges Glück, in unsere privilegierte Familie hineingeboren worden zu sein, aber selbst als Teil der oberen Klasse waren wir an Regeln gebunden. Ich bin mit einem Weltbild aufgewachsen, in dem es vollkommen normal war, dass Menschen als Sklaven gehalten wurden. Aus heutiger Sicht mag das unmoralisch und skrupellos erscheinen, aber ich habe mir nie einen Gedanken darüber gemacht. Es war der *Status quo*, den kaum jemand hinterfragt hat. Die Macht des Imperiums ruhte auf den Rücken der Sklaven, deren Zahl die der Römer bei Weitem überstieg. Erst als ich Aliqua kennengelernt habe, hat sich etwas in mir verändert. Sie hat mich Dinge hinterfragen lassen und zum ersten Mal ein Aufbegehren gegen die fundamentalen Regeln in mir geweckt, in die ich als römischer Bürger hineingeboren worden war.

Ich beobachte meine Schwester, wie sie die fertige Milch und den Kaffee in zwei hohe Gläser kippt, bis sie professionellen Latte macchiato gezaubert hat. Wir kehren zurück ins Wohnzimmer und machen es uns wieder auf der Couch bequem.

»Seit wann bist du so eine fantastische Barista?«, frage ich nach dem ersten Schluck.

»Man bemerkt vieles, sobald man die Welt wahrnimmt«, lautet die nebulöse Antwort meiner Schwester.

»Danke, Nostradamus!«

Sie streckt mir die Zunge raus, und eine Weile trinken wir in geselligem Schweigen. Der Kaffee macht mich dankenswerterweise wacher, und ich will gerade nach der Fernbedienung greifen, um einen Nachrichtensender anzuschalten, da stößt Orela ein seltsames Röcheln aus. Erst meine ich, dass sie sich an ihrem Kaffee verschluckt hat, aber das ist nicht der Fall. Ich wende mich zu ihr um und erstarre.

Sie sitzt noch immer im Schneidersitz neben mir, doch ihr Blick ist leer, und ihr Körper zittert unkontrolliert, als flösse Strom durch sie. Der Kaffee schwappt über den Rand ihres Glases und verteilt sich auf ihrer Pyjamahose, doch sie scheint es gar nicht wahrzunehmen.

»Orela?«

Sie blinzelt nicht, starrt weiter ins Nichts, und dann ... ich keuche entsetzt, als ich etwas sehe, das seit diesem einen verhängnisvollen Tag vor zweitausend Jahren nicht mehr passiert ist.

Ihre Augen werden weiß. Vollkommen, seelenlos weiß.

Ich will etwas tun, irgendetwas, um sie zurückzuholen, obwohl ich weiß, dass es zwecklos ist. In diesem Zustand konnte niemand zu Orela vordringen ... außer den Göttern. Panisch schaue ich mich im Wohnzimmer um, aber selbst wenn jemand hier wäre, könnte ich ihn nicht wahrnehmen.

Sie sind nicht hier, sie sind nicht zurück. Eine betäubende Mischung aus Hoffnung und Angst rast durch meinen Körper, während sich Orela selbstvergessen vor und zurück wiegt. Sie murmelt Worte, die ich nicht verstehe, dann sackt sie urplötzlich in sich zusammen. Ihr Glas rollt über den Teppich davon, eine Spur aus Kaffee hinter sich herziehend.

»Orela?« Vorsichtig berühre ich sie an der Schulter.

Mehrere quälende Momente lang rührt sie sich nicht, ehe sie endlich den Kopf hebt. Ihr Blick ist verschwommen und ihre Augen tränen, aber das Weiß ist verschwunden. Sie zittert noch immer am ganzen Körper, aber ich halte Abstand und beschränke mich vorerst darauf, sie zu beobachten. Früher mochte sie es nicht, wenn man sie nach ihren Visionen berührte.

Bei der Erinnerung grabe ich die Zähne in die Unterlippe, bis es wehtut. Sind wir wirklich wieder an diesem Punkt angekommen, an dem ich instinktiv vor Orela zurückscheue, weil es die Götter erzürnen könnte? Ich fühle mich zurückgeworfen in eine Zeit, in der ich absolut hilflos war. Als ich tatenlos dabei zusehen musste, wie die Götter meine kleine Schwester als Spielball benutzten und sie dadurch dem Rest der Welt entfremdeten.

Orelas feingliedrige Finger fliegen zu ihrem Gesicht, und sie drückt sie gegen ihre Schläfen.

»Jemand ist hier. Tod und Vergessen«, murmelt sie mit dumpfer Stimme. »Es dauert nicht mehr lange ... die Geschichte wiederholt sich.« Ihre Worte ersterben, und sie runzelt die Stirn, als verstünde sie selbst nicht, was sie da sagt.

Lass es Unsinn sein, bete ich still, aber inbrünstig. *Lass es nicht das sein, was ich fürchte.* Denn, scheiße, nichts könnte mir mehr Angst einjagen als diese vier Worte. *Die Geschichte wiederholt sich.* Instinktiv blecke ich die Zähne, als könnte ich das Schicksal kraft meines Willens aufhalten. Fortuna hat mit dem Rest der Götter den Menschen den Rücken gekehrt, aber ihr Atem ist lang, und ihre Fäden durchdringen noch immer das Gewebe dieser Welt. Aliqua und ich sind das beste Beispiel. Die Art und Weise, wie es uns zueinander hinzieht, fühlt sich noch genauso an wie damals, als Fortuna ihre Finger im Spiel hatte. Sie ist die eine Göttin, die nie ganz verschwunden zu sein scheint, und ich frage mich, ob sie etwas mit Orelas Anfall zu tun haben könnte. Spukt ihr Geist noch immer hier herum?

Aber warum gerade jetzt? Was hat sich verändert?

Die Antwort erhalte ich schon im nächsten Augenblick.

Orela, deren Blick sich wieder vollständig geklärt hat, dreht den Kopf und schaut auf einen Punkt hinter mir.

Ich war so konzentriert auf sie, dass mir die Anwesenheit einer weiteren Person erst jetzt bewusst wird. Meine Nackenhaare stellen sich auf, entsetzt darüber, wie unachtsam ich war. In unserer Wohnung fühle ich mich vollkommen sicher, aber als Wächter bin ich es gewohnt, immer und jederzeit wachsam zu sein. Ein rascher Blick über die Schulter bestätigt mir, dass Aliqua im offenen Durchgang zum Wohnzimmer steht und uns mit großen Augen mustert. Hat sie mitbekommen, was gerade passiert ist?

Orela neben mir stößt ein leises Seufzen aus. »Ich hätte es wissen müssen.«

»Was?« Mein Tonfall ist scharf wie eine Rasierklinge.

»Ich reagiere auf Aliqua. Gerade eben war nicht das erste Mal, dass es wieder passiert ist.«

Wie der Blitz schnelle ich vom Sofa hoch, ohne Aliqua auch nur eine Sekunde aus den Augen zu lassen. Meine Sinne tasten nach ihr, aber ich nehme nichts anderes wahr als sonst. Ihre undurchdringliche Präsenz umschmeichelt meine Sinne, und ich reagiere mit der urvertrauten Heftigkeit auf sie. So weit alles normal.

»Erklär mir das.«

Hilflos hebt Orela die Schultern. »Ich kann mir selbst keinen Reim darauf machen. Aliqua ist keine Göttin, ich reagiere nicht auf sie, als wäre sie eine göttliche Präsenz. Aber es ist etwas Ähnliches. Eine unterschwellige Schwingung, auf die ich anspringe. Das gerade ... habe ich etwas gesagt?« Wieder presst sie sich die gespreizten Finger gegen die Schläfen.

Meine Aufmerksamkeit bleibt auf Aliqua konzentriert, die sich zögerlich nähert. Ihre großen Augen leuchten hell aus ihrem unnatürlich blassen Gesicht heraus. Besorgt betrachtet sie Orela. Einem urtümlichen Impuls folgend möchte ich mich knurrend zwischen sie und meine Schwester werfen, eine Barriere mit meinem Körper schaffen, um Orela vor einem weiteren Anfall zu bewahren. Meine Vernunft weiß natürlich, dass dies unsinnig ist. Wenn tatsächlich irgendwelche Schwingungen von Aliqua ausgehen, dann kann ich sie nicht abblocken. Verdammt, ich kann es ja nicht einmal wahrnehmen. Die einzige Möglichkeit wäre, sie aus Orelas Nähe zu entfernen. Und das ist ein Ding der Unmöglichkeit, fürchte ich.

Mit zusammengebissenen Zähnen verfolge ich, wie Aliqua an die Couch herantritt und Orela ihr vertrauensvoll eine Hand entgegenstreckt. Ihre Finger zittern, doch sie umschließt fest Aliquas rechte.

»Es tut mir leid.« Aliquas Stimme ist kaum mehr als ein Wispern. Sie wirkt genauso durcheinander wie Orela und ich. Das Entsetzen ist nicht geheuchelt.

Tief durchatmend lasse ich mich tiefer in die Polster der Couch sinken und rufe mich zur Vernunft. Von Aliqua geht keine Gefahr aus, wenn überhaupt braucht sie Unterstützung, um dieser Sache auf den Grund zu gehen. Allerdings habe ich kein besonders gutes Gefühl dabei. Vielleicht bin ich ein gebranntes Kind, aber alles, was annähernd an die Götter erinnert, bewerte ich als potenzielle Katastrophe.

»Red keinen Unsinn«, mahnt Orela und schaut mit einem gefassten Lächeln zu Aliqua auf. »Wir finden schon heraus, was es damit auf sich hat und wie oder ob du damit umgehen kannst. Bis dahin müssen wir einfach abwarten. Zumindest weiß ich jetzt, dass ich mich in deiner Nähe wieder wappnen muss.«

Aliqua wirkt nicht gerade beruhigt von den Worten meiner Schwester, erhebt aber keine Widerworte. Dafür, dass sie Orela gerade erst wieder kennengelernt hat, weiß sie schon erstaunlich gut mit ihr umzugehen. Vielleicht ist es aber auch nur weibliche Intuition.

»Ich glaube, wir sollten dieses Detail vorerst für uns behalten«, schlage ich bedächtig vor. »Keine Ahnung, wie das Tribunal auf Aliqua reagieren wird. Deswegen möchte ich ihr Urteil erst abwarten, ehe wir verraten, dass du irgendeine Wirkung auf Orela ausübst. Es ist gerade ohnehin genug vorgefallen, das sie beunruhigt.«

»Ich hoffe, ich stelle mich nicht als Gefahr heraus.« Aliqua versenkt die Zähne in ihrer Unterlippe.

Aliqua

Den restlichen Tag verbringe ich mit Orela und Santo in ihrer weitläufigen Wohnung, bis es Zeit wird, zum Tribunal aufzubrechen.

Zu dritt steigen wir in den Aufzug, der uns auf direktem Weg hinunter in die Tiefgarage bringt. In der rundum verspiegelten Kabine halte ich den Blick stur auf den Boden gerichtet, weil ich das Gefühl habe, mein eigenes Gesicht gerade nicht ertragen zu können. Ich weiß nicht, was genau ich zu sehen befürchte. Die Götter waren unsichtbar, also wird mir bestimmt keine grausame Fratze entgegenblicken, aber das Gefühl lässt sich nicht abschütteln. Da ist eine leise Stimme, die mir zuflüstert, dass mit Orela alles in Ordnung ist und nur mit mir etwas nicht stimmt.

Vielleicht gab es wirklich einen Grund dafür, weshalb ich all die Jahre weggesperrt wurde. Und weder ich noch sonst jemand erinnert sich noch daran. Oder will *sich erinnern.*

Ich möchte mir die Haare raufen, die Orela vor nicht einmal einer Stunde so sorgsam arrangiert hat. Stattdessen fingere ich nervös am Saum meiner Bluse herum, während meine Gedanken unwillkürlich zum heutigen Vormittag zurückwandern.

Es ist schon wieder passiert. Ich habe einen Anfall bei Orela ausgelöst, nur indem ich den Raum betreten habe. Diesmal kam mir ihre Trance noch heftiger vor als am Tag zuvor, und der Schreck ist noch immer nicht ganz aus meinen Knochen gewichen. Orela hat Worte gemurmelt, die ich aus der Entfernung nicht verstehen konnte, ehe sie wieder zu sich kam. Und Santo ... er sah fuchsteufelswild aus. Die Hilflosigkeit war ihm deutlich anzusehen, der Schmerz darüber, seiner Schwester nicht helfen zu können. Und die Feindseligkeit, mit der er mich im ersten Moment betrachtet hat.

Da ist ein neuer Argwohn in seinen Augen, der mir nicht behagt. Zwar scheint er auf seine Schwester zu hören, die dieses Phänomen unbekümmert abtut, aber insgeheim stimme ich ihm zu. Zusammen mit dem, was ich über die alten Götter gelernt habe, ist das eine ziemlich beunruhigende Angelegenheit. Ich löse Anfälle bei einem ehemaligen Medium aus.

Wer verdammt bin ich? Oder sollte ich besser fragen: *Was?*

Das ist eine Frage, die mich schon mein ganzes Leben begleitet und auf die ich nie eine Antwort gefunden habe. Diese Ungewissheit ist so tief in meinem Innersten verwurzelt, dass kein Bann der Welt sie auslöschen könnte. Es scheint das Einzige zu sein, das ich sicher über mich selbst weiß: dass ich keine Ahnung habe, wer ich bin oder woher ich komme. Und das ist ja mal so was von niederschmetternd.

Ich bin so vertieft in den niederschmetternden Strudel meiner Gedanken, dass ich regelrecht zusammenzucke, als ein leises *Pling* ertönt, das unsere Ankunft im Untergeschoss ankündigt.

In der Tiefgarage riecht es nach Gummi und Benzin, und unsere Schritte hallen gespenstisch durch den menschenleeren Raum. Zwischen Betonpfeilern parkt ein ganzer Fuhrpark an Luxusfahrzeugen, und ich muss daran denken, was Orela über Geld gesagt hat. *Hast du eine Ahnung, wie viel man davon im Laufe von zweitausend Jahren verliert und wieder anhäuft?* Auch wenn es ihr nicht bewusst sein mag, oder sie es absichtlich ignoriert: Das hier scheint ein Haus voller wirklich wohlhabender Menschen zu sein. Und die Geschwister leben in der Penthousewohnung mit Dachterrasse.

Santo entriegelt einen schnittigen schwarzen Wagen. Es ist ein Zweitürer, dessen Rückbank reinen Symbolcharakter zu besitzen scheint, aber ich zwänge mich freiwillig nach hinten. Die Vorstellung, vorne neben Santo zu sitzen, raubt mir gerade den letzten Nerv. Der Wagen ist so eng, dass ich das Gefühl hätte, ihm auf die Pelle zu rücken.

Dabei war er in der Nacht so nett. Irgendwie war er anders, als ich ihn bisher erlebt habe, weniger kontrolliert und viel offener. Vielleicht lag es an der Erschöpfung. Er sah richtig müde aus, als er so unverhofft in der Bibliothek auftauchte. Es war wirklich lieb von ihm, mir einen Tee zu machen, und er hat es auch geschafft, die Schrecken des Traums zu vertreiben, die mich aus dem Bett jagten. Ich weiß nicht, ob es daran lag, aber die restliche Nacht habe ich geschlafen wie ein Stein. Und die beängstigenden Träume blieben fern.

Der Motor des Wagens erwacht dröhnend zum Leben, und wir fahren aus der Tiefgarage. Um mich abzulenken, schaue ich aus dem winzigen Seitenfenster die vorbeiziehende Stadt an. Durch die engen Kopfsteinstraßen der Altstadt geht es nur langsam voran, und auch auf der restlichen Strecke entlang des Tibers staut es sich immer wieder. Obwohl ich so gerne die herrschaftlichen Renaissance-Bauten entlang des

Weges bewundern würde, lenkt mich mein zunehmend rasender Herzschlag ab. Bisher war ich zu sehr mit den Geschehnissen des Vormittags beschäftigt, um an das Tribunal zu denken, aber nun holt mich die Aufregung ein.

Orela dreht sich von ihrem Platz auf dem Beifahrersitz zu mir nach hinten und schenkt mir ein aufmunterndes Lächeln. »Es wird alles gut gehen. Das weiß ich.«

Ich versuche ihr Lächeln zu erwidern, aber mein Gesicht fühlt sich verkrampft an. Wahrscheinlich bringe ich nicht mehr als eine Grimasse zustande.

Im Rückspiegel treffe ich Santos Blick. »Du bist nicht allein. Orela und ich sind bei dir und auch Adone und Scuro.«

Die Vorstellung, flankiert von den der Jungs dem Tribunal gegenüberzutreten, beruhigt mich tatsächlich ein wenig. Zumindest kann ich mich der Illusion hingeben, hinter ihren breiten Rücken in Deckung gehen zu können, bis alles vorüber ist.

»Wohin fahren wir eigentlich?« Das Auto schleicht weiter durch den dichten Verkehr, wobei wir inzwischen den Tiber hinter uns gelassen haben und in Richtung Nordosten unterwegs sind.

Orela dreht sich erneut zu mir nach hinten. »Zum Villa-Ada-Park im Norden der Stadt. Nerones Villa befindet sich auf dem Gelände des Parks, und dort ist auch der Zugang zum Versammlungsort des Tribunals.«

Irre ich mich, oder schwingt eine gewisse Befangenheit in ihrer Stimme mit?

»Das Tribunal wird in einem Park abgehalten?«, hake ich skeptisch nach. Ich habe noch immer keine genaue Vorstellung davon, was mich erwartet, aber irgendwie habe ich mit einem ... nun ja, imposanteren Rahmen gerechnet.

»O nein, im Park befindet sich nur der Zugang. Ehrlich gesagt geht es unter die Erde.«

Bei Orelas Worten stockt mein Atem.

Unter. die. Erde?

Meine Fingernägel verbiegen sich schmerzhaft und drohen abzubrechen, als ich die Finger in die weichen Lederpolster der Rückbank kralle. Gerade war ich noch optimistisch, die Tribunalsversammlung halbwegs gefasst hinter mich zu bringen, doch diese Zuversicht birst in diesem Moment. Hinweggefegt von einer markerschütternden Panik, die mir in jede Kapillare dringt.

Ich muss zurück unter die Erde. Fernab von Tageslicht und frischer Luft. Kubiktonnen von Erdreich über mir, die mich jederzeit unter sich begraben könnten.

Nein, nein, nein, nein, schreit mein Verstand. Jede Faser meiner selbst bäumt sich gegen diese Vorstellung auf, kapituliert beinahe vor Entsetzen. Ich ringe nach Luft, jeder Atemzug fühlt sich an wie ein Schluchzen, das es aber nicht über meine Lippen schafft. Meine Brust ist so eng. Dieses Auto ist zu eng. Schon jetzt fühle ich mich wie lebendig begraben, und alles in mir will nach draußen. Irgendwohin, wo es Weite gibt und einen endlosen Himmel über mir. Platz und Luft.

»Aliqua.« Santos angespannte Stimme durchdringt den Strudel in meinem Kopf, und wie von selbst finden sich unsere Blicke im Rückspiegel. Das Blau seiner Augen steht in Flammen und bannt mich.

»Beruhige dich, tief durchatmen.« Er lässt mich nicht los, während ich versuche, seinen Worten zu folgen. Mein Herz holpert, und noch immer ist meine Kehle so eng, dass jeder Atemzug schmerzt.

»Santo, pass auf!« Erst Orelas warnender Schrei unterbricht unseren Blickkontakt. Santo war so auf mich konzentriert, dass er beinahe auf wartende Autos vor einer roten Ampel aufgefahren wäre. Fluchend tritt er auf die Bremse, und wir werden in unseren Gurten nach vorne geworfen. Seltsamerweise hilft mir der schmerzhafte Ruck, der dabei durch meinen Körper geht, mich wieder zu besinnen.

Verdammt, ich war gerade dabei, mustergültig zu hyperventilieren.

Orela greift vom Vordersitz aus nach meiner Hand, und ich zucke zusammen, weil sich meine Haut eiskalt an ihrer anfühlt. Unter ihrem sanften Griff löse ich meine verkrampften Finger aus dem Sitzpolster, und durch das Öffnen meiner Hand weicht etwas von dem Druck auf meiner Brust. Zumindest habe ich nicht mehr das dringende Bedürfnis, gegen die Autofenster zu hämmern und kreischend zu verlangen, sofort anzuhalten.

»Es tut mir leid«, wispert sie betroffen. »Niemand von uns hat daran gedacht, wie das für dich sein könnte. Dieser Ort ist von jeher die sicherste Möglichkeit, um uns unbehelligt zu treffen. Dorthin kann uns niemand folgen.«

Der letzte Satz jagt mir ein Schaudern über den Rücken, aber ich nicke. Ich verstehe das, wirklich. Gerade ist zu viel los, um sich auch noch über solche Details Gedanken zu machen. Außerdem glaube ich nicht, dass das Tribunal der Damnati auf meine persönlichen Befindlichkeiten Rücksicht nehmen würde. Sie wollen mich dort haben, also werde ich kommen. Ich muss die Zähne zusammenbeißen und versuchen, an diesen mysteriösen Ort *dort unten* zu gehen, ohne in hysterisches Gekreische auszubrechen. Das wäre ein ziemlich erniedrigender erster Eindruck.

»Ich war nur ... überrascht.« Ich habe Mühe, die Worte möglichst unbefangen herauszubekommen. »Das schaffe ich schon. Muss mich nur an den Gedanken gewöhnen.«

Orela hält die restliche Fahrt über meine Hand, auch wenn sie sich dafür in eine Position verrenken muss, die nicht bequem sein kann. Ich bin vollkommen darauf konzentriert, mich zu beruhigen, bis Santo den Wagen von der Hauptstraße lenkt und vor einer bewachten Schranke anhält. Neugierig schaue ich mich um. Weit und breit ist niemand zu sehen, aber nach ein paar Sekunden fährt die Schranke hoch und lässt uns passieren. Dichtes Grün umgibt uns von allen Seiten, bis wir am Ende der schmalen Teerstraße ein Gebäude erreichen. Erst als ich ausgestiegen bin, kann ich es richtig in Augenschein nehmen. Inmitten eines lockeren Wäldchens erhebt sich eine imposante cremefarbene Villa im Renaissance-Stil. Zwei geschwungene Treppenläufe führen zu einer offenen Loggia im Hochparterre. Staunend schaue ich an der Fassade hinauf, wo sich im ersten Stock eine Reihe schmaler Wandnischen befindet, die mit Marmorfiguren bestückt sind.

»Sie haben sich das *Casino nobile* der Villa Borghese zum Vorbild genommen. Kaum zu glauben, dass so ein Bunker mal als ›Landhaus‹ durchging, hm?« Santo hat sich neben mich gestellt und begutachtet wie ich die Villa.

Nein, wie ein Landhaus kommt mir dieser Bau durchaus nicht vor. Eher wie ein kleines Sommerschloss.

Auf der runden Kiesauffahrt parken noch einige weitere Fahrzeuge, aber es scheint kein Mensch in der Nähe zu sein.

»Wo sind denn alle?« Bei dem Stichwort *Vollversammlung* habe ich ... nun ja ... mit einigen Leuten gerechnet. Definitiv mehr als gar keine.

Santo wirft einen prüfenden Blick auf seine Armbanduhr. »Die meisten sollten schon da sein. Wir staffeln die Ankunft, damit es zu keinem Gedränge kommt. Die Wege nach unten sind ziemlich schmal.«

Ich muss schwer schlucken, um die Befangenheit niederzuringen, die sich bei Santos Worten wieder in mir aufbäumt.

Ich schaffe das.

Zu dritt betreten wir die Villa. Hinter der Loggia öffnet sich eine eisenbeschlagene Pforte zu einem großzügigen Foyer. Mir bleibt nur ein Moment, um die weißen Säulen und Stuckverzierungen zu bewundern, denn wir durchqueren den Raum zügig und halten auf eine Tür im Schatten der Freitreppe zu. Als Santo die Tür aufzieht, weht uns feuchtkalte Luft entgegen, die mich am ganzen Körper schaudern lässt.

»Vielleicht solltest du deine Jacke anziehen. Da unten wird es kalt«, rät mir Orela mit einem Seitenblick auf das schwarze Bouclé-Jäckchen, das ich mir über den Arm gelegt habe. Sie selbst schlüpft in ein vergleichbares Kleidungsstück in Rosa.

Als wir uns fertig gemacht haben, war mir nicht klar, warum Orela darauf bestanden hat eine Jacke mitzunehmen. Die Temperaturen draußen sind frühsommerlich warm, und mir ist schon bei dem Gedanken an eine Extraschicht Kleidung der Schweiß ausgebrochen. Angesichts der Kälte unter der Erde ergibt es allerdings Sinn.

Nachdem ich die perlenbesetzten Knöpfe vor der Brust geschlossen habe, treten wir durch die Tür.

Kapitel Acht

Rom, 79 n. Chr.

Am Tag nach dem Fest, an dem Marcellus Aliqua gezwungen hatte, zur allgemeinen Unterhaltung zu tanzen, war Octavia aufgekratzter denn je. Sie wertete den Abend als vollen Erfolg für sich selbst und schnatterte in einem fort, während Aliqua ihr müde die Locken ausbürstete.

Sie war erst spät ins Bett gekommen. Das Bankett hatte länger als üblich gedauert, zweifellos angeheizt durch den Wein, und sie hatte bis tief in die Nacht in der Küche geholfen. In den Speisesaal hatte sie sich nicht mehr getraut, nachdem es Marcellus irgendwann langweilig geworden war, sie beim Tanzen zu beobachten, und er sie entlassen hatte.

Und dann, als sie niedergedrückt von Müdigkeit und Scham auf ihrer Matte gelegen war, hatte sie keinen Schlaf finden können. Sie dachte an ihn *und die unfassbare, aufwühlende Tatsache, dass sie ihn wiedergesehen hatte. Und er hatte sie gesehen. Daran bestand kein Zweifel; immerhin hatte sie sich direkt vor seiner Nase krümmen und rekeln müssen.*

Nein, auch am Morgen danach war sie sich sicher, dass er sich erinnert hatte. An diesen Moment auf dem Sklavenmarkt.

Es hatte lange gedauert, die unvernünftige Aufregung über ihr Wiedersehen niederzuringen und sich die Realität zu vergegenwärtigen. Denn da war nichts, worüber sie aufgeregt sein konnte. Es war ein überraschend mildes Geschenk der Götter gewesen, ihn noch einmal sehen zu dürfen, aber jeder Gedanke darüber hinaus war Traumtänzerei. Sie war das Eigentum der

Familie Pomponius, und selbst wenn sie eines Tages die Freiheit bekommen sollte, wäre sie damit keine vollwertige Bürgerin von Rom. Niemand, dem es gestattet wäre, mit einem Mann von seinem Status zusammenzukommen. Und überhaupt, woran dachte sie überhaupt? Mit ihm zusammenkommen? Vielleicht in einem anderen Leben. So schmerzhaft es auch war, sie musste den Tatsachen ins Auge blicken und diese Begegnung als ihre kostbarste Erinnerung bewahren.

»Aliqua!« Octavia schnipste mit den Fingern. »Hörst du mir überhaupt zu?«

Die ungeduldige Stimme ihrer Dienstherrin riss sie abrupt aus ihrer Versunkenheit. Offenbar erwartete Octavia, dass sie sich an ihrem Monolog über den vergangenen Abend beteiligte.

»Verzeiht, Herrin, ich war in Gedanken.«

Octavia schnaubte, als wäre es ein Unding für Sklaven, sich eigene Gedanken zu machen. »Ich sagte gerade, dass ich mich womöglich bald auf eine Eheschließung vorbereiten kann. Vater sucht das Gespräch mit Tiberius Omodeus. Er war gestern mit seinem Sohn hier zu Gast.«

Aliquas Magen verkrampfte sich, und sie war froh, Octavias Haar bereits fertig gekämmt zu haben, denn in diesem Moment hätte sie ihr womöglich ein paar Strähnen ausgerissen. Tiberius, der auf dem Sklavenmarkt um sie mitgeboten hatte, hatte sie gestern gar nicht unter den Gästen bemerkt. Wahrscheinlich, weil ihre gesamte Aufmerksamkeit nur auf eine Person gerichtet gewesen war.

»Ist das so?«, murmelte sie lahm.

»Aber ja, du dumme Gans. Hörst du mir denn wirklich nicht zu? Vater sieht in Sanctius eine wunderbare Partie für mich.«

Sanctius. So hieß er also. Der Heilige. Unwillkürlich krümmten sich Aliquas Mundwinkel, während sie über seinen Namen nachdachte. Zweifelsohne war dies ein Beiname, der sich zu seinem Rufnamen entwickelt hatte, und sie fragte sich, wie es wohl dazu gekommen war.

»Weißt du, der einzige Grund, warum ich dich als Teil meiner Mitgift einfordern werde, ist dein Talent für die Schönheitspflege«, schnarrte Octavia und legte den Kopf zurück, als Aliqua damit begann, ihre Frisur zu richten.

Sie sollte also als Teil der Mitgift mit in Octavias neues Zuhause kommen? In den Haushalt von Sanctius? Die Vorstellung, ihn womöglich jeden Tag sehen zu können, ließ ihr Herz rasen, auch wenn ihr klar war, dass es über kurz oder lang eine Folter für sie werden würde. Er würde der Gatte ihrer Herrin sein ... und sie wusste inzwischen gut, wie besitzergreifend Octavia war. Sie würde ihr eigenhändig die Augen ausstechen, wenn sie mitbekäme, dass Aliqua ihn zu lange ansah. Und es würde schwer werden, nicht hinzusehen. Diese Augen übten einfach eine magische Anziehungskraft auf sie aus.

Noch immer verwirrten sie die heftigen Empfindungen, die ein einziger Blick in seine Augen ausgelöst hatte. Hatte womöglich Cupido einen Pfeil auf sie abgeschossen und sie in seiner Grausamkeit blind vor Liebe zu einem unerreichbaren Mann gemacht? Zuzutrauen wäre es den Göttern, die sich nur zu gern in die Geschicke der Menschen einmischten.

Eine halbe Stunde später folgte sie Octavia hinaus in den Garten, wo sie es sich im Schatten einer Palme bequem machten. Eine Dienerin brachte ihnen Erfrischungen, während Octavia sich zurücklehnte, um Aliqua zuzuhören, die ihr Gedichte vorlas. Sie war entzückt gewesen, als sie herausgefunden hatte, dass ihre neue Sklavin des Lesens und Schreibens mächtig war, und seitdem zwang sie Aliqua, ihr in einem fort die blumigste Lyrik vorzutragen.

Sie war gerade in Ovids Amores *vertieft (ein vergeblicher Versuch, Octavia für etwas anspruchsvollere Texte zu begeistern), als ein Diener auftauchte und Besuch ankündigte.*

»Wer ist es?«, fragte Octavia, verstimmt, weil sie unterbrochen wurden.

»Die ehrenwerte Orela.«

Sofort richtete Octavia sich kerzengerade auf. »Lass sie nicht warten! Nun geh schon, führe sie zu mir! Und bring mehr Erfrischungen!«

Eilends drehte der Diener um, und Octavia begann an ihrer Frisur herumzunesteln. »Wie sehe ich aus?«

»Makellos«, murmelte Aliqua, wie es von ihr erwartet wurde. Tatsächlich war an Octavias Äußerem nichts auszusetzen, dafür hatte sie selbst gesorgt. Einzelne Locken ihres dunkelbraunen Haars umrahmten ihr Gesicht, das dank einer regelmäßig aufgetragenen Maske aus Honig, Hirschhorn und Narzissenknollen rosig schimmerte. Die Augen ihrer Herrin hatte sie mit bläulichem Lidschatten und einem Lidstrich aus Kohle betont. Dazu passend trug sie ein kobaltblaues Gewand. Selbst Kaiser Vespasian hätte an ihrem Äußeren nichts auszusetzen gefunden. Allerdings war es nicht der alternde Imperator, der in den begrünten Innenhof kam, sondern eine junge Frau. Angesichts der Aufregung ihrer Herrin musterte Aliqua sie neugierig unter gesenkten Lidern hervor.

Sie schien etwa in Octavias Alter und somit ein oder zwei Jahre jünger als sie selbst. Das war allerdings die einzige Gemeinsamkeit zwischen den beiden. Die Besucherin war in eine weiße Stola gekleidet, wie sie eigentlich nur die Priesterinnen aus dem Tempel der Vesta trugen, allerdings passte der Rest ihres Auftretens nicht zu einer Vestalin. Unter dem Überwurf, der ihren Kopf bedeckte, schauten lange Strähnen schwarzen Haars hervor, und sie kam auch nicht in Begleitung eines Liktors. Statt eines kaiserlichen Leibwächters begleitete sie nur ein Diener, der respektvoll zurückblieb, als sie auf Octavia zuging.

»Salve, Octavia.« Lächelnd neigte sie den Kopf. Aliqua konnte ihre Bewunderung nicht verbergen, als sie die junge Frau nun aus der Nähe sah. Ihre Haut war blass und schimmerte wie Mondstein, was ihre intensiv blauen Augen betonte. Sie war so schön wie die Nacht und die Sterne.

»Ave, Orela.«

Die Erwiderung ihrer Herrin überraschte Aliqua. Indem sie ihren Gast mit Ave ansprach, machte Octavia deutlich, dass sie im Rang unter ihr stand. Aber wie konnte das sein? Das weiße Gewand wies Orela als Jungfrau aus, sie konnte also nicht verheiratet und damit höhergestellt sein. Außer ... gehört sie womöglich der kaiserlichen Familie an? Aber warum sollte sie dann ohne Gefolge hierherkommen? Vollkommen verwirrt beobachtete sie, wie Octavia ihr höflich einen Platz anbot und dann selbst einen Becher mit verdünntem Wein eingoss – normalerweise hätte sie eine solche Aufgabe Aliqua überlassen.

»Welche Freude, dass du mich mit deiner Anwesenheit beehrst.« Octavias Stimme klang ungewohnt dünn, beinahe schüchtern.

Orela lächelte und offenbarte eine Reihe strahlend weißer Zähne. »Die Götter haben mir geflüstert, heute hierherzukommen, um meiner künftigen Schwester einen Besuch abzustatten.«

Octavia schnappte hörbar nach Luft und machte den Anschein, jeden Moment in Ohnmacht zu fallen. Aliqua riss alarmiert den Kopf hoch, um notfalls einzugreifen, doch Octavia presste sich nur ergriffen die Hand auf die Brust. »Tatsächlich?«

»Sanctius empfand den gestrigen Abend als überaus vergnüglich. Und ich wollte sehen, wer meinen Bruder so derart gefangen genommen hat.«

Seine Schwester? Seine Schwester war hier? Aliqua musste sich zwingen, den Blick auf die Hände in ihrem Schoß zu senken, um Orela nicht schamlos anzustarren. Sie war eine Sklavin, das musste sie sich immer wieder in Erinnerung rufen. Geboren, um diskret und tüchtig zu dienen, und nicht, um sich nach einem unerreichbaren Mann mit blauen Augen zu verzehren. Außerdem ... wenn es stimmte, was Orela sagte, dann war sie hier, um ihre künftige Schwägerin kennenzulernen. Das konnte nur bedeuten, dass die Hochzeitsverhandlungen zwischen den beiden Familien am vergangenen Abend tatsäch-

lich weiter vorangeschritten waren. Und obwohl sie sich mit allem, was sie hatte, dagegen wehrte, bohrte sich bei diesem Gedanken der Schmerz wie ein brennender Schürhaken in ihre Brust.

Pures Entzücken breitete sich indes auf Octavias Gesicht aus, und sie begann eifrig, Orela über ihren Bruder auszufragen. Aliqua saß stumm und vergessen daneben, sog jedoch jedes Wort in sich auf. So erfuhr sie, dass Sanctius einen Posten als Senator anstrebte, genau wie sein Onkel Claudius Nero, weswegen er seit Kurzem einen Posten im Kollegium der Vigintiviri bekleidete. Eine solche Stelle als niederer Beamter war der erste nötige Schritt im Werdegang eines künftigen Senators. Laut seiner Schwester war Sanctius gerade als Münzmeister eingesetzt, was Octavia ins Schwärmen brachte.

Aliqua hielt den Kopf weiter gesenkt, damit niemand ihr Mienenspiel verfolgen konnte ... sie wollte nicht, dass auffiel, wie begierig sie jeder Information über Sanctius folgte.

Nach einer Weile richtete Orela sich gerader auf und unterbracht somit Octavias schwärmerischen Redefluss über eine mögliche Verbindung zwischen den Familien der Omodei und Pomponii.

»Verzeih die Unhöflichkeit, aber darf ich darum bitten, die Latrine zu benutzen?«

Octavia verschlug es für einen Moment die Sprache, dann nickte sie und packte Aliqua am Arm. »Meine Sklavin wird dir den Weg zeigen.«

Aliqua beeilte sich, ins Haus zu kommen und den Weg zu den Toiletten zu weisen. Das Haus der Pomponii, ohnehin mit jedem erdenklichen Luxus ausgestattet, verfügte über eine Latrine neben der Küche, die an die Kanalisation angeschlossen war. Aliqua war es freilich nicht gestattet, den mit Fresken und Mosaiken ausgestatteten Raum zu nutzen, aber sie staunte jedes Mal über die Annehmlichkeiten, die die Herrschaften des Hauses genossen.

»Bitte, Herrin.« Am Eingang verharrte sie, um Orela eintreten zu lassen. Anders als in den öffentlichen Latrinen überall in der Stadt hatte man hier seine Privatsphäre, und sie würde draußen warten, während Octavias zukünftige Schwägerin ihre Notdurft verrichtete.

Zu ihrer großen Überraschung zog Orela sie allerdings mit sich in den Waschraum und verschloss den Eingang hinter ihnen. Aliqua erstarrte, unsicher, was nun von ihr erwartet wurde. Brauchte Orela in irgendeiner Weise ihre Hilfe?

Doch die junge Frau sah sie nur mit strahlend blauen Augen an – Augen, die ihr auf schmerzliche Weise vertraut waren – und lächelte freudig. »Ich bin so froh, dass ich diesen Moment arrangieren konnte«, sagte sie mit einem Seufzen. »Wenn ich ihr noch eine Minute länger hätte zuhören müssen, hätte ich eine Vision vorgetäuscht, um ihr zu entkommen.« Sie massierte sich die Schläfen, während Aliqua verzweifelt versuchte, sich einen Reim auf ihre Worte zu machen.

Orela fing ihren verwirrten Blick auf. »Ich bin ein Medium der Götter. Sie kommen und gehen mit ihren Nachrichten, wie es ihnen beliebt.«

Oh, das erklärte einiges. Octavias ehrerbietiges Verhalten, das weiße Gewand ... als Medium stand Orela unter Apollos Schutz, und obwohl sie kein Leben als keusche Tempeldienerin führen musste, war sie zur Jungfräulichkeit verpflichtet. Kein Mann, der seinen Kopf behalten wollte, würde es wagen, Hand an eine Seherin zu legen. Apollo war dafür bekannt, seine Sibyllen eifersüchtig zu bewachen.

»Das ... das wusste ich nicht«, stammelte Aliqua und überlegte fieberhaft, wie sie sich in der Gegenwart einer Seherin zu verhalten hatte. Am besten sie ging auf die Knie und hob den Blick nicht mehr, bis Octavia kam, um sie für ihr respektloses Verhalten zu züchtigen. Wenn die Götter erfuhren, dass sie Orela nicht mit der gebotenen Huld behandelt hatte ... sie zitterte, und kalter Schweiß brach ihr aus.

Sie wollte sich schon auf den bunten Mosaikboden werfen, doch Orela streckte die Hand aus, um sie aufzuhalten. »Nein bitte, tu das nicht. Ich erwarte keine besondere Behandlung.«

Trotzdem wagte es Aliqua noch immer nicht aufzusehen. Sie war ein Nichts, und sie verstand nicht, warum eine Person wie Orela mit ihr sprechen wollte.

»Hast du mir vorhin zugehört? Als ich sagte, ich sei heute gekommen, weil die Götter es mir flüsterten? Der wahre Grund ist, dass ich dich sehen wollte.«

Nun gewann bei Aliqua Überraschung die Oberhand, und sie schaute in Orelas überirdisches Gesicht. Ja, nur jemand, der von den Göttern erwählt wurde, konnte eine solche Vollkommenheit ausstrahlen. Ein verschmitztes Lächeln kräuselte jetzt ihre vollen Lippen. »Ich habe eine Nachricht für dich dabei, von meinem Bruder. Alle anderen denken, dass er wahnsinnig ist, aber ich glaube, ich weiß es besser.« Orela schaute ihr fest in die Augen. »Sanctius bittet dich um ein Treffen, morgen Nacht zur siebten Stunde. Er möchte nur mit dir sprechen. Ich bürge für meinen Bruder, er wird dir nichts tun.«

»Er will mich treffen?«, hauchte Aliqua, die die Sprache wiedergefunden hatte. Sie? Ausgerechnet sie? Konnte es sein … nein, sie wollte gar nicht daran denken, dass es ihm genauso gehen könnte wie ihr. Trotzdem zog sich ihr Herz vor Glück zusammen.

»Ich kann nicht mehr tun, als dir seine Nachricht zu überbringen. Er wird vor dem Haus auf dich warten, du müsstest dich hinausschleichen. Willst du dieses Wagnis auf dich nehmen?«

Ohne weiter zu überlegen, sagte Aliqua: »Ja.«

Dieses eine Wort besiegelte ihren Entschluss, so riskant er auch sein mochte. Und auch wenn es reine Dummheit war, sich des Nachts hinauszuschleichen, um einen Patriziersohn zu treffen, zögerte sie keinen Moment länger. Die Gelegenheit, seine Stimme zu hören, noch einmal in seine Augen zu schauen ... sie würde alles geben, was sie war, um das zu erleben.

Orela strahlte. »Ich werde Hecata anrufen, deinen Weg zu beschützen, hoffentlich hört sie auf mich.«

Aliqua nahm all ihren Mut zusammen und fragte: »Wieso? Warum ... ich?«

Das Lächeln der Seherin wurde bittersüß. »Ich kann es nur erahnen, aber das Schicksal verfolgte einen Plan, als es eure Wege sich kreuzen ließ, zweimal schon. Fortuna meidet mich für gewöhnlich, aber ich erkenne es, wenn sie ihre Finger im Spiel hat. Du bist nicht der Niemand, für den du dich hältst.«

Aliqua

Direkt hinter der Tür im Foyer der Villa führen Stufen in steilem Winkel nach unten, bis sie sich irgendwann in der Dunkelheit verlieren. Mein Herzschlag beschleunigt sich, als ich in die gähnende Finsternis hinunterstarre. Meine Zeit im Vulkangestein von Herculaneum steht mir klar vor Augen. Die Angst verhöhnt mich, gleichzeitig lockt mich die Dunkelheit, in die ich nie zurückwollte, mit allzu vertrauten Abgründen.

Obwohl ich mich während der Fahrt so gut wie möglich für das Kommende gewappnet habe, kann ich nichts gegen das heftige Aufwallen von Unwillen tun. Einzig die Tatsache, dass Orela hinter mir steht und einen Schritt nach vorne macht, bringt mich dazu vorzutreten. Santo hat schon die ersten Stufen genommen, und an der Decke erwacht knisternd eine Neonröhre zum Leben. Bewegungsmelder, wird mir klar, denn mit jedem Treppenabsatz, den wir hinter uns bringen, flammt eine neue Lampe auf. Leuchtröhre um Leuchtröhre springt an, und die Treppe scheint kein Ende zu nehmen. Je tiefer wir hinuntergelangen, desto kälter wird es, und bald steigt mein Atem in Wölkchen auf.

Es ist seltsam, aber mit jedem weiteren Schritt fühle ich mich sicherer. Vollkommen sicher werde ich mich wohl unter der Erde niemals fühlen, aber es ist ein Unterschied, ob man in einer undurchdringlichen Schicht aus erkalteter Lava feststeckt oder die Möglichkeit hat, sich frei zu bewegen. Heute habe ich nicht das Gefühl, in einer Zwangsjacke zu stecken. Klar, der Schacht aus Gestein könnte trotzdem jeden Moment über uns zusammenbrechen, aber zumindest bestünde die Möglichkeit zu flüchten. Mich aus eigener Kraft zu retten.

An diese Zuversicht klammere ich mich, als wir endlich das Ende der Treppe erreichen. Ich bin schon jetzt wenig begeistert, die unendlichen Stufen später wieder nach oben steigen zu müssen.

Vor uns erstreckt sich ein niedriger Gang, der wie der Treppenschacht direkt aus dem Tuffstein unter Rom geschlagen wurde. Die Wände ringsum sind kahl und zerklüftet, unter der gewölbten Decke ist eine weitere Reihe Leuchtröhren befestigt.

Santo wirft einen prüfenden Blick über die Schulter, dann nickt er auffordernd, und wir wenden uns nach links.

Eine Weile sind nur unsere Schritte zu hören, die in dem langen Tunnel gespenstisch widerhallen.

»Wo genau sind wir hier?«, frage ich schließlich. Obwohl meine Stimme kaum mehr als ein Flüstern ist, klingt sie klar und deutlich wie ein Glockenschlag durch den Tunnel.

Santo wendet leicht den Kopf, schaut aber nicht zurück, als er antwortet. »Wir befinden uns in einer der Katakomben von Rom, in der Nähe der öffentlich zugänglichen Priscilla-Katakomben auf dem Gelände der Villa Ada. In diesen Teil der Tunnel kommen allerdings nur Ewigliche.«

Ein Schauer überläuft mich, aber diesmal hat es nichts mit Angst oder Unwohlsein zu tun. Ich bin fasziniert, und das überrascht mich selbst.

Katakomben unter Rom. Das heißt, dass dieser Ort wirklich alt sein muss. Sehnsucht regt sich tief in meiner Magengrube, wenn ich an die Vergangenheit denke. Noch immer habe ich keinen Zugriff auf meine alten Erinnerungen, aber ich weiß einfach, dass sich in den Tiefen meines Verstandes ein regelrechter Schatz an Eindrücken verbirgt. Wissen, das mir mehr über mich selbst verraten würde. Hier zu sein gibt mir das Gefühl, meinem vergangenen Selbst näher zu kommen.

Der Tunnel teilt sich vor uns, und als wir an der Weggabelung nach rechts abbiegen, fällt mir eine Veränderung auf. Die Wände sind nicht länger glatt, sondern in immer regelmäßigeren Abständen von Nischen durchbrochen, die tief ins Gestein hineinreichen. Ein paar Hundert Meter weiter reichen sie in bis zu vier Etagen vom Boden bis zur Decke. Das Licht der flackernden Neonröhren kann sie nicht vollständig ausleuchten, doch ich schaue genauer hin, bis ich erkenne, dass die meisten Vertiefungen bis oben hin mit Knochen gefüllt sind. Staubig und grau stapeln sie sich wild durcheinander.

»Woher kommen all diese Knochen?«

Diesmal ist Orela schneller, und ihre Stimme umweht mich hallend von hinten. »Die sterblichen Überreste in diesem Teil der Katakomben stammen mit ziemlicher Sicherheit aus der Zeit des frühen Christentums. Also einige Jahrzehnte bevor wir Ewigliche wurden. Und später gab es eine Seuche, die viele Menschen sehr schnell getötet hat.« Ihre Stimme stockt, und ich wage es nicht, zu fragen, ob sie diese Seuche womöglich schon miterlebt hat. »Aus Angst vor einer weiteren Ausbreitung der Krankheit hat man die Leichen so schnell wie möglich hier unten in Massengräbern bestattet. Dort vorne kommen gleich Gräber, die sorgsamer angelegt wurden.« Ihre Stimme verliert sich.

Erwartungsvoll halte ich den Atem an. Und tatsächlich. Als kurz darauf ein weiterer Bewegungsmelder anspringt, fallen mir die Veränderungen sofort auf. Hier gibt es genauso viele Wandnischen, doch in ihnen sind die Knochen fein säuberlich aufgeschichtet. Bei diesem Anblick gruselt es mich ein wenig, aber jemand scheint sich die Mühe gemacht zu haben, die einzelnen Gebeine in Mustern zu arrangieren. Im Vorbeigehen erkenne ich Kreuze, Fische oder symmetrische Ornamente. Je weiter wir vordringen, desto lebendiger scheint die unterirdische Totenstadt zu werden. Skelette lehnen entlang des Wegs aufrecht in vergitterten Nischen an der Wand. Manche sind vornübergesunken und sehen aus, als hielten sie nur ein Nickerchen. Sie tragen verschlissene Kleidung oder sind mit zerfledderten Papiergirlanden behängt. Manche halten geschmolzene Kerzenstümpfe in den knöchernen Händen. Ab und an sind steinerne Sarkophage in die Wände eingelassen. Viele der kunstvoll gehauenen Reliefs, mit denen sie verziert sind, sind abgesprungen oder von tiefen Rissen durchzogen, Moos quillt auf dem feucht schimmernden Stein aus allen Ritzen. Ich kann mich kaum sattsehen an der düsteren Schönheit dieses Ortes. Tod und Verfall liegen in der Luft, starren mir aus leeren Augenhöhlen entgegen, kriechen mir mit jedem Schritt unter die Kleider. Und gleichzeitig kann ich den Blick nicht davon lösen.

Der Hauch von Ewigkeit liegt in der abgestandenen Luft, eingefangen zwischen fingerdicken Staubschichten und körperlosen Schatten. Mir wird klar, warum die Ewiglichen ausgerechnet diesen Ort gewählt haben, um ihre Versammlungen abzuhalten. Dass sie sich damit jeglichen neugierigen Blicken von außen entziehen, liegt auf der Hand, aber da ist noch etwas anderes. So morbide es auch sein mag, das hier muss ein Sehnsuchtsort für sie sein. Eine ständige Erinnerung an die Sterblichkeit, nach der sie sich so sehr sehnen. Gewissermaßen eine Umkehrung des *Memento Mori.* Nicht *Bedenke, dass du sterblich bist* sondern *Bedenke, dass du unsterblich bist.* Und setze alles daran, diesem Zustand zu entkommen ...

Mir wird das Herz schwer, wenn ich mir vorstelle, dass Santo, Orela oder Adone den Fluch brechen und eines Tages nicht mehr leben könnten. Und ich vielleicht zurückbleibe, weil ich anders bin als sie. Ich kenne sie erst so kurze Zeit, aber was sie schon alles für mich getan haben ... ich hätte gerne eine weitere Ewigkeit zur Verfügung, um mich bei ihnen zu bedanken. Für die Selbstverständlichkeit, mit der sie mich aufgenommen haben, und die Geduld, die sie mit mir haben.

»Es ist unvergleichlich hier«, wispert Orela andächtig.

»Und niemand außer den Ewiglichen weiß von diesem Ort?« Ich kann nicht fassen, dass etwas wie diese Katakomben den meisten Menschen unbekannt sein kann. Santo vor mir ist langsamer geworden, wodurch wir näher beieinander gehen.

»Die Immortali kennen ihn auch nicht. Früher vielleicht, aber sie wissen nicht, dass die Damnati ihn nach wie vor nutzen.«

»Wie kann das sein? Wimmelt es hier nicht vor Archäologen, die das alles untersuchen wollen?« Es kommt mir wie ein Ding der Unmöglichkeit vor, diesen Ort geheim zu halten.

Santo seufzt. »*Würde* es bestimmt«, räumt er ein. »Aber wir Damnati haben ein großes Interesse daran, dass niemand hier unten herumschnüffelt. Und sollte doch einmal jemand seine Nase zu tief in unsere Angelegenheiten stecken, dann bringt ihn eine großzügige Zahlung bestimmt zum Schweigen.« *Oder eine Drohung.* Das schwingt ungesagt in seinem Tonfall mit.

»Wie alt ist dieses Tunnelsystem?«, frage ich weiter. Vielleicht verdrehen Santo und Orela schon die Augen über mich, aber ich kann mich nicht bremsen. Sogar das unmittelbar bevorstehende Tribunal verblasst angesichts der Katakomben.

»Es ist sehr, *sehr* alt. Wie gesagt, die ersten Knochen kamen hierher, bevor der Fluch uns traf, und womöglich wurden die Stollen noch früher angelegt.«, erklärt Santo. »Als im fünften Jahrhundert die Germanen in Rom einfielen, gerieten die meisten Katakomben unter der Stadt in Vergessenheit, und die Damnati haben seit ihrer Wiederentdeckung dafür gesorgt, dass es bei diesem Teil auch so bleibt. Keine staatlichen Grabungen, keine neuen Rohrleitungen oder Bodenmessungen. Für die wenigen Stromleitungen haben wir selbst gesorgt. Dieser Teil der Stollen gilt für die Öffentlichkeit als eingestürzt und unpassierbar.«

Während ich Santo zuhöre, wird mir allmählich klar, wie einflussreich die Damnati sein müssen, wenn sie es sogar schaffen, den italienischen Staat aus diesem Bereich unter der Stadt fernzuhalten. In der Vergangenheit war das bestimmt noch leichter, aber in der heutigen Zeit ... Na ja, immerhin hatten sie mehr als genug Zeit, um Erfahrungen mit solchen Dingen zu sammeln, und eine gewisse Abgebrühtheit legt man sich bestimmt irgendwann auch zu.

Inzwischen habe ich jegliches Zeitgefühl verloren. Hier unten ist es, als käme die Zeit zum Erliegen ... oder als folgte sie ihren eigenen verzerrten Regeln. Gerade als ich mich zu fragen beginne, wie lange wir die Nekropole noch durchstreifen, nehme ich ein Geräusch wahr. Ein fernes Wispern, wie das Plätschern von Wasser. Mit jedem Schritt wird es lauter, bis mir klar wird, dass es sich um ein vielstimmiges Gemurmel handelt. Hier ganz in der Nähe halten sich Menschen auf, und wir kommen ihnen immer näher. Nun erinnert sich mein Körper doch an die Nervosität, und eine Welle Adrenalin rauscht durch meine Adern. Das Stimmengemurmel schwillt an und ebbt wieder ab wie eine lebendige Meeresbrandung. Sie klingen aufgeregt, nicht weniger nervös als ich, was irgendwie tröstlich ist, meiner Anspannung aber keinen Abbruch tut. Immerhin muss ich mich ihnen stellen und nicht umgekehrt.

Die Grabnischen haben wir inzwischen hinter uns gelassen, die Wände sind wieder nackt, und der Weg wird allmählich breiter. Die Decke über uns wölbt sich nach oben, und wir gelangen an einen säulenbewehrten Durchgang, hinter dem warmer Lichtschein glimmt. Die Stimmen sind zum Greifen nah. Ich bemerke eine Bewegung vor uns, und Adone und Scuro treten aus dem Bogengang, auf den wir zuschreiten.

Adone schenkt mir ein aufmunterndes Grinsen. »Sie sind hier, Vater.«

Schritte ertönen, und Scuro tritt zur Seite, um Platz zu machen für den eindrucksvollsten Mann, den ich je gesehen habe. Er ist riesig, noch größer als der hünenhafte Adone, und könnte ohne Probleme als römischer Gott durchgehen (auch wenn ich inzwischen natürlich weiß, dass die Götter nie einen eigenen Körper hatten). Seine Gesichtszüge sind streng, aber von klassischer Attraktivität, ein gepflegter Bart bedeckt seinen Kiefer. Spontan würde ich ihn auf etwa vierzig schätzen. Aus seinem Schatten tritt eine Frau, die von seiner massigen Gestalt vollkommen verdeckt worden war. Im Gegensatz zu diesem Koloss wirkt sie geradezu zerbrechlich. Ihr dunkles Haar ist im Nacken zu einem Knoten geschlungen, und ihr ovales Gesicht schimmert im Halbdunkel wie Perlmutt.

Mit finsterer Miene baut sich der Mann vor uns auf, jeden Einzelnen musternd. An mir bleibt sein Blick zuletzt hängen, und ich habe das dringende Bedürfnis, mich irgendwo zu verstecken. Die buschigen Brauen ziehen sich unheilverkündend zusammen, sein Blick bohrt sich in meinen.

Adone tritt einen Schritt vor. »Vater. Mutter.«

Oh! Das sind Adones Eltern? Dann bedeutet das ... mein Herz setzt einen Schlag lang aus, als mir bewusst wird, dass ich Nerone Omodeo gegenüberstehe. Dem Anführer der Damnati. Vorsitzender des Tribunals. Alles, was ich noch an Mut besessen habe, rutscht mir in die Hose.

Nerone mustert mich weiterhin, und es fällt mir immer schwerer, seinem prüfenden Blick standzuhalten. Die Art, wie er mich ansieht, gefällt mir nicht. So, als müsste er abwägen, ob ich eine Gefahr für ihn und seine Familie darstelle.

»Aliqua, darf ich vorstellen? Meine Eltern, Nerone und Diana Omodeo. Mutter, Vater, das ist Aliqua.« Ein wenig linkisch stellt uns Adone einander vor.

Mir fällt auf, dass Santo und Orela unmerklich näher zu mir rücken, und diese stumme Rückendeckung rührt mich.

Während mich Nerone weiterhin mit steinerner Miene ansieht, schiebt sich seine Frau an ihm vorbei. Eine seiner Hände zuckt, als wollte er sie aufhalten, doch sie wirft ihm einen raschen, warnenden Blick zu. Das Lächeln, das sie mir schenkt, ist warmherzig und sanft. Sie scheint etwas jünger als ihr Mann zu sein, aber wahrscheinlich wirkt jeder neben Nerone wie ein Baby.

»Es ist schön, dich zu treffen«, sagt sie freundlich. Auch sie nimmt mich in Augenschein, wirkt dabei aber weder feindselig noch abschätzend. »Ich bitte dich schon jetzt, unser möglicherweise unwirsches Verhalten zu entschuldigen. Seit Santo von deiner Auffindung berichtet hat, geht es drunter und drüber bei uns. Eine Situation wie diese ist neu für uns alle.«

Dankbar über ihre Freundlichkeit erwidere ich ihr Lächeln. »Danke!«

Diana neigt leicht den Kopf, als verstünde sie genau, was in mir vorgeht, und tritt dann zurück.

»Es wird Zeit.« Nerones Blick streift mich noch einmal. Dann streckt er gebieterisch eine Hand aus. »Orela.«

Was ... Orela? Ich bin verwirrt. Warum wird sie gesondert weggebracht? Eigentlich bin ich davon ausgegangen, dass ich es bin, die Nerone persönlich abführen möchte.

Orela gleitet nahe an mir vorbei und berührt mich kurz am Arm. »Du schaffst das.« Dann richtet sie sich gerader auf und tritt zu Nerone und Diana. Ihre Tante legt ihr eine Hand auf die Schulter und führt sie weg. Orelas Schritte kommen mir steif vor, als sie davongeht.

Auch Nerone wendet sich zum Gehen, um den beiden zu folgen, dreht sich aber noch einmal um. »Santo, begleitest du Aliqua hinunter?«

Mir ist klar, dass diese Frage ein Befehl ist. Santo nickt wortlos.

Scuro und Adone murmeln mir ermutigende Worte zu, ehe sie dem Anführer der Damnati in den düsteren Gang folgen. Jetzt sind nur noch Santo und ich hier. Er starrt den anderen hinterher, einen schwer zu deutenden Ausdruck im Gesicht.

»Warum hat er Orela mitgenommen?«, wispere ich angespannt. Ich habe Angst, dass der Hall im Gewölbe meine Stimme zu den anderen trägt, und bemühe mich, möglichst leise zu sprechen.

Santo wirkt, als hätte ich ihn aus seinen Gedanken gerissen, und blinzelt ein paarmal, ehe er mir antwortet. »Sie übernimmt eine besondere Rolle bei der Versammlung. Als Seherin ist sie noch immer hoch angesehen, auch wenn ihre Fähigkeiten erstorben sind.«

Nicht mehr. Unsere Blicke treffen sich, und mir wird flau im Magen. Wir denken beide dasselbe. Orelas Fähigkeiten schlummern nicht länger, zumindest nicht, wenn ich in unmittelbarer Nähe bin. Um diesen erschreckenden Gedanken abzuschütteln, stelle ich eine andere Frage, die mir unter den Nägeln brennt. »Was hält Nerone von mir?«

»Schwer zu sagen. Ich hoffe, Adone konnte zu ihm durchdringen und verhindern, dass er voreilige Schlüsse über dich zieht. Nerone kann sehr ... schonungslos sein, wenn es darum geht, unsere Gemeinschaft zu beschützen. Aber er ist auch nicht dumm und weiß, dass er dir unvoreingenommen gegenübertreten muss, ehe wir nicht sicher wissen, was es mit dir auf sich hat.«

Santo spricht über mich, als wäre ich ein unbekanntes Forschungsobjekt. Mich beschleicht der Gedanke, dass es vor dem Tribunal genauso sein wird. Sie interessieren sich für die Geheimnisse hinter meiner Existenz und nicht für den Menschen, der ich bin. Ich werde mich ziemlich konzentrieren müssen, um die Fassung zu behalten, denn alles in mir sträubt sich dagegen, als Objekt betrachtet zu werden.

»Na komm, es noch länger hinauszuzögern, nützt nichts.« Santo bemüht sich zu lächeln, doch es kann kaum seine angespannte Miene erweichen. Mir kommt es so vor, als wäre er genauso nervös wie ich – was mich auf unerklärliche Weise erleichtert.

Santo führt mich nach rechts und nicht den Gang entlang, den die anderen gerade genommen haben. Der Weg beschreibt eine leichte Kurve, das Stimmengemurmel wird indes immer lauter. Obwohl ich warm genug angezogen bin, überläuft mich ein Frösteln, das tief aus meinem Inneren kommt. Ein paar Schritte weiter werden die Neonröhren unter der Decke durch Fackeln an den Wänden ersetzt. Ihr Licht malt tanzende Schatten an die Wände, die meinen Augen Streiche spielen. Schließlich endet der Gang, und wir gelangen an den Rand eines hell erleuchteten Kraters. Verblüfft stoppe ich und nehme den Anblick in mich auf.

Schnell wird mir klar, dass ich gar nicht vor einem unterirdischen Krater stehe. Gemeinsam mit Santo trete ich vor, bis ich von einer Brüstung hinuntersehen kann in ein Amphitheater. Kreisrund schrauben sich fünf Ebenen nach unten, wie Stufen ins Gestein gemeißelt. Das Theater ist verhältnismäßig klein, aber alle Ränge sind gut gefüllt. Die Decke wölbt sich hier so hoch, dass ich sie in der aufsteigenden Dunkelheit nicht mehr erkennen kann.

So etwas habe ich noch nie gesehen, da bin ich mir absolut sicher. Durch die Trichterform des Bauwerks hallen die Stimmen der Anwesenden gebündelt zu uns herauf, teilweise so glasklar verständlich, als stünde man daneben.

»Hier kommt ihr also zusammen«, murmle ich tonlos.

Santo steht so dicht neben mir, dass ich seine Körperwärme durch die Schichten meiner Kleidung wahrnehmen kann. Obwohl er bestimmt schon öfter hier unten war, sehe ich eine ungebrochene Faszination in seinen Augen glimmen. Ich bin mir ziemlich sicher, dass man sich an einen Ort wie diesen nicht gewöhnen kann, egal wie lange man ihn schon kennt. Einfach unglaublich, dass es den Ewiglichen bis jetzt gelungen ist, ihn vor den Augen der Welt zu verstecken. Ansonsten würde es hier garantiert vor Besuchermassen nur so wimmeln.

Bevor ich mich sattsehen kann, fasst Santo nach meinem Ellenbogen und zieht mich sanft mit sich. Es ist das erste Mal, dass er mich direkt berührt, und der Druck seiner Finger lässt eine Schockwelle durch meinen Körper rasen. Die Empfindung macht mich schwindelig, und ich bekomme kaum mit, wie er mich durch einen verborgenen Treppenschacht bis zur untersten Ebene des Theaters führt. Dort verharren wir kurz in einer Katakombe, die direkt hinausführt.

Götter, so müssen sich antike Gladiatoren gefühlt haben, bevor sie in die Arena hinausgejagt wurden. Inzwischen sind meine Knie weich wie Butter, und ich befürchte, dass sie jeden Moment unter mir nachgeben.

Santo umfasst noch immer meinen Arm und dreht mich zu sich herum. »Denk dran, sie wollen sich nur ein Bild von dir machen«, schärft er mir ein. »Wir sind heute nicht hier, um ein Urteil zu sprechen. *Du* hast nichts getan. Wir bleiben in der Nähe.« Sein Blick bohrt sich in meinen. Seine Worte tragen kaum dazu bei, mich zu beruhigen, doch der Ausdruck in seinen Augen schlingt sich um mich wie ein tröstlich warmes Band. Das Bibbern meiner Knie verstärkt sich. Wegsehen kann ich aber auch nicht. Wie schon die letzten Male reißt etwas an meinem Unterbewusstsein, aber es gelingt mir nicht, die Empfindung zu fassen. Sie entgleitet mir wie ein nasser Faden und verpufft, als Santo den Blickkontakt löst. Was bleibt, ist das äußert unbefriedigende Gefühl, ein Déjà-vu erlebt zu haben.

Schwer atmet er aus und fährt sich mit beiden Händen durchs Haar. »Also dann, ich bring dich raus.«

Er berührt mich nicht wieder, als wir nebeneinander in das Theater hinaustreten.

Das aufgeregte Raunen von Stimmen umfängt mich wie Sturmwind von allen Seiten. Streicht über mich hinweg, bis sich die feinen Härchen auf meinen Armen aufrichten. Ich spüre die Aufmerksamkeit aller Anwesenden auf mir, halte den Blick aber stur auf meine Füße gerichtet, um auf dem sandigen Boden nicht zu stolpern. Das wäre mal ein peinlicher erster Auftritt.

Aufrecht und unfallfrei schaffe ich es schließlich zu einer flachen, hölzernen Plattform, die das hintere Drittel der Manege bedeckt. Dort steht ein thronartiger Stuhl vor einer Reihe von fünf weiteren Sitzgelegenheiten. Santo bedeutet mir, Platz zu nehmen, und zieht sich dann an den rechten Rand der Plattform zurück. Ein schneller Blick zeigt mir, dass dort, im Halbschatten, seine beiden Cousins stehen. Adone grinst breit und reckt den Daumen in die Höhe. Wie Santo gesagt hat, sind sie in der Nähe, und ihre Rückendeckung gibt mir genug Zuversicht, um den Blick zu heben.

Mir gegenüber sitzen vier Personen. Nerone thront auf dem Platz in der Mitte, leicht erhöht und klar erkennbar als Anführer der Gruppe, neben ihm zwei Männer und eine Frau. Der fünfte Platz ist leer. Sie alle mustern mich mit reglosen Mienen. Aus dem Augenwinkel nehme ich die vollen Ränge ringsum wahr, auf denen noch immer getuschelt wird. Fackeln tauchen das Szenario in zuckendes Licht und untermalen den archaischen Charakter dieses Ortes. Gleichzeitig fühlt es sich so an, als würde das Tribunal absichtlich ein bisschen dick auf die Dramatik-Tube drücken.

Die Gespräche verstummen schlagartig, als Nerone sich erhebt und einen Blick in die Runde wirft. »Ich danke euch, dass ihr heute so zahlreich erschienen seid. Ich weiß, die Einberufung dieser Versammlung war kurzfristig, aber das Gremium und ich hielten es für besser, schnellstmöglich zu handeln. Vor allem, da sich Gerüchte bereits rasend schnell verbreiten.« Eine Strenge schwingt in seiner Stimme mit, unter der selbst ich mich ducken will, obwohl ich gar nicht direkt angesprochen bin.

»Wie einige bereits wissen dürften, beschäftigt uns seit ein paar Tagen eine nie da gewesene Situation. Drei unserer Wächter wurden auf Immortali aufmerksam, die in den Ruinen von Herculaneum Grabungen vornahmen. Dort entdeckten sie diese junge Frau, die sich heute in unserer Mitte eingefunden hat. Die Immortali konnten rechtzeitig vertrieben werden, aber die Existenz dieses Mädchens gibt uns Rätsel auf.«

Die Frau rechts von Nerone lehnt sich in ihrem Sitz nach vorne. Ihr Ausdruck ist neugierig, aber nicht so abweisend, wie ich befürchtet habe. »Wie heißt du?«, fragt sie mich.

»Aliqua.« Die Akustik des Theaters verstärkt meine Stimme und trägt sie bis in den hintersten Winkel des hohen Raumes. Wieder brandet Gemurmel auf, bis Nerone gebieterisch die Hand hebt.

»Ich frage euch jetzt und hier. Kennt sie jemand von euch?«

Gespannt halte ich den Atem an, aber niemand aus dem Publikum meldet sich zu Wort. Der Vorsitzende nickt, als hätte er nichts anderes erwartet. »Wir müssen annehmen, dass Aliqua seit dem Jahr Neunundsiebzig am Leben ist. Die Erinnerung an sie könnte also weit zurückliegen.«

Diese Aussage lässt nicht nur seine Kollegen des Gremiums hochfahren. Die Offenbarung rollt wie eine Schockwelle durch die Reihen der Damnati. Niemand scheint mit so etwas gerechnet zu haben.

»Sie ist eine Ewigliche?«, ruft die Frau, die mich gerade nach meinem Namen gefragt hat.

Ein untersetzter Mann mit Glatze und gewaltigem Bauch hopst aufgeregt auf seinem Platz neben ihr auf und ab. »Wie kann das sein? Wer ist sie?«

Ich zwinge mich, stillzuhalten, während um mich herum die Aufregung hochkocht. Wie ich hier auf dem Präsentierteller sitze, fühle ich mich ohnehin verletzlich und will meine Emotionen für mich behalten. Es kostet mich alle Kraft, mir nichts von meiner Nervosität und Furcht anmerken zu lassen.

»Claudia, Flavio!«, donnert Nerone, um ihnen Einhalt zu gebieten. Die beiden öffnen noch einige Male die Münder, um etwas zu sagen, beugen sich dann aber der Weisung. Der dritte Mann auf dem Platz ganz außen sitzt völlig reglos da, als wäre er schon vor langer Zeit zu Stein erstarrt. Nerone räuspert sich. »Hören wir uns an, was einer der Wächter berichten kann, die sie in jener Nacht fanden.« Bevor er einen Namen rufen kann, tritt Santo von seinem Platz am Rand der Arena auf das Podium und bezieht schräg vor mir Position. Seine Haltung ist betont locker, aber weil er so nahe vor mir steht, nehme ich das leichte Zittern seiner Hände wahr, die er locker an den Seiten herunterhängen lässt.

Nerone neigt den Kopf, sagt aber nichts zu seinem eigenmächtigen Vortreten, sondern fordert ihn mit einem Nicken auf zu sprechen. Ich frage mich, ob Santo und seine Cousins vorab abgesprochen haben, wer von ihnen vortritt, um der Versammlung zu berichten.

Mit ausdrucksloser Stimme schildert Santo, wie er in jener Nacht in Rom auf Patrouille war und von seinen Cousins nach Herculaneum gerufen wurde. Ich lausche aufmerksam, wie er von dem kurzen Kampf mit den Immortali erzählt und wie sie mich anschließend am Boden der Grube gefunden haben.

»Es ist anzunehmen, dass die Immortali sie noch nicht entdeckt hatten, als wir dazustießen. Wir können auch nicht mit letzter Sicherheit sagen, ob es Aliqua war, nach der sie gruben. Dass sie überhaupt in einer Stätte wie dieser herumgewühlt haben, ist besorgniserregend. Ich frage mich, was sie vorhaben.«

Nerone bringt ihn mit einer ungeduldigen Geste zum Schweigen. »Die Absichten der Immortali sind nicht Gegenstand der heutigen Versammlung. Es geht um die Frage, wer dieses Mädchen ist und was mit ihr geschah.«

Santo strafft die Schultern, und seine Finger zucken, als wollte er sie zur Faust ballen. »Sie war gefangen«, zischt er mit mühsam kontrollierter Stimme. »Zweitausend Jahre lang gefangen unter den Vulkanmassen von Herculaneum.«

Ein Raunen geht durch das Theater, und sämtliche Härchen auf meinem Körper stellen sich auf. Etwas in Santos Stimme weckt meine Neugier. Da ist ein kaum wahrnehmbares Beben, eine Emotion, die er um jeden Preis unterdrücken will. Doch ich sehe sie in jedem Zoll seines starren Körpers. Jeder angespannte Muskel bebt davon, und es kostet ihn merklich Mühe, unbewegt zu bleiben.

Die Frau namens Claudia beugt sich auf ihrem Platz vor. »Das ist eine interessante Geschichte. Aber können wir auch sicher sein, dass sie wahr ist?«

Santo nickt ruckartig. »Als wir sie fanden, trug sie noch eine Tunika, die zweifelsfrei aus dieser Zeit stammte. Sie war tief unter den Fundamenten eines Hauses begraben. Ein Haus, das wie der Rest des antiken Herculaneum von den Vulkanmassen des Vesuv verschluckt wurde. Sie *muss* zu dieser Zeit dorthin geraten sein.« Er dreht leicht den Kopf, wendet sich aber nicht ganz zu mir um.

Sein letzter Satz lenkt Claudias Aufmerksamkeit auf mich. »Aliqua, was kannst du uns darüber erzählen?«

Es war eine wirklich angenehme Unterbrechung, in Santos Schatten aus dem allgemeinen Fokus gerückt zu sein, doch prompt stehe ich wieder im Mittelpunkt.

»Es ist schwer zu beschreiben«, setze ich an und runzle die Stirn, um mich zu konzentrieren. Es fällt mir schwer, die richtigen Worte zu finden, während alle mich erwartungsvoll anstarren. »Dort unten ... das war ein völlig anderer Zustand als hier frei und am Leben zu sein. Ich war eingeschlossen in einem Kokon, der mich bis in den letzten Winkel umschlossen hat. Weder konnte ich atmen, hören, noch mich bewegen. Es war ... ich habe einfach existiert, und die verstreichende Zeit war mir nur oberflächlich bewusst. Aber ich wusste, dass ich eine wirklich lange Zeit dort verbracht habe.«

Selbst Nerone schweigt, ein Ausdruck von Erschütterung durchdringt die ernste Maske, die er als Anführer der Damnati zur Schau stellt. Irgendwie tut es gut sehen, dass mein Schicksal etwas in ihm auslöst. Und wenn es nur Entsetzen ist.

»An was kannst du dich sonst erinnern? Wie sah dein früheres Leben aus? Und wie wurdest du unsterblich?« Der letzte Punkt scheint Nerone besonders wichtig zu sein.

»Ich kann mich an nichts erinnern«, erkläre ich stoisch. »Meine Erinnerungen sind verschüttet, und obwohl ich mich anstrenge, kann ich nicht auf sie zugreifen. Da sind nur ein paar dunkle Fetzen ... inzwischen glaube ich, dass es Bilder des Vulkanausbruchs von damals sind.« *Glaubt mir, ich selbst würde mich am allermeisten darüber freuen, mehr über meine eigene Vergangenheit zu wissen.*

Fragen und Misstrauen schwängern die abgestandene Luft unter der Erde wie ein Parfum, das mir die Atemwege verstopft.

»Ein Jammer, dass Drusilla nicht in der Lage war, heute teilzunehmen«, brummt das Ratsmitglied namens Flavio. »Sie könnte bestimmt etwas aus ihr herausholen.« Mit verdrießlicher Miene verschränkt er die Hände vor seinem Bauch.

Endlich nimmt Nerone den Blick von mir und hört auf, mir Löcher durch die Stirn zu starren. Er wendet sich seinem Kollegen zu und runzelt die Stirn. »Drusilla mag nicht hier sein. Aber wir können die Sibylle sprechen lassen.«

Ein Ruck geht durch Santos Körper. Seine Finger zittern jetzt unkontrolliert, und er ballt sie zu Fäusten, so fest, dass die Knöchel weiß hervorstehen. Am liebsten möchte ich ihn berühren, mich an ihn lehnen und ihm gleichzeitig versichern, dass ich da bin. Aber ich verharre auf meinem Stuhl, während ich eine Bewegung hinter den Sitzen des Gremiums beobachte. Etwas Weißes blitzt im Gewölbe des Theaters auf. Stoff bläht sich unter einer kaum merklichen Brise auf, als eine Gestalt auf das Podium tritt. Langsam und selbstvergessen wie eine Schlafwandlerin.

Mein Atem stockt, als ich Orela erkenne, die in einen voluminösen schneeweißen Umhang gehüllt ist. Eine Kapuze bedeckt ihren Kopf, und in den Händen trägt sie eine flache Schale. Sie müssen sie in diesen Aufzug gesteckt haben, nachdem sie mit Nerone und Diana davongegangen war. Ein Schauder überläuft mich, der nichts mit der Kühle hier unten zu tun hat. Das Mädchen, das mir in den letzten Tagen eine Freundin geworden ist, kommt mir fremd vor. Ihr ovales Gesicht wirkt vollkommen leer, als hätte sie sich so weit in sich selbst zurückgezogen, dass nur noch eine perlmuttschimmernde Maske zurückgeblieben ist. Selbst ihre Augen sehen unheimlich dumpf aus. Sie bleibt vor den fünf Stühlen stehen, mit dem Rücken zu mir. Der Saum ihres Umhangs kräuselt sich, ansonsten ist sie so unbewegt wie eine Statue.

Jeder einzelne Anwesende im Theater scheint den Atem anzuhalten, Erwartung knistert wie statische Spannung durch den Raum.

»Bitte.« Nerone neigt vor seiner Nichte den Kopf. »Erleuchte uns.«

»Erleuchte uns«, antworten alle Anwesenden einstimmig.

In einer einzigen, fließenden Bewegung dreht sich Orela um, den ausdruckslosen Blick auf mich gerichtet. Die flache Schale hält sie vor sich wie den Heiligen Gral, und ich kann erkennen, dass sich Wasser darin befindet.

Orela beginnt zu summen. Ein rauchiger Ton, der tief aus ihrer Kehle kommt und so anders klingt als die Stimme, die ich kenne. Ist Santo deswegen so angespannt? Weil es ihn genauso schockiert wie mich, seine Schwester in ihrer Rolle als Orakel der Damnati zu sehen? Mit Augen, die niemanden erkennen und Bewegungen wie die einer Marionette.

Bald erfüllt das Summen den ganzen Theaterraum, dessen Akustik jede Schwingung hundertfach zurückwirft. Ausnahmslos jeder scheint hypnotisiert von diesem Klang, bis Orela plötzlich verstummt. Ich fürchte schon, dass jetzt der Punkt kommt, an dem sich ihre Augen vollkommen weiß färben, stattdessen hebt sie die Schale noch höher. Ihre Arme zittern ein wenig, aber kein Tropfen Wasser schwappt über den Rand.

So verharrt sie einige Minuten, in selbstvergessener Stille versunken. Und dann lässt sie die Schale los. Ich war so vollkommen auf Orela konzentriert, dass mir vor Schreck beinahe ein Schrei entwichen wäre. Das Geräusch von zerberstender Keramik erschüttert die Luft wie eine detonierende Bombe. Wasser spritzt hoch und tränkt den makellosen weißen Umhang.

Was zum Teufel war das denn? Mein Atem fliegt, und noch immer pulsiert der Schreck durch meinen Körper. Selbst im Sitzen zittern mir die Knie.

»Die Veritas weilt unter uns. Was gesprochen wurde, ist die Wahrheit.« Orelas Stimme hallt wie ein dunkles Grollen durch das Gestein, das über unseren Köpfen lastet. Sie streckt einen Arm aus und deutet mit dem Finger direkt auf mich. »Eine alte Seele. Ein Götterfunke. Ein Schicksal, verwoben und doch durchtrennt. Sie ohne Namen trotzt dem

Tod, der sie zu sich heimrufen will. Weit ausgebreitet sind die Arme der Unterwelt. Wer der Fluch ist, kann auch den Segen bringen. Und die Götter werfen die Würfel.«

Nachdem Orela geendet hat, dauert es nicht lange, und das Gemurmel in den Rängen brandet von Neuem auf. Flüsternd spekulieren sie über die Worte des Orakels, die mir gar nichts sagen. Ich kann mir nicht vorstellen, dass es irgendwen davon überzeugen soll, dass stimmt, was ich erzähle. Außerdem *ist* Orela ja gar kein richtiges Orakel mehr. Ist das nur Teil einer Show, die sie gerade abgezogen hat?

Das Gremium allerdings scheint zufrieden. Nachdem sich Orela offenbar erschöpft von ihrem Auftritt an den Rand der Arena zurückgezogen hat, erheben sich die vier anwesenden Ratsmitglieder und schauen zu mir herunter. Ich schlucke nervös, ängstlich angesichts ihres Urteils.

Santo hat sich noch immer nicht vom Fleck gerührt, und ich bin dankbar, dass er hier bei mir steht. Zwar kann ich sein Gesicht nicht sehen, um zu deuten, wie es ihm geht, aber seine Anwesenheit bestärkt mich. Ich recke sogar ein wenig das Kinn, während ich darauf warte, dass Nerone das Wort erhebt.

»Das Orakel hat aufschlussreich gesprochen«, verkündet er über die summenden Stimmen der Damnati hinweg. »Die Wahrheit ist unter uns, und sie wird uns leiten. Santo, da du Aliqua bei dir aufgenommen hast, bitte ich dich darum, sie weiterhin unter deine Obhut zu nehmen. Deine Patrouille-Schichten werden entsprechend angepasst. Ich beauftrage dich damit, zusammen mit Aliqua herauszufinden, wer sie ist und was es mit ihrer unsterblichen Existenz auf sich hat.«

Santo nickt unter dem erwartungsvollen Blick seines Onkels, sagt aber nichts weiter.

Die Stimmung im Theater ist inzwischen merklich abgekühlt. Offenbar sind die Anwesenden enttäuscht darüber, dass keine weiteren Sensationen auf sie warten, und werden es müde, mich anzustarren. Mir soll es recht sein. So faszinierend dieser Ort auch ist, ich will doch so schnell wie möglich zurück ans Tageslicht und die drückende Schwere des Erdreichs über mir loswerden.

»Aliqua. Zwar sind wir heute noch zu keinem Schluss über deine Herkunft gelangt, aber ich muss dich dennoch auf eines beschwören: Du kennst nun die Geheimnisse der Ewiglichen und bist daher wie jeder von uns dazu verpflichtet, unsere Gebote und Regeln einzuhalten. Santo und Orela werden dich anleiten und dich in alles einführen, aber es liegt in deiner Verantwortung, unserer Gemeinschaft keinen Schaden zuzufügen. Bist du willens, dich diesen Pflichten zu fügen?«

Erwartungsvolles Schweigen senkt sich über die Versammlung. Ich habe keine Ahnung, was nun von mir erwartet wird. Muss ich auf die Knie sinken und meine Treue schwören? Um nichts falsch zu machen, erwidere ich Nerones Blick und sage laut und vernehmlich: »Ja, ich bin willens. Ich werde eure Geheimnisse bewahren und mich an alle Regeln halten.«

Damit scheint er zufrieden zu sein. Feierlich hebt er beide Hände und spricht zu der ganzen Versammlung: »Ihr wisst nun, was sich in den letzten Tagen zugetragen hat. Ich bitte noch mal jeden Einzelnen von euch: Geht in euch und versucht euch zu erinnern, ob ihr Aliqua kanntet, als der Fluch über uns kam. Jeder Hinweis auf ihre Identität kann nützlich sein.«

Dann löst Nerone die Versammlung offiziell auf, und alle erheben sich von ihren Sitzen. Im nächsten Moment ist Orela bei mir, und auch die Jungs gesellen sich zu uns. Sie bilden einen Ring um mich, während allmählich die Damnati von den Rängen hinunter in die Arena strömen. Manche treten an das Podest des Gremiums heran, um mit den Vorsitzenden zu sprechen, der Rest drängt in meine Nähe.

»Schauen wir, dass wir hier wegkommen«, brummt Santo, der die gaffende Menge aus schmalen Augen mustert.

Orela schlingt einen Arm um meine Taille, und die vier bringen mich aus dem unterirdischen Amphitheater.

Kapitel Neun

Santo

Santo Omodeo, du hast mal wieder mehr Glück als Verstand.

Die Tribunalsversammlung ist überstanden, und wir sind zurück in unserer Wohnung. Während die anderen im Wohnzimmer zusammensitzen, habe ich mich kurz zurückgezogen, um mich zu sammeln. Im Badezimmer, das an mein Schlafzimmer anschließt, stütze ich mich mit beiden Händen auf den Rand des Waschbeckens und lasse den Kopf hängen.

Ich weiß nicht, wann ich das letzte Mal so viel Schiss hatte. Nachdem ich diese Empfindung den ganzen Tag eisern zurückgehalten habe, überkommt sie mich jetzt in eisigen Wellen, die mich bis ins Mark erschüttern. Jeder Schauer gräbt tiefer an der Selbstverachtung, die mich mit jedem Tag weiter aushöhlt. Geheimnisse und Ängste kommen und gehen wie die Gezeiten und waschen dabei ein Loch in meine Brust, das irgendwann alles sein wird, das von mir übrig ist.

Bei der heutigen Versammlung hätte so viel schieflaufen können, und ich war nicht in der Position, um eingreifen zu können. Ich *hasse* es, wenn ich keine Kontrolle habe, um die Dinge subtil zu lenken. Auch wenn sich recht schnell zeigte, dass alles wie erhofft lief. Das Gremium und die Anwesenden waren viel zu sehr damit beschäftigt, schockiert auf Aliqua und die Umstände ihrer Existenz zu reagieren, als dass sie tiefergehende Fragen gestellt hätten. Das heißt nicht, dass dieses Thema für immer vom Tisch ist, aber es hat mir eine Schonfrist verschafft.

Kurz entschlossen drehe ich den Wasserhahn auf und klatsche mir kaltes Wasser ins Gesicht, bis ich das Gefühl habe, wieder einigermaßen munter zu sein. Als ich tropfnass den Kopf hebe und in den Spiegel schaue, entdecke ich, dass jemand ins Zimmer gekommen ist. Orela lehnt mit verschränkten Armen am Türrahmen. Ihre Augen glühen in einem frostigen Blau und spießen mich sogar über die Spiegelung hinweg auf. Obwohl sie von ihrem Auftritt als Orakel erschöpft sein muss, sieht man ihr nichts davon an.

»Glück gehabt, hm?« Ihr Tonfall klingt schnippisch.

Ich greife nach einem Handtuch, um mir das Gesicht abzutrocknen, ehe ich antworte. »Ich habe nichts anderes erwartet.«

»Ach wirklich? Heute stand gewaltig viel auf dem Spiel, und es lag nicht in deiner Macht, irgendetwas zu deinen Gunsten zu lenken.« Manchmal ist es gruselig, wie sehr sich unsere Gedanken gleichen. Trotzdem ärgere ich mich über die Art, wie sie spricht. Ihre Anspielung zeigt mir, dass sie genau weiß, wie viel Schiss ich hatte, als sie ihre Orakelnummer abgezogen hat. Mit Aliqua in der Nähe besteht ab jetzt immer die Gefahr, dass sie von einer echten Vision überwältigt wird. Nicht nur dieser theatralische Hokuspokus, den sie sonst aus den Fragmenten ihrer alten Gabe kreiert.

»Spuck's aus, was willst du?« Die Worte kommen ruppiger als beabsichtigt aus meinem Mund, und Orelas Miene verdüstert sich.

»Gerade kommt einfach alles zusammen«, faucht sie und wirft ungehalten die Arme in die Luft. »Ich weiß genau, dass dich dieses Geheimnis die letzten zweitausend Jahre belastet hat, auch wenn du es mit der Zeit immer besser verdrängt hast. Aber jetzt kommt alles zurück, und es tut mir weh, dir dabei zuzusehen, wie du dich abkämpfst, um alles zusammenzuhalten. Vielleicht solltest du …«

Ich lasse sie nicht ausreden. Blitzschnell wirble ich zu Orela herum.

»Ich habe alles im Griff.« Meine Stimme ist kaum mehr als ein Knurren, scharf und abgehackt.

Meine Schwester verzieht jedoch keine Miene. »Santo, du musst dir etwas überlegen«, sagt sie dann eindringlich. »Heute ist noch alles gut gegangen, aber die Damnati werden irgendwann eine Erklärung fordern. Eine *schlüssige* Erklärung. Sonst riskieren wir, dass die Konsequenzen negativ auf Aliqua zurückfallen werden. Außer du willst sie als deinen Sündenbock vorschieben …«

»Das will ich natürlich nicht.« Frustriert werfe ich den Kopf in den Nacken. Gerade war ich noch dabei, meine Gedanken zu ordnen, und jetzt setzt Orela dazu an, meine Fassung wieder einzureißen.

»Du solltest diese Last loswerden, Bruder«, murmelt sie sanft, Sorge in ihren Augen.

»Nein.« Jede Faser meines Seins sperrt sich gegen die bloße Vorstellung. Ich kann das nicht. Niemals.

»Ich werde es wiedergutmachen«, wiederhole ich den Schwur, den ich mir und allen anderen vor einer Ewigkeit geleistet habe. Dessen einzige Zeugin meine Schwester ist. »Niemand muss davon erfahren, aber ich werde es wiedergutmachen.«

Ein Ausdruck von Traurigkeit huscht über Orelas Gesicht, doch sie nickt. Wir haben dieses Gespräch schon so oft geführt, der Verlauf ist immer derselbe.

»Sag mal.« Ich fahre mir mit gespreizten Fingern durch die Haare, um mir die feuchten Strähnen aus dem Gesicht zu kämmen. »Was siehst du eigentlich, wenn Aliqua eine Vision auslöst?« Ich behalte sie genau im Blick, damit mir keine Regung entgeht. Meine Schwester ist verdammt gut darin, Dinge zu verbergen oder die Wahrheit zu verschleiern. Manchmal sind es nur winzige Regungen, die sie verraten.

Orela reibt sich die Stirn, ihre Schultern sind nach vorne gesunken. Da ist die Erschöpfung, von der ich wusste, dass sie sie überspielt.

»Es sind Bilder aus der Vergangenheit«, sagt sie schließlich. »Aus Aliquas Vergangenheit. Nicht mehr als Bruchstücke, aber ich sehe definitiv das Rom meiner Kindheit. Ich glaube, dass ich etwas von den Erinnerungen sehen kann, auf die Aliqua selbst nicht zugreifen kann. Momentan verstehe ich es noch nicht.«

Sie klingt so erschöpft, dass ich beschließe, nicht weiter in sie zu dringen.

»Und das, was du heute vor dem Tribunal gesagt hast. War das echt oder eine deiner kleinen Shows?«

Meine Schwester presst die Lippen zusammen. »Ich hatte mich vollkommen unter Kontrolle. Allerdings ... meine Worte haben sich das erste Mal seit einer Ewigkeit echt angefühlt. Ich glaube, dass Aliquas Anwesenheit zu einem annähernd authentischen Orakelspruch geführt hat.«

Unschlüssig, was ich mit dieser Offenbarung anfangen soll, starre ich sie an. Annähernd authentisch?

»Na komm, die anderen warten.« Orela lächelt, und nicht zum ersten Mal bin ich beeindruckt davon, wie tapfer sie ist. Meiner Schwester ist es schon immer auf bewundernswerte Weise gelungen, ihr Schicksal mit Fassung zu tragen, während es für mich ein immer währender Kampf ist.

Ich nehme mir noch einen Moment, um tief durchzuatmen, ehe ich ihr zurück ins Wohnzimmer folge.

Dort herrscht beste Stimmung. Adone unterhält Aliqua gerade mit einer Anekdote über seine Teilnahme an den Schlachten gegen Attila, den Hunnenkönig.

»Wenn man dir so zuhört, könnte man meinen, du hättest die Hunnen im Alleingang aus Italien vertrieben«, bemerkt

Orela spitz, die an mir vorbeischlendert und sich zu Adone auf das Sofa gesellt.

Adone wirft ihr einen gereizten Blick zu. »Ohne uns Ewigliche wäre Rom schon vor Jahrhunderten niedergegangen. Hätten wir uns nicht todesmutig in jeden Kampf gestürzt ...«

»Ja, ja. So todesmutig, wie man eben sein kann, wenn man unsterblich ist.«

Aliqua lauscht dem Geplänkel der beiden von einem Sessel aus mit einem leisen Lächeln auf den Lippen. Ich nehme mir einen Moment, um ihr Gesicht zu studieren. Jetzt, da das Tribunal vorüber ist, ist die Farbe in ihre Wangen zurückgekehrt, und sie wirkt deutlich entspannter.

Wenn ich daran denke, wie sie im Auto in Panik ausgebrochen ist, als sie erfuhr, dass sich der Versammlungsort unter der Erde befindet, könnte ich mir selbst in den Hintern treten. Ich habe keine Sekunde daran gedacht, was es für sie bedeuten würde, nach dort unten zu gehen. Dass wir sie vor dem warnen hätten sollen, das auf sie zukommt. Zum Glück scheint sie es gut weggesteckt zu haben. Schon in den Katakomben konnte ich ihre Faszination spüren und ertappte mich dabei, den Ort mit ihren Augen wahrzunehmen. Die Gänge voller Knochen und Grabnischen, die eine unaufhörliche Mahnung dessen sind, was wir begehren. Vergänglichkeit, Dunkelheit, Erlösung. Der Drang, diesen schweren Mantel der Unsterblichkeit abzustreifen, wurde in diesen Momenten fast unerträglich. Und nichts, nicht einmal eine unvorhergesehene Wendung wie Aliquas Auftauchen, kann die schwarze Sehnsucht in mir vertreiben. Der Wunsch, meinen Platz zu finden zwischen Staub und Vergessen, nachdem mein Herz vor so langer Zeit von den Göttern vernichtet wurde.

Aliqua hebt den Blick zu mir, und unsere Augen haken sich ineinander. Sie hat mich dabei ertappt, wie ich sie anstarre, aber ich schaffe es nicht, wegzusehen. Nicht, wenn das Bernsteinbraun so hell leuchtet wie eine Fackel und sich der Düsternis entgegenstellt, die aus mir sickert wie zäher Teer. Dieser Funke in ihr, der in ihrem Blick glüht, seit sie mir aus dem Erdloch entgegenstarrte, brennt wie Säure. *Hunger,* scheint er zu schreien, *Hunger und Leben.* So viel Leben wie möglich.

Für einen Moment bin ich wie gelähmt.

Dann trifft mich eine Welle von Neid wie ein Schlag ins Gesicht. Alles in mir krümmt sich und will aufbegehren gegen dieses Gefühl, aber es überschwemmt mein Inneres wie rasendes Gift. Treibt seine Klauen so tief in mich, dass ich keine Chance habe, es abzuschütteln.

Aliqua will leben, und ich bin so neidisch darauf, dass ich kaum Luft bekomme.

Sie legt den Kopf leicht schief, als wollte sie versuchen zu verstehen, was in mir vorgeht. Ich beiße die Zähne zusammen, bis mein Kiefer schmerzt, während ich versuche, meine aufgewühlten Emotionen unter Kontrolle zu bekommen. Ein paar tiefe Atemzüge später ist es mir gelungen, das Chaos zu dämpfen, auch wenn ich weiß, dass dieses Gift weiter in mir arbeiten wird. Es hat eine Wunde geschlagen, in der es gären wird, um mich immer wieder daran zu erinnern, dass es da ist.

Ein großer, selbstsüchtiger Teil von mir will ihr nahe sein, damit vielleicht ein wenig ihrer Lebenslust auf mich übergeht. Ich will es wieder erleben, die Welt durch ihre Augen sehen, spüren, wie sie die Eindrücke in sich aufnimmt, die ihr so lange Zeit verwehrt waren. Und wenn sie hundert Jahre braucht, um sich an allem sattzusehen, ich will an ihrer Seite sein. Auch wenn es bedeutet, den Kampf gegen den Fluch hintanzustellen, um ihr die Zeit zu geben, die ihr gestohlen wurde.

Aber kann ich das? Meine Leute, denen es genauso geht wie mir, im Stich lassen, damit Aliqua aufholen kann, was sie verpasst hat?

Selbstsüchtig. Ja, das war ich schon immer. Und obwohl ich mich so lange bemüht habe, besser zu werden, gerate ich gerade wieder ins Taumeln.

Aliqua

Irgendetwas geht in Santo vor. Seit er ins Zimmer gekommen ist, spüre ich seinen Blick auf mir, und jetzt, da wir uns ansehen ... ich kann regelrecht spüren, wie es in seinem Kopf tobt und donnert. Ich wünschte, ich würde ihn gut genug kennen, um deuten zu können, was es mit der wilden Mischung aus Emotionen auf sich hat, die seine Augen wie eine gasblaue Flamme flackern lässt.

»Ich weiß nicht, wie es euch geht, aber ich könnte einen Drink vertragen.« Adone stützt die Hände auf die gespreizten Knie und schaut Zustimmung heischend in die Runde. Von Santo und Scuro kommt beifälliges Gemurmel.

»Für mich bitte keinen Whiskey«, meldet sich Orela zu Wort.

Adone lehnt sich mit hochgezogenen Brauen vor. »Seit wann magst du keinen Whiskey?«

Orela zieht die Nase kraus. »Ich war noch nie ein Fan davon, das weißt du doch. Eigentlich trinke ich ihn nur wegen euch.«

»Das kommt davon, wenn man sich nie selbst ein Glas einschenkt, sondern immer nur anderer Leute Drinks leert«, murmelt Scuro. Er lümmelt auf der Chaiselongue an der Fensterfront und grinst seine Cousine träge an.

Orela wirft ihm einen vernichtenden Blick zu, sagt aber nichts weiter.

Schließlich stemmt sich Adone aus den Polstern hoch und schaut in die Runde. »Also, was darf's sein?«

»Für mich bitte ein Bier«, sagt Santo und gähnt.

Das scheint bei den anderen gut anzukommen.

»Aliqua, willst du auch eins?« Fragend dreht sich Adone zu mir um.

Unsicher beiße ich mir auf die Unterlippe. Ehrlich gesagt habe ich keine Ahnung, ob ich ein Bier möchte ... oder irgendein anderes alkoholisches Getränk. An dieser Stelle endet mein unerklärliches Wissen über die moderne Welt. Also natürlich weiß ich, was Alkohol ist und all das, aber es ist dasselbe seltsame Wissen, wie bei allem anderen: Ich *weiß*, dass es existiert, bin mir aber sicher, es noch nie selbst erlebt oder probiert zu haben. Bei Kaffee wusste ich, dass er harmlos ist, solange man das Koffein verträgt, aber Alkohol? Ein sehr großer Teil von mir hat gehörigen Respekt.

»Also ähm ... ich glaube, dass ich noch nie etwas getrunken habe. Kein Bier, oder so was.« Meine Wangen brennen, denn irgendwie schäme ich mich dafür, meine Unerfahrenheit eingestehen zu müssen.

Stille folgt auf meine Worte. Anscheinend wissen die anderen nicht, was sie sagen sollen.

Ich hebe erst den Blick von meinem Schoß, als sich eine Gestalt vor mir aufbaut. Es ist Adone, der in die Hocke geht, damit wir auf Augenhöhe sind. Wir sind uns so nahe, dass mir das erste Mal auffällt, dass seine Augen dunkelblau sind. Der Farbton ist so schattig und tief, dass man es mit Schwarz verwechseln könnte. Oder ist es ... ich blinzle überrascht, aber ich bin mir sicher, dass ich es mir nicht einbilde. Düsternis dämpft das Strahlen seiner Augen wie ein permanent zugezogener Vorhang. Diese Erkenntnis verblüfft mich, und ich frage mich, warum es mir nicht schon früher aufgefallen ist. Aber sein unbekümmerter Charme tarnt die Dunkelheit in seinem Blick, lenkt effektvoll von dem ab, was dahinter lauert. Ein gähnender, leerer Abgrund.

Das in Adone zu sehen, macht die Verzweiflung der Damnati plötzlich greifbarer. Sein Wunsch, dem allem ein Ende zu setzen, springt mir förmlich entgegen. Ein stummer Schrei, der mich bis ins tiefste Innerste erschüttert.

Im nächsten Moment verzieht er die Lippen zu einem schelmischen Lächeln, und ich kann beobachten, wie das belustigte Funkeln in seinen Augen die Düsternis überdeckt. Sie verschwindet nicht, aber sein Licht ist hell genug, um sie für den Moment in den Hintergrund treten zu lassen. Um Ahnungslose wie mich zu blenden.

»Auf dich, meine Liebe, kommt jede Menge Spaß zu.«

Über seine Schulter hinweg sehe ich, wie Orela vom Sofa hochschießt. »O nein, Adone!«, blafft sie.

Er kichert nur. »Was? Willst du Aliqua wie eine Glucke bemuttern und von allen Sünden der Welt fernhalten? Spoiler: Das wirst du nicht schaffen.«

»Nicht, wenn ausgerechnet du es dir zur Aufgabe machst, ihr diese *Sünden* näherzubringen.«

»Ich bin noch hier!«, melde ich mich zu Wort, gereizt, dass sie über meinen Kopf hinweg sprechen, als wäre ich gar nicht anwesend.

So etwas wie Siegesgewissheit schleicht sich in Adones Ausdruck. »Richtig, hier geht es um dich. Du entscheidest, was du möchtest, und nicht unsere brave Orela.« Er schaut mich weiter an, und ich weiß, dass er von mir hören will, wozu ich mich entscheide. Es ist schön, dass er die Entscheidung mir überlässt und mich auch ansonsten nicht weiter drängt. Das gibt mir den Mut, mich weiter zu öffnen.

»Alkohol kann ziemlich gefährlich werden, oder?« Meine Finger nesteln an den Perlenknöpfen meiner Jacke herum, während ich meine Gedanken in Worte zu fassen versuche. »In manchen Menschen bringt es das Schlimmste zum Vorschein, oder man verliert komplett die Kontrolle. Und es kann ziemlich schlecht für den Körper sein.«

Adone folgt meinem Wortschwall mit offenen Lippen und scheint ausnahmsweise keine schnelle Antwort parat zu haben.

Scuro schnalzt mit der Zunge. »Was auch immer du dort unter der Erde getrieben hast, irgendwie muss es dir gelungen sein, einen Aufklärungskurs über die Gefahren von Alkohol- und Drogenkonsum zu verinnerlichen.« Er klingt ehrlich beeindruckt, und sein Blick gleitet mit neuem Interesse über mich. »Aber du musst dir keine Sorgen machen. Sterbliche können von Alkohol und Drogen vielleicht zugrunde gerichtet werden, aber uns kann es nichts anhaben. Eine unsterbliche Leber kann keine Zirrhose erleiden.« Er zwinkert vergnügt angesichts meiner verblüfften Miene.

An die Vorteile, die ein unsterbliches Dasein mit sich bringt, habe ich noch gar nicht gedacht. Vielleicht, weil alle um mich herum ständig betonen, wie leid sie es sind. Wahrscheinlich würden sie eine Leberzirrhose mit Handkuss nehmen.

Himmel, dieser schwarze Humor färbt allmählich auf mich ab.

»Na gut, ich probiere ein Bier.« Selbst wenn sich das Getränk als absolut ekelhaft herausstellen sollte, will ich es kosten. Ich bin gierig auf jede neue Erfahrung, die sich mir bietet, und wenn ich könnte, würde ich mich die nächsten Jahre ausschließlich damit beschäftigen, die Welt um mich herum zu schmecken, zu fühlen und zu erkunden. Mir war gar nicht klar, *wie sehr* ich nach Reizen und Erfahrungen gehungert habe.

»Wie Sie wünschen.« Grinsend stemmt Adone die Hände auf die Oberschenkel und steht auf.

»Vielleicht sollten wir noch was zu essen bestellen«, gibt Orela zu bedenken. »Wir alle haben heute kaum etwas zu uns genommen, und am Ende sind wir nach zwei Schlucken sturzbetrunken. *Davor* schützt uns die Unsterblichkeit nicht.«

Adone wirft ihr einen Blick über die Schulter zu. »Was wäre daran denn verkehrt?«

Kapitel Zehn

Rom, 79 n. Chr.

Ihre Füße in den dünnen Ledersandalen verursachten keinerlei Geräusche auf den Marmorböden.

Mit angehaltenem Atem schlich Aliqua durch die schlafende Domus Pomponius, darauf bedacht, schnell, aber lautlos, aus dem Haus zu kommen. Sie war später dran, als ihr lieb war, aber Octavia war lange nicht eingeschlafen. Von ihrer winzigen Kammer aus hatte sie angespannt auf jeden Atemzug ihrer Herrin gelauscht, bis sie sich absolut sicher sein konnte, dass sie schlief. Jetzt, im Angesicht der Nacht, kam ihr die Idee, sich hinauszuschleichen, gar nicht mehr verlockend vor. Sie musste zwar nur vor die Tür, aber sollte sie jemand dabei ertappen, wie sie sich hinausschlich ... Einzig die Aussicht, Sanctius zu treffen, trieb sie voran und verlieh ihren lautlosen Schritten Entschlossenheit. Sie konzentrierte sich auf die Hoffnung, dass Orela bei Hecata, der Göttin der Wegkreuzungen, Gehör gefunden hatte und diese ihren Weg hinaus schützte.

Seit Orelas Besuch am gestrigen Tag überlegte sie, was sie zu Sanctius sagen sollte. Ob sie überhaupt ein Wort hervorbringen konnte. Während die Stunden des Tages quälend langsam verstrichen waren, hatte sie im Geiste Unterhaltungen und mögliche Szenarien geprobt, die alle darauf hinausliefen, dass ihr Gesicht hochrot glühte. Octavia hatte sie sogar mit einem Anflug von Abscheu gefragt, ob sie ein Fieber ausbrüte.

Momentan war ihr Mund so trocken, dass es sich unmöglich anfühlte, je wieder einen verständlichen Laut damit zu formen.

Sie erreichte das Atrium, wo nur das vereinzelte Tropfen von Wasser in das Sammelbecken unter der Öffnung im Dach zu hören war und gespenstisch durch das ausgestorbene Haus hallte. Aliqua sprach sich selbst Mut zu, als sie auf die Pforte zustrebte. Sie verließ nur selten das Haus; wenn sie Octavia in die Therme begleitete oder Besorgungen für sie tätigen musste.

Der Pfortenwächter, ein Greis namens Gallus, war nicht in seiner angestammten Nische neben dem Eingang zu sehen; ein wohlvernehmliches Schnarchen drang aus der Kammer dahinter. Und an diesem Abend hatte sie sogar noch mehr Glück: Faustus war ausgegangen, wahrscheinlich um sich dem Laster hinzugeben und in einem Gasthaus zu würfeln. Das hieß, dass die Pforte noch nicht abgesperrt war. Wenn sie sich später beeilte, konnte sie noch vor ihm zurück sein ... auch wenn es das zusätzliche Risiko bedeutete, dem pater familias womöglich direkt in die Arme zu laufen. Aber darüber würde sie sich später Gedanken machen. Zuballerst musste sie es unbemerkt nach draußen schaffen.

Obwohl er unverriegelt war, erwies es sich als nicht gerade leicht, den Schließbolzen vor der Tür zurückzuschieben. Das Holz knarrte, als sie daran zog, und das Geräusch drang unnatürlich laut durch die Stille. Aliqua verharrte mehrere Herzschläge lang, horchte. Als es weiter still blieb, traute sie sich erneut an der Schließe zu zerren.

»Brauchst du Hilfe?«

Eine freundliche Stimme hallte durch das Atrium, und jeder Muskel in Aliquas Körper verkrampfte sich.

O nein! O nein, nein, nein!

Sie fuhr herum und sah die dunkle Gestalt von Marcellus auf sich zuschlendern. Er durchmaß die Halle gemächlich, wie ein Raubtier in der Arena, das genau wusste, dass sein Opfer in der Falle saß. Die Beschläge der Pforte bohrten sich hart in ihren Rücken, als sie sich flach dagegendrückte. Verzweifelt kämpfte sie um Ruhe, während er dicht vor ihr stehen blieb.

Marcellus' Augen funkelten in dem schwachen Licht, das durch den Okolus hereinfiel, doch auch so erkannte sie die Mischung aus Gier und Triumph, die in ihnen stand. Er freute sich diebisch, sie hier ertappt zu haben. Allein, zu nachtschlafender Zeit. Während sein Vater, der seinen Sohn sonst gegenüber der Dienerschaft in seine Schranken wies, nicht zugegen war. Was ihr gerade noch wie eine glückliche Fügung erschienen war, ließ jetzt ihr Herz vor Panik rasen.

»Wolltest du dich etwa gerade hinausstehlen?«

Aliqua dachte fieberhaft nach. Wenn er ihr unterstellen wollte zu fliehen, hatte er die Rechtfertigung, ihr zur Strafe wehzutun ... richtig wehzutun. Kein Gesetz verhinderte, dass ein Herr seinen flüchtigen Sklaven züchtigte. Oder brandmarkte ... Bei dem Gedanken krampfte sich ihr Magen so heftig zusammen, dass ihr übel wurde.

»Nein«, krächzte sie. »Ich dachte, ich hätte ein Klopfen an der Pforte gehört. Gallus schläft, und Dominus Faustus ist noch ausgegangen ...« Vielleicht brachte es ihn zur Räson, wenn sie seinen Vater erwähnte, doch Marcellus schnaubte nur.

»Was suchst du überhaupt hier unten? Solltest du nicht meiner Schwester das Bett wärmen?«

Sein anzüglicher Ton bereitete ihr eine Gänsehaut.

»Ich schlafe nicht in ihrem Bett.«

Wie hypnotisiert vor Angst beobachtete sie, wie Marcellus die Hand hob und mit den Fingerknöcheln über ihre Wange strich. Sie wollte sich wegdrehen, doch ihr Körper gehorchte ihr nicht.

»Welch eine Verschwendung!« Er schnalzte mit der Zunge. »Eine Zierde für jeden Haushalt oder das Bett, das stand auf dem Schildchen, das dir um den Hals hing, als du hierherkamst. Vater hat so viel für dich bezahlt, da solltest du halten, was versprochen wurde, findest du nicht auch?«

Sein Atem strich heiß über ihr Gesicht. Inzwischen war er so nahe, dass sie ihm nicht weiter ausweichen konnte und ihre Körper sich berührten. Marcellus presste sich gegen sie, drückte sie fester gegen die Tür und ließ seine Hand an ihrem Körper hinuntergleiten.

Jetzt endlich schaffte Aliqua es, sich gegen ihn aufzubäumen, doch Marcellus lachte nur. Ihm schien es Vergnügen zu bereiten, dass sie sich wand und zappelte, gefangen zwischen der Tür und seinem muskulösen Körper.

»Nur zu, wehr dich«, raunte er in ihr Ohr. »Aber du wirst sehen, dass du mir nicht entkommen kannst.«

Aliqua stieß einen verzweifelten Schrei aus, doch sofort schnellte seine freie Hand vor und legte sich unbarmherzig um ihre Kehle. Er schnürte ihr die Luft ab, bis sie nur noch ein Röcheln hervorbrachte. Würde er sie umbringen, bevor er überhaupt dazu kam, sie zu schänden? Nach mehreren quälenden Sekunden löste Marcellus endlich den Griff und packte stattdessen hart ihr Kinn.

»Du wirst leise sein, verstehst du mich? Komm jetzt mit!« Er zerrte sie von der Tür weg, quer durch das Atrium. Die Welt drehte sich um Aliqua, und sie stolperte, ehe sie das Gleichgewicht wiederfand. Marcellus hielt sie am Handgelenk gepackt, und in einem Anflug von Todesmut riss sie sich von ihm los. Bevor er reagieren konnte, wirbelte sie herum, der Treppe zum Obergeschoss entgegen. Sie musste zu Octavia gelangen, vor den Augen seiner jüngeren Schwester würde Marcellus es nicht wagen ... etwas riss sie hinten an ihrer Tunika zurück. Aliqua strauchelte, ehe sie der Länge nach auf den Marmorboden fiel. Schmerz explodierte in ihrem Körper und hüllte sie in einen benommenen Nebel. Trotzdem versuchte sie verzweifelt wegzukriechen, zu den Stufen. Doch ein schwerer Körper warf sich über sie, begrub sie unter sich und presste ihr den Atem aus den Lungen. Keuchend rappelte Marcellus sich über ihr auf, hielt sie mit den Oberschenkeln gefangen und wühlte durch ihr Haar, bis er das Lederband mit dem Anhänger fand, das um ihren Hals hing. Aliqua stieß ein ersticktes Röcheln aus, als er das dünne Leder straff zog wie eine Leine und ihren Kopf nach

hinten zwang. Das Band schnitt in ihre Kehle, und er zog immer weiter, bis ihre Wirbel knackten.

»Das ist dein Platz, Serva«, grunzte er. »Auf dem Boden, an der Kandare wie ein Hund. Niemand schert sich darum, was ich mit dir tue, weil du ein Niemand bist. Ein Nichts ohne Name und Herkunft. Du kannst dich glücklich schätzen, meine Aufmerksamkeit errungen zu haben.«

Speichel sammelte sich in Aliquas Mund, aber sie konnte nicht schlucken. Das Band mit dem Talisman, das sie schon ihr Leben lang begleitete, schnitt ihr unerbittlich die Luft ab. Der Anhänger aus Blutstein lag direkt an ihrer Kehle, und trotz ihrer Panik spürte Aliqua, wie sich der immer kühle Stein plötzlich erwärmte. Ein wütendes, heißes Pulsieren ging von ihm aus, das bis tief in ihr Innerstes eindrang und wie ein mitternachtsschwarzes Feuer um sich griff. Dunkle Flammen fraßen sich an ihrer nackten Angst empor, ballten sich in ihrer Brust zu etwas zusammen, das gnadenlos und unmenschlich war. Es war reine Dunkelheit, und sie drängte aus Aliqua hinaus, um sich Platz zu verschaffen. Zitternd und um Atem kämpfend spürte sie, wie die pochende Macht sie mit sich riss, bis sie mit etwas kollidierte. Ihr Geist taumelte, als sie auf eine Flut von Gefühlen und Gedanken traf, die sich wie eine Barriere vor ihr auftürmten. Eine Barriere, die sich spielend leicht überwinden ließe, wie sie instinktiv spürte, aber bevor es passierte, riss eine Stimme sie zurück.

»Meister.«

Der Druck des gespannten Lederbandes ließ ein wenig nach, und die aufgepeitschte Dunkelheit in Aliqua fiel wie ein abgebrannter Scheiterhaufen in sich zusammen. Der Anhänger brannte sich nicht länger sengend in ihre Kehle. Der Spuk war vorbei. Sie wollte sich nach dem Sprecher umsehen, doch Marcellus hatte seinen Griff nicht weiter gelockert, und jede Bewegung trieb das Band tiefer in ihre Haut. Sie stöhnte verzweifelt. Wer auch immer gekommen war, musste ihr helfen. Zumindest so weit, dass Marcellus von dem Halsband abließ.

»Meister, du darfst ihr keine Gewalt antun.« Die tiefe, melodiöse Stimme kam näher, doch Aliqua konnte sie niemandem aus dem Haushalt zuordnen. Vielleicht war es nur eine Wahnvorstellung, dachte sie schaudernd, geboren aus ihrem aufgepeitschten, angstumwölkten Geist.

Marcellus allerdings antwortete der Stimme. »Scher dich fort! Das geht dich nichts an!«

»Das ist ein Unrecht, das die Götter nicht ungestraft lassen werden. Spürst du es nicht?«

Aliqua bemerkte, wie sein Körper über ihr erstarrte. Noch immer hielt er ihren Kopf an dem Lederband schmerzhaft nach hinten gebogen, doch seine Hand begann zu zittern, bis er den Griff schließlich löste. Aliquas Oberkörper sackte auf den Boden, während sie gierig Luft durch ihre schmerzende Kehle sog.

»Du wagst es, mir mit den Göttern zu drohen?«, keifte Marcellus. Aber Aliqua bildete sich ein, dass die selbstgefällige Gier aus seiner Stimme gewichen war. Er klang wachsam. Und dann, endlich, erhob er sich von ihrem Körper und stand auf.

»Ich warne meinen Herrn davor, sich ihren Zorn zuzuziehen.« Jetzt erkannte sie Theos, den schweigsamen Sklaven. Seine tiefe Stimme klang ruhig und völlig ungerührt. Er war ihr zu Hilfe geeilt und würde dafür zweifellos den höllischen Zorn seines Herrn auf sich ziehen.

Sie spürte, wie Marcellus sie von oben herab brütend anstarrte. Hatte er etwas von dem mitbekommen, was gerade eben mit ihr geschehen war? Inzwischen glaubte sie daran, dass sie es sich eingebildet haben musste, weil sie zu wenig Luft bekommen hatte, aber etwas in seinem Blick ließ sie befürchten, dass es womöglich echt gewesen sein könnte. »Verschwinde!«, zischte Marcellus schließlich. Als sich Aliqua nicht schnell genug bewegte, verpasste er ihr einen Tritt in die Rippen.

Entschlossen, keinen Laut mehr von sich zu geben, biss Aliqua die Zähne zusammen und bemühte sich, auf die Füße zu kommen. Ihre Glieder pochten und wollten ihr nicht gehorchen, aber der Wunsch, von Marcellus fortzukommen, war stärker. Sie hatte es zur Hälfte die Treppe hinauf geschafft, als sie einen Blick zurück wagte. Marcellus stand mitten im Atrium, sein athletischer Körper bebend vor Zorn. Die Gewalt schien in seinem Körper zu kochen, bereit, sich Bahn zu brechen, und Theos, der ihren Blick auffing, nickte ihr auffordernd zu. Geh!, schienen seine dunklen Augen ihr zuzurufen, und Aliqua wandte sich ab. Etwas strich über ihren Nacken, ein Lufthauch, der sich doch wie eine fürsorgliche Hand anfühlte, die sie zur Eile trieb.

Als sie lautlos in Octavias Schlafgemach huschte, hörte sie aus den Tiefen des Hauses das Geräusch einer Faust, die auf einen Körper eindrosch.

Aliqua

In dieser Nacht geht mein Geist erneut auf Wanderschaft. Instinktiv spüre ich, dass es kein normaler Traum ist, in dem ich mich wiederfinde. Ich fühle mich wach und vollkommen klar, allerdings befinde ich mich nicht in meinem eigenen Körper. Mein Geist scheint schwerelos, wie losgelöst von allen irdischen Fesseln. Ich kann nicht lenken, wohin es mich treibt, aber meine Augen sind offen, und ich genieße das Gefühl der Leichtigkeit.

Bis ich in dunkle Gefilde gerate. Instinktiv will ich die Richtung wechseln, umkehren, doch wie eine Wolke werde ich vom Wind getrieben und dorthin geschickt, wo er mich haben will. Und es ist ein finsterer Ort ohne Hoffnung. Ich will nicht hier sein, doch es zieht mich immer tiefer hinein, bis ich eine Stimme wahrnehme. Irgendjemand ist hier, und es scheint, als wäre ich erwartet worden.

»Du bist wieder hier«, schmeichelt mir eine männliche Stimme, die mir die Haare zu Berge stehen lässt. Sie klingt

auf entsetzliche Weise vertraut. Grausamkeit und Angst begleiten ihr sattes Timbre, und Panik erfüllt mich. *Hau ab*, fleht alles in mir, *hau ab von hier!* Doch mein körperloses Selbst ist machtlos. Ich komme nicht fort, sosehr ich mich auch anstrenge. Ich bleibe alleine, gefangen mit dieser schmerzhaft vertrauten Stimme.

»Ich wusste, du würdest zurückkommen. Du kommst nicht von mir los. Und vielleicht … möchtest du das auch gar nicht.«

Doch, das möchte ich! Weit, weit weg. Ich winde mich, was von einem trägen Lachen kommentiert wird.

»Eines Tages«, verspricht er. *»Werde ich freikommen, und dann wird uns nichts und niemand mehr trennen. Wer weiß, vielleicht nehme ich dich sogar zu meiner Frau.«*

Ein markerschütterndes Grollen folgt auf seine Worte. Das ist nicht *er*. Ich spüre seine Überraschung über dieses aufsteigende dunkle Beben, wie er zurückschreckt.

Es ist eine Welle reiner, mitternachtsschwarzer Energie, die aus den finstersten Winkeln des Tartarus selbst aufzusteigen scheint und sich wütend Bahn bricht. Die Schwärze in Person. *Er* zieht sich zurück, doch ich … ich spitze die Ohren. Ein Lied verbirgt sich in dem wütenden Tosen, eine Melodie, die von Tod und Erlösung erzählt. Sie umschmeichelt mich mit entsetzlicher Schönheit, umhüllt und wiegt mich sanfter als der Wind. *Zuhause*, scheint diese Macht zu flüstern, *ich bin dein Zuhause. Komm zu mir!* Auch diese zweite Präsenz ist männlich, doch obwohl sie mir vollkommen fremd erscheint, habe ich keine Angst. Arme, die ich in meinem Bett zurückgelassen habe, strecken sich nach ihr aus, doch ich treibe wieder fort. Ein Sog hat mich gepackt und reißt mich mit sich, weg von dem donnernden Sirenengesang, der mich in liebende Arme locken will.

Wie eine Ertrinkende, die im letzten Moment durch die Wasseroberfläche stößt, kehre ich in meinen Körper zurück. Es ist ein Gefühl, als glitte ein Puzzleteil an den richtigen Platz, und im nächsten Moment schlage ich die Augen auf.

Mein Geist taumelt, um zurückzufinden in die Schwere meiner Glieder. Zunächst sehe ich verschwommen, und selbst blinzeln kostet mich pure Willenskraft. Ganz langsam klärt sich mein Blick, und ich erkenne, dass ein Gesicht dicht über mir schwebt. Im ersten Moment zucke ich erschrocken zurück. Die Erinnerung an *ihn* ist noch zu frisch, und ich befürchte, dass seine furchterregende Stimme einen Körper gefunden hat.

Aber nein. Augen, blau wie Gasflammen, blicken in meine, und Erleichterung überkommt mich.

»Sanctius.«

Erst als ich sein Stirnrunzeln sehe, bemerke ich, dass ich die latinisierte Form seines Namens benutzt habe. Wo kommt das denn her?

»Aliqua?« Seine Stimme ist belegt vor Besorgnis, und noch immer ist er mir so nah, dass sich unsere Nasen beinahe berühren. Als ich Luft hole, schmecke ich seinen Atem, der wie eine betäubende Droge in meinen Lungen wirbelt. Ein Hauch von Minze, darunter eine dekadente Schwere, die mich an Rotwein und Schokolade erinnert. Ich frage mich, ob ich auf Sauerstoff verzichten könnte, um ab jetzt nur noch Santo zu atmen. Mein Kopf schwirrt davon.

Nachdem ich stumm bleibe, berührt er mich zögerlich an der Wange. »Ist alles in Ordnung?«

Es sind nur seine Fingerspitzen, die hauchzart meine Wangenknochen streifen, doch unwillkürlich strebe ich der Berührung entgegen. Nach dieser erschreckenden Wachtraumerfahrung sehne ich mich nach der Wärme, die von seiner Hand ausstrahlt. Eine Berührung, die mich tröstet, während tief in meiner Brust noch die Spuren der Angst lauern. Doch er rührt sich nicht, und ich erinnere mich daran, dass er mir eine Frage gestellt hat.

»Ich weiß nicht.« Die Worte dringen als trockenes Krächzen aus meiner Kehle.

»Hier.« Santo reicht mir die Wasserflasche, die Orela fürsorglich neben meinem Bett deponiert hat, und ich setze mich auf, um zu trinken. Nach ein paar Schlucken Wasser fühlt sich mein Kopf klarer an. Und mir wird endgültig bewusst, dass Santo neben mir auf der Matratze kniet und mich noch immer nicht aus den Augen lässt. Er ist so nah, und plötzlich fühle ich mich unbehaglich. Nicht, weil ich befürchte, er könnte mir etwas antun, sondern weil es mir so intim vorkommt. So viel körperliche Nähe bin ich nach der langen Gefangenschaft wohl einfach nicht mehr gewohnt.

»Was machst du eigentlich hier?« Mit einer Geste deute ich auf ihn und schließe das restliche Schlafzimmer mit ein. Nicht, dass mich seine Anwesenheit stören würde, aber irgendwie ist es seltsam, dass er an mein Bett kommt, während ich schlafe. Denn er war es, der mich überhaupt aufgeweckt hat.

Santo wirkt überrascht, als würde ihm auch erst jetzt bewusst werden, was er hier eigentlich macht. Er räuspert sich. »Es ist schon halb zwölf, und ich wollte sehen, ob es dir gut geht. Ich weiß nicht, ich dachte, du hättest das Bier gestern vielleicht nicht vertragen.«

Ich schnaube trocken, doch er geht nicht darauf ein.

»Als ich reinkam und dich auf dem Bett sah ... *merda,* es hat ausgesehen, als wärst du tot. Du hast geatmet, sehr flach, doch der Rest von dir ... dein Körper kam mir vor wie eine leere Hülle.« Er verbirgt sie gut, aber ich kann die Furcht in seiner Stimme hören. Ich habe ihm Angst gemacht. Instinktiv will ich mich entschuldigen, auch wenn ich selbst nicht weiß, was mit mir geschehen ist.

Ernst erwidert Santo meinen Blick. »Du warst nicht mehr da.« Er deutet auf meine Brust, und diesmal ist da kein heißes Brennen in seinem Ausdruck. Nur tiefe Sorge, die mich rührt.

»Ich glaube, das war ich wirklich«, wispere ich und schaudere, als ich an die Traumerfahrung denke. »Also, ich meine, tot war ich nicht. Aber auch nicht mehr in meinem Körper. Nicht wirklich.« Es laut auszusprechen, macht mir erst so richtig deutlich, wie beängstigend diese Erfahrung eigentlich war. Und es war nicht das erste Mal, dass ich so was erlebt habe.

»Als du vor zwei Nächten in die Bibliothek gekommen bist, hatte mich dasselbe aus dem Bett getrieben. Oder nein, nicht genau dasselbe, es war ähnlich. Vorgestern hatte ich auch meinen Körper verlassen, stattdessen steckte ich in dieser Frau. Aber heute, jetzt gerade, da war ich allein. Mit *ihm.*«

Santo fragt nicht nach, wen ich mit *ihm* meine, und ich bin froh darüber. Denn weder möchte ich an diese Stimme denken noch in meinen Erinnerungen kramen, woher ich sie kenne. Ich weiß von selbst, dass dies etwas ist, das besser in der Vergessenheit ruht. Unangetastet wie die Büchse der Pandora. Ich werde mich hüten, sie zu öffnen.

Im nächsten Moment fällt mir ein, dass ich nicht vollkommen allein mit *ihm* war – zumindest nicht die ganze Zeit. Etwas – oder jemand – hat ihn aufgehalten, eine körperlose Dunkelheit, in der doch ein Bewusstsein schlummerte. Sie hat *ihn* im letzten Moment zurückgestoßen und mich mit offenen Armen empfangen. Ich wäre zu gern noch länger geblieben, um zu erfahren, wer oder was das war.

Mit einem schweren Seufzen rutscht Santo von den Knien, bleibt aber weiter am Rand der Matratze sitzen. Mit Zeigefinger und Daumen kneift er sich in die Stelle über seiner Nasenwurzel und schließt die Augen.

»Wir müssen zu Drusilla.« Und so leise, dass ich es kaum höre, fügt er hinzu: »Das ist nicht gut.«

Das ist nicht gut.

Santos geflüsterte Worte rotieren in Dauerschleife durch meinen Kopf. Sie sitzen wie ein Kloß in meinem Hals, als ich einen Kaffee und ein trockenes Croissant hinunterzwinge.

Lassen meine Hände zittern, während ich mich danach fertig mache. Ich weiche meinem eigenen Blick im Badezimmerspiegel aus, weil ich mich vor der Angst fürchte, die ich zweifelsfrei darin sehen werde. Oder dass ich etwas in mir erkennen könnte, das Santos Sorge bestätigt. Etwas, das in mir lauert, dunkel und so schrecklich, dass es für alle Zeit unter der Erde gebannt werden sollte. Momentan bricht es nur im Schlaf aus mir heraus, aber was, wenn es das Tageslicht bald nicht mehr fürchtet?

Die Beklemmung macht mir das Atmen schwer, und ich bemühe mich, eine neutrale Miene aufzusetzen, als ich zurück ins Wohnzimmer gehe. Santo lehnt im Durchgang zur Küche und leert gerade eine weitere Tasse Kaffee.

Ich gehe auf ihn zu, und sein Blick gleitet an mir hinauf und hinunter. Unwillkürlich zupfe ich am Ärmel des verspielten Blümchenkleids herum, das ich ausgewählt habe. Je länger er mich ansieht, desto unruhiger werde ich. Ich habe das Gefühl, dass seine Musterung tiefer geht und die dünne Schicht Kleidung spielend überwindet. Überall dort, wo seine Augen verweilen, spüre ich es wie eine federleichte Berührung forschender Finger. An meinen Beinen, Hüften und schließlich an meiner Kehle. Santos Kiefermuskulatur spannt sich an, und ein gequälter Ausdruck huscht über seine Miene. Noch nie kam er mir so alt vor wie in diesem Moment. Als lastete das Gewicht von tausend Geheimnissen auf seinen Schultern.

Im nächsten Moment grinst er verschmitzt, und die Schwere ist wie weggewischt. »Ich glaube, du solltest dich noch mal umziehen.« Seine Stimme klingt ein wenig heiser, und ich ziehe die Brauen hoch.

»Warum? Was stimmt nicht mit dem Kleid?«

Beschwichtigend hebt Santo die freie Hand. »Das Kleid steht dir super, du siehst absolut umwerfend aus. Aber wir werden das Motorrad nehmen, und ich fürchte, das ist nicht das praktischste Kleidungsstück dafür.«

Ich weiß nicht, worüber ich verblüffter sein soll. Dass er mich *umwerfend* genannt hat oder über die Tatsache, dass ich auf ein Motorrad steigen soll. Wahrscheinlich bin ich einfach ein sehr, *sehr* altmodisches Mädchen, aber Santos Maschine hat mir schon Respekt eingeflößt, als ich sie auf dem Parkplatz an der Amalfiküste gesehen habe. Der startende Motor war so laut, dass ich ihn bis in Adones Auto gehört habe. Für mich klang es wie das Röhren eines erwachenden Untiers, das lieber noch ein paar Jahrhunderte länger in seiner Höhle geschlummert hätte.

»Ähm ... hattest du schon mal einen Unfall?« Meine Stimme klingt piepsig, aber ich bin auch furchtbar nervös.

»Einen Unfall?«, echot Santo mit zuckenden Lippen. »Aliqua, wir sind unsterblich, schon vergessen? Selbst wenn du von einem Sattelschlepper überrollt wirst, kann es dir nichts anhaben.«

Ich verzichte darauf nachzufragen, ob er einschlägige Erfahrungen mit Sattelschleppern gemacht hat.

»Unsterblichkeit hin oder her, wir können trotzdem Verletzungen erleiden, oder? Schmerzhafte Verletzungen.«

Santo greift hinter sich und stellt die Kaffeetasse in der Küche ab. Dann tritt er auf mich zu. Kurz wirkt es, als wollte er die Hand ausstrecken und mich berühren, doch er verschränkt die Hände hinter dem Rücken.

»Ja, Aliqua, wir können verletzt werden, wie jeder andere, aber im Gegensatz zu den Sterblichen kann sich unsereins an jeden Schnitt und jede Schramme erinnern. In jüngeren Jahren waren wir waghalsig, aber inzwischen habe ich genügende Blessuren erlitten, um vorsichtiger zu sein. Ich verspreche dir, dass es keinen umsichtigeren Fahrer als mich gibt. Und auch keinen erfahreneren. Dir wird kein Haar gekrümmt, das schwöre ich.« Die Ernsthaftigkeit seiner Worte nimmt mich gefangen, und wie hypnotisiert nicke ich.

Ein halbes Lächeln krümmt seine Lippen. »Ich würde dir eine Strumpfhose empfehlen, um ungewollte Einblicke zu vermeiden. Und ich gebe dir eine Lederjacke von mir.«

Fünfzehn Minuten später stehe ich neben Santo in der Tiefgarage und mustere das Motorrad. Es ist schwarz, mit jeder Menge blitzendem Chrom und wirkt ziemlich retro. Zugegeben, es sieht verdammt cool aus.

Aber wie cool es auch aussehen mag, auf einem Gefährt unterwegs zu sein, bei dem *ich* die Knautschzone bin, behagt mir nicht. Santo reicht mir einen verspiegelten Helm. Als ich zögere, stülpt er ihn mir kurzerhand selbst über den Kopf. Vorsichtig zupft er ein paar Haarsträhnen zurecht, die an der Stirn festklemmen.

»Wenn du wirklich der vorsichtigste Motorradfahrer der Welt bist, warum braucht es dann überhaupt einen Helm?«

Santo ist damit beschäftigt, den Verschluss unter meinem Kinn anzupassen und zu schließen. »Erstens herrscht in diesem Land Helmpflicht, und schlimmstenfalls wird meine Maschine für sechzig Tage beschlagnahmt, wenn wir erwischt werden. Und zweitens muss man immer mit der Unfähigkeit der anderen Verkehrsteilnehmer rechnen. Ich kann noch so gut fahren, wenn irgendein Trottel uns rammt, weil er mir die Vorfahrt nimmt. So.«

Okay, das ist *nicht* ermutigend.

Prüfend fährt er mit dem Finger zwischen dem Riemen und meiner Kehle hindurch, was mich augenblicklich ablenkt. Meine Haut brennt von seiner Berührung. Mir war überhaupt nicht bewusst, wie empfindlich diese Stelle ist. *Lass die Hand da,* will ich sagen. Er soll weitermachen.

Aber natürlich tritt er zurück und beschäftigt sich damit, seinen eigenen Helm aufzusetzen. Anscheinend bin ich die Einzige, in deren Körper jedes Mal ein Sternwerfer losgeht, wenn wir uns berühren. Ein wenig mürrisch rolle ich die Ärmel der cognacbraunen Lederjacke auf, die Santo mir geliehen hat. Sie ist mir viel zu groß, gibt mir aber gleichzeitig das Gefühl, eine Rüstung zu tragen. Zusammen mit dem Helm fühle ich mich tatsächlich gewappnet für diesen Höllenritt.

Santo hat sich schon auf das Motorrad gesetzt und blinzelt mich durch das aufgeklappte Visier an. »Darf ich bitten?«

Ohne länger zu zaudern, schwinge ich ein Bein über die Maschine und rutsche hinter ihn. Eigentlich würde ich gern mehr Abstand halten, aber die Sitzbank endet wenige Zentimeter hinter mir. Wenn ich rückwärts ausweiche, falle ich runter. Ausgezeichnet. Also akzeptiere ich zähneknirschend, dass ich mich der Länge nach an Santos Rücken drücke.

»Du solltest dich an mir festhalten«, rät mir Santo noch, dann startet er die Maschine. Das ohrenbetäubende Grollen des Motors hallt unnatürlich laut durch die verlassene Tiefgarage. Vorsichtig lege ich die Hände an seine Taille. Wir rollen im Schritttempo durch die Garage, doch als wir die steile Rampe erreichen, die zur Ausfahrt führt, gibt Santo Gas, und ich rutsche auf dem glatten Ledersitz nach hinten. Panisch schlinge ich die Arme um seinen Oberkörper und klemme meine Beine seitlich gegen seine Oberschenkel, um nicht von der Maschine zu fallen. In diesem Moment ist es mir vollkommen egal, dass ich mich wie eine Python an ihn klammere.

Ich spüre, wie sein Brustkorb unter meinem Würgegriff bebt, und als wir auf die Straße hinausfahren, höre ich klar und deutlich, wie er lacht. Dieser Klang summt und knistert direkt in meinen Ohren. Offenbar haben die Helme eingebaute Headsets, die es uns erlauben, während der Fahrt miteinander zu kommunizieren.

Mistkerl! Sein einziges Glück ist, dass ich es noch nicht wage, die Umklammerung zu lockern, um ihn zu knuffen.

Auf der Fahrt durch die Innenstadt von Rom löst sich meine Anspannung allmählich. Das Motorrad ist zu wuchtig, um sich wie die wendigen Vespas elegant durch den Verkehr schlängeln zu können, also sind wir relativ langsam unterwegs, und ich kann mich an das Fahrgefühl gewöhnen.

Das Visier meines Helms ist noch hochgeklappt, und ich genieße die warme Luft auf meiner Haut. Für einen Moment schließe ich die Augen und denke daran, wie dankbar ich bin, wieder Wind und Wärme spüren zu können. Mich stört nicht einmal der Mief der Abgase, der uns wie eine Wolke umgibt.

»Wo genau fahren wir eigentlich hin?«, frage ich Santo, als wir gerade an einer roten Ampel warten.

Trotz des Headsets dreht Santo den Kopf ein wenig nach hinten. »Drusilla hat sich gerade in ihr Haus in Bomarzo zurückgezogen, weiter im Landesinneren. Wenn die Straßen frei sind, können wir es in unter einer Stunde dorthin schaffen.«

Er drückt aufs Gas, als die Ampel umschaltet, und ich verzichte auf weitere Fragen, um ihn nicht vom Fahren abzulenken.

Knapp zwanzig Minuten später haben wir das verstopfte Stadtgebiet von Rom hinter uns gelassen und fahren auf die Autobahn Richtung Norden. Wobei *fahren* ein Begriff ist, der diesem Erlebnis nicht gerecht wird. Es fühlt sich eher an wie fliegen. Das Donnern des Motors unter mir vibriert durch meinen ganzen Körper, treibt meinen Herzschlag an, und die Geschwindigkeit gibt mir das Gefühl, schwerelos zu sein. Wir jagen den Wind, und ich bin mir ziemlich sicher, dass Santo jedes Tempolimit ignoriert.

Warum hatte ich je Angst davor? Hätte ich gewusst, dass sich die Fahrt auf einem Motorrad anfühlt wie reine, unverfälschte Freiheit, hätte ich schon auf dem Weg von Herculaneum nach Rom darauf bestanden, hinter Santo aufzusteigen.

Übrigens klammere ich mich immer noch an ihn. Jetzt aber nicht mehr steif wie ein Brett. Mein Oberkörper hat sich wie formbares Wachs seinem Rücken angepasst, und ohne den Helm hätte ich mich vielleicht dazu hinreißen lassen, meinen Kopf auf seine Schulter zu legen. Selbst durch das feste Material seiner schwarzen Lederjacke hindurch spüre ich die Wärme, die sein Körper ausstrahlt. Die Härte seiner Muskeln unter meinen Händen und wie sich sein Brustkorb bei jedem Atemzug ausdehnt. Es fühlt sich berauschend an, ihm so nahe zu sein. Vielleicht, weil er in diesem Moment keinen Rückzieher machen und Abstand zwischen uns bringen kann. Der Teil von mir, der instinktiv seine Nähe sucht, schnurrt wie eine zufriedene Katze.

Als Santo eine Abfahrt nimmt und von der Autobahn fährt, kommt es mir so vor, als wären wir erst zehn Minuten unterwegs. Durch das Visier beobachte ich zum ersten Mal, seit wir Rom verlassen habe, meine Umgebung genauer. Die Straßen sind gesäumt von dichtem Grün, Feldern und bewaldeten Hügeln. Alles wirkt so ... *lebendig*.

Nach ein paar Kilometern wird die Gegend immer ländlicher, und die Straße verengt sich zu einem schmalen Teerstreifen. Wir sind langsamer unterwegs, und ich sauge jedes Detail der Umgebung gierig in mich auf. Laubbäume breiten ihre Zweige wie ein Gewölbe über die Fahrbahn, die Vegetation entlang des Wegs wirkt nun vollkommen wild. Irgendwie bekomme ich das Gefühl, dass wir bald in einer Sackgasse mitten im Wald landen werden. Aber Santo fährt immer weiter, unbeirrt, als wiese ihm ein Navigationssystem in seinem Kopf den Weg.

Wir kommen am Rand eines kleinen Ortes vorbei, biegen aber nicht ab, sondern nehmen weiter die Route durch das undurchdringliche Grün. Allmählich werde ich ganz hibbelig vor Neugier. Ich kann mir einfach nicht vorstellen, was mich bei Drusilla erwarten wird. Wer sie ist und wie sie mir helfen soll.

Schließlich fahren wir eine von Hecken gesäumte Straße hinunter, die an einem Parkplatz endet. Ein paar Autos wurden vor einem unscheinbaren Gebäude abgestellt, und die Fragezeichen in meinem Kopf werden immer größer.

Ich steige vor Santo ab und ziehe mir den Helm vom Kopf, um mich besser umsehen zu können. Aber auch nachdem ich mich einmal um die eigene Achse gedreht habe, werde ich nicht schlauer. Das hier sieht nicht nach einem Privathaus aus, wie ich es erwartet habe – eher wie der Eingang zu einem Freizeitpark, mit einem Ticketbüro und Schnellrestaurant.

»Santo, wo sind wir hier?«

Er fährt sich gerade mit der Hand durch die platt gedrückten Haare. »Einer meiner absoluten Lieblingsorte. Der *Parco dei Mostri.*«

Kapitel Elf

Aliqua

Nachdem er uns Tickets besorgt hat, erzählt mir Santo von dem Park und warum wir hier sind.

»Das ist der Sacro Bosco von Bomarzo, auch *Park der Monster* genannt. Er wurde im sechzehnten Jahrhundert vom letzten Grafen von Omarzo errichtet, Vicino Orsini. Er hat ihn seiner verstorbenen Frau gewidmet.«

Wenige Meter hinter dem Kassenhäuschen taucht ein graues Steintor zwischen den Bäumen auf, das den Eingang zum Park markiert. Es wirkt uralt und erinnert mit den Zinnen obenauf an eine mittelalterliche Burg.

»Dieser Park ist voller Mysterien und Wunder, und vieles ist noch immer rätselhaft. Drusilla zieht es zu solchen Orten, die alt und geheimnisumwittert sind. In Rom ist sie meistens rund um die antiken Stätten zu finden. Aber sie ist so flatterhaft, dass es oft schwerfällt, sie aufzuspüren. Zum Glück schafft es Scuro aber immer, seine Mutter zu erreichen.«

Diese Information überrascht mich. »Scuros Mutter?«

Santo zieht die Augenbrauen hoch. »Warum so erstaunt? Du hast ja schon Adones Eltern Nerone und Diana kennengelernt. Wir sind als Familie in diesen Fluch gegangen.«

Kurz schweige ich und wäge meine nächsten Worte ab, während wir über eine Wiese in Richtung eines Wäldchens gehen.

»Was ähm ... was ist mit deinen Eltern?« Natürlich weiß ich inzwischen, dass es sich bei den Ewiglichen um zwei

Sippschaften handelt, die jeweils untereinander verwandt sind. Aber Santo und Orela haben ihre Eltern bisher mit keinem Wort erwähnt. Und es ist das erste Mal, dass ich selbst darüber nachdenke.

Ohne hinzusehen, kann ich spüren, wie diese Frage bei Santo einen wunden Punkt trifft. Er zuckt leicht zusammen, als hätte ich ihm einen Schlag vor die Brust verpasst. Dann strafft er sich und stößt ein tiefes Seufzen aus.

»Meine Mutter war schon nicht mehr am Leben, als die Sache mit dem Götterdeal aufkam. Sie starb, als ich zehn war. Damals wussten wir nicht, was es war und konnten nichts für sie tun, aber inzwischen denke ich, dass sie einen Blinddarmdurchbruch erlitten hat.«

Der dumpfe Klang seiner Stimme bedrückt mich, und eine Welle Mitgefühl überrollt mein Inneres. Auch nach all der Zeit ist Santo anzumerken, dass es ihm nicht leichtfällt, über seine Mutter zu sprechen. Manche Menschen vermisst man wohl für immer.

»Mein Vater hat sich geweigert«, fährt er tonlos fort. »Damals habe ich überhaupt nicht verstanden, warum er die Gabe der Götter nicht annehmen wollte, doch inzwischen glaube ich, dass er einer der wenigen von uns war, die Vernunft gezeigt haben. Er hat den Göttern misstraut und ihr allzu großzügiges Angebot hinterfragt. Wir anderen hätten das vielleicht auch tun sollen, aber wir waren wie geblendet von dem, was sie uns versprachen. Er starb zehn Jahre später eines natürlichen Todes.« Die Bitterkeit in seiner Stimme versetzt mir einen Stich.

»Später sind wir immer klüger, nicht wahr?«, murmle ich.

Santo lacht grimmig auf. »Das kannst du laut sagen.«

Wir laufen so dicht nebeneinander, dass sich unsere Handrücken im Gehen immer wieder flüchtig streifen, und ich muss mich anstrengen, um nicht nach seiner Hand zu greifen. Vorhin, auf dem Motorrad, kam es mir so vor, als wären wir für eine winzige Ewigkeit miteinander verschmolzen gewesen. Zwei Teile eines Ganzen, die sich ineinanderfügten wie lange getrennte Puzzlestücke. Aber dieses Gefühl ist längst verflogen. Jetzt kommt es mir so vor, als hätte ich nicht das Recht, ihn zu berühren. Und meine eigene Befangenheit ärgert mich.

Lange hänge ich diesen Gedanken allerdings nicht nach. Wir sind inzwischen in das Wäldchen getreten, und meine Umgebung fesselt mich vollkommen. Schon nach wenigen Schritten spüre ich die besondere Atmosphäre, von der Santo erzählt hat.

Und dann entdecke ich die Figuren.

Der Weg führt uns eine steinerne Treppe hinunter, und dort, an einer Mauer, steht die monumentale Figur eines nackten Mannes, der gerade einen Gegner niederringt. Der Stein ist verwittert und von Moos überzogen, doch ich verharre mit offenem Mund vor der Skulptur.

»Hercules und Cacus«, erklärt Santo, der diesen Ort anscheinend kennt wie seine Westentasche. »Siehst du, wie Hercules seinen Gegner an den Beinen packt und hochhievt? Adone ist überzeugt, dass der Held nach seinem Vorbild geformt wurde.«

O ja, das passt zu Adone.

Wir gehen weiter, und die anderen Figuren, die den Park bevölkern, nehmen mich völlig gefangen. Wir kommen an einer riesigen, moosbewachsenen Schildkröte vorbei, an einer lang ausgestreckt daliegenden nackten Frau und an allen erdenklichen Fabelwesen und Kreaturen. Egal wo ich hinschaue, überall im üppig grünen Dickicht verstecken sich verwitterte Statuen und architektonische Elemente. Es ist einfach zauberhaft, ein Ort wie nicht von dieser Welt, und ich versinke vollkommen in der samtigen Ruhe.

Als ich den Grund für unseren Besuch hier schon fast vergessen habe, treten wir aus dem Wäldchen heraus auf eine offene Grasfläche. Ich blinzle geblendet in das plötzlich so helle Sonnenlicht. Vor uns liegt ein kleiner Tempel mit einem säulengestützten Vorbau, hinter dem eine Kuppel thront. Ich spüre, wie sich Santos Stimmung wandelt. Auf dem Weg über die Pfade war er so gelöst und entspannt, wie ich ihn noch nicht erlebt habe, doch jetzt wirkt er wieder wachsam. Man sieht es ihm nicht an, aber er scannt seine Umgebung, als würde er ein unsichtbares Netz auswerfen und nach Unstimmigkeiten suchen. Bestimmt hängt das mit seinem Talent zusammen, Immortali aufzuspüren, und er kann es einsetzen, um sein Umfeld zu überprüfen. Mir zumindest fällt nichts Besorgniserregendes auf. Je näher wir dem Tempel allerdings kommen, desto deutlicher glaube ich etwas wahrzunehmen. Ein Knistern, das in der Luft liegt, und unwillkürlich rücke ich im Gehen näher an Santo heran. Er legt einen Finger an die Lippen, während wir die Stufen betreten, die zu dem Bauwerk hinaufführen. Als wäre Drusilla ein Tier, das wir mit einem falschen Geräusch verschrecken könnten.

Und da ist sie. Ohne Drusilla je zuvor gesehen zu haben, weiß ich mit absoluter Sicherheit, dass sie es ist. Eine weibliche Gestalt, die in dem offenen Säulenvorbau sitzt, mit dem Rücken an die Wand gelehnt, und konzentriert in die Luft starrt. Ihr abwesender Blick gibt mir die Gelegenheit, sie aufmerksam zu mustern.

Ihr Haar ist perlweiß und fließt glatt wie ein Spiegel ihren Körper hinunter. Und obwohl ihr klassisch geschnittenes Gesicht keine Anzeichen des Alters zeigt, ist sie die Erste der Unsterblichen, der ich trotzdem ansehen kann, wie alt sie wirklich ist. Es ist wie eine Aura, die sie umgibt und die davon flüstert, dass sie mehr gesehen hat, als je ein Mensch erfassen könnte.

Lautlos treten Santo und ich vor sie hin, und als sich Santo auf den Boden sinken lässt, tue ich es ihm nach. Nebeneinander knien wir vor Scuros Mutter, die sich unserer Anwesenheit immer noch nicht bewusst zu sein scheint. Ihre dunklen Augen schauen durch uns hindurch, ihr Mund formt stumme Worte.

Ich schaue sie weiter an und suche nach Ähnlichkeiten zu ihrem Sohn. Sie hat einen etwas dunkleren Teint als Scuro, von dem sich ihre weißen Augenbrauen und Wimpern deutlich abheben. Und auch ihre Züge sind strenger und schärfer geschnitten. Drusilla wirkt so ätherisch und entrückt wie ein Nebelgeist, der im Dickicht dieses Parks wandelt. Nichts von ihr scheint auf irgendeine Weise irdisch zu sein. Schwer vorstellbar, dass sie irgendjemandes Mutter ist.

Ich weiß nicht, wie lange wir regungslos auf dem harten Steinboden verharren, doch schließlich tut Drusilla einen tiefen Atemzug und blinzelt das erste Mal.

Drusillas Blick findet meinen mit unfehlbarer Sicherheit. Das Braun ihrer Augen ist so dunkel, dass ich den Übergang von Iris zu Pupille kaum wahrnehmen kann, und wie hypnotisiert starre ich hin. Im ersten Moment halte ich den Atem an, erschüttert von dem Gefühl, das mich überkommt. Drusilla anzusehen fühlt sich an, als würde ich in einen Abgrund fallen. Das Braun ihrer Augen dehnt sich aus, schluckt das Weiß, bis es alles ist, was ich sehe. Sie saugt mich förmlich in sich ein und dringt gleichzeitig in mich. Es ist ein stummer Austausch, gegen den ich absolut machtlos bin. Irgendetwas streicht an meinem Geist vorbei, leicht wie ein Lufthauch, aber ich spüre den tastenden Kontakt. Fast wie das Gefühl, das ich diese Nacht im Traum erlebt habe.

Als Nächstes hebt Drusilla die Hand und berührt mit ihren Fingerspitzen meine Stirn. Die leichte Berührung trifft mich wie ein Stromschlag, mein Körper zuckt und bäumt sich auf. Wie zur Antwort erscheint ein feines Lächeln auf ihren Lippen, und Drusilla lässt sich zurück an die Wand sinken. Als sie blinzelt, sehen ihre Augen wieder ganz normal aus ... nun, zumindest so normal, wie es bei einer Frau wie ihr möglich ist.

Schwer atmend, wie nach einem Dauerlauf, kauere ich am Boden und frage mich, was gerade geschehen ist. Der Kontakt mit Drusilla hat nur ein paar Minuten bestanden, aber mir kommt es so vor, als hätte sie in dieser Zeit mein Innerstes komplett durcheinandergewirbelt. Als wäre ich ein offenes Buch für sie, in dem sie wild herumgeblättert hat. Und jetzt weiß ich nicht mehr, welche Seite ursprünglich offen lag.

»Drusilla.« Santo klingt vorsichtig, und etwas wie Ehrfurcht schwingt in seiner Stimme mit. »Es freut uns, dass du uns empfängst.«

Sie neigt den Kopf, und ihr Haar ergießt sich wie eine Kaskade flüssiger Perlen über ihre Schulter. »Ich wusste, dass ihr mich aufsuchen würdet. Ich warte schon lange darauf, dich zu treffen.« Den letzten Satz richtet sie direkt an mich.

»Woher wissen Sie ...?«

»Oh, ich weiß viele Dinge. Ich lausche dem Echo der Sterne, die alles wissen über das, was war, und das, was noch kommen wird.«

Fragend schaue ich zu Santo, doch er ist vollkommen auf Drusilla konzentriert. Er blickt sie so aufmerksam an, als wollte er nicht die kleinste Regung von ihr verpassen. »Du bist dem Tribunal ferngeblieben«, stellt er nüchtern fest.

Drusilla hebt eine schimmernde weiße Braue. »Sobald Scuro mir vom Auffinden des Mädchens in Herculaneum berichtete, war mir klar, wie Nerone handeln würde. Es schien mir nicht ratsam, mein erstes Treffen mit ihr unter den Augen aller auszubreiten.«

Santos Miene verdüstert sich, und ich kann erraten, woran er denkt: Anstelle von Drusilla hatte Orela vor dem Tribunal als Orakel herhalten müssen. Und dieser Umstand behagt ihm nicht. Er räuspert sich. »Kannst du etwas in Aliqua sehen?«

Drusilla wiegt den Kopf nachdenklich hin und her. »Ich kann hinter keine versiegelten Türen sehen, deren Schlüssel schon so lange verloren sind. Es liegt an dir, einen Weg zu finden, diese Schlösser zu öffnen.« Sie schaut mir ernst in die Augen, und ich nicke, in einer Mischung aus Enttäuschung und Frustration. Das Bild der versiegelten Türen ist wunderbar gewählt, um zu versinnbildlichen, was in meinem Kopf vorgeht. Jedes Mal, wenn ich mich an meine Vergangenheit erinnern möchte, stoße ich gegen eine fest verschlossene Schranke.

»Ich weiß, dass ihr hierhergekommen seid, um mehr darüber zu erfahren. Aber bedenkt, der Schlüssel liegt in euch selbst und ist näher, als du glaubst, Aliqua. Lass dich nicht täuschen. Eine Sache gibt es allerdings, über die ich euch Auskunft geben kann.« Drusilla legt eine bedeutungsschwere Pause ein, und ich habe den Eindruck, dass sich ihre Augen erneut verdüstern. »Du verfügst über eine Gabe. Und sie ist mächtiger, als ich es je bei einem Ewiglichen gesehen habe seit dem Weggang der Götter. Seien es Damnati oder Immortali.«

Ein Zittern durchläuft mich, und Santo neben mir stößt einen ungläubigen Laut aus, doch ich nehme ihn nur am Rande wahr. Ich bin viel zu sehr auf Drusilla konzentriert und was sie mir möglicherweise noch verraten kann.

Ein rätselhaftes Lächeln legt sich auf ihre Lippen. »Ich kann es mir nicht wirklich erklären. Um zu wissen, woher es kommt, müsste ich tiefer in deine Vergangenheit blicken. Aber du besitzt eine Fähigkeit, die der der Götter ähnelt.«

Inzwischen bebe ich so sehr, dass mir Santo eine Hand auf den Oberschenkel legt, um mich zu beruhigen. Aber ich bin verwirrt. Und das ist noch untertrieben ausgedrückt. Eine Fähigkeit, die der der Götter ähnelt? Das ist etwas Schlechtes, oder? Stumm flehe ich Drusilla an, mir mehr zu erzählen.

»Ähnlich, aber nicht dasselbe«, sagt sie, wie um mich zu beschwichtigen. »Dein Geist verfügt über die Fähigkeit zu wandern. Du kannst deinen Körper verlassen und in jeden Menschen deiner Wahl schlüpfen, um durch seine Augen zu leben. Es ist das, was die Götter einst taten, wenn sie auf der Erde wandelten. Nur dass du einen eigenen Körper hast, in den du zurückkehren kannst, und du fügst den Menschen, in deren Kopf zu schlüpfst, keinerlei Schaden zu. Sie wissen nichts davon.«

Jetzt sacke ich endgültig nach hinten. Meine Beine sind ganz taub, nachdem ich so lange gekniet habe. Kraftlos wie eine Marionette, deren Fäden durchtrennt wurden, plumpse ich auf den Hintern. Das ist ... wow! Einerseits erleichtert es mich, nun zu wissen, was mit mir geschieht, aber andererseits bin ich ganz starr vor Angst. Schließlich erfährt man nicht jeden Tag, dass man seinen Körper verlassen kann, um in anderen Menschen zu existieren. Die Vorstellung ist einfach gruselig.

Gleichzeitig erklärt es so viel.

»Deshalb ist mir diese Welt nicht fremd«, sage ich mit tauben Lippen, die sich schwer tun, Worte zu formen. »Ich habe es auch während meiner Gefangenschaft unter Herculaneum getan. Diese Phasen, in denen ich wie weggetreten war ... da ist mein Geist auf Wanderschaft gegangen, und ich habe gesehen, was sich in der Welt tut. Es war mir gar nicht bewusst.«

Mit weit aufgerissenen Augen schaue ich zu Santo, dessen Hand noch immer auf mir liegt und von meinem Bein zur Hüfte hochgerutscht ist. Wahrscheinlich ist es ihm gar nicht bewusst, aber die Wärme seiner Berührung fühlt sich unendlich tröstend an. Sein Ausdruck spiegelt meine eigenen Emotionen wider. Ein Sturm aus Überraschung, Wunder und Schrecken.

»Woher hat sie das?«, fragt er rau.

Drusilla wirkt hoch konzentriert, dann schüttelt sie den Kopf. »Das weiß ich nicht. Aber es hat mit der Dunkelheit zu tun. Vielleicht schafft es Orela, einen Zugang zu ihr zu finden, um zu erkennen, von welchem Gott Aliqua beschenkt wurde.«

»Diese Gabe kommt direkt von einem Gott?«

»Ja. Irgendjemand muss dich beschenkt haben, und zwar unabhängig von der Gabe, die wir Ewigliche von den Göttern erhielten. Diese verlieh uns Unsterblichkeit und bewirkte, dass bestimmte Talente zutage traten, die ohnehin schon in uns schlummerten. Einige wenige allerdings sind von Geburt an mit Gaben ausgestattet. So wurde Orela von Apollo ausgewählt und beschenkt, ich dagegen bin ein Günstling Hecatas. Ohne mehr über deine Herkunft und frühe Vergangenheit zu wissen, kann ich nichts weiter herausfinden. Kommt wieder, wenn du einen Zugang zu diesen Kapiteln deiner selbst gefunden hast, Aliqua.«

In Drusillas rauchiger Stimme schwingt etwas Endgültiges mit, als würde sie unser Treffen hiermit für beendet erklären. Aber ich bin noch nicht bereit zu gehen. Sie, die meine Gabe erkannt hat, scheint mir als Einzige mehr erzählen zu können.

»Wie kann ich diese Gabe beherrschen?«, platzt es aus mir heraus. »Seit ich frei bin, passiert es nur im Schlaf, und ich habe das Gefühl, keine Kontrolle darüber zu haben. Es ist ... beängstigend.«

Bittend schaue ich in Drusillas Gesicht. Ein Schleier scheint sich über ihre Miene gelegt zu haben, und sie wirkt wieder so entrückt und abwesend, wie bei unserer Ankunft. Hört sie mich überhaupt noch? Ihr Oberkörper wiegt sich in einem selbstvergessenen Rhythmus hin und her, ihre Lider sind halb gesenkt. Ich möchte an ihr rütteln, um sie aus diesem Zustand zurückzuholen, doch Santo schüttelt warnend den Kopf. In einer fließenden Bewegung erhebt er sich und hält mir dann eine Hand hin, um mir aufzuhelfen. Kurz zögere ich noch, dann greife ich zu und komme wackelig auf die Beine. Das Blut fließt mit einem stechenden Prickeln zurück in meine Gliedmaßen, und ich muss die Zähne zusammenbeißen, um nicht zu ächzen.

Mit einem letzten Blick auf Drusilla verlassen wir den Vorbau des Tempels und laufen über die Wiese zurück in das Wäldchen. Eine Weile gehen Santo und ich stumm nebeneinander her, beide in unsere eigenen Gedanken versunken.

Eine Gabe. Diese gruseligen Erlebnisse, die mich im Schlaf heimsuchen, sind also eine Gabe. Die mir irgendein Gott geschenkt hat ... warum auch immer. Die Erleichterung, nun endlich zu wissen, was mit mir los ist, währt nur kurz. Denn dieses neue Wissen zieht unweigerlich einen Rattenschwanz an Fragen nach sich. Drusilla hat mir nicht mehr verraten, wie ich mit dieser Gabe umgehen soll. Ob sie etwas Gutes oder Schlechtes ist.

Zwar ist es beruhigend zu wissen, dass ich den Menschen, die ich befalle, nicht schade, aber was ist mit mir? Welche Konsequenzen hat es, wenn ich Nacht für Nacht meinen Körper verlasse und herumspuke? Ist mein freier Geist angreifbar?

Der schattig grüne Wald, der mir vorhin noch so friedlich vorkam, ist plötzlich voller bedrohlicher Fratzen und Schatten. Ein Frösteln überkommt mich in der feuchten Luft, die schwer nach Erde und Moos riecht.

Ist es womöglich diese Gabe, wegen der ich in Herculaneum gefangen war? Der Gedanke drängt sich mir unweigerlich auf. Drusilla konnte nicht mehr herausfinden, aber womöglich lauert doch eine schreckliche Wahrheit hinter den Schranken meiner Erinnerungen. Ich kann Dinge, die mich den Göttern ähnlich machen, und plötzlich fürchte ich mehr denn je, dass in meinem eigenen Abgrund ein Monster lauert.

Zum Glück ergreift Santo das Wort, ehe ich angesichts des Chaos in meinem Kopf durchdrehe.

»So gesprächig wie heute habe ich Drusilla schon lange nicht mehr erlebt«, brummt er, die Hände tief in den Hosentaschen vergraben.

Ich stoße ein Schnauben aus. »Und warum hat sie dann dichtgemacht, bevor ich sie mehr über die Gabe fragen konnte? Sehr viel schlauer als zuvor bin ich jetzt auch nicht.« Mir ist bewusst, wie zickig ich klinge, aber meine Nerven liegen blank. Wäre Santo nicht dabei gewesen, hätte ich Drusilla vielleicht geschüttelt, um ihr noch mehr zu entlocken.

»Drusilla war schon sonderbar, als sie noch ein sterblicher Mensch war. Du hast sie gehört, Hecata hat sie beschenkt, und diese Göttin war schon immer anders ... unerklärlicher und merkwürdiger als der Rest. Sie steht unter anderem für die Zauberkunst, und niemand kann genau sagen, was sie Drusilla mitgegeben hat. Auf jeden Fall kann sie noch stärker als Orela in Menschen lesen und Gaben erkennen. Wir hatten wirklich Glück, das sie so bereitwillig mit uns gesprochen hat.«

Ich komme nicht dazu weiterzubohren, denn wir erreichen den Parkplatz, und dort sind inzwischen zu viele Menschen, um dieses Gespräch ungestört weiterzuführen.

Kapitel Zwölf

Rom, 79 n. Chr.

In den Tagen nachdem Marcellus sie dabei ertappt hatte, wie sie sich hinausschleichen wollte, beklagte Octavia, wie abwesend Aliqua wirkte. Sie verschwendete keinen zweiten Blick auf die roten Male an der Kehle ihrer Sklavin, beschwerte sich aber in einem fort, dass sie ihr nicht zuhörte.

Aber Aliqua konnte ihr nicht aufmerksam lauschen. Nicht einmal so tun als ob.

Ihre Gedanken waren in Aufruhr. Zum einen beschäftigte sie sich mit Theos. Sie war dem Sklaven am Tag, nachdem er sie vor Marcellus gerettet hatte, in der Küche begegnet, wo die Köchin dabei war, ihn zu verarzten. Aliqua, die kein Mädchen war, das häufig weinte, waren bei seinem Anblick die Tränen in die Augen gestiegen. Auf seiner dunkelbraunen Haut zeichneten sich deutlich Schrammen und Blutergüsse ab, kein Winkel seines Körpers schien unversehrt. Am schlimmsten war sein Gesicht zugerichtet. Marcellus hatte keinerlei Rücksicht darauf genommen, dass jemand sehen könnte, was er Theos angetan hatte. Seine Augen waren fast vollständig zugeschwollen, die Nase ganz dick, seine Unterlippe durchschnitt ein breiter Riss, der immer noch blutete. Erschüttert presste sich Aliqua eine Hand vor den Mund, um ein entsetztes Wimmern zu unterdrücken.

Theos wandte sich bei dem erstickten Geräusch um und zwang seine Lider ein stückweit auf. Als er sie erkannte, schüttelte er kaum merklich den Kopf. Aliqua erwiderte mit weit aufgerissenen Augen seinen Blick. Er wollte, dass sie Stillschweigen bewahrte? Angesichts seiner Blessuren wollte sie zu Faustus gehen, auf der Stelle, und dem Vorstand der Familie alles erzählen, ungeachtet der Konsequenz. Theos war für sie eingetreten, als sie keine Hoffnung mehr sah, und sie wollte, dass er Gerechtigkeit bekam. Ja, sie waren beide Sklaven, aber sie konnte es einfach nicht hinnehmen, dass Marcellus damit davonkam. Faustus behandelte seine Sklaven gut, er ließ Milde walten und sprach sich dagegen aus, ihnen Gewalt anzutun. Er würde sie anhören!

Doch Theos schüttelte wieder den Kopf, energischer jetzt, und Aliqua gab stumm nach. Wenn es sein Wunsch war ... wirklich akzeptieren konnte sie es allerdings nicht. Ihre eigenen Schrammen kamen ihr mit einem Mal bedeutungslos vor, der schmerzende Hals nichtig.

Aber da war auch noch diese andere Sache, über die sie sich den Kopf zerbrach: Sie hatte das Treffen mit Sanctius verpasst. Jetzt kam es ihr albern vor, sich darüber zu grämen, aber sie konnte das Gefühl des Verlusts nicht abstellen. Die Wut darüber, dass ausgerechnet Marcellus sie ertappt und aufgehalten hatte. Es erschien ihr alles so ... unfair. Als hätten die Götter ihr einen Hoffnungsfunken geschickt, nur um sich daran zu ergötzen, ihn ihr wieder zu nehmen. Es ging auch gar nicht darum, dass sie sich von diesem Treffen etwas erhofft hätte. Sie hatte nur einmal mit ihm sprechen wollen, sich dafür bedanken, was er für sie getan hatte. Mit einem einzigen Blick.

»Aliqua!«

Octavias Stimme schallte herrisch aus dem Obergeschoss, und Aliqua bemerkte, dass sie mehrere Minuten bewegungslos im Flur vor der Küche gestanden hatte. Furcht packte sie, weil sie es seit der Nacht vor drei Tagen vermied, alleine im Haus unterwegs zu sein. Marcellus konnte überall auftauchen, und sie beeilte sich, nach oben zu kommen.

Octavia fläzte auf einem gepolsterten Diwan, während eine Sklavin damit beschäftigt war, ihre Fußnägel zu polieren. Die Frau warf Aliqua einen leidenden Blick zu, als sie eintrat.

»Das Rosenöl ist leer«, verkündete Octavia anklagend. »Und mein Duftwasser geht zur Neige. Du musst sofort losgehen und es kaufen.«

Innerlich seufzte Aliqua. Das bedeutete, dass sie zum Markt am Forum Holitorium gehen musste, und die Götter wussten, welche Tortur dies war. Trotzdem nickte sie fügsam, wie es von ihr erwartet wurde.

»Und trödle nicht!«, rief ihr Octavia noch hinterher, als sie sich schon zum Gehen wandte.

Das Leben in der Domus Pomponius bot einen unschätzbaren Luxus, den sie leider zu gerne vergaß: Ruhe und Abgeschiedenheit. Zwei Qualitäten, die in der restlichen Stadt Seltenheit genossen, oder besser gesagt, nicht vorhanden waren. Direkt vor dem Haus tauchte Aliqua ein in den Lärm der Straßen. Es war ein überwältigendes Getöse in den engen Gassen, die sich zwischen den hoch aufragenden Wohnhäusern der einfachen Bürger hindurchschlängelten. Diese Hochhäuser, Insulae genannt, reichten bis zu sieben oder noch mehr Stockwerke hinauf und zusammen mit vorspringenden Balkonen und Balustraden verwandelten sie die Straßenzüge in düstere Tunnel. Lärmende, von Fußgängern und Geschäftsleuten verstopfte Tunnel.

Aliqua kam auf ihrem Weg zum Markt an Erdgeschossläden vorbei, in denen Barbiere ihre Messer wetzten, Bäcker und Metzger ihre Waren feilboten und Schankwirte die ersten Krüge Wein ausschenkten. In Rom bekam man alles, was die Welt zu bieten hatte, von Schriftstücken und Geschmeide bis hin zu exotischen Gewürzen aus den entlegensten Winkeln des Reiches. Was man in Rom nicht bekam, gab es nirgendwo sonst zu finden. Dafür sorgten die Karren und Fuhrwerke, die seit einem Dekret von Diktator Caesar nur noch des Nachts in die Stadt fahren und ihre Waren abladen durften. Aliqua hielt diese seit Jahrzehnten gültige Verordnung noch immer für richtig, denn auch ohne Gefährte gab es kaum ein Durchkommen in den verwinkelten Gassen. Das war auch der Grund, warum sie so wenig begeistert über den angeordneten Botengang war. Es war ein elendiges Schieben und Schubsen, bis man es endlich zu seinem Zielort geschafft hatte.

Die Luft war angereichert mit einer betäubenden Mischung an Gerüchen: die Ausdünstungen von Fäkalien und Unrat gemischt mit süßem Blumenduft, Weihrauch und frisch zubereiteten Speisen. Je nachdem, wo man vorbeikam, mischten sich Schwaden von Rauch, ätherischen Ölen oder Holzteer darunter.

Aliqua atmete erleichtert auf, als sie endlich die Porta Carmentalis erreichte, die den Zugang zum Forum Holitorium bildete. Abseits der Gassen war die Luft etwas besser.

Hinter dem Tor öffnete sich der Platz, und sie verharrte einen Moment, wie jedes Mal beeindruckt von der Anlage. Hier befand sich nicht nur der Gemüsemarkt, sondern auch das große Marcellustheater und drei Tempel in einer Reihe, die Spes, Ianus und Iuno Sospita geweiht waren.

Den Beutel mit dem Geld fest umklammernd, betrat Aliqua das Marktgelände und suchte den Stand, der die feinsten Pflanzenöle und -essenzen verkaufte. Schon von Weitem erkannte sie den rotgesichtigen Händler, der wie immer gestenreich und mit dröhnender Stimme seine Ware feilbot. Er kannte sie von ihren vorherigen Besuchen und hielt sie mindestens zehn Minuten auf, um mit ihr zu plaudern. Ausschweifend erzählte er von den Schwierigkeiten in diesem Jahr, an hochwertigen Safran zu kommen, ehe Aliqua dazu kam, ihn um das Rosenöl und die anderen Zutaten für Octavias Duftwässerchen zu bitten. Sie mischte das Parfüm am liebsten selbst aus den Rohstoffen, da es bei fertigen Produkten oft vorkam, dass sie gepanscht oder mit unbekannten Substanzen gestreckt waren. Besser, sie wusste selbst, was enthalten war.

Aliqua gelang es mit dem redseligen Händler einen guten Preis auszuhandeln, sodass sie noch einige Münzen übrig hatte und beschloss, davon etwas Süßes für Octavia zu besorgen. Ihre Herrin liebte Naschereien, vor allem Datteln, und war stets besser gelaunt, wenn sie ihr welche mitbrachte. Also schlenderte Aliqua noch weiter über den Gemüsemarkt und begutachtete das Angebot an Früchten. Die Auslagen ließen ihr das Wasser im Munde zusammenlaufen. Berge von Granatäpfeln, Melonen und die ersten Pfirsiche des Jahres. Manche Händler schnitten das Obst auf, um die Frische und Qualität ihrer Waren zu demonstrieren, und Aliqua starrte wie hypnotisiert auf den austretenden Fruchtsaft. Sie trödelte eine ganze Weile vor den Auslagen herum, ehe sie die letzten Münzen für einen Beutel Datteln und zwei Pfirsiche ausgab.

Beladen mit ihren Einkäufen bahnte sie sich ihren Weg über den Marktplatz. Sie hatte wenig Lust, sich wieder in das hektische Gassengewühl zu stürzen, und ließ den Blick über die vorbeikommenden Menschen streifen, um den Rückweg noch ein wenig hinauszuzögern.

Von den drei Tempeln auf dem Forum wehten Schwaden von Weihrauch und Harzen herüber und übertünchten den Geruch verrottenden Gemüses, der schwer über den Marktständen hing. Aliqua betrachtete die Heiligtümer mit Argwohn. Vielleicht lag es daran, dass sie seit jeher auf der schwarzen Liste der Götter zu stehen schien. Wie oft hatte sie ihnen schon Opfer gebracht und gebetet, in der Hoffnung, sie mochten ihr antworten. Immerhin wusste sie genau, wie gerne sie sich in die Angelegenheiten der Menschen einmischten. Wer ihnen nicht fleißig genug huldigte, bekam ihren Zorn zu spüren, und oft genug überbrachten Seherinnen wie Orela Nachrichten, die ganze Schicksale zerstören konnten. Aliqua zumindest war sich sicher, dass sie zu denjenigen gehörte, mit denen die Götter ihre Ränke trieben. Und sich ihr gegenüber in Schweigen hüllten.

Bitter wollte sie sich schon zum Gehen wenden, als ihr eine Gruppe junger Männer auffiel, die aus den Arkaden des Marcellustheaters heraustraten. Ihre Gespräche und Gelächter schallten wohlvernehmlich über den Platz, und nicht nur Aliqua schaute in ihre Richtung. Allerdings verharrte ihr Blick und weitete sich vor Entsetzen, als sie über die Distanz auf ein Paar Augen traf, das ihr entsetzlich vertraut war. Im Bruchteil einer Sekunde fühlte sie sich zurückversetzt auf den Sklavenmarkt. Dasselbe Gefühl der Ruhe, das alles ringsum in den Hintergrund treten ließ, überkam sie, während sie ihn ansah. Nur dass sie dieses Mal seinen Namen kannte. Sanctius. Er starrte sie regungslos an, die dunklen Brauen gesenkt, die Lippen leicht geöffnet. Als könnte er genauso wenig wie sie glauben, dass sie sich erneut über den Weg liefen. Nachdem sie nicht zu ihrem nächtlichen Treffen erschienen war …

Eine Mischung aus Furcht und Reue packte Aliqua, und mit äußerster Anstrengung löste sie den Blickkontakt. Sie hätte stundenlang in seine Augen schauen können, aber eines war ihr gerade klar geworden: Die Götter ignorierten sie nicht. Fortuna und Hecata und wer weiß noch hatten ihr klar und deutlich zu verstehen gegeben, dass sie eine Verbindung zu Sanctius nicht begrüßten. Deswegen war es ihr nicht gelungen, ungesehen das Haus zu verlassen, als sie ihn hatte treffen wollen. Es war ein göttlicher Wink gewesen. Wahrscheinlich hatten sie auch Marcellus geschickt, um sich an ihrem Kampf mit ihm zu ergötzen.

Kein Sterblicher bekam die Götter selbst je zu Gesicht, aber man spürte ihren Atem, wenn sie nahe waren. Und der Hauch in Aliquas Nacken war so real, dass sie sich eilends abwandte und das Weite suchte. Ihr Herz donnerte in ihrer Brust, während sie sich zwischen den Marktgängern hindurchdrückte, um zurück zur Porta Carmentalis zu gelangen.

Sie musste den Göttinnen ein Opfer bringen, sobald sie konnte. Irgendetwas würde sie schon auftreiben … und wenn sie auf die Knie ging und sie unter Tränen um Milde bat. Ihr graute vor der Aussicht, möglicherweise ausgerechnet Fortuna verärgert zu haben. Die Schicksalsgöttin könnte ihr Leben auf so viele Arten ins Unheil stürzen.

Jeder Atemzug schmerzte, und in ihrer Hast stolperte sie mehrere Male über Pflastersteine, die Hunderte Sohlen mit der Zeit glatt gescheuert hatten. Beinahe hatte sie das Tor erreicht, als sich von hinten eine Hand um ihren Oberarm schloss. So abrupt in ihrem Lauf gestoppt, fielen ihr beinahe die Einkäufe aus den Händen. Nach Atem ringend blickte sie auf und traf auf kristallblaue Augen.

Ihr Götter, steht mir bei ...

Santo

Bin ich ein selbstsüchtiger Arsch, weil ich darauf bestanden habe, das Motorrad nach Bomarzo zu nehmen?

Ja.

Genieße ich es auch jetzt auf der Rückfahrt viel zu sehr, Aliqua auf dem Sitz hinter mir zu spüren, und gebe extra ein bisschen zu viel Gas, damit sie sich weiter an mir festhalten muss?

Auch ja.

Egal wie man es dreht und wendet, ich war schon immer ein Bastard. Vielleicht konnte ich mir über die letzten Jahrhunderte hinweg einreden, dass ich mich gebessert habe, geläutert bin und Buße tue, aber gerade merke ich, was für ein Bullshit das war. Mein altes Ich ist zurück und schnurrt wie eine zufriedene Raubkatze, die ich endlich von der Leine gelassen habe.

Während wir über die Autobahn zurück nach Rom donnern, versuche ich mich selbst zu beschwichtigen, indem ich mir sage, dass ich von Nerone schließlich den Auftrag bekommen habe, mich persönlich um die Nachforschungen zu Aliqua zu kümmern. Im Endeffekt tue ich gerade nichts anderes als meinen Job ... nur dass es mir nicht so sehr gefallen sollte, Zeit mit Aliqua alleine zu verbringen. Ich war sogar versucht, unsere Rückkehr noch ein bisschen länger hinauszuzögern und mit ihr einen Abstecher ans Meer zu machen, aber meine Vernunft hat doch gesiegt.

Sie war so aufgewühlt nach dem Gespräch mit Drusilla, dass sie sicherlich ihre Ruhe will. Und außerdem habe ich mich in ihrer Gegenwart schon wieder gefährlich gehen lassen. Zu spüren, wie intuitiv sie meine Gedanken und Launen aufnimmt, hat mich unvorsichtig werden lassen. Ein Blick ihrer schönen hellbraunen Augen genügt, und ich fühle mich verstanden. *Gesehen.* Als gäbe es meine Dunkelheit für sie gar nicht, oder als sähe sie sie, akzeptierte sie aber als einen Teil von mir, den sie nicht verändern will. Ihre Helligkeit umarmt meine Finsternis, anstatt sie auslöschen zu wollen.

Schon viel zu lange hüte ich die Geheimnisse in meinem Inneren und habe eine Mauer um sie errichtet, welche die meisten nicht anzutasten wagen. Auch Scuro und Adone nicht. Bei Aliqua allerdings kommt es mir so vor, als würde ich sie regelrecht dazu einladen, sich gefährlich nah über den Rand zu lehnen und in den Abgrund in meinem Inneren zu spähen. Damit wir beide hineinstürzen. Und das darf nicht passieren. Nie wieder.

Deswegen habe ich vor der Abfahrt am Parco dei Mostri Vorkehrungen getroffen und dafür gesorgt, dass sich die ganze Truppe in unserer Wohnung versammelt, wenn wir zurückkommen. Vordergründig habe ich ihnen Bescheid gegeben, damit wir über Drusillas Offenbarung sprechen können, doch primär brauche ich sie als Puffer.

Wir schaffen es vor dem schlimmsten Feierabendverkehr zurück in die Stadt. Ich klappe das Visier meines Helms hoch, während wir das letzte Stück am Tiber entlangfahren. Die Straße verläuft einige Meter oberhalb des Flusses, und Bäume versperren zusätzlich die Sicht, trotzdem genieße ich das Glitzern der Sonne auf dem Wasser, das immer wieder zwischen den Stämmen hindurchblitzt. Es ist seltsam, aber mit dem Tiber fühle ich mich stärker verbunden als mit dem Rest der Stadt. Über die Jahrhunderte hat er sein Gesicht immer wieder verändert, vor allem seitdem der *Lungotevere*, auf dem wir gerade fahren, erbaut wurde. Die massiven Wälle, auf denen der Boulevard entlangführt, dienen dem Hochwasserschutz, mauern den einst unberechenbaren Fluss aber auch ein. Eine Zwangsjacke, aus der es kein Entkommen gibt. Nur noch eine vorgegebene Bahn und kein Platz mehr, um sich frei und wild seinen eigenen Weg zu bahnen. So ähnlich fühle ich mich auch, und es ist mir vollkommen egal, wie seltsam es sein mag, Sympathien für ein Gewässer zu bekunden.

Nachdem wir den Fluss über den Ponte Regina Margherita überquert haben, passieren wir die runde Piazza del Popolo mit dem Obelisken in der Mitte. Der Weg ist hier mit kleinen schwarzen Kopfsteinen gepflastert, was uns auf der Maschine ziemlich durchrüttelt. Ich höre einen bewundernden Ausruf von Aliqua, als wir auf die barocken Zwillingskirchen am Kopfende des Platzes zufahren, bevor wir ins enge Gassengewirr von *Campo Marzio* eintauchen. Die etwas breitere, von Luxusboutiquen gesäumte *Via del Corso* hinunter, und dann taucht auch schon unsere Nebenstraße auf.

Auf dem Weg hinunter in die Tiefgarage rutscht Aliquas Körper noch einmal von hinten gegen mich, und ich gestatte es mir, die Berührung ihrer Wärme zu genießen. Dann parke ich meine Maschine, und Aliqua hüpft herunter. Ich brauche einen Moment, ehe ich es schaffe, den plötzlichen Verlust ihrer Nähe abzustreifen, und selbst abzusteigen.

»Die anderen sollten schon da sein«, warne ich sie vor, nachdem ich die Helme verstaut habe und wir zum Aufzug gehen.

Aliqua kämmt mit den Fingern durch ihre zerzausten Haare und wirft mir nur einen raschen Seitenblick zu. »Ach ja?«

Bilde ich es mir nur ein, oder klingt sie wenig begeistert? Wollte sie noch länger mit mir alleine sein? *Das ist eine Vorsichtsmaßnahme,* erinnere ich mich selbst und straffe meine Haltung. »Ja, sie wussten, dass wir heute Drusilla besuchen und wollen erfahren, was wir herausgefunden haben.«

Wir betreten den Aufzug, und in der engen Kabine habe ich keine Chance, Aliquas Blick auszuweichen. Sie mustert mich mit einem seltsamen Ausdruck, den ich nicht ganz deuten kann. In Momenten wie diesem habe ich eine Scheißangst, dass sie erkennen könnte, dass ich ihr etwas verschweige. Dass ihre Erinnerung zurückkommt und sie weiß, was damals passiert ist. Aber sie schaut mich nur weiter unverwandt an und scheint nachzudenken. Ich atme tief durch, um mich zu beruhigen. Nicht einmal Drusilla hat heute einen Zugriff zu ihren verlorenen Erinnerungen gefunden, da wird Aliqua es ohne besondere Hilfe garantiert auch nicht schaffen.

Ihr Duft steigt mir in die Nase, betörend wie Honig und Orangenblüten, vermischt mit einem Hauch der erdigen Aromen aus dem Parco dei Mostri. Ich beiße die Zähne zusammen, weil ich hier, in der Kabine, nicht ausweichen kann. Mit einiger Verzögerung fällt mir ein, dass ich den Knopf noch nicht gedrückt habe, damit der Aufzug uns nach oben befördert.

Aliqua macht einen Schritt auf mich zu, als ich den Knopf betätige. Mit schief gelegtem Kopf mustert sie mich von oben bis unten. Dann findet ihr Blick meinen.

»Manchmal«, haucht sie, »habe ich dieses Gefühl, dass ich alles von dir kenne.« Sie kommt noch näher, ihr forschender Blick auf meinen gepinnt, und abwehrend hebe ich eine Hand. Doch wie von selbst landet sie an der Kurve ihrer Taille, und meine Finger graben sich in den dünnen Stoff ihres Kleides. Es liegt nicht allein an dem beengten Raum, dass ich nicht ausweiche. Durch die Motorradfahrt habe ich meine Beherrschung deutlich überreizt, und jetzt lasse ich uns beide den Preis dafür bezahlen. Ich *kann* die Distanz einfach nicht aufrechterhalten.

Also gebe ich dem Drang nach und senke das Gesicht zu Aliquas Hals, wo ich ihren Geruch in tiefen Zügen inhaliere wie ein Süchtiger. Die Reaktion meines Körpers überschwemmt mich wie ein Drogenrausch. Jede primitive Faser meiner selbst erwacht grollend zum Leben, verlangt, dass ich sie weiter an mich ziehe, mich in ihr vergrabe.

Aliquas Kopf sinkt in den Nacken, und sie stößt einen heiseren Laut aus, als meine Nase ihre Kehle hinunter bis zur Kuhle ihrer Schlüsselbeine wandert. Ich wage es nicht, ihre Haut mit den Lippen zu berühren, aus Angst, ansonsten vollkommen die Kontrolle zu verlieren. Trotzdem vergrabe ich das Gesicht an ihrer Halsbeuge, wo mein Atem sie küsst und ich die Hitze spüre, die sie wie ein Parfum ausströmt.

Unruhig streichen Aliquas Hände meine Schultern entlang, über den Rücken, bis sie die Finger erstaunlich energisch in mein Haar krallt und mich zwingt, zu ihr aufzusehen. Hitze schießt durch meine Adern, und ich stöhne auf, als ich ihre Fingernägel auf der Kopfhaut spüre. Ihre Pupillen sind geweitet, der Atem strömt keuchend über ihre halb geöffneten Lippen, und ich entdecke einen Hunger in ihr, der meinem in nichts nachsteht. Manchmal vergesse ich, dass für sie genauso viel Zeit vergangen ist wie für mich. Sie hat existiert, war die ganze Zeit da, und diese Gewissheit zerfetzt mir aufs Neue das Herz. Sie war da. Und jetzt ist sie zurück.

Aliqua hält noch immer meine Haare gepackt, und ich sehe ihren Wunsch, Sekunden bevor sie mich noch näher zieht und unsere Lippen sich berühren. Der Kontakt ist hauchzart und erfasst mich doch mit der Wucht eines Blitzschlags. Das Gefühl verästelt sich, erreicht jede Kapillare, bis ich vollkommen unter Strom stehe. Wir verharren in diesem Moment, bis unser Atem derselbe ist und die Gedanken in meinem Kopf schreien: *Mehr, mehr, mehr!*

In diesem Moment ertönt ein leises *Pling,* und die Fahrstuhltüren gleiten automatisch auf.

Der trunkene Nebel in meinem Kopf lichtet sich schlagartig, und ich weiche zurück, als hätte ich mich verbrannt. Aliqua blinzelt benommen, ehe sie versteht, dass ich mich von ihr zurückgezogen habe, und ein verletzter Ausdruck huscht über ihre Miene. Sie hebt eine Hand, die gerade noch in meinen Haaren vergraben war, an ihre Lippen und berührt sie leicht. Der Anblick ist fast zu viel für mich, und hastig wende ich mich ab und krame nach dem Wohnungsschlüssel.

Ich spüre Aliqua genau in meinem Rücken. Ihr stockender Atem klingt überlaut in meinen Ohren, während ich die Wohnungstür aufsperre. Endlich klickt das Schloss, und ich stolpere in den Flur, wo ich mir im Gehen die Jacke von den Schultern streife.

Aus dem Wohnzimmer dringen die Stimmen der anderen, und wie ein gejagtes Tier stürme ich auf sie zu, um mich in ihrer Gegenwart in Sicherheit zu bringen. Es ist beschämend, aber ich fliehe regelrecht vor Aliqua und dem, was sie in mir auslöst.

Orela, Adone und Scuro heben gleichzeitig die Köpfe, als ich ins Zimmer gestürzt komme. Schwer atmend und zweifelsohne zerzaust stehe ich vor ihnen, und zu spät fällt mir auf, welches Bild ich abgeben muss. Verdammt, vielleicht hätte ich mir doch einen Moment nehmen sollen, um mich zu sammeln.

»Es gibt spannende Neuigkeiten!«, platze ich heraus, um das Schweigen zu brechen.

Adone grinst auf seine nervtötende Art. »Was du nicht sagst.«

Ich ignoriere ihn und gehe die wenigen Schritte in die Küche, um mir ein Glas Wasser zu holen. Mir ist aufgefallen, dass Aliqua mir nicht direkt ins Wohnzimmer gefolgt ist, und ich will warten, bis sie dazukommt, ehe ich erzähle, was wir bei Drusilla herausgefunden haben. Sofern ich sie mit meinem Verhalten nicht zu tief gekränkt habe und sie beschließt, den restlichen Tag nicht mehr in meine Nähe zu kommen. Mein Körper ist noch immer in Aufruhr und scheint nicht bereit zu sein, den Befehlen meines Verstandes Folge zu leisten. Mit geballten Fäusten kämpfe ich darum, die Kontrolle zurückzuerlangen, nachdem ich sie im Fahrstuhl so fahrlässig von der Leine gelassen habe.

Ich kehre zurück ins Wohnzimmer, wo Aliqua inzwischen tatsächlich am Fenster steht, mit dem Rücken zu mir und den anderen. Ich versuche aus ihrer Haltung zu lesen, wie es ihr geht, doch sie hält sich so reglos und aufrecht wie eine Statue.

»Jetzt sind wir aber wirklich gespannt, was ihr heute getrieben habt«, tönt Adone, der sein Grinsen noch immer nicht in den Griff bekommen hat. Ich habe große Lust, ihm diesen selbstgefälligen Ausdruck aus dem Gesicht zu wischen, aber ich weiß, dass ich ihm damit nur einen Gefallen tun würde. Er wertet es jedes Mal als persönlichen Triumph, wenn er es schafft, mich aus der Reserve zu locken.

Meinen Cousin ignorierend nehme ich einen großen Schluck Wasser und konzentriere mich dann darauf zu erzählen, was wir bei Drusilla herausgefunden haben. Keine Details über die Motorradfahrt, nichts über den Aufzug.

Als ich fertig bin, stehen Adone, Scuro und Orela die Münder offen, und Aliqua hat sich umgedreht. Die Röte ist aus ihrem Gesicht gewichen, und ihr Blick gibt keine Regung preis. Allerdings schaut sie mir nicht in die Augen. Kann ich verstehen, das würde ich gerade auch nicht wollen.

Orela ist richtig blass geworden und flicht nervös ihre Finger ineinander.

»Was denkst du?«, frage ich sie.

Ich kann ihr ansehen, wie sie gegen die Worte kämpft, doch dann seufzt sie. »So eine Gabe hätten die Götter niemals freiwillig einem Menschen gegeben. Zumindest nicht ohne Hintergedanken.« Sie wendet sich zu Aliqua um. »Versteh mich nicht falsch, ich begreife nur nicht, wie das möglich sein kann. Wenn sie Sterblichen wie Drusilla und mir eine besondere Fähigkeit verliehen, geschah das nie aus Güte, sondern weil sie sich einen Nutzen davon versprachen. Ich war ihr Sprachrohr, und meine Tante benutzten sie gerne als ihre Vollstreckerin.«

Als Aliqua verständnislos die Stirn runzelt, ergreift Scuro das Wort. »Hecata ist mächtig, aber sie war schon immer scheu und zurückgezogen, weswegen sie selten in Erscheinung trat, um die Sterblichen zu behelligen oder zu erwählen. Sie verfügte über zahlreiche Kräfte, neben der Magie und Totenbeschwörung ist sie auch die Hüterin der Tore zwischen den Welten und die Vermittlerin zwischen den Menschen und Göttern. Wer von ihr beschenkt wurde, übernahm diese Rolle auf der Erde. Meine Mutter spricht nie darüber, aber sie hütet mehr Wissen über die Wunder und Abgründe dieser Welt, als wir uns ausmalen können.« Er macht eine Pause, um Aliqua die Gelegenheit zu geben, die Informationen zu verarbeiten. Als sie nickt, fährt er fort.

»Dir ist bestimmt aufgefallen, wie ... zerstreut sie ist. Nun, als Auserwählte der Hecata gewann sie einen so großen Machtzufluss, dass ihr Körper die Anwesenheit einer göttlichen Präsenz länger aushielt als der eines Normalsterblichen. Die Götter benutzten sie also regelmäßig, um ihren Körper zu besetzen und durch sie auf der Welt zu wandeln. Aber so stark sie auch war, es setzte ihr zu, und früher oder später wäre auch sie gestorben. Einen Gott in sich zu tragen, ist in etwa so, als hätte man einen Brocken Uran geschluckt. Es zerfrisst Körper und Geist von innen.«

Ich beobachte Aliqua genau. Auf ihrem Gesicht zeichnen sich Erschütterung und Schrecken ab, und sie schlingt die Arme um den Oberkörper, wie um sich zu schützen. »Und ich tue so etwas auch?«

»Drusilla sagt Nein, und sie muss es ja wissen.« Ich hoffe, dass aus meiner Stimme genug Überzeugung klingt, um sie zu beruhigen. Aliqua schaudert trotzdem.

»Auf jeden Fall müssen wir vorsichtig sein, wie wir mit dem Wissen um diese Gabe umgehen.« Orelas schwerer Tonfall lenkt die Aufmerksamkeit von allen auf sich. »Das darf nicht in die falschen Hände geraten.«

»Aber Vater müssen wir es mitteilen«, wirft Adone stirnrunzelnd ein.

»Ich weiß nicht.« Meine Schwester fasst sich mit spitzen Fingern an die Schläfen. »Irgendwas sagt mir, dass wir damit noch warten sollten.«

Sofort bin ich auf der Hut. Orela deutet es nur an, aber ich weiß, dass sie eine ihrer Ahnungen hat. Und wenn sie es laut ausspricht, dann ist es mehr als ein Bauchgefühl. Vor allem ...

Nachdenklich schaue ich von ihr zu Aliqua. Seit sie hier ist, haben Orela schon zwei Anfälle aus alter Zeit überkommen. Etwas, das wir uns nicht erklären konnten. Bis heute. Drusilla hat offenbart, dass Aliqua eine Gabe besitzt, die den Fähigkeiten der Göttern ähnelt. Ist es das, worauf Orela reagiert?

Scuro, dessen Sinne immer mehr wahrnehmen, als er sich anmerken lässt, verfolgt jede meiner Regungen. Ich weiß, wenn jemand die Zwischentöne wahrnehmen kann, dann ist er es. »Da ist noch mehr«, stellt er nüchtern fest.

Ich trete unwillkürlich einen Schritt zurück, um es Orela zu überlassen, was sie Scuro und Adone anvertrauen möchte. Bisher war die Rückkehr ihrer Anfälle ein Geheimnis zwischen ihr, Aliqua und mir.

In einer fließenden Bewegung erhebt sich Orela und beginnt vor dem offenen Kamin auf und ab zu gehen. »Ich wollte niemanden beunruhigen, deswegen habe ich noch nichts gesagt«, erklärt sie mit einem entschuldigenden Blick zu Scuro und Adone und erzählt dann von den Trancezuständen. »Mir war klar, dass Aliqua das auslöst, aber jetzt weiß ich den Grund. Es ist ihre Gabe, auf die ich reagiere. Dieser starke, göttliche Teil in ihr.«

Meine Cousins wirken vollkommen überrumpelt von den Neuigkeiten, dass die Seherin in Orela wiedererwacht ist.

»Und deswegen«, schließt Orela mit einem müden Seufzen, »sollten wir uns gut überlegen, wann wir diese Informationen weitergeben. Onkel Nerone muss es dem Gremium mitteilen, und dann wissen es in ein paar Tagen alle. Ich mache mir einfach Sorgen, welche Konsequenzen es für Aliqua bedeuten würde, wenn bekannt wird, dass sie eine Göttergabe hat. Ihr wisst, dass viele von uns mich seit Jahrhunderten drängen, meine ehemalige Verbindung zu den Göttern zu nutzen, um uns zu helfen. Und dass sie nicht einsehen wollen, dass ich es nicht kann. Was wird erst geschehen, wenn sie von jemandem erfahren, der seinen Geist ausschicken kann und meine Fähigkeiten teilweise wiedererweckt?«

»Wäre das denn möglich?«, sagt Adone prompt. »Dass ihr beide zusammen etwas gegen den Fluch ausrichten könntet?«

Orela zuckt mit den Schultern. »Keine Ahnung. Und es ist verdammt gefährlich damit zu experimentieren, bevor Aliqua die Sache im Griff hat.«

»Das sehe ich auch so«, mische ich mich ein. »Am Ende gibt es jede Menge enttäuschte Erwartungen. Orela hat schon oft genug den Frust der Damnati zu spüren bekommen.«

Adone ist anzusehen, dass er nicht glücklich darüber ist, die Sache erst einmal für uns zu behalten. Er war schon immer ein Mann der Tat, der sofort handeln möchte und sich erst später Gedanken über die Konsequenzen macht. Aber ich weiß auch, dass der Wunsch, Orela zu schützen, schwerer wiegt als sein Tatendrang. Wir alle wissen, dass die Damnati oft das Unmögliche von ihr erwarten und noch immer hoffen, dass sie durch eine Eingebung die Lösung für unsere Misere aus dem Hut zaubert. Was durch Aliqua plötzlich möglich erscheint. Und, bei Jupiter, diesen Erwartungsdruck sollte keine von beiden tragen müssen.

Kapitel Dreizehn

Aliqua

Ich stehe in Santos und Orelas Wohnzimmer und weiß, dass die anderen angeregt über mich und die neuesten Erkenntnisse diskutieren, doch ich schaffe es nicht, mich darauf zu konzentrieren. Etwas distanziert, als wäre ich selbst gar nicht anwesend, lausche ich ihren Unterhaltungen, während in meinem Inneren das Chaos tobt. Eigentlich sollte ich mich mehr dafür interessieren, was der Besuch bei Drusilla für mich bedeutet, aber seit dem Moment im Aufzug mit Santo steht meine Welt kopf.

Mir ist klar, dass ich es war, die die Grenze zwischen uns letztendlich überschritten hat. Doch diese Nähe, die während der Fahrt nach Omarzo zwischen uns herrschte, hat mich mutig gemacht. Mutig genug, auf ihn zuzutreten und der Sehnsucht nachzugeben, die an mir zerrt, seit ich ihn vom Grund der Grube aus das erste Mal sah.

Dass Santo vor dieser Art von Nähe zurückschreckt, hat sich bemerkbar gemacht, kaum dass die Fahrstuhltüren sich geöffnet haben. Er ist regelrecht geflüchtet, und der Schmerz über seine Zurückweisung gärt in meiner Brust wie ein vergifteter Pfeil. Santo ist einfach ein verdammtes Rätsel mit seinen Abgründen und Geheimnissen – denn dass er einen Haufen Geheimnisse mit sich rumschleppt, ist unverkennbar. Sie lauern am Rand seines Blickes, wie Schatten, die manchmal aufblitzen und mich locken. Vorhin hat sich gezeigt, was passiert, wenn ich ihnen nachgebe. Dabei hat es sich zeitweise so angefühlt, als wäre Santo derjenige, dessen Hunger uns beide verschlingt.

Schließlich ist es Adones Stimme, die mich aus meinen Gedanken reißt. Am Rande meiner Aufmerksamkeit habe ich mitbekommen, wie er mit den anderen darüber debattiert hat, ob und wie wir die Neuigkeiten über meine Gabe den restlichen Damnati mitteilen. Er schien nicht gerade glücklich darüber, seinem Vater eine solche Nachricht vorzuenthalten, doch jetzt kommt er mit einem draufgängerischen Grinsen auf mich zu. Er hebt die Hand, und als ich nicht zurückschrecke, berührt er leicht meine Wange, die noch immer von dem Intermezzo im Aufzug glüht. Sein Lächeln wird sanfter, während er mich betrachtet. »Scheint so, als hätten wir einen richtig dicken Fisch aus diesem staubigen Kabuff geangelt.«

»Adone!«, blafft Orela, doch ich erwidere sein Lächeln. Adones Unbeschwertheit ist Balsam für meine überreizten Nerven. Wenn seine schnoddrigen Kommentare dafür sorgen, dass ich mir nicht länger über Santo den Kopf zerbreche, bin ich ganz sein.

Seine dunkelblauen Augen schimmern warm, und er senkt die Stimme so weit, dass die anderen ihn nicht hören. »Wie geht es dir?«

Ich blinzle überrascht, weil es das erste Mal ist, dass mir heute diese Frage gestellt wird. Auch ich habe noch nicht wirklich darüber nachgedacht ... von dem Aufzug-Intermezzo ganz abgesehen. »Ich weiß nicht«, wispere ich wahrheitsgemäß. »Einerseits ist es erleichternd, eine Erklärung dafür zu haben, woher ich die moderne Welt so gut kenne und all das. Aber gleichzeitig bin ich auch überfordert von diesem neuen Wissen. Es fühlt sich an, als wäre ich voller widersprüchlicher Emotionen, und es gibt kein Ventil, um sie loszulassen.« Nervös wippe ich auf den Fußballen und kaue auf der Unterlippe herum.

Einen Moment wirkt Adone nachdenklich, während er mein Gesicht studiert, dann breitet sich langsam ein unwiderstehliches Grinsen bei ihm aus. *Meine Güte,* denke ich ein wenig benebelt, *er sieht wirklich verboten gut aus.*

Freundschaftlich legt er mir einen Arm um die Schultern und dreht mich zu den anderen. »Leute, ich finde, wir haben was zu feiern.«

Scuro, Orela und Santo reißen die Köpfe hoch. Angesichts ihrer argwöhnischen Mienen gluckst Adone. »Ich weiß schon, unser Motto ist *Leiden ist alles,* aber wollen wir Aliqua wirklich mit unserer Grufti-Stimmung runterziehen? Sie hat heute eine großartige Erkenntnis über sich selbst gewonnen, und darauf sollten wir anstoßen. Ganz abgesehen davon, dass das Nachtleben einer der Aspekte ist, denen wir sie näherbringen sollten, und zwar durch eigene Erfahrungen. Niemand kann mir erzählen, dass es erfüllend ist, nur durch die Augen eines anderen zu tanzen.« Bestätigung heischend schaut er in die Runde.

Zu meiner Überraschung ist es Scuro, auf dessen Miene ein seltenes Lächeln aufblitzt. »Meine Patrouille beginnt erst um zwei Uhr. Und Massimo hat ohnehin gefragt, ob wir mal wieder bei ihm vorbeischauen.«

Ich treffe auf Orelas Blick und sehe, dass auch sie sich mit der Idee auszugehen anfreundet. Das Glühen von Vorfreude in ihren Augen lässt einen aufgeregten Schauer durch meinen Magen rieseln. Adone hat absolut recht damit, dass ich meine eigenen Erfahrungen machen sollte, anstatt mich auf das Wissen zu verlassen, das ich als Parasit gesammelt habe.

Santo bleibt auffallend stumm, und ich werfe einen herausfordernden Blick in seine Richtung. Er ist blass, was das vielschichtige Blau seiner Augen noch stärker zur Geltung bringt, auch wenn sie gerade voller Dunkelheit sind. Ich messe mich mit seinem Blick, obwohl er mir nicht Paroli bietet.

Schließlich kommt Orela auf mich zu und fasst mich am Arm. »Komm, wir müssen uns fertig machen.«

Mit der Metro fahren wir zu fünft ins Viertel Monte Testaccio.

Orela hat mir geholfen, mich zu stylen, und mir ein kurzes schwarzes Kleid herausgesucht, für das mich Adone überschwänglich mit Komplimenten überhäuft hat. Jetzt hält er mir einen glühenden Vortrag über das Nachtleben in Testaccio, gespickt mit wilden Anekdoten über seine eigenen Eskapaden. Mich fasziniert der Umgang der Damnati mit Rauschmitteln und Exzessen aller Art. Die anderen bestätigen mir, dass sie alle einschlägige Erfahrungen gesammelt haben.

»Die Hemmschwelle bei den meisten von uns ist nicht existent, da einem unsterblichen Körper nichts etwas anhaben kann«, flüstert mir Orela zu. »Außerdem suchen viele nach Wegen, um der Überdrüssigkeit unseres Daseins zu entfliehen. Ein Kick ab und an, um sich daran zu erinnern, lebendig zu sein.«

Ihre Worte bedrücken mich. Heute Abend kommt mir unsere Gruppe so ausgelassen und fröhlich vor, und doch frage ich mich, wie tief die Verzweiflung in jedem Einzelnen von ihnen sitzen mag. Und ob sie auch in mir eines Tages zuschlagen wird. Ein Blick auf Santos verschlossene Miene liefert mir einen kleinen Vorgeschmack darauf. Seit der Rückkehr aus Bomarzo ist er in sich gekehrt und weicht mir aus, als hätte er Angst, mich nur einen Moment zu lang anzusehen.

Wir steigen an einer Station aus, die den außergewöhnlichen Namen *Piramide* trägt. Als wir auf die Straße treten und ein paar Meter laufen, wird mir auch klar, woher der Name stammt: Inmitten einer unübersichtlichen Straßenkreuzung erhebt sich eine steil aufragende Pyramide. Bewundernd betrachte ich das effektvoll angeleuchtete Bauwerk, das inmitten des nächtlichen Verkehrs irgendwie fehl am Platz wirkt.

»Die Cestius-Pyramide«, erklärt mir Orela, die meinem Blick gefolgt ist.

Adone führt uns von der Pyramide weg, hinein in ein belebtes Viertel voller Bars und Restaurants. Für Nachtschwärmer-Verhältnisse ist es noch relativ früh am Abend, trotzdem dringen aus vielen Lokalen Musik und Gelächter.

Wir landen schließlich in einer belebten Bar, in der wir überschwänglich vom Besitzer begrüßt werden. Als er uns entdeckt, springt er hinter dem Bartresen hervor und kommt strahlend näher. Ich kann nicht genau sagen, woran ich es ausmache, aber ich habe das Gefühl, dass er ebenfalls ein Ewiglicher ist. Nachtschwarzes Haar fällt ihm in glänzenden Locken bis auf die Schultern, sein Gesicht mit dem Dreitagebart sieht keinen Tag älter als Ende zwanzig aus, und er trägt einen schmal geschnittenen grauen Anzug, ohne Hemd unter dem Jackett. Vielleicht ist es diese besondere Aura von Alter, die ich inzwischen wahrnehmen kann.

Er umarmt die anderen und hält dann vor mir inne. Seine dunklen Augen scannen meine Gestalt, und ein verschwörerisches Lächeln kräuselt seine Lippen. »Na sieh einer an, das neueste Mitglied in unserem Club der Verdammten.« Er schnappt sich meine Hand und drückt mir einen Kuss darauf, ohne den Blickkontakt zu lösen. »Welch eine Freude, dich aus der Nähe sehen zu können. Während des Tribunals hat es ja keine Gelegenheit gegeben, dich näher kennenzulernen. Ich bin übrigens Massimo.«

Ich zucke zusammen, als Santo sich plötzlich neben mich stellt. »Es hat seinen Grund, warum es beim Tribunal kein *Meet and Greet* gab.«

Massimo stutzt angesichts seines unterkühlten Tonfalls, dann lacht er. »Noch immer der überkorrekte Musterknabe Santo, hm? Keine Patrouillenschicht heute Nacht, um nach dem Rechten zu sehen?«

Die Spannung zwischen den beiden ist mit Händen greifbar, und ich räuspere mich nervös. »Das ist deine Bar?« Ich schiebe mich ein wenig vor Santo, um eine Barriere zwischen ihm und Massimo zu schaffen.

Einen Moment noch starrt Massimo Santo voll abfälliger Herablassung an, dann wendet er sich wieder mir zu. Das Lächeln kehrt zurück. »Ja *bella.* Willkommen im *Infinitas!* Ich habe euch einen Tisch reserviert.«

Zusammen mit Scuro, den er offenbar besser leiden kann als Santo, bringt er uns an einer kleinen Tanzfläche mit DJ-Pult vorbei zu einem Bereich voller niedriger Tische im hinteren Teil der Bar. Zusammen drücken wir uns auf die U-förmige Sitzbank, die den Tisch umschließt, während Massimo verschwindet, um uns Getränke aufs Haus zu ordern.

Ich lande am Kopfende, eingezwängt zwischen Orela und Adone. »Was war das gerade zwischen Massimo und Santo?«, wispere ich Orela zu.

»Massimo ist ein Pomponio. Viele der Abtrünnigen stammen aus dieser Familie, aber es gibt genügend, die bei den Damnati geblieben sind. Trotzdem herrscht seit jeher ein grundlegendes Misstrauen untereinander. Obwohl er sich gegen die Immortali ausspricht, geht es Massimo gegen den Strich, dass Santo Jagd auf seine ehemaligen Angehörigen macht. Er meint, wir sollten einen Schritt auf sie zugehen, anstatt die Kluft zwischen den Lagern immer tiefer werden zu lassen.«

Ich runzle die Stirn. »Scuro und Adone tun das doch auch, oder?«

»Ja, aber Massimo und Santo ... hm, das geht tiefer.« Prüfend schaut sie zu ihrem Bruder, doch der nimmt gerade Gläser von einer Kellnerin an, die Massimo wohl zu unserem Tisch geschickt hat. Orela senkt ihre Stimme so weit, dass sie über die Musik in der Bar kaum zu verstehen ist. »Massimo war sehr eng mit Marcellus Pomponius befreundet, der die treibende Kraft hinter dem Pakt mit den Göttern war.

Zwischen Santo und Marcellus ist damals einiges vorgefallen, sie waren regelrecht verfeindet, und Massimo nimmt seinen alten Freund noch immer in Schutz. Santo kann ihn einfach nicht ausstehen, weil er Marcellus so gern mochte.«

Sie schaut mich an, Erwartung im Blick, als hoffte sie, dass ihre kleine Geschichte irgendetwas bei mir auslöst. Aber ich schaffe es noch immer nicht, die Blockade zu meinen Erinnerungen zu durchstoßen, auch wenn der Name Marcellus ein unwohles Prickeln in meiner Magengrube auslöst. Ich lege mir die Hand an die Kehle, dorthin, wo mein Puls pocht, und bedecke ihn schützend mit den Fingern. Suchend taste ich über meine Haut, als müsste dort etwas sein, an dem ich mich festhalten kann. Für den Bruchteil einer Sekunde blitzt ein vertrautes Gefühl in meinem Gedächtnis auf, ein Gegenstand, der an der Kuhle meiner Schlüsselbeine ruhte und den ich so oft umfasst habe ...

Als ich blinzle, treffe ich auf Santos Blick, der auf die Stelle an meinem Hals starrt, die ich gerade berühre. Ein wilder Schmerz verwüstet seine Züge, und ich bin froh, dass mir Adone genau in diesem Moment ein Glas in die Hand drückt. Ich lasse meine Kehle los, und eine Kälte macht sich an dieser Stelle breit, die sich vollkommen unnatürlich anfühlt.

»Das Bier letztens war schon mal ein guter Anfang«, verkündet Adone so laut, dass ich mich ihm zuwende. »Jetzt bist du bereit für die unheiligen Gefilde der Spirituosen.«

Nach meinem dritten Drink verabschiedet sich mein Zeitgefühl.

Gegen Mitternacht wird die Musik im *Infinitas* so laut, dass Unterhaltungen fast unmöglich sind, aber ich bin auch über den Punkt hinaus, mit irgendjemandem tiefsinnige Gespräche führen zu wollen.

Ich fühle mich gut. *Mehr* als gut. Absolut fantastisch. Ein Teil von mir weiß, dass dieses Hochgefühl nur vom Alkohol kommt, aber nach anfänglichem Zögern heiße ich den Rausch willkommen.

Meine Füße wippen im Rhythmus der Bässe, und mit steigender Faszination beobachte ich die Menschen, die sich auf der Tanzfläche bewegen. Sie scheinen keiner besonderen Choreografie zu folgen, sondern bewegen sich wie ein wogendes Meer zur Musik.

»Komm, lass uns tanzen!« Orelas aufgekratzte Stimme dringt wie durch einen Nebel an mein Ohr. Sie fasst mich an der Hand und zieht mich in Richtung Tanzfläche, Adone kommt hinter uns her. Ich werfe noch einen Blick zurück zu unserer Sitzecke, wo Santo und Scuro sitzen, die Köpfe zusammengesteckt, um sich über den Lärm hinweg unterhalten zu können.

Im ersten Moment stehe ich befangen inmitten der Tanzenden, wackelig auf den hochhackigen Schuhen, die mir Orela zu dem Kleid geliehen hat. Doch dann kriecht die Musik unter meine Haut. Sie erfüllt jeden Winkel von mir, nistet sich in meinen Knochen und Muskeln ein, bis ich sie in jeder Faser spüre. Wie von selbst beginne ich mich zu bewegen. Als ich meinen Rhythmus finde, werfe ich den Kopf in den Nacken und lache aus purer, unverfälschter Freude. Orela greift nach meinen Händen und wirbelt mich herum, bis alles zu einem Strudel aus Licht und Bewegungen zerfließt.

Das hier ist das Leben, nach dem ich so lange gehungert habe. Bewegung, Melodie, Hitze. Ein wummernder Beat, der meinen Herzschlag antreibt und mir mit jedem Pochen sagt, dass ich frei bin. Bald rinnt mir Schweiß über den Körper, und meine Haut glüht, doch ich denke nicht daran aufzuhören. Zusammen mit Orela und Adone tanze ich mir die Seele aus dem Leib, getragen von einer Welle reiner Euphorie.

Hände, die sich um meine Taille legen, reißen mich jäh aus meiner Versunkenheit. Ich drehe mich um und finde mich Massimo gegenüber, der mich unter schweren Lidern hervor anschaut. Sein Jackett ist inzwischen aufgeknöpft und offenbart seine nackte Brust. Ein Tattoo schlängelt sich in altmodischen Lettern quer über seine Schlüsselbeine. Im zuckenden Licht der Laserstrahler entziffere ich die Buchstaben. *Perdere Diem.*

Verschwende den Tag. Massimo lächelt und zieht mich näher an sich, als er die Worte von meinen Lippen abliest. Sein Körper presst sich eng an meinen, gibt einen Takt vor, in den ich wie von selbst einfalle. Das berauschende, heiße Gefühl, das heute im Aufzug mit Santo erwacht ist, kocht in mir hoch, und ich schließe die Augen. Dieser Tanz ist längst nicht mehr von Leichtigkeit und übersprudelndem Hochgefühl erfüllt ... das Gefühl, das tief in meinen Körper sinkt, ist dunkler, hungriger. Und es hat rein gar nichts mit dem Mann zu tun, dessen Hände über mich wandern.

Massimo ist mir so nahe, dass sein Atem mein schweißfeuchtes Gesicht streift, und ich will die Distanz überbrücken. Mir das holen, was mir im Fahrstuhl verwehrt wurde, selbst wenn es nicht Santo ist ... aber plötzlich stehe ich alleine da. Blinzelnd schaue ich auf und sehe, wie Santo Massimo von mir wegzerrt und ihm einen Stoß vor die Brust versetzt, sodass er in das Meer der Tanzenden taumelt. Einen Moment noch sehe ich sein zorniges Gesicht, dann breitet sich Santo in meinem Blickfeld aus. Es ist fast so, als hätte ich ihn mit meinen Gedanken heraufbeschworen.

Seine Züge sind wie aus Marmor gemeißelt, als er mich ruckartig an sich zieht und die Hände im Stoff meines Kleides vergräbt. Wut über sein Verhalten zuckt in den Tiefen meines alkoholvernebelten Gehirns auf, doch die Regung schafft es nicht, die Oberhand zu gewinnen. Stattdessen vergehe ich, während Santo unsere Körper in einem sanfteren Rhythmus als Massimo wiegt. Sanfter, aber so viel intensiver. Er löst die Hände aus dem Stoff und streicht stattdessen an meinen Seiten hinunter, bis er auf den kurzen Saum trifft. Dort, wo seine Fingerspitzen mein nacktes Bein berühren, treffen mich hundert kleine Stromschläge. Ich lege ihm einen Arm um den Nacken, um nicht einzuknicken, während die Musik weiterhin durch mich hindurchpulst.

In Santos Augen brennt wieder das gasblaue Feuer, als er den Blick zu mir hebt. Er ist ein offenes Buch für mich, zumindest was seine Emotionen angeht. Verlangen und Vorsicht ringen in ihm, und ich kann den genauen Augenblick ausmachen, indem die Zurückhaltung gewinnt. Anders als im Aufzug gebe ich ihm jedoch nicht die Gelegenheit, mich wegzustoßen. Stattdessen winde ich mich aus seinem Griff und flüchte in den vorderen Bereich der Bar, um ihn nicht noch einmal an diesem Tag sehen zu lassen, wie sehr mich seine Zurückweisung verletzt.

Kapitel Vierzehn

Rom, 79 n. Chr.

Sanctius war ihr hinterhergekommen und hatte sie aufgehalten, ehe sie das Marktgelände verlassen und im undurchdringlichen Gassengewirr verschwinden konnte.

Wie zur Salzsäule erstarrt stand Aliqua da, hin- und hergerissen zwischen ihrer Angst vor den Göttern und der schieren Faszination, die seine plötzliche Nähe in ihr auslöste. Sie schaute in das unvergleichliche Blau seiner Iris, unfähig, wegzusehen oder einen vernünftigen Gedanken zu fassen. Unverwandt erwiderte er ihren Blick, anfangs mit derselben Verblüffung, doch seine Miene verfinsterte sich zusehends. Aliqua wollte etwas sagen, erklären, warum sie regelrecht vor ihm geflohen war. Warum sie es nicht zu dem nächtlichen Treffen geschafft hatte, doch ihr Geist war wie leer gefegt.

»Du«, grollte Sanctius, offenbar nicht fähig, mehr zu sagen als diese eine Silbe.

Bevor er weitersprechen konnte, versuchte sie sich seinem Griff zu entwinden. »Wir dürfen das nicht.« Ihre Stimme brach vor Panik, und sie musste sich räuspern, ehe sie fortfahren konnte. »Fortuna hat mir zu verstehen gegeben, dass sie dem hier nicht zustimmt.«

Der Griff um ihren Arm lockerte sich kein bisschen. Wenn überhaupt schloss Sanctius seine Finger noch fester um sie. »Wie kann das möglich sein, wenn doch die Parzen meine Schritte heute hierhergeführt haben?« Er sprach mit echter

Überzeugung in der Stimme über die drei Schicksalsgöttinnen, und seine Augen glühten.

»Dann ist es nichts weiter als ein grausamer Scherz.«

Er blieb stur. »Decima ließ meinen Schicksalsfaden zu deinem hinlaufen.«

Aliqua schnaubte. »Und Morta wartet nur darauf, den meinen zu durchschneiden.«

Sie lieferten sich ein Blickduell, keiner von beiden war bereit nachzugeben. Schließlich seufzte Sanctius tief. »Du hast meine Schwester kennengelernt. Orela hört das Wort der Götter und übermittelt ihre Botschaften. Sie kann sehen, dass unsere Wege zueinander hinführen. Immer wieder. Und ich will es ergründen.« Er ließ ihren Arm los, um sich durch die Haare zu fahren. »Mir ist bewusst, dass ich hiermit gegen sämtliche Standesregeln verstoße. Halte mich für hochmütig, aber bis ich dich traf, hat es mich nie gekümmert, welche Kluft zwischen Herren und Sklaven liegt. Ich habe es als gegeben hingenommen, auch wenn ich mich jetzt zu fragen beginne, woher wir uns das Recht nehmen, andere wie Vieh zu verschachern. Du hast mir die Augen geöffnet.«

Stumm schüttelte Aliqua den Kopf. Das konnte sie einfach nicht glauben. Es gab so vieles, das dagegen sprach, dass er überhaupt auf diese Weise mit ihr redete.

Sanctius senkte die Lider, seine Mundwinkel zogen sich nach unten. »Ich habe vor der Domus Pomponius auf dich gewartet, die ganze Nacht. Und als du nicht herauskamst ... nun, erst dachte ich, dass du vernünftiger bist als ich und mich zurückweist, aber dann habe ich begonnen, mir Sorgen zu machen. Ich konnte Orela nicht schon wieder zu den Pomponii schicken, um nach dir zu sehen, ohne Octavia nicht noch weiter zu ermutigen.«

Aliqua schluckte schwer. »Ich habe es nicht ungesehen aus dem Haus geschafft.«

Unbewusst berührte sie die Würgemale an ihrer Kehle. Sanctius' Blick folgte der Bewegung ihrer Hand, und sie konnte hö-

ren, wie seine Zähne heftig aufeinanderschlugen. Etwas, das verdächtig nach einem Knurren klang, stieg aus seiner Brust auf. »Wer war das?«

Aliqua versteifte sich. »Das ist nicht ...«

»Sag es mir!«, presste er zwischen den Zähnen hervor.

Nervös sah sich Aliqua nach allen Seiten um, ehe sie wisperte: »Marcellus, der Sohn meines Herrn.«

Sie konnte ihm deutlich ansehen, wie viel Mühe es ihn kostete, ruhig zu bleiben. Seine Finger zuckten, ehe er sie zurück in eine Faust zwang. »Ich sollte ihn dafür zur Rechenschaft ziehen.«

»Nein!«, stieß Aliqua heftig hervor. »Dann weiß er ... er würde erfahren ...« Sie stockte, weil sie nicht wusste, wie sie den Satz weiterführen sollte. Denn was würde er erfahren? Dass Sanctius sie hatte treffen wollen? Dass es eine unerklärliche Verbindung zwischen ihnen gab, dank derer sich ihre Blicke auch über die dichteste Menge hinweg fanden? Sie wusste nur, dass Marcellus der letzte Mensch auf Erden war, der etwas darüber wissen durfte. Er würde es sich zu seiner persönlichen Aufgabe machen, Aliqua mit diesem Wissen zu quälen.

»Das ist alles meine Schuld.« Sanctius trat einen Schritt von ihr weg und raufte sich die Haare. »Götter, ich habe mir solche Vorwürfe gemacht! Es war die dümmste Idee, dich des Nachts treffen zu wollen, aber ich musste dich sehen, und mir fiel keine andere Möglichkeit ein.«

Staunend beobachtete Aliqua, wie ein gequälter Ausdruck seine Miene verzerrte, der ihr nur allzu bekannt vorkam. Dieses Gefühl ... ihr erging es ebenso. Die absolute Dringlichkeit, die sie in seine Nähe trieb.

»Warum ich?« Die Frage war ihr entschlüpft, ehe sie genauer darüber nachdenken konnte, und atemlos erwartete sie seine Reaktion.

Sanctius' Züge glätteten sich, während er sie betrachtete. »Weil ich dich vor mir sehe, jedes Mal, wenn ich die Augen schließe. Ich habe noch nie etwas Vergleichbares erlebt. Dieser

Moment auf dem Markt, als unsere Blicke sich fanden … mir war, als würden deine Augen zu mir sprechen. Als würdest du in mich hineinschauen, jedes Geheimnis und alle Abgründe kennen und mir im Gegenzug die deinen anbieten. Deswegen habe ich alle Vernunft fahren lassen und Orela in das Haus deiner Besitzer geschickt, nachdem ich dich bei dem Fest wiedergesehen hatte. Weil ich dich nicht vergessen konnte.«

Ein Schwindel erfasst Aliqua, so rasend und ungestüm, dass sie ins Wanken geriet. Trotz seines Interesses und der Bitte, ihn zu treffen, hatte sie bis zu diesem Moment nicht darauf zu hoffen gewagt, ihm ginge es genauso wie ihr. Und doch … gerade hatte sie es gehört. Aus seinem eigenen Mund. Auch er hatte es auf dem Markt gespürt, und es ließ ihn genauso wenig los wie sie.

»Und was nun?« Aliqua fühlte sich kühn genug, diese Frage zu stellen, auch wenn sie innerlich vor der Antwort erzitterte. Noch immer lauerte die Furcht vor dem Zorn der Götter in ihr, egal was er behauptete. Wenn er vernünftig wäre, würde er vorschlagen, sich einander aus dem Kopf zu schlagen und weiterzumachen wie bisher. Sie war eine Sklavin und er ein Patriziersohn. Sie führten zwei Leben, die nach den Regeln ihrer Welt keine intimen Berührungspunkte kennen sollten. Auch wenn er gesagt hatte, er könne sie nicht vergessen … die Zeit würde es richten, nicht wahr?

Sanctius machte einen Schritt auf sie zu, leicht runzelte er die Stirn, während er weiter ihr Gesicht betrachtete. Langsam hob er die Hand, wie um ihre Reaktion zu proben, doch Aliqua hielt sich vollkommen still, als er mit den Fingerspitzen ihre Wange berührte. Der Kontakt war kaum mehr als ein Hauch, doch er sandte einen Schauer heißen Glücks durch ihren Körper. Instinktiv strebte Aliqua der Berührung entgegen, bis seine Hand sich an ihre Wange schmiegte.

Nein, dachte Aliqua benommen, sie könnte vielleicht versuchen, sich von ihm fernzuhalten, aber vergessen könnte sie

Sanctius nie. Er, der ihr als Einziger das Gefühl gab, gesehen zu werden – und den das, was er sah, nicht abschreckte.

Es muss dir genügen. Dieser Augenblick, mehr kann es nicht geben.

Laute Stimmen, die Sanctius' Namen riefen, ließen sie schließlich auseinanderfahren. Marktgänger strömten um sie herum, wie ein Fluss, der sich seinen Weg um einen Felsen bahnte. Niemand schenkte ihnen einen zweiten Blick. Aber aus der Entfernung riefen seine Begleiter nach Sanctius.

»Ich muss gehen«, murmelte er, und Bedauern und Ärger rangen in seiner Stimme miteinander. Schließlich neigte er sich so nahe zu Aliqua hin, dass nur sie seine Worte verstehen konnte. »Heute in einer Woche, zur selben Zeit, wieder hier. Kannst du das schaffen?«

Mit weit aufgerissenen Augen schaute sie ihn an und nickte dann. Ja, das konnte sie bewerkstelligen. Vielleicht, wenn sie unauffällig dafür sorgte, dass ein weiteres von Octavias Ölen zur Neige ging. Irgendwie würde ihr innerhalb einer Woche eine Ausrede einfallen, um auf den Markt zu gehen.

Ein Lächeln breitete sich auf Sanctius' Gesicht aus, schöner als die aufgehende Sonne. Dann wandte er sich um und ging davon, ohne noch einmal zurückzublicken. Doch Aliqua konnte seine Hand an ihrer Wange den ganzen restlichen Tag über spüren.

Aliqua

Ich bin so frustriert, dass ich schreien möchte. Schwer lasse ich mich gegen den Rand des Bartresens sinken und versuche zu Atem zu kommen. Warum ist es nur so heiß? Mit einer laminierten Getränkekarte wedle ich mir Luft zu, als sich jemand zu mir stellt. Entnervt schaue ich zur Seite, doch es ist Adone, der ähnlich atemlos wie ich ist und sich die feuchten Locken aus der Stirn streicht.

»Du musst Geduld mit Santo haben«, sagt er ohne große Vorrede. Na wunderbar, dann weiß also nicht nur Orela Bescheid. Anscheinend führen Santo und ich grade ein Schauspiel vor versammelter Mannschaft auf.

»Warum sagen mir alle, dass ich geduldig mit ihm sein muss? Ich verstehe nicht, was sein verdammtes Problem ist!«

»Er spricht nie darüber, aber ich glaube, dass es jemanden gab, den er liebte und nicht mitnehmen konnte, als wir den Deal mit den Göttern eingingen. Wer auch immer das war, hat das Geschenk der Götter nicht bekommen und blieb deswegen sterblich. Wie gesagt, Santo hat noch nie darüber gesprochen, aber ich sehe die Zeichen ... weil es mir auch passiert ist.«

Ohne nachzudenken, greife ich nach Adones Arm. Meine Finger schaffen es kaum, seinen mächtigen Bizeps zu umfassen, aber ich drücke ihn besänftigend, als ich die Tränen sehe, die das bunte Neonlicht in seinen Augen aufleuchten lässt.

Mit einem traurigen Lächeln, das auf seiner sonst immer so heiteren Miene fremd wirkt, schaut er zu mir herunter. »Du bist bestimmt nicht in der Stimmung, dir eine uralte Tragödie anzuhören. Sie bietet nicht viel Unterhaltungswert.«

Stirnrunzelnd erwidere ich Adones Blick. »Glaub mir, momentan fühle ich mich, als wäre ich in meiner eigenen Real-Life-Tragödie gefangen, und der Autor ist ein Stümper.«

Das entlockt ihm ein trockenes Schnauben. Mit dem Rücken lehnt er sich gegen den Tresen und lässt den Blick über die überfüllte Bar gleiten, während er nach den richtigen Worten sucht.

»Iulia war ... einfach unvergleichlich. Wir standen kurz davor, verheiratet zu werden, als der Fluch über uns kam. Damals, als wir jung waren, bedeutete eine Eheschließung eigentlich nur einen Geschäftsabschluss. Die Väter arrangierten eine Heirat aus finanziellen, hierarchischen und politischen Beweggründen, Liebe spielte dabei überhaupt keine Rolle. Wir beide allerdings … wir kannten uns von klein auf, unsere Verbindung entwickelte sich über die Jahre und wurde immer stärker. Ich war fünfzehn, als mir klar wurde, dass ich sie liebe. Der Tag, an dem unsere Verbindung beschlossen wurde, war der glücklichste meines Lebens.«

Der Barkeeper spricht uns an und fragt nach Getränkewünschen. Am liebsten möchte ich ihn wegjagen, weil er Adones Geschichte stört, doch der bestellt uns zwei Wodka-Martini. Als die Getränke kommen, stößt er mit mir an und nimmt einen beherzten Schluck. Kurz schaudert er unter dem scharfen Alkohol, dann strafft er sich und fährt fort.

»Im Grunde ist der Rest schnell erzählt. Iulia sollte nach der Hochzeit eine von uns werden und den Trank der Götter bekommen, der uns unsterblich machte. Doch bevor es dazu kam, brachen die Götter mit uns und verließen die Welt. Ich, der den Trank bereits genommen hatte, musste zusehen, wie sie sterblich blieb. Wir sind ihr Leben lang zusammengeblieben, und vierzig Jahre später starb sie in meinen Armen.« Adone hält den Blick auf sein Glas gesenkt und schubst die Olive darin mit einem Zahnstocher herum.

Tief betroffen mustere ich ihn. Es ist schwer zu ertragen, einen Schmerz zu sehen, der seit so langer Zeit besteht. Wie sehr muss er sie geliebt haben, dass die Erinnerung ihn heute noch so mitnimmt. Dass Jahrhunderte nicht genügten, um ihren Verlust zu verwinden.

Obwohl es sich gerade ein wenig unpassend anfühlt, muss ich bei einer Sache nachhaken, die er erwähnt hat.

»Ich höre gerade zum ersten Mal von einem Trank, den ihr genommen habt«, bemerke ich vorsichtig. »Bisher war immer nur die Rede davon, dass ihr eine Gabe von den Göttern erhalten habt.«

»Der Trank war diese Gabe«, bestätigt Adone mit schleppender Stimme. »Er war für unsere Familien bestimmt, und jeder, der ihn bereits genommen hatte, fiel unter den Fluch der Götter. Iulia wäre jetzt noch hier, wenn sie ihn rechtzeitig bekommen hätte.«

Wut mischt sich unter mein Mitgefühl, wenn ich an die Ungerechtigkeit denke, die Adone und Iulia widerfahren ist. Auch schon davor habe ich mit den Ewiglichen mitgefühlt, die an ihrer Unsterblichkeit verzweifeln, aber das? Ich kann mir nicht ausmalen, wie es für Adone gewesen sein muss, seine Geliebte altern zu sehen, während er selbst für immer jung blieb. Und das nur, weil sie die Gabe der Götter zu spät bekommen sollte.

»Ich will zu ihr«, raunt er kaum hörbar. »Alles, was ich seit über eintausendneunhundert Jahren möchte, ist, zu ihr zu kommen. Und Santo will dasselbe, das spüre ich.«

Mein Herz droht vor Schmerz überzulaufen. »Danke, dass du mir das anvertraut hast.« Ich lege eine Hand über seine und drücke sie. Ich würde gerne mehr tun, ihm eine Lösung anbieten, aber es gibt nur eine … den Bruch des Fluchs und den Tod. Und ich weigere mich, Letzteres als ernst zu nehmende Alternative zu akzeptieren.

Adone schnieft, leert sein Glas und wirft mir ein wackeliges Lächeln zu. »Schau uns beide an. Sitzen betrunken an einer Bar und heulen über mein lahmes Schicksal.«

Mir war nicht bewusst, dass ich weine, aber als ich meine Wange berühre, ist sie nass. Verlegen greife ich nach einer Cocktailserviette und trockne mir das Gesicht.

»Aber hey, eins wird dich vielleicht aufheitern«, sagt Adone. »Santo mag es ähnlich wie mir gehen, aber seit du hier bist, sehe ich eine Veränderung an ihm.«

Ungläubig starre ich ihn an. Trotzdem beginnt mein Herz hoffnungsvoll zu flattern.

»In den letzten Jahrhunderten ist der Junge abgestumpft. Es ist eine Apathie, in die viele von uns verfallen und aus der die wenigsten wieder herausfinden. Sie erreichen einen Punkt, an dem die Endlosigkeit unserer Existenz sie niederdrückt. Santo hat versucht, es zu verbergen, um Orela nicht im Stich zu lassen, aber man hat ihm angemerkt, dass nichts mehr bei ihm ein Gefühl ausgelöst hat.« Adone räuspert sich, die Stimme rau vor Sorge um seinen Cousin. »Tja, und dann kamst du, und seitdem rennt er herum wie eine Handgranate, deren Zünder gezogen wurde. Ich glaube, er kommt mit den Gefühlen nicht zurecht, die du in ihm weckst. Dass er plötzlich wieder etwas spürt. Deswegen sage ich, dass du Geduld haben solltest. Wenn er dir allerdings mit Aktionen wie heute Abend auf die Nerven geht, verpass ihm einen Arschtritt, vielleicht kommt er dann zu sich.«

Sein letzter Kommentar entlockt mir ein Prusten, aber eigentlich ist mir nicht nach Lachen zumute. Das, was er zuvor gesagt hat, geht mir nicht mehr aus dem Kopf. »Aber du denkst, es gehe ihm ähnlich wie dir. Dass er noch immer einer verlorenen Liebe nachtrauert. Wie könnte ich jemals gegen eine Tote ankommen?« Den nächsten Satz kann ich kaum aussprechen, aber er huscht doch über meine Lippen. »Könnte jemand dafür sorgen, dass du Iulia vergisst?«

Adone schüttelt den Kopf. »Nein, vergessen könnte ich sie nie. Und das will ich auch nicht, dafür sind mir die Erinnerungen an sie zu kostbar. Aber Herzen sind fantastische Gebilde und wir Menschen Narren. Kein Riss ist so tief, als dass die richtige Person ihn nicht kitten könnte. Und Herzen, die schon einmal gebrochen waren, lieben am tiefsten, nicht wahr?«

Mein Mund steht offen, während ich ihn mustere und mich frage, ob ich ihn nicht die ganze Zeit falsch eingeschätzt habe. »Adone, ich wusste nicht, dass du so weise bist.«

»O nein, weise bestimmt nicht«, lacht er. »Nur der hoffnungsloseste Narr von allen.«

Adone und ich stehen noch eine ganze Weile an der Bar zusammen und philosophieren zunehmend ausgelassen über die erstaunlichen Eigenschaften von Herzen. Jetzt, da ich weiß, wie es in seinem Inneren aussieht, bewundere ich ihn für die Fähigkeit, noch immer lachen zu können. Er wirkt oft so laut und überdreht, immer auf der Suche nach dem nächsten Kick, aber das ist wohl sein Weg, um sich abzulenken und den Schmerz zu betäuben.

Scuro kommt vorbei und verabschiedet sich, da er seine Patrouillenschicht antreten muss. Kurz darauf stößt Orela mit Santo im Schlepptau zu uns. Er sackt neben mich an den Tresen, sein Blick ist dunkel und flehentlich. »Aliqua, vorhin …«

»Nein«, fauche ich und werfe mir das Haar über die Schultern. »Ich rede jetzt ganz sicher nicht mit dir.«

Schön und gut, dass Adone meint, Santo hinge noch immer einer verlorenen Liebe nach. Für mich entschuldigt das nicht dieses Heiß-und-kalt-Spiel, das er mit mir treibt. Ich werde mit ihm sprechen müssen, aber sicherlich nicht jetzt und hier, wo wir beide getrunken haben und ich so sauer auf ihn bin.

Adone legt ihm einen Arm um die Schultern. »Hör besser auf sie, Junge. Was ist, wollen wir aufbrechen?« Fragend schaut er zu Orela und mir, und wir nicken beide. Das Hochgefühl des Abends ist längst verpufft, und eine bleierne Müdigkeit kriecht in meine Glieder. Alles, was ich mir wünsche, ist eine Flasche Wasser und mein Bett.

Massimo ist nirgends zu sehen, als wir unsere Jacken von der Garderobe holen und in die Nacht hinaustreten. Nach der ohrenbetäubenden Lautstärke in der Bar dröhnt die Ruhe draußen regelrecht in meinen Ohren, und fröstelnd schlinge ich die Jacke enger um mich.

»An der Porta San Paolo finden wir bestimmt ein Taxi«, brummt Adone, der ebenfalls die Schultern gegen die kühle Frühlingsluft hochzieht.

Richtig, um diese Uhrzeit fahren die U-Bahnen nicht mehr. Orela hakt sich bei mir unter, und zu viert machen wir uns auf den Weg zurück zu der Kreuzung, von der wir vorhin gekommen sind. Die meisten Lokale in der Gegend sind noch gut besucht, Musik dringt hinaus auf die Straße, aber uns begegnen nur wenige Passanten.

»Am Wochenende müssen wir im Studentenviertel ausgehen«, sagt Adone über die Schulter zu mir. »In San Lorenzo gibt es richtig gute Clubs, in denen Livebands spielen und …« Er stockt mitten im Satz und bleibt stehen. Orela und ich laufen beinahe in ihn hinein, und Santo gerät ins Taumeln. Allerdings geht auch er wie sein Cousin im nächsten Moment in eine geduckte Verteidigungshaltung über. Sie sondieren die ruhige Nebenstraße, die wir gerade durchqueren, die Nasenflügel gebläht, jeden Muskel angespannt.

Orela hält mich am Arm gepackt, ihre Finger umklammern mich wie ein Schraubstock. Ich habe keine Ahnung, was genau los ist, aber zweifelsohne wittern Santo und Adone irgendeine Art von Gefahr. Und ihre Anspannung überträgt sich auf mich, auch wenn ich keine Ahnung habe, wie ich mich selbst verteidigen soll.

Beinahe gleichzeitig beginnen die Handys von Santo, Adone und Orela in ihren Taschen zu brummen, doch es ist zu spät.

Ein leises Wispern, kaum mehr als ein Windhauch, ist alles, was die schwarz gekleideten Gestalten ankündigt, die zu beiden Seiten des Weges auftauchen. Sie kesseln uns ein. Mit mehr Kraft, als ich ihr zugetraut hätte, schiebt mich Orela hinter sich an die nächste Hauswand und baut sich schützend vor mir auf. Die Augen weit aufgerissen, drücke ich mich flach gegen die Mauer und beobachte, wie sich sechs Schemen aus der Dunkelheit schälen. Es sind Immortali, ohne jeden Zweifel. Ihre Anwesenheit verpestet die Luft wie schwere, ölige Schwaden, die sich um sie herum ausbreiten. Ist es dieses finstere, knisternde Machtfeld, das Santo und Adone wahrnehmen, wenn sie durch die Nacht patrouillieren? Hat es sie auch jetzt gewarnt?

Im nächsten Moment sind sie nah genug, um anzugreifen.

Ich bin regelrecht gelähmt vor Angst, während ich an Orela vorbei beobachte, wie Santo und Adone sich in den Kampf stürzen. Es ist so dunkel, dass ich kaum etwas erkennen kann. Dafür höre ich jede Einzelheit überdeutlich. Körper, die aufeinanderprallen, das dumpfe Klatschen niedertrommelnder Schläge, Keuchen und Schmerzenslaute. Nur hören zu können, was passiert, ist brutaler, als ich mir eingestehen will. Es verstärkt das lähmende Gefühl von Hilflosigkeit, bis ich nur noch ein zitterndes Bündel aus Angst bin und bei jedem Laut zusammenzucke.

Orela steht noch immer als schützende Barriere vor mir, bis eine vermummte Gestalt direkt vor ihr auftaucht und mit geballter Aggression auf sie losgeht. Doch Orela erweist sich als würdige Gegnerin. Noch immer auf High Heels, wirbelt sie herum und pariert die Angriffe mit der Eleganz einer Tänzerin.

Ich bin so gefangen davon, sie dabei zu beobachten, dass ich nicht bemerke, wie jemand ihre Ablenkung ausnutzt. Hände packen mich von hinten und ziehen mich unerbittlich an einen stahlharten Körper. Ein Schrei entfährt mir, der im nächsten Moment von Fingern abgewürgt wird, die sich wie Stahlklammern um meine Kehle schließen. Das Gefühl, auf diese Art gehalten zu werden, legt einen Schalter in mir um. Hände an meinem Hals ... ein Druck, der mir die Luft abschneidet ... meine panischen Versuche, mich zu befreien ... Es ist ein uralter Trigger, der tief in mir ausgelöst wird, erzeugt von einer Erfahrung, die ich längst vergessen hatte. Aber mein Körper erinnert sich nun daran.

Etwas explodiert tief in meiner Brust, eine flüssige Dunkelheit, die sich in meinen Adern ausbreitet und das Blut verdrängt. Mein Blickfeld verschleiert sich, bis da nur noch Schwärze ist, die mich umschmeichelt wie ein Liebhaber. Ich bin ein Wirbelsturm, der aus dem tiefsten Abgrund der Erde emporsteigt, bereit, alles mit mir hinunterzureißen.

Wie eine Besessene bäume ich mich auf, und die Schwärze in meinen Adern verleiht mir neue Kraft. Meine Arme kann ich nicht aus der Umklammerung befreien, aber ich werfe meinen ganzen Körper gegen den Mann, der mich festhält. Jeder Halswirbel ächzt protestierend. Keuchender Atem zischt an meinem Ohr vorbei und sagt mir, dass mein Angreifer Mühe hat, mich unter Kontrolle zu halten. Die Dunkelheit bettelt um Tod und Verderben, und ich will sie ihr darreichen. Wenn ich mich nur befreien könnte ...

Wie von Sinnen mache ich weiter, trete mit meinen Absatzschuhen nach hinten gegen seine Beine, versuche irgendwie einen Treffer zu landen, der ihn zwingt, mich loszulassen.

»Gib sie frei!« Santos eisige Stimme peitscht über uns hinweg. Bei diesem Klang erstirbt die dunkle Raserei in mir abrupt und zieht sich in den hintersten Winkel meiner selbst zurück. Ich versuche, nach ihr zu greifen, damit sie mir dabei hilft mich aus dieser Situation zu befreien, doch sie rinnt mir durch die Finger wie Rauch. Benommen blinzelnd schaue ich mich um. Ich sehe wieder mehr als bloße Schwärze, und erst jetzt fällt mir auf, wie ruhig es geworden ist. Die Kämpfe um uns herum scheinen fürs Erste entschieden, und ich sehe drei Gestalten auf uns zukommen. Santos und Adones Augen glühen in der Dunkelheit, als wären sie fluoreszierend. Orela in ihrer Mitte sieht aus wie der Inbegriff einer finsteren, rachsüchtigen Gottheit.

Verzweifelt stemme ich die Füße in den Boden, als der Kerl mich mit sich nach hinten zerren will. Noch einmal bäumt sich die Dunkelheit in mir auf, aber es gelingt mir nicht, sie zu halten.

»Wenn ihr näher kommt, breche ich ihr das Genick«, faucht er, und ich bin überrascht, wie jung er klingt. Ich habe das Gefühl, dass er die Stimme absichtlich senkt, um älter zu wirken.

Die anderen drei bleiben wie angewurzelt stehen. Irre ich mich, oder ist es der Klang seiner Stimme, der sie innehalten lässt, und nicht die Drohung?

Dieser Moment der Ablenkung genügt, und der wütende Rausch in mir fällt endgültig in sich zusammen wie ein Kartenhaus. Jetzt erst spüre ich, dass mir der Atem knapp wird. Noch immer presst die Hand meine Kehle unbarmherzig zusammen, Lichtblitze zucken vor meinen Augen, und ich fühle, wie Schwäche mich überrollt. Gleichzeitig erfüllt mich eine Panik, wie ich sie noch nie gespürt habe. Mein Herz rast, und der Gedanke, dass ich unsterblich bin, spielt in diesem Moment keine Rolle. Ich bekomme keine Luft, und nackter Überlebenswille beherrscht mich.

Noch einmal versuche ich, ihm einen Tritt zu verpassen, aber noch während ich Schwung hole, lässt er mich plötzlich los. Haltlos stürze ich nach vorne und schlage hart auf dem rissigen Asphalt auf. Schmerz zuckt durch meine Handflächen, mit denen ich mich abfangen will, und irgendwie schaffe ich es, mich zur Seite zu rollen.

Als ich aufblicke, erkenne ich zunächst nur zwei herumwirbelnde Schemen, bis ich sehe, dass Scuro hinter uns aufgetaucht ist und meinen Angreifer mit eiskalter Präzision in die Mangel nimmt. Mir bleibt keine Zeit mich zu wundern, wie er so schnell hierherkommen konnte. Meine Augen haben sich inzwischen so weit an die Dunkelheit gewöhnt, dass ich verfolgen kann, was als Nächstes passiert.

Scuro versetzt seinem Gegner einen Tritt gegen die Brust, was diesen ins Taumeln bringt. Er stolpert, fängt sich gerade noch, aber die Kapuze, die sein Gesicht bisher verborgen hat, rutscht ihm dabei vom Kopf.

Für einen kurzen Augenblick scheint die Zeit stillzustehen. Denn ich habe den jungen Mann, der zum Vorschein kommt, schon einmal gesehen. Vor ein paar Tagen erst, als ich mit Orela shoppen war.

Es ist Remo. Adones jüngerer Bruder.

Scuro erstarrt mitten in der Bewegung, und Remo nutzt seinen Schock aus. So schnell, dass seine Schemen vor meinen Augen verschwimmen, schnellt er vor und verpasst seinem Cousin einen Schlag mit dem Unterarm gegen den Kehlkopf. Scuro röchelt, verdreht die Augen und sackt in sich zusammen. Schwer atmend, die Hände neben dem Körper zu Fäusten geballt, bleibt Remo vor uns stehen.

Adone löst sich als Erster aus seiner Starre und macht einen Schritt auf ihn zu. »Remo«, raunt er, und nackter Unglaube lässt seine Stimme ganz rau klingen.

Sein jüngerer Bruder verengt die Augen zu Schlitzen und reckt das Kinn.

»Seit wann?«, presst Adone zwischen zusammengebissenen Zähnen hervor.

Remo schnaubt. »Ihr seid solche fehlgeleiteten Moralapostel und merkt es nicht einmal. Die Unsterblichkeit ist ein unschätzbares Privileg, und ihr wollt es wegwerfen.« Angewidert spuckt er vor sich auf den Boden. »Vor allem du.«

Drohend mit den Fingern knackend, tritt Santo vor, pure Mordlust lässt seine Augen noch heller glühen. »Damit verrätst du nicht nur die Damnati, sondern auch deine Familie.«

»Und wenn schon! Ich muss mich nicht mehr vor den Sterblichen verstecken, als wäre die Göttlichkeit etwas Abstoßendes, das hinter Schloss und Riegel gehalten werden muss.« Remos Blick bleibt an mir hängen, und er deutet auf mich. »Die Immortali wissen jetzt von dir. Vielleicht solltet ihr die nächste Session mit Drusilla nicht in aller Öffentlichkeit abhalten, nur als kleiner Tipp.« Mit diesen Worten und einem letzten, hasserfüllten Blick auf uns, wirbelt er herum und nutzt unsere vollkommene Erstarrung, um sich aus dem Staub zu machen. Die anderen Immortali, die von Santo, Adone und Orela überwältigt wurden, sind schon verschwunden.

Schwerfällig rapple ich mich auf und schaue zu den dreien, die aussehen, als wäre ihnen gerade der Boden unter den Füßen weggerissen worden. Obwohl ich sie alle noch nicht lange kenne, Remo am allerwenigsten, ist mir sofort klar, wie heftig dieser Verrat ist. Er trifft sie in ihren Grundfesten.

Ich bezweifle, dass es ein Zurück gibt für jemanden, der sich für die Immortali entschieden hat. Und so wie Remo gesprochen hat ... scheint er keinerlei Bedauern zu empfinden, seine Familie zurückzulassen und sie von nun an als Feinde betrachten zu müssen.

Adone starrt noch immer auf die Stelle, an der gerade noch sein Bruder stand. »Warum habe ich es nicht wahrgenommen?« Seine Stimme klingt, als käme sie aus weiter Ferne, ganz matt und leer. »Wie konnte es mir entgehen, dass sich seine Ansichten so radikal geändert haben?« Blut tropft aus seiner Nase, und sein Auge beginnt anzuschwellen, doch er scheint es gar nicht zu bemerken.

Orela presst sich die Hand vor den Mund, um ein Aufschluchzen zu unterdrücken, während sich Santo unaufhörlich durch die Haare fährt. Die drei in ihrem Schock zu beobachten, gleicht dem Gefühl, mit nackten Füßen über Scherben zu laufen.

»Wir haben es alle nicht mitbekommen«, wispert Orela erstickt. »Als ich ihn letztens gesehen habe ... ich dachte, seine Stimmung käme von dem Umstand, dass er sich schon wieder von sterblichen Freunden trennen musste. Nie hätte ich geglaubt ...« Ihre Stimme erstirbt, als die Tränen in ihren Augen überlaufen. Sie macht sich auch Vorwürfe, Remos Wandel nicht bemerkt zu haben.

Scuro stößt noch immer am Boden liegend ein Stöhnen aus und erinnert uns daran, dass Remo ihn gerade eben noch ausgeknockt hat. Aber keiner scheint sich allzu große Sorgen um ihn zu machen, vielleicht, weil ihm als Ewiglicher ohnehin nichts bedrohlich werden kann. Und tatsächlich kommt er erstaunlich agil auf die Füße. »Ich war nicht lange weggetreten«, grollt er und reibt sich den Nacken. »Kurz genug, um das mit Remo mitzubekommen. Sorry, dass ich nicht schneller hier war, aber ich war schon fast in Trastevere, als ich gemerkt habe, dass sich hier was zusammenbraut.«

»Wir sollten von hier verschwinden« Santo legt Orela tröstend einen Arm um die Schultern.

»Nein«, knurrt Adone. »Den kleinen Penner will ich mir schnappen.«

»Adone!« Orela klingt alarmiert. »Er hat so einen Vorsprung. Ich bin mir sicher, dass wir ihn finden, sobald wir uns beruhigt haben. Dann kannst du ihn dir in Ruhe vornehmen und tust nichts Unüberlegtes.«

Aber Adone schüttelt unnachgiebig den Kopf. Rage glüht in seinen Augen und verbannt den Schmerz über den Verrat seines kleinen Bruders. Irgendetwas sagt mir, dass er sich gerade daran klammern muss, ihm hinterherzujagen, um von seinem Schmerz nicht überwältigt zu werden.

»Ich komme mit.« Scuro wischt sich über das Gesicht, ein kaltes Feuer lodert in seinem Blick. »Zusammen können wir ihn einholen.«

Und schneller, als irgendjemand reagieren kann, rennen die beiden los, in die Richtung, in der Remo verschwunden ist.

Kapitel Fünfzehn

Santo

Der Heimweg zieht wie in einem dumpfen Nebel an mir vorbei. Orela hat die Sache in die Hand genommen, uns aus der verlassenen Nebenstraße geführt und ein Taxi gefunden. Was der Fahrer wohl von uns gehalten hat ... drei zerzauste, schweigsame Gestalten, denen man bestimmt ansehen konnte, dass sie gerade in eine Schlägerei verwickelt waren. Vielleicht haben unsere Party-Outfits aber auch vom Offensichtlichen abgelenkt, und wir wirkten einfach nur, als hätten wir eine wirklich ausufernde Nacht hinter uns. Im Grunde ist es mir auch egal. Nur eine Sache beherrscht meinen Verstand, dreht und windet sich wie ein Parasit, der jeden Gedanken mit seinem Gift infiziert: Remo ist zu den Immortali übergelaufen.

Ich kann es einfach nicht glauben. Obwohl ich es aus seinem Mund gehört habe, weigert sich ein Teil von mir, es zu begreifen. Remo, den ich seit seiner Geburt kenne. Der schon immer sensibler war als wir anderen und sich schwertat, seinen Platz in der unsterblichen Gesellschaft zu finden. War es vielleicht offensichtlich? Haben wir uns nicht ausreichend um ihn gekümmert?

Nein, sage ich mir, Nerone und Diana haben für ihn getan, was sie konnten. Vor allem meine Tante war häufig in Sorge um ihren jüngsten Sohn und war in schlechten Phasen immer für ihn da. Und jetzt haben sie ihn verloren. Wir können ihm nie wieder vertrauen.

Inzwischen sitzen Orela, Aliqua und ich auf der Dachterrasse, weil keiner von uns es in einem geschlossenen Raum ausgehalten hat.

Ich fühle mich miserabel. Der Alkohol zirkuliert noch immer in meinem System, auch wenn ihn das Adrenalin während des Kampfes kurzzeitig in den Hintergrund gedrängt hat. Die Aufregung, die Rage, sind inzwischen verpufft und einer noch mutloseren Leere gewichen. Ich fühle mich wie ein Junkie, der jäh von einem Trip runtergekommen ist und jetzt mit der kalten Realität klarkommen muss. Eine Realität, in der Adone seinen eigenen Bruder jagen muss.

Aber es ist nicht nur das. Je länger ich in der kalten Nachtluft sitze und meinen Gedanken nachhänge, desto klarer wird mir eine Sache: Remo hat über Aliqua geplaudert. Er hat nicht nur ihre Existenz an die Immortali verraten, sondern es auch irgendwie geschafft, sich auf dem Ausflug nach Bomarzo unbemerkt an unsere Fersen zu heften. Ich könnte mich selbst dafür treten, nicht auf mögliche Verfolger geachtet zu haben. Meine Gedanken kreisten einzig und allein um Aliqua. Die Hoffnung, bei Drusilla Antworten zu finden. Das Gefühl ihres Körpers hinter mir auf dem Motorrad. Und dafür habe ich die Wachsamkeit fahren lassen, die mir sonst über alles geht. Schon wieder habe ich mich wie ein verantwortungsloser Teenager benommen, und die Konsequenzen bedrohen Aliqua einmal mehr.

Der Angriff heute Abend beweist es. Einen besseren Zeitpunkt hätten die Immortali nicht wählen können. Nach dem feuchtfröhlichen Abend im *Infinitas* waren wir verwundbar, und da sie uns ohnehin die ganze Zeit im Auge hatten, wussten sie das auch. Einzig Adones und meine jahrhundertelange Erfahrung vermochte zu verhindern, dass sie uns überwältigen konnten. Und wenn Scuro nicht aufgetaucht wäre ... ich weiß nicht, ob wir Remo rechtzeitig davon abhalten hätten können, Aliqua zu verschleppen.

Er hat ihr wehgetan, ihren Hals so fest umklammert, dass sie sich auch jetzt noch räuspert und trocken hustet. Bestimmt brennt ihre Kehle wie Feuer. Zwar hätte der angedrohte Genickbruch sie nicht töten können, aber das Trauma einer solchen Verletzung hinterlässt dennoch Narben. Und eigentlich wollte ich ihr das alles ersparen ... sie nie wieder durchmachen lassen, was sie bereits erlitten hat.

Meine Schuld, echot es unaufhörlich durch meinen Kopf, *es ist meine verdammte Schuld.*

Weil ich sie nicht in Ruhe lassen kann und zulasse, dass wir uns immer weiter ineinander verstricken. War es ein Fehler, sie hierher zu mir zu holen? In Herculaneum konnte ich mir vielleicht noch einreden, dass es die vernünftigste Lösung sei, dass Orela sich um sie kümmern könne. Aber im Endeffekt war es nichts weiter als meine Selbstsucht, die mich getrieben hat. Die Zeit hat mich kein bisschen geläutert.

Orelas Stimme reißt mich schließlich aus meinen rotierenden Gedanken. »Irgendjemand muss Nerone und Diana Bescheid geben.« Jedes Wort klingt ganz matt von Tränen, die sie eisern zurückhält. Ich weiß, dass auch sie sich Vorwürfe macht. Remo war oft bei ihr, um sich Rat zu holen, sie war ihm eine Stütze, wenn er einmal wieder sterbliche Freunde oder Geliebte ziehen lassen musste. Mir ist klar, dass ich sie trösten sollte, aber ich bin gerade zu sehr in mein eigenes Netz aus Schuld und Vorhaltungen verstrickt.

Ich ziehe mein Handy aus der Tasche, um das Unvermeidliche zu tun. Nerone aus dem Bett zu klingeln und ihm von Remo zu berichten. Da sehe ich eine Nachricht von Scuro.

Nerone weiß Bescheid. Er hat Leute losgeschickt, um uns zu unterstützen, aber Remos Spur verliert sich in Ostiense. Adone bleibt heute Nacht bei seinen Eltern.

Der Atem entweicht mir in einem abgehackten Stoß. »Nerone weiß es«, sage ich kaum hörbar. »Remo ist fort.«

Ihn doch noch zu schnappen, war eine winzige, irrwitzige Hoffnung. Trotz der Risiken hätten wir alles darangesetzt, ihn zurückzugewinnen, weil wir ihn lieben. Menschen, die wir lieben, geben wir wohl nie vollkommen auf. Egal was sie getan haben.

»Hoffentlich tut Adone nichts Dummes.« Orela krallt die Hände in die Decke, in die sie sich gewickelt hat. Sie hat Aliqua und mir auch eine gebracht, doch mir war nicht nach Wärme.

»Er ist bei Nerone und Diana, sie passen aufeinander auf.«

Eine Weile bleibt Orela stumm und kaut auf ihrer Unterlippe herum, dann springt sie abrupt auf. »Ich muss zu ihnen.« Ein gehetzter Ausdruck steht auf ihrem Gesicht, und noch immer glitzern Tränen in ihren Augen. Sie wendet sich zu Aliqua um, die seit unserer Rückkehr stumm und in sich gekehrt ist.

»Kommst du ohne mich klar?« Das ist eine Spitze gegen mich, die Frage, ob Aliqua es allein mit mir aushält. Doch sie nickt.

»Ich hoffe, du kannst ihnen helfen.«

Orela zieht die Nase hoch. »Nichts kann ihnen momentan helfen, aber zumindest kann ich versuchen, ihnen beizustehen. Einer von uns muss es tun.«

Autsch! Schon wieder ein Treffer.

Meine Schwester drückt mir einen raschen Kuss auf die Wange und rauscht dann von der Terrasse.

Aliqua und ich bleiben in Schweigen gehüllt zurück. Der heutige Tag lastet zwischen uns wie aufgetürmte Schuttmauern. Vorhin, als ich mit ihr reden wollte, hat sie mich abgewiesen, was wahrscheinlich auch besser so war. Ab jetzt warte ich, bis sie das Wort ergreift.

Nachdem mindestens zehn Minuten vergangen sind, seufzt sie tief. »Ich weiß, ich sollte weiter sauer sein und eine Erklärung von dir fordern, aber ehrlich gesagt gibt es gerade dringlichere Dinge, über die ich sprechen möchte.« Sie sucht meinen Blick, ihr Gesicht eine stählerne Maske, hinter der sie ihre wahren Emotionen verbirgt. »Nur so viel: Ich weiß nicht, was es ist, das zwischen uns geschieht, aber wir sollten damit aufhören. Du scheinst es ohnehin nicht zu wollen, und ich glaube, es wäre falsch, die Dinge zwischen uns noch weiter zu verkomplizieren.«

Ich scheine es nicht zu wollen. Für sie eine Wahrheit, für mich eine Lüge. Durch einen hauchfeinen Faden voneinander getrennt, der sagt: *Ich will es nicht wollen. Und das ist ein Unterschied.* Mein Herz, das seit Langem zerbröselt wie ein rostiges Stück Metall, krampft sich zusammen, und ein weiteres poröses Stück bricht davon ab. Ich beiße die Zähne zusammen, weil ich trotzdem weiß, dass sie recht hat.

»Ja.« Mehr kann ich dazu nicht sagen, aber ich hoffe, sie erkennt meine Aufrichtigkeit. »Ich muss mich bei dir entschuldigen. Wie ich mich verhalten habe ... ich hätte es besser wissen sollen, stattdessen habe ich dich verletzt. Als wir dich fanden, habe ich mir etwas vorgenommen: Ich möchte dir ein Freund sein und alles dafür tun, dass du sicher bist und Antworten bekommst.«

Aliquas Lächeln fällt schmal aus. »Das ist der älteste Laufpass der Welt, hm? Freunde bleiben. Aber gut, Freunde.«

Sie streckt mir die Hand entgegen, und als ich sie ergreife, schickt die Berührung ihrer kühlen Haut einen Stromstoß durch mein Inneres. Die erste Prüfung, ob ich mein Gelöbnis halten kann. *Freunde.* Das Wort verpestet meinen Verstand, und ich löse den Griff, obwohl alles in mir danach schreit, es nicht zu tun.

Aliqua atmet tief durch, und ich frage mich, ob es ihr gerade auch so ging.

»Remo hat mich also an die Immortali verraten.« Sie klingt so nüchtern dabei, dass sich meine Nackenhaare aufstellen.

»Wir haben die ganze Zeit befürchtet, dass sie es erfahren könnten, und jetzt haben wir die Gewissheit. Und sie wissen nun auch über deine Gabe Bescheid.«

Ihre Brauen ziehen sich zu einem steilen V zusammen, während sie nachdenkt. »Welches Interesse könnten sie daran haben?«

»Vergiss nicht, dass wir immer noch nicht wissen, warum sie überhaupt in Herculaneum gegraben haben. Sie waren auf der Suche, ob nach dir oder etwas anderem, ist unklar. Aber je länger ich darüber nachdenke, desto unwahrscheinlicher kommt es mir vor, dass sie spontan die Stelle gewählt haben, unter der du gefangen lagst. Das müsste schon ein verdammt großer Zufall sein.«

»Wenn sie also wussten oder *ahnten,* dass ich dort war ... warum haben sie sich dann so lange Zeit damit gelassen zu graben? Ich bin ja nicht erst letzte Woche dorthin gekommen.«

Ich zucke mit den Schultern. »Vielleicht haben sie erst vor Kurzem davon erfahren. Oder waren schon lange an anderen Orten erfolglos auf der Suche. Die Chance auf einen Zufallstreffer besteht immer.«

Aliqua stößt ein unzufriedenes Brummen aus, aber mehr als spekulieren können wir gerade nicht. Wäre uns Remo heute Abend nicht direkt entwischt, hätten wir ihm vielleicht ein paar Antworten entlocken können ... wobei ich bezweifle, dass er als frischer Rekrut der Immortali schon in alle Details eingeweiht ist.

»Ich habe mich heute Abend mit Adone unterhalten«, sagt Aliqua mit einem Mal. »Er hat mir von Iulia erzählt.«

Ich blinzle perplex. Er hat was getan? Adone spricht kaum über sie, und ich habe noch nie erlebt, dass er seine persönliche Tragödie irgendjemandem außerhalb der Familie anvertraut hätte.

»Es hat mir das Herz gebrochen, diese Sache tut mir so leid für ihn. Aber es hat mich auch auf eine Frage gebracht.«

Auffordernd nicke ich, damit sie fortfährt.

»Soweit ich es verstanden habe, musste Iulia sterblich bleiben, weil sie den Göttertrank erst nach ihrer Hochzeit mit Adone bekommen hätte. Warum war das so? Und wie wurde überhaupt festgelegt, wer den Trank bekommen durfte? Ich habe das Gefühl, dass alle ständig über den Fluch sprechen, aber ich habe keine Ahnung, wie das alles überhaupt zustande kam.«

Auch wenn sich alles in mir dagegen sträubt, darüber zu reden, kann ich dem Thema nicht länger ausweichen. Ich richte mich gerade auf und überlege, wie ich am besten beginnen soll. Für jemanden, der schon so lange mit diesem Wissen lebt, ist es schwierig, die eigene Geschichte in Worte zu fassen.

»Die Sache nahm ihren Anfang im Jahr Neunundsiebzig«, beginne ich schließlich. »Ein Jahr wie jedes andere, dachten wir. Doch alles veränderte sich, als im Frühsommer eine Seuche in Rom Einzug hielt. Sie kam quasi über Nacht und machte vor niemandem halt. Auch Mitglieder der Familien Pomponius und Omodeus erkrankten, und das brachte den Stein ins Rollen. Scuro ging es sehr schlecht, und im Haus von Faustus Pomponius wütete die Krankheit verheerend. Faustus selbst, der *pater familias,* war gestorben, und seine Tochter Octavia lag im Sterben. Es war ihr Bruder Marcellus, der nach einem Heilmittel zu suchen begann. In seiner Verzweiflung wagte er einen unglaublichen Schritt.«

Mit angehaltenem Atem beobachte ich Aliqua, um zu sehen, ob ihr dieser Teil der Geschichte irgendeine Reaktion entlockt. Doch sie lauscht mir mit konzentrierter Miene und lässt sich nichts anmerken. Also fahre ich fort.

»Nachdem alle weltlichen Heilmöglichkeiten ausgeschöpft waren, kam Marcellus zu uns, um uns von seiner Idee zu berichten. Durch Orela besaß meine Familie schon immer einen besonderen Status, was die Beziehung zu den Göttern anging, wir galten als besonders gesegnet und als ihre

Günstlinge. Deswegen wollte Marcellus sich mit uns zusammentun. Er schlug vor, die Götter um eine Arznei anzurufen, sie mit reichen Gaben zu beschenken, damit sie uns halfen. Ich habe ja schon erzählt, dass mein Vater die ganze Sache kritisch sah, aber nachdem auch unter den Omodei die Rufe um Rettung ihrer Lieben, allen voran Scuro, lauter wurden, beugte er sich und willigte ein, es zu versuchen. Damals war noch keine Rede von der Unsterblichkeit. Wir wollten nur Hilfe, um diese Seuche zu bekämpfen.«

Ein Schauer läuft über meinen Rücken, während ich mir die damaligen Ereignisse vergegenwärtige. Zu diesem Zeitpunkt hasste ich Marcellus bereits aus unterschiedlichen Gründen, aber ich war zu besorgt um Scuro und den Rest meiner Familie, sodass ich selbst auf meinen Vater einredete, um ihn zu überzeugen.

Die Götter muten Orela so viel zu. Jetzt haben sie Gelegenheit, es uns zu vergelten. So lauteten meine Worte, und ich war wirklich davon überzeugt, dass sie uns etwas schuldig waren. Als hätten menschliche Schicksale irgendein Gewicht für göttliche Wesen.

»Also versammelten wir uns in einem Tempel, riefen die Götter an und brachten ihnen Unmengen an Opfern dar. Und sie antworteten. Die zwölf obersten Gottheiten, die *Dei Consentens,* sprachen stellvertretend für alle anderen durch den Mund meiner Schwester. Unsere Bitten wurden tatsächlich erhört, und sie boten uns ein Abkommen an, das unsere ursprünglichen Bitten sogar noch übertraf. Wir sollten Ambrosia bekommen, die Götternahrung selbst. Die Götter versprachen uns Heilung und Schutz vor allen Krankheiten – ein Leben, das währen sollte, solange wir den Trank einmal im Jahr einnahmen. Und sie boten uns gottgleiche Fähigkeiten an. Du kannst dir vorstellen, wie begeistert wir waren.« Ich stocke und muss die Erinnerungen zurückdrängen, die durch meinen Bericht aus ihrem Tiefschlaf erwacht sind und mich mit sich reißen wollen. Alles rund um das Abkommen gehört zu den Details, die ich normalerweise nicht antaste. Und wenn doch, ende ich jedes Mal in einer trostlosen Schleife aus unendlichen Was-wäre-wenn-Gedanken. Was absolute Zeitverschwendung ist.

»Das Angebot der Götter kam uns so unendlich großzügig vor, aber natürlich gab es Bedingungen. Die wichtigste war: Damit sich die Zahl derer, die durch die Ambrosia gestärkt wurden, in Grenzen hielt und wir nicht in Versuchung kamen, unendlich viele von ihnen zu erschaffen, durfte die Ambrosia nur an Mitglieder der Familien Pomponius und Omodeus gegeben werden. Eltern, Söhne, Töchter, Ehepartner, die ursprünglich aus anderen Familien stammten und so weiter. Beide Familien waren mit diesen Auflagen einverstanden, und wer wollte, nahm den Trank ein. Zu diesem Zeitpunkt bestand ja auch die Möglichkeit, ihn nach Ablauf eines Jahres nicht weiter zu nehmen. Man konnte also jederzeit damit aufhören. Aber es kam, wie es kommen musste.«

Dieser Part ist am schwersten auszusprechen.

»Das Gebot der Götter wurde schon nach wenigen Wochen gebrochen und Ambrosia an jemanden außerhalb der beiden Familien gegeben. Als die Götter davon erfuhren, tobten sie und schworen in ihrem Zorn, den Menschen für immer den Rücken zu kehren. Bevor sie gingen, nahmen sie uns die Ambrosia und alles, was es darüber zu wissen gab, und schlugen uns zur Strafe mit der unsterblichen Existenz. Alle, die den Trank dieses eine Mal genommen hatte, fielen unter den Fluch der Unsterblichkeit. Die Götter sind fort, unerreichbar für uns, und mit ihnen jegliche Möglichkeit, ihren Fluch zu brechen.«

Der Schock über diese Tatsache sitzt noch immer tief. Jeden verdammten Tag kann ich die Leere spüren, die die Abwesenheit der Götter in der Welt hinterlassen hat. Früher schien jeder Lufthauch ihre Präsenz in sich zu tragen. Sie waren im Regen und im Feuer, in den wogenden Weizenhalmen auf den Feldern, in den tiefen Blicken von Verliebten und in jedem Kummer und Streit. So niederträchtig sie auch sein konnten, ihre Macht bereicherte das Leben und verlieh den Dingen eine Tiefe, die nun verloren ist. Die Menschheit hat längst vergessen, wie es einst war, und wir Ewiglichen sind die Einzigen, die sich noch daran erinnern.

»Die Götter sind fort«, sage ich noch einmal und höre die Bitterkeit in meiner Stimme. »Wie sollten wir um Erbarmen bitten, wenn uns kein Ohr mehr hören konnte? Wie sollten wir unsere Reue zeigen, wenn kein Auge sie mehr sah? Sie haben uns zurückgelassen und unserem Schicksal überlassen.

Zunächst schien uns dieses ewige Leben gar nicht so schlecht. Niemals alternd, allen Krankheiten und Verletzungen trotzend, überdauerten wir die Jahre und fühlten uns wie die überlegenen Strippenzieher der Menschheit. Aber mit der Zeit kam die Schwermut, die Monotonie. Alles, jeder Kampf, jede Sinnesfreude, verliert ihren Reiz, wenn man sie immer und immer wieder durchlebt hat. In der Mehrheit von uns keimte der Wunsch auf, diesem Dasein zu entkommen, wieder sterblich zu werden und nach einer letzten Lebenszeit sterben zu können wie jedes andere Wesen. Das hört sich widersinnig an, aber vielleicht kannst du es nach den zweitausend Jahren in deinem Vulkansteinverlies nachempfinden, dass wir uns nach Erlösung sehnen.«

Aliqua nickt, in ihrem Blick liegt so viel Verständnis und Anteilnahme, dass sich der schmerzhafte Knoten in meiner Brust ein wenig löst. Für den Moment erlaube ich es mir, den Trost anzunehmen, den sie mir spendet. Auch wenn es nur einen Augenblick lang ist.

Ich merke, wie ihre Gedanken weiterwandern, und ihre Brauen ziehen sich leicht zusammen. »Und Adone ... seine Hochzeit hätte zu einem Zeitpunkt nach dem Weggang der Götter stattgefunden?«

Und schon hat mich die Beklemmung wieder fest im Griff. »Einen guten Monat später. Vielen von uns ist etwas Ähnliches passiert. Jüngere Kinder beispielsweise durften den Trank nicht einnehmen. Einige Eltern mussten zusehen, wie ihre Söhne und Töchter sterblich blieben und irgendwann starben. Das war traumatisch für uns alle.«

Die Bilder aus dieser Zeit sind noch so frisch und deutlich wie damals. Niemals werde ich die nackte Verzweiflung, das Weinen und Schreien vergessen, als vielen von uns klar wurde, dass die Unsterblichkeit sie von ihren Kindern trennen würde. Viele Damnati verfolgen seither die Nachkommen ihrer Nachkommen, seit Dutzenden Generationen, um eine Verbindung zu ihren sterblichen Söhnen und Töchtern zu halten. In jeder neuen Generation hoffen sie eine letzte Spur von ihnen zu entdecken.

»O nein!« Betroffen presst sich Aliqua die Hände aufs Herz, ihre Augen schwimmen in Tränen. »Das ist entsetzlich.«

Ich möchte sie trösten, traue mich aber nicht, sie zu berühren. Gerade haben wir uns darauf geeinigt, Freunde zu sein, um die Dinge nicht weiter zu verkomplizieren, und nach diesem Tag traue ich mir selbst nicht über den Weg.

»Danke«, murmelt Aliqua schließlich. »Danke, dass du mir das alles erzählt hast. Es war bestimmt nicht leicht, darüber zu sprechen, aber jetzt verstehe ich es besser.« Sie wischt sich mit dem Ärmel über die Nase. »Habt ihr je herausgefunden, was die Götter dazu bewogen hat, euch dieses großzügige Angebot zu machen? Ich meine, sie hätten euch ja einfach ein Heilmittel geben können, aber nicht gleich Ambrosia. Alles, was ich bisher über sie gehört habe ... ließ sie in keinem besonders guten Licht dastehen.«

Nachdenklich wiege ich den Kopf. »Es gibt einige Theorien, und *reine Großherzigkeit* gehört nicht dazu. Wie gesagt, heute weiß ich, dass mein Vater richtiglag, ihnen nicht zu vertrauen.«

Während sie über meine Worte nachdenkt, vergräbt Aliqua die Zähne in der Unterlippe. Ich starre wie hypnotisiert hin und beobachte, wie sich ihre volle Lippe rötet.

»Trotz allem ist mir nicht ganz klar, warum die Götter die Erde verlassen haben. Sicher, der Bruch der Vereinbarung muss sie erzürnt haben, aber sie hätten euch bestrafen und trotzdem bleiben können. Warum sind sie freiwillig ins Exil gegangen?«

Das ist eine Frage, die ich mir selbst auch schon unzählige Male gestellt habe. Der Weggang der Götter ist auch in meinen Augen ein unlogischer Punkt, zu dem ich noch keine befriedigende Antwort gefunden habe.

»Sie haben nie eine Erklärung zu ihrem Weggang abgegeben«, sage ich trocken. »Wir können nur spekulieren. Ich kann es auch nicht vollkommen nachvollziehen, aber ich denke, dass mehrere Faktoren mit hineingespielt haben und unser Verrat nur der letzte Tropfen auf dem heißen Stein war. Neunundsiebzig befand sich die Welt bereits in einem Wandel. Ich denke, die Götter haben gespürt, dass ihr Einfluss auf die Menschen immer weiter schwand. Das Christentum war gerade aufgekommen und fand immer mehr Anhänger, und mit der Zeit schwand der Respekt vor den alten Gottheiten. Vielleicht wollten sie sich zurückziehen, bevor sie ihren eigenen Kult in Trümmern liegen sahen.«

Ich kann Aliquas Miene entnehmen, dass sie nicht vollkommen überzeugt ist, aber mehr kann ich ihr an Erklärung nicht bieten. Ausnahmsweise bin ich gerade vollkommen aufrichtig, so armselig das auch sein mag. Aber mehr wissen wir alle nicht, und das gehört zu den Dingen, die an uns nagen. Die Ungewissheit, warum die Götter gingen. Ob sie uns wirklich aus reiner Bosheit alleine mit dem Fluch unserem Schicksal überlassen haben. Oder ob doch mehr dahintersteckt.

Ich spüre Aliquas Blick auf mir. Ihre Augen leuchten in der Dunkelheit wie durchscheinender Bernstein. Trotz der

Decke fröstelt sie, und ich bin nicht überrascht, als sie aufsteht. Wir waren wirklich lange genug hier draußen.

»Manchmal sehe ich in dir, wie alt du bist.« Ihre Stimme ist leise wie ein Hauch und trifft mich doch mit der Wucht eines Rammbocks. Vielleicht, weil ich manchmal selbst vergesse, wie lange ich schon existiere. »Es sind deine Augen. Egal wie hell das Blau manchmal brennt, sind sie doch voller Schatten. Ich spüre, dass du etwas mit dir herumschleppst, über das du mit niemandem sprichst. Ich hoffe, du kannst es eines Tages loswerden.«

Und damit lässt sie mich allein auf dem Dach. Als ihre leisen Schritte auf der Treppe verklungen sind, sinke ich in mich zusammen. Alle Barrikaden in mir brechen ein, und allein in der Nacht lasse ich es geschehen. Vielleicht war es zu viel, nach dem, was mit Remo passiert ist, auch noch über die Hintergründe des Fluchs zu sprechen, aber Aliqua hat verdient, es zu erfahren.

Ich bin nicht überrascht, als nach einer Weile mein Handydisplay aufleuchtet und eine Nachricht von Nerone aufploppt. Eigentlich habe ich schon früher mit einer Anweisung an mich gerechnet.

Kapitel Sechzehn

Rom, 79 n. Chr.

Sanctius betrat mit mühsam gebändigter Wut den Garten seines Zuhauses auf dem mons Esquilinus. Bevor er den begrünten Innenhof betrat, atmete er einige Male tief durch, um sich zu beruhigen. Er hatte gehofft, auf dem Marsch durch die Insulae, die an den Hängen des Esquilin emporragten, seinen Gefühlen Luft machen zu können, doch wenn überhaupt, hatte ihn der Weg hinauf zur Hügelkuppe nur noch weiter angestachelt. Jeder Sklave, der seinen Weg kreuzte, hatte den bitteren Geschmack in seinem Mund verstärkt. Eine Bitterkeit, die nach Rache und Mordlust schmeckte.

Sanctius erkannte sich selbst nicht wieder. Die intensiven, sprunghaften Emotionen, die ihn seit Neuestem heimsuchten, waren ihm fremd. Jeder, der ihn kannte, würde ihn als einen ausgeglichenen und bedachten Menschen beschreiben, der auf die Vernunft hörte. Niemand, der sich von sprunghaften Gefühlen überwältigen ließ. Und der sich schon gar nicht nach einem Sklavenmädchen sehnte.

Götter, dieses Mädchen …

Heute hatte er sie zum dritten Mal gesehen, und noch immer schwirrte ihm der Kopf von ihrer Begegnung.

Etwas Vergleichbares hatte er noch nie gefühlt, und obwohl es ihn verunsicherte, war es doch, wie er es ihr gesagt hatte: Er sah sie vor sich, jedes Mal, wenn er die Lider schloss. Das warme, kristallklare Bernsteinbraun ihrer Augen. Ihren vollen Mund. Ihre grazile Gestalt unter der schlichten Tunika.

... und die unverkennbaren roten Striemen an ihrem Hals.

Sanctius ballte die Hände zu Fäusten und musste erneut gegen den Drang ankämpfen, Marcellus Pomponius aufzusuchen und ihn auf der Stelle herauszufordern.

Leider hatte Aliqua recht, und es würde nur zu unliebsamen Fragen führen, sollte er sich einmischen, aber auf dem Heimweg hatte er sich genüsslich ausgemalt, was er mit Marcellus tun würde, sollte er ihn je in die Finger bekommen. Was wahrscheinlich dazu beigetragen hatte, seinen inneren Aufruhr nur noch weiter anzustacheln, anstatt ihn zu dämpfen.

Frustriert seufzte er auf, als er einsah, dass er seine Gedanken heute nicht zur vollkommenen Ruhe zwingen konnte. Vielleicht konnte seine Schwester ihm helfen.

Er hatte sie schon erspäht, als er nach draußen getreten war. Sie saß mit dem Rücken zu ihm an ihrem üblichen Platz in der Mitte des Hofes. Das Haar fiel ihr wie ein nachtschwarzer Spiegel über den Rücken, ohne Schmuck oder Frisur. Offen trug sie es am liebsten.

Sie war umgeben von ihren drei treuen Dienerinnen, die sich immer in ihrer Nähe aufhielten und sich um sie kümmerten, wenn eine Gottheit sie überfiel. Was ständig passieren konnte. Die Götter kündigten sich nicht an, Orela konnte nie sagen, wie häufig sie an einem Tag von ihnen übermannt werden würde. Es hatte schon einige Unfälle gegeben, wenn sie ohne Vorwarnung in eine Vision fiel und die Kontrolle über ihren Körper verlor. Nicht nur Santo war besorgt, auch ihr Vater haderte mit dem Schicksal seiner einzigen Tochter. Aber Tiberius war besonnen genug, um zu akzeptieren, dass es für Orela keinen Ausweg gab. Wenn die Götter etwas eifersüchtig bewachten, dann waren es ihre Sibyllen, und keine war je aus ihrem Dienst entlassen worden.

Sanctius näherte sich seiner Schwester mit leisen Schritten, um sie nicht zu erschrecken. Als er die Bank umrundete, auf der sie saß, zog sich alles in ihm zusammen.

Es war wieder so weit.

Die altbekannte Hilflosigkeit packte ihn, während er Orela betrachtete. Sie hielt sich kerzengerade, in nahezu unnatürlicher Ruhe erstarrt, eine flache Schale voll Wasser auf ihren Schoß gebettet. Sie umfasste das Gefäß mit beiden Händen, ihr Kopf war nach unten geneigt, sodass sie hineinblicken konnte. Sanctius musste nicht genauer hinsehen, um zu wissen, welches Bild sich ihm bot. Die Wasseroberfläche war zu blankem Silber erstarrt, in dem sich doch nichts spiegelte. Und seine Schwester ... ihre Augen waren vollkommen weiß geworden und reflektierten das Silber so vollkommen, als hätten sie selbst diese Farbe angenommen.

In Momenten wie diesem fürchtete Sanctius am meisten um seine Schwester. Eine hilflose Furcht, die seinen Herzschlag donnern ließ, während er zusehen musste, wie sie verschwand. Denn diese Gestalt auf der Bank war nicht seine Orela. Sie erkannte nichts und niemanden, außer den körperlosen Stimmen der Götter, die sie umschwärmten und mit Prophezeiungen und Weisungen speisten. Und häufig mehr.

Orela sprach nicht oft über die Begegnungen mit den Göttern und reagierte ausweichend, wenn jemand tiefer bohrte. Aber Sanctius spürte instinktiv, dass sie sich nicht auf das Übermitteln von Botschaften beschränkten. Sie beanspruchten seine Schwester darüber hinaus, stahlen sich Zeit, um in ihrem Körper zu hausen, um die Welt für kurze Zeit durch die Augen eines Menschen erleben zu können. Er konnte es in den Augen seiner Schwester sehen, wenn sie flackerten und von einem überirdischen Glanz erfüllt wurden. Sanctius wusste, dass er dann ins Angesicht einer Gottheit blickte. Und es gab niemanden, der ihnen Einhalt gebieten konnte. Am wenigsten er selbst.

Orela blieb noch eine ganze Weile in ihrer Trance versunken. Ihre Lippen bewegten sich, doch er konnte nicht verstehen, was sie sagte. Manchmal zuckten ihre Mundwinkel, dann runzelte sie die Stirn oder zog die Nase kraus. Die ganze Zeit über hielt sie die Wasserschale fest umklammert, umringt von ihren

Dienerinnen, die sie wie Habichte bewachten. Bereit einzuschreiten, sollte ihr Körper zucken oder zusammensacken.

Sanctius wartete regungslos, bis ein tiefer Seufzer über Orelas Lippen kam und sie sich endlich entspannte. Der Silberschimmer verließ das Wasser, und sie übergab die Schale an die junge Frau neben sich. Einen kurzen Moment waren ihre Augen noch weiß, dann lüftete sich der Schleier, und das vertraute Blau kehrte zurück. Sie gähnte und rollte mit den Schultern, dann entdeckte sie Sanctius. Kurz wirkte sie desorientiert, dann erschien ein Strahlen auf ihrem Gesicht.

»Bruder!« Sie wollte aufspringen, geriet aber ins Taumeln und sackte zurück auf die Bank. Sofort waren Sanctius und ihre Dienerinnen um sie.

»Lasst das!« Ungeduldig wedelte Orela mit der Hand, als wollte sie einen Schwarm Mücken vertreiben.

»Geht es dir gut?« Vor ihr kniend, betrachtete Sanctius sie forschend. Orela war eine Meisterin darin, ihre wahren Befindlichkeiten zu verschleiern, weswegen man besonders aufmerksam sein musste, um zu erkennen, wie es ihr wirklich ging.

»Sie sind gerade einfach eine Plage«, seufzte sie und ließ es zu, dass eines der Mädchen ihr die Stirn mit einem feuchten Tuch abtupfte.

»Ach ja?«

»Es ist harmlos, Bruder, wirklich. Sie sind nur so furchtbar geschwätzig dieser Tage, vor allem die rangniederen Gottheiten. Irgendetwas braut sich zusammen, das fühlen sie, und jeder hat das Bedürfnis, mir mitzuteilen, was ihrer Meinung nach geschehen wird. Dabei ist Apollo der Einzige, der wirklich etwas darüber wissen könnte.« Orela rollte genervt mit den Augen.

Noch immer am Boden vor ihr kniend, zog Sanctius die Brauen hoch. »Und Apollo schweigt sich aus?« In der Tat war es schon eine Weile her, dass Orela eine Weisung ihres obersten Schutzpatrons erhalten hatte. Als Gott der Weissagung stand Apollo traditionell allen Orakeln vor, und soweit Sanctius wusste, kommunizierte er häufig mit seiner Schwester.

Orela runzelte die Stirn. »Es kommt mir so vor, als miede er mich. Was meinen Eindruck verstärkt, dass sich etwas zusammenbraut. Fortuna scheint auch recht emsig zu sein.«

Bei der Erwähnung der Schicksalsgöttin richtete Sanctius sich auf. »Könntet ihr uns für eine Weile alleine lassen?«, wandte er sich an Orelas Dienerinnen. Die Frauen machten keine Anstalten, sich zu rühren.

»Geht nur.« Orela lächelte ihnen zu. »Ich möchte mit meinem Bruder sprechen. Alleine.« Ihre Stimme war weiterhin freundlich, doch der Nachdruck darin nicht zu überhören. Man konnte den drei Frauen ansehen, dass sie nicht glücklich darüber waren, ihre Herrin allein zu lassen, aber sie fügten sich ihrer Weisung. Als sie im Haus verschwunden waren, nahm Sanctius neben seiner Schwester Platz.

»Was bedrückt dich?« Sanft legte sie eine Hand über seine, die sich wieder zur Faust geballt hatte.

»Fortuna und die Parzen treiben Ränke mit mir«, grollte Sanctius.

»Oh?«

Orela war die Einzige, die er in den Wahnsinn namens Aliqua eingeweiht hatte, und so erzählte er ihr von ihrer heutigen Begegnung auf dem Forum Holitorium. Als er endete, grinste sie füchsisch. »Mir scheint, die Liebe ist die Komplizin des Schicksals.«

Bei ihren Worten versteifte Sanctius sich. »Das ist keine Liebe!«

»Ach nein? Wie würdest du es nennen?«

»Ein unnatürlicher Wahnsinn, nichts weiter. Oder eine Heimsuchung. Die Götter prüfen mich.«

Nachdenklich schürzte Orela die Lippen, und unter ihrem Blick fühlte er sich seltsam entblößt. »Dann wirst du dich in Zukunft von ihr fernhalten? Du hast kein erneutes Treffen mit ihr vereinbart?«

Sanctius stöhnte auf. »Woher weißt du das?«

»Ich sagte doch, die Götter sind geschwätzig«, kicherte sie. »Die Parzen weichen dir nicht von der Seite, und Nonas Spinnrad surrt unentwegt. Ich dachte, du kannst es hören.«

Am liebsten hätte Sanctius sich die Hände auf die Ohren gepresst, um weder die Stimme seiner Schwester noch das Flüstern der drei Schicksalsweberinnen hören zu müssen. »Es kann nicht sein!«, zischte er. »Sie ist eine Sklavin, und selbst wenn sie eines Tages freigelassen wird, kann sie niemals eine Bürgerin Roms werden. Das Recht ist gegen uns! Bestenfalls würde ich sie zu einem Schicksal als meine Konkubine verdammen, immer im Schatten der standesgemäßen Ehefrau, die ich mir eines Tages nehmen muss. Ich würde uns alle sehenden Auges ins Unglück stürzen.«

Sanctius vergrub das Gesicht in den Händen. Seit dem Tag auf dem Sklavenmarkt war er diese Überlegungen immer und immer wieder durchgegangen. Laut geltendem Recht konnte eine Sklavin wie Aliqua niemals die vollen Bürgerrechte erlangen. In den Augen dieser Welt war sie vielleicht dafür gut, dass man seine körperlichen Gelüste an ihr stillte, aber eine Beziehung mit ihr eingehen? Oder eine Ehe? Niemals. Sanctius fürchtete das Urteil der Leute über sich selbst nicht, aber er konnte nicht nur an sich denken. Er war der Erbe seines Vaters, Mitglied einer hochangesehenen Politikerfamilie, und mit seinen Taten würde er sie alle ins Verderben stürzen.

Orela tätschelte seine verspannten Schultern, doch er nahm die tröstliche Berührung kaum wahr. »Deine Münze ist gefallen, Sanctius. Du weißt nur noch nicht, welche Seite nach oben zeigt. Gott oder Kaiser. Wobei ich Ersteres vermute, aber lass uns nicht spekulieren. Ich weiß nur eines: Ich habe noch nie erlebt, dass jemand deine Gefühle derart berührt hat, und auch wenn es selbstsüchtig ist, freue ich mich, dich so zu sehen. Du lebst, *und das nicht nur für die Pflicht. Ich bin mir sicher, dass es einen Weg für dich geben wird. Für dich und Aliqua.«*

Aliqua

Am nächsten Morgen liege ich schon eine Weile wach im Bett, als vorsichtig die Tür zu meinem Schlafzimmer aufgedrückt wird. Orela lugt herein, und ihre Miene hellt sich auf, als sie sieht, dass ich wach bin. Ich setze mich im Bett auf, den Rücken gegen das gepolsterte Kopfteil gelehnt, und mustere sie. Obwohl Orela zu der beneidenswerten Sorte Mensch gehört, deren Schönheit selbst verheulte Augen und ein fleckiger Teint nichts anhaben können, ist ihr unverkennbar anzusehen, wie schwer diese Nacht für sie war. Bestimmt hat sie keine Sekunde geschlafen.

Ich habe auch kaum ein Auge zugetan. Aufgewühlt von einem Tag, an dem genug passiert ist, um damit eine ganze Woche zu füllen, habe ich mich bis zum Morgengrauen unruhig herumgewälzt. Dazu kommen die Nachwirkungen des Alkohols. Soweit ich weiß, hatte ich noch nie einen Kater, und gerade ziehe ich ernsthaft in Erwägung, keinen Tropfen mehr anzurühren, wenn es bedeutet, nie mehr diese Mischung aus Kopfschmerzen und Übelkeit erleben zu müssen. Ewiges Leben hin oder her – wer tut sich so etwas freiwillig an? Da verzichte ich gerne auf das euphorische Gefühl eines Rausches.

Mit einem tonlosen Seufzen macht es sich Orela auf der Bettseite neben mir bequem und schließt die Augen, während sie den Kopf wie ich an das Kopfteil lehnt. »Diana hat mich nach Hause geschickt, damit ich schlafe.« Prompt gähnt sie und streckt die Arme über den Kopf. »Vorhin war ich in meinem Zimmer und habe es versucht, aber es geht nicht.« Blitzend schaut sie zu mir herüber. Das Blau ihrer Augen wird durch die tiefen dunklen Ringe darunter nur noch auffälliger betont. Ich sage ja, umwerfend selbst im Angesicht der tiefsten Erschöpfung und Niedergeschlagenheit.

»Wie war es?«, frage ich vorsichtig.

Orela verzieht den Mund und richtet den Blick zur Zimmerdecke. »Schmerzhaft. Nerone und Diana sind am Boden zerstört, und Adone hat getobt wie ein Verrückter, als er zum Haus seiner Eltern kam, nachdem er Remo nicht finden konnte. Aber ich bin froh, dass ich dort war. Ich glaube, Diana hat meine Anwesenheit am meisten geholfen. Nerone ist wie immer in den Aktionsmodus übergegangen, er hat die Nachricht verbreitet, Leute informiert und so weiter. Er ist nicht sonderlich gut in Gefühlsdingen. Ich weiß, wie schmerzhaft Remos Verlust für ihn persönlich ist, aber auch als Anführer der Damnati bringt es ihn in eine schwierige Position. Er könnte den Rückhalt der Gemeinschaft verlieren, da sein eigener Sohn zum Überläufer geworden ist. So schwer es auch ist, er muss sich glaubhaft von Remo distanzieren.«

Ja, das stimmt wohl, auch wenn ich mir nicht vorstellen kann, wie es sich für Nerone und Diana anfühlen muss. Ihren Verlust auch vor allen anderen vorzutragen, muss unerträglich sein. »Und du? Wie geht es dir?«, hake ich vorsichtig nach.

Orela blinzelt heftig, dann räuspert sie sich. »Es klingt vielleicht komisch, aber ich fühle mich besser, nachdem ich bei ihnen war. Ich konnte ihnen beistehen und zumindest versuchen, sie ein wenig aufzufangen. Es wird noch einige Zeit dauern, bis wir das verarbeitet haben.«

Eine Weile sitzen wir schweigend nebeneinander auf dem Bett und hängen unseren Gedanken nach. Ich fühle mich noch immer ziemlich elend, aber in Orelas Anwesenheit geht es mir besser damit. Und vielleicht bewirke ich dasselbe bei ihr. Ein wechselseitiges Band der Freundschaft zwischen uns, das so nahtlos geknüpft wurde, als wären es zwei lose Enden, die schon immer zusammengehört haben. Und doch fühlt es sich so neu an, dass ich zu der Überzeugung komme, so etwas in meinem früheren Leben nicht gekannt zu haben.

Was ziemlich traurig ist. Gleichzeitig bin ich dankbar, diese Art von Freundschaft in Orela gefunden zu haben.

»Was ist?«, sage ich schließlich. »Wir duschen und schauen dann, ob ein Frühstück mit Kaffee uns aufmuntert?«

»Guter Plan.« Schwungvoller, als ich es ihr zugetraut hätte, hüpft Orela von meinem Bett und ist schon fast bei der Tür, ehe ich mich von der Matratze gerollt habe.

Nach einer ausgiebigen Dusche gehe ich mit noch feuchten Haaren in die Küche, wo ich das verheißungsvolle Rattern der Kaffeemaschine höre. Mein vom Alkohol gebeutelter Magen knurrt erwartungsvoll, und stirnrunzelnd schaue ich hinunter auf meine Körpermitte. Gerade eben war mir noch so übel, dass mich nicht einmal der Gedanke an trockenen Toast angesprochen hat, und jetzt plötzlich vergehe ich vor Heißhunger?

Kopfschüttelnd betrete ich die Küche. Orela hat ihre nassen Haare zu einem lockeren Knoten geschlungen und mit einer Klammer befestigt. Wie eine routinierte Barista bereitet sie den Kaffee zu, und der Duft der Bohnen steigt mir regelrecht zu Kopf.

»Wir haben leider nicht viele Lebensmittel hier«, erklärt sie entschuldigend, als sie mich bemerkt. »Niemand scheint daran gedacht zu haben, mal wieder einkaufen zu gehen. Aber wir können ein paar Tramezzini machen.«

Mit den Resten, die der Kühlschrank hergibt, belegen wir uns ein paar Weißbrotsandwiches, und Orela bringt mich in das Esszimmer, das ich bisher noch nicht betreten habe. Der Raum ist durch eine Schiebetür mit dem Wohnzimmer verbunden, und der Tisch bietet Platz für bestimmt zwölf Personen.

»Waren Santo und du gestern noch lange auf dem Dach?«, erkundigt sie sich und nimmt einen großen Schluck Kaffee.

»Eine Stunde vielleicht.« Ich zucke mit den Schultern. »Er hat mir ein bisschen mehr über den Fluch erzählt.«

»Oh, hat er das?« Orela wirkt plötzlich hellauf interessiert und scheint nicht einmal das Milchbärtchen zu bemerken, das der Kaffee auf ihrer Oberlippe hinterlassen hat.

»Ich weiß jetzt, wie das Abkommen mit den Göttern zustande kam und dass der Bruch ihrer Bedingungen dazu führte, dass sie die Erde verließen.«

»Mehr nicht?«

Ich schüttle den Kopf, noch immer nicht vollkommen zufrieden mit dem, was ich gestern erfahren habe. Es war eine ganze Menge neuer Informationen, aber ich habe das hartnäckige Gefühl, dass ein entscheidendes Puzzlestück fehlt, um das Bild zu vervollständigen.

Orela rührt sinnend in ihrer Tasse, ehe sie den Kopf hebt und sich suchend umsieht. »Apropos Santo. Wo steckt er eigentlich?« Sie lugt den Tisch hinunter, als würde er dadurch wie durch Zauberhand auf einem der Stühle auftauchen.

»Vielleicht hat er wieder auf der Dachterrasse übernachtet«, mutmaße ich. »Soweit ich weiß, ist er noch oben geblieben, als ich gestern ins Bett gegangen bin.«

Orela schnalzt mit der Zunge und verspeist dann den letzten Bissen ihres Brotes. Mit dem Finger schiebt sie die verbliebenen Krümel auf ihrem Teller herum. »Es geht mich ja nichts an ... aber habt ihr geklärt, was auch immer gestern zwischen euch vorgefallen ist?«

Innerlich krümme ich mich vor Unbehagen, wenn ich an diese Momente zurückdenke. Wobei es Santos Reaktion ist, die mir die Haare zu Berge stehen lässt, und nicht die Tatsache ... dass wir uns im Aufzug beinahe geküsst haben. Und in der Bar fast noch einmal. Mein Herz beginnt schon wieder zu rasen, wenn ich nur daran zurückdenke.

Und egal wie er sich danach verhalten hat, in diesem einen, überhitzten Moment, wollten wir es beide. Die Nähe, die Berührung. Meine Haut prickelt wieder, wenn ich mich an die Hitze in seinem Blick erinnere. Etwas Uraltes tief in meiner Brust hat sofort darauf reagiert, eine schlummernde Lunte, die knisternd entfacht wurde. Bis zu diesem Moment war mir nicht bewusst, wie sehr ich mich nach einer Berührung wie dieser gesehnt habe. Als hätte ich in all der Zeit unter Herculaneum genau danach gehungert.

Orela beobachtet mich mit erwartungsvoller Miene, und irgendwie schaffe ich es, meine Mundwinkel zu einem Lächeln zu krümmen. »Es ist alles gut.« Die Worte kommen nur widerwillig über meine Lippen, aber ich zwinge mich dazu, sie überzeugend klingen zu lassen.

Immerhin war ich es, die verlangt hat, das zu unterbinden, was zwischen uns brodelt. Aber vielleicht, in einem winzigen, hoffnungslosen Winkel meiner selbst, habe ich gehofft, dass Santo mir widersprechen würde. Dass er erklärte, er wolle es sehr wohl, und endlich verraten würde, was ihn abhält. Stattdessen hat er gesagt, er wolle mein Freund sein. Ich spüre, wie meine Lippen sich anspannen, um dem erzwungenen Lächeln zu entkommen.

Ich sehe Orela an, dass sie nachhaken möchte, aber in diesem Moment ertönen Schritte, und Santo taucht im Eingang zum Esszimmer auf. Er sieht gelinde gesagt ... fertig aus. Sein Gesicht ist kalkweiß, die Wangen eingefallen, was seine Wangenknochen rasiermesserscharf hervorstehen lässt, und seine Augen scheinen in einen Abgrund gefallen zu sein. Tief eingesunken in dunklen Höhlen, und das sonst so strahlende Blau wirkt matt und fern.

Mein Magen verknotet sich in einer unguten Vorahnung. Irgendetwas muss in den Stunden, seit ich schlafen gegangen bin, passiert sein. Sind es Neuigkeiten über Remo? Hat Adone noch etwas getan?

Santo lehnt sich gegen den Türrahmen, und ich nehme ihn noch mal genauer in Augenschein. Er hat sich umgezogen und scheint geduscht zu haben; sein feuchtes Haar kräuselt sich im Nacken, und eine lose Strähne fällt ihm in die

Stirn. Also muss er in der Zwischenzeit das Dach verlassen haben, auch wenn er aussieht, als hätte er keine Sekunde geschlafen.

Das Schweigen dehnt sich aus. Santo holt immer wieder tief Luft, als wollte er ansetzen, etwas zu sagen, bis er schließlich herausplatzt: »Aliqua muss Rom verlassen.«

Er klingt rau und ausdruckslos, und ich zucke zusammen. Ich muss was?

Orela richtet sich auf ihrem Platz auf. Ihr Ausdruck ist wachsam. »Was hat das zu bedeuten?«

Santos Kiefer spannt sich an, und die Sehnen an seinem Hals treten hervor. »Nerone hat es angeordnet. Sie soll die Stadt verlassen und an einem sicheren Ort untertauchen, damit die Immortali nicht an sie herankommen.«

Er spricht, als wäre ich überhaupt nicht anwesend, und Wut regt sich in mir. *Nerone ordnet es an? Ich soll untertauchen?*

»Niemand soll wissen, wo Aliqua sich aufhält. Auch nicht die Damnati. Nerone hält sie und ihre Gabe für zu gefährlich, vor allem, da die Immortali nun Bescheid wissen. Sie könnte ... Begehrlichkeiten wecken.« Jedes teilnahmslose Wort von Santo fährt mitten in meine Brust wie ein Säbel. Die Art, wie er über mich spricht, gefällt mir nicht. Als wäre ich ein *Ding,* ein Atomreaktor vielleicht, der jeden Moment hochgehen könnte.

»Was soll das heißen? *Begehrlichkeiten wecken?*«, verlange ich zu wissen.

Santo seufzt tief und kämmt sich mit den Händen die Haare aus dem Gesicht. Trotzdem fällt ihm eine Locke sofort wieder in die Stirn. »Er fürchtet, dass unsere Leute darauf bestehen könnten, dass du deine Gabe nutzt, um nach den Göttern zu suchen. Nerone hat sofort erkannt, wie ähnlich deine Fähigkeiten denen der Götter sind, und wenn er es begreift, dann werden es die anderen auch, sobald sie davon wissen. Und wir sind uns alle einig, dass eine mögliche

Rückkehr der Götter mit großer Vorsicht zu behandeln wäre.«

Für den Bruchteil einer Sekunde zuckt sein Blick zu mir. Ich erkenne einen gequälten Ausdruck, ehe er schnell wegsieht. Mein Körper ist bis in die Zehenspitzen angespannt, Ärger vibriert in jeder Faser. Schön und gut, dass sie mich beschützen wollen, aber müssen sie mich dabei behandeln wie eine Aussätzige?

»Und ich werde in dieser Sache nicht gefragt? Ich muss mich den Anweisungen kommentarlos fügen?«, bricht es aus mir heraus.

»Es ist zu deinem Besten, Aliqua«, murmelt Santo. »Du musst aus Rom verschwinden. Ich habe geschworen, dich zu beschützen, und auch wenn es mir nicht gefällt, stimme ich Nerone zu. Du kannst nicht hierbleiben.«

Noch immer bebend starre ich ihn an, aber er weicht mir aus. Stattdessen taucht Orela an meiner Seite auf. »Ich werde mit ihr gehen«, erklärt sie.

»Nein.« Santo spricht, noch ehe sie den Satz beendet hat. »Sie soll alleine bleiben, um niemanden von uns unnötig in Gefahr zu bringen. Wir werden hier in Rom ohnehin alle Hände voll zu tun haben. Dank Remo wissen die Immortali, dass Aliqua hier bei uns war, und werden uns garantiert auflauern. Wenn überhaupt, versteckst du dich an einem anderen Ort.«

Während ich vollkommen überrumpelt bin von seiner Ansage, verschränkt Orela trotzig die Arme vor der Brust. »Welchen Sinn soll das denn haben?« Sie schnaubt. »Ich soll mich auch verstecken? Dann bleibe ich dort, wo Aliqua hingeht. Glaubst du ernsthaft ich werde zulassen, dass sie irgendwo alleine eingesperrt wird? So, wie sie die letzten Jahrhunderte weggeschlossen war? Nerone ist vielleicht unsensibel genug, so etwas anzuordnen, aber ich hätte nicht erwartet, dass du es auch bist.«

Santo wird ganz ruhig, dann überläuft ihn ein Zittern. »Es ist nicht dasselbe wie in Herculaneum.«

»Ach nein? Nur weil sie nicht eingemauert wird, soll es anders sein? Es ist genauso eine Isolation von der Außenwelt, und ich für meinen Teil werde ihr so was nicht noch einmal antun. Ich gehe mit ihr.«

Mein Blick huscht zwischen den Geschwistern hin und her, als verfolgte ich einen besonders heftigen Schlagabtausch beim Tennis. Sie schleudern sich die Worte entgegen wie einen aufgepeitschten Ball.

»Aliqua löst Visionen bei dir aus!«, knirscht Santo. »Was, wenn etwas passiert, sobald ihr alleine seid?«

Entnervt wirft Orela die Hände in die Luft. »Wir waren auch gerade jetzt alleine. Und absolut nichts ist passiert. Hör zu.« Sie senkt ihre Stimme und klingt auf einmal um einiges sanfter. »Du vergehst fast vor Sorge, das sehe ich dir an, aber wie du dich dadurch benimmst, ist vollkommen daneben. Lass mich mit Aliqua gehen, und wir passen gegenseitig aufeinander auf. Was wäre denn zum Beispiel, wenn die Immortali sie doch aufspüren? Sie konnte nie Kampferfahrung sammeln oder lernen, sich zu verteidigen. Selbst wenn du ihr ein Maschinengewehr in die Hand drückst, würden sie sie alleine überwältigen. Ernsthaft, Nerone steht wegen Remo gerade vollkommen neben sich, auch wenn er es nicht zeigen will. Ansonsten hätte er niemals befohlen, sie alleine zu verstecken. Das ist vollkommener Schwachsinn.«

Gefangen zwischen den Fronten beobachte ich, wie Orela und Santo sich mit Blicken messen. Am liebsten würde ich Orela anfeuern, aber ich spüre, dass ich mich gerade zurückhalten muss. Auch wenn jede Menge Worte unter meiner Oberfläche brodeln und ich Santo genauso meine Meinung sagen will. Und Nerone. Und den übrigen Damnati.

Irgendwann seufzt Santo und senkt den Blick. »Von mir aus, dann eben ihr beide zusammen.« Er strafft sich. »Niemand außer mir wird euren genauen Aufenthaltsort kennen, um das Risiko zu minimieren, dass jemandem die Information abgepresst wird. Wir brechen so schnell wie möglich auf.« Er dreht sich auf dem Absatz um und verschwindet irgendwo in der weitläufigen Wohnung.

Verwirrter denn je bleibe ich mit Orela zurück, die sich über die Nasenwurzel reibt.

»Soll ich geschützt werden oder die anderen vor mir?«

Orela antwortet nicht, aber das muss sie nicht.

Ich denke, dass beides zutrifft.

Kapitel Siebzehn

Aliqua

Eine knappe Stunde später brechen wir schon auf.

Obwohl Orela mir eine Reisetasche in die Hand gedrückt hat, damit ich Kleidung und Pflegeprodukte für einen Aufenthalt von unbestimmter Länge zusammenpacke, realisiere ich noch nicht wirklich, dass ich fortmuss.

Es sollte mir nicht so schwerfallen, diese Wohnung und Rom zu verlassen. Immerhin bin ich erst seit wenigen Tagen hier und hatte kaum Gelegenheit, mich richtig einzuleben. Trotzdem hat es sich zum ersten Mal so angefühlt, als hätte ich einen Ort gefunden, an dem ich sicher bin. Doch nach Remos Verrat hat sich das erst mal erledigt.

Außerdem geht es hier nicht nur um mich. Mein Magen hat sich zu einem schweren Knoten zusammengeballt, weil ich Santo, Orela, Adone und Scuro in Gefahr bringe. Sie haben mich so unvoreingenommen in ihrer Runde aufgenommen, und jetzt sind sie zu möglichen Zielen der Immortali geworden. Meinetwegen. Eine dumpfe Übelkeit breitet sich in mir aus, wenn ich daran denke, was ihnen passieren könnte, sollten sie ihnen in die Hände fallen. Sie sind vielleicht unsterblich, aber das bedeutet nicht, dass sie keine Schmerzen empfinden, sollte man sie verletzen – oder foltern.

Auf der Rückbank der unscheinbaren silbernen Limousine, die offenbar auch zu Santos und Orelas unerschöpflichem Fuhrpark gehört, kralle ich die Hände in meine Oberschenkel.

Ich weiß nicht, wie ich es ertragen soll, sollte einem von ihnen wegen mir Leid zugefügt werden. Nackte Hilflosigkeit schwappt in eisigen Wellen durch meinen Körper, und die feinen Härchen auf meiner Haut stellen sich auf.

Sosehr ich es hasse, im Moment bleibt mir nichts anderes übrig, als mich zu verstecken und zu hoffen, dass den anderen nichts geschieht. Dabei würde ich so gerne etwas tun. Genauso furchtlos und elegant kämpfen wie Orela zum Beispiel, die es problemlos mit einem Immortalos aufnehmen konnte.

Zum tausendsten Mal verfluche ich die Jahre meiner Gefangenschaft, die mir so vieles geraubt haben. All die Zeit, in der ich hätte lernen können. Wachsen. Stattdessen bin ich noch genauso hilflos, als wäre ich von Vulkangestein umschlossen.

Die Fahrt ist kürzer, als ich erwartet hätte. Ich war zu sehr mit meinen Gedanken beschäftigt, um darauf zu achten, wohin wir unterwegs sind, aber schon eine knappe Dreiviertelstunde später wird der Wagen langsamer, und ich schaue das erste Mal, seit wir losgefahren sind, aus dem Fenster. Erneut sind wir ins Hinterland von Rom gefahren, eine sattgrüne Landschaft mit bewaldeten Hügeln und Anhöhen. In einiger Entfernung sehe ich ein Städtchen, das gedrungen auf einer Felskuppe sitzt. Doch wie auf dem Weg nach Bomarzo schlagen wir einen Weg ein, der uns wegführt von den Hauptstraßen und Ortschaften.

Orela wirft immer wieder nervöse Blicke in den Seitenspiegel, und ich weiß, dass sie Ausschau nach möglichen Verfolgern hält. Auch ich schaue immer wieder zurück. Die Tatsache, dass uns Remo unbemerkt bis zu unserem Treffen mit Drusilla folgen konnte, nagt an mir. Und ich bin mir sicher, auch an Santo. Immerhin ist er spezialisiert darauf, Immortali aufzuspüren, auch wenn ich mir nicht wirklich vorstellen kann, wie genau diese Gabe funktioniert. Adone hat es mir einmal als eine Art Radargerät in ihren Köpfen erklärt, mit dem sie Aktivitäten von Ewiglichen bemerken. Gleichzeitig scheinen die Immortali Mittel und Wege gefunden zu haben, um sich diesem Radar zu entziehen. War es bei Remo genauso? Oder ist er noch nicht lange genug bei den Immortali, um auch als solcher erkannt zu werden? Was mich zu der Frage bringt, was genau es eigentlich ist, das Santo von ihnen wahrnehmen kann. Und folgt uns auch jetzt jemand, der Santos Aufmerksamkeit entgeht?

Aber selbst wenn es den Immortali gelingen sollte, sich vor Santos Gabe zu verstecken, unsichtbar zaubern können sie sich garantiert nicht. Und ich sehe weit und breit nichts und niemanden, der uns folgt.

Die ganze Fahrt über herrschte drückende Stille im Wagen. Ich durchbreche sie jetzt, um mich von meinen Amok laufenden Gedanken abzulenken. »Wohin fahren wir eigentlich?« Dichtes Grün, das keinerlei Anhaltspunkt gibt, zieht am Fenster vorbei.

Ich bin überrascht, dass Santo derjenige ist, der mir antwortet. »In die Nähe von Tivoli. Wir besitzen hier ein Haus, von dem nur Orela und ich wissen. Niemand sonst.«

Heute sucht er nicht meinen Blick im Rückspiegel. Mir fällt auf, wie fest er das Lenkrad umklammert, sodass die Knöchel seiner Finger weiß hervorstehen. Seine Anspannung ist mit Händen greifbar, und während ich ihn betrachte, ist es schwer vorstellbar, dass wir gestern noch eng beieinander auf seinem Motorrad gesessen haben. Vor vierundzwanzig Stunden war er so anders, und ich hatte das Gefühl, seine Schranken seien ein wenig heruntergefahren. Doch davon ist längst nichts mehr übrig.

»Wir sind dort mit allem versorgt«, wirft Orela ein. »Ein Ehepaar kümmert sich um das Haus und den Garten. Sie füllen auch den Kühlschrank, wenn wir uns zu einem Besuch anmelden. Du hast den Brunis Bescheid gesagt, Santo, oder?«

Santo stößt ein bestätigendes Brummen aus.

»Dann bleiben wir also in der Nähe von Rom.«

Nun huscht Santos Blick doch für den Bruchteil einer Sekunde über den Spiegel zu mir nach hinten. Das Blau ist noch immer ein Abgrund, der mich ins Taumeln bringt, obwohl ich sicher auf der Rückbank sitze.

»Ich kann nicht bei euch bleiben, weil ich in der Stadt gebraucht werde. Aber falls nötig, will ich so schnell wie möglich hier sein. Tivoli ist die beste Option.«

Ein warmes Gefühl macht sich in meiner Brust breit, als ich die Sorge in seiner Stimme bemerke. Er hat die Brauen finster zusammengezogen, aber eine stille Überzeugung sagt mir, dass er nicht verärgert ist.

Zehn Minuten später biegen wir auf einen Weg ab, der bergauf in den Wald hineinführt. Glitzernde Wasserläufe schlängeln sich über den felsigen Grund links und rechts der Fahrbahn. Der Teer ist uneben, an vielen Stellen von Wurzeln aufgebrochen, die sich entgegen allen Widerständen ihren Weg an die Oberfläche bahnen. Kurz darauf erreichen wir eine bestimmt drei Meter hohe Mauer, die das Grundstück zu begrenzen scheint. Santo öffnet das schmiedeeiserne Tor mit einer Fernbedienung, und der Wagen rollt auf eine ungepflasterte Auffahrt. Der Weg schlängelt sich noch etwa einen Kilometer zwischen den Bäumen hindurch, ehe das Haus vor uns auftaucht.

Wobei die Bezeichnung *Haus* nicht wirklich zutreffend ist. *Villa* beschreibt es meiner Meinung nach besser. Das quadratische Gebäude erinnert mich an einen Tempel, der sich auf einer Lichtung zwischen den knorrigen Bäumen erhebt. Weiße Säulen stützen einen Vorbau mit dreieckigem Giebeldach, und eine Kuppel wölbt sich über dem Zentrum des Baus. Obwohl ich noch immer nicht auf meine Erinnerungen zugreifen kann, überkommt mich ein Gefühl von alter

Wehmut. Die Tempel der Götter sahen früher anders aus, aber dieser Ort strahlt etwas Archaisches aus, das mich in der Zeit zurückversetzt.

Nachdem ich aus dem Auto gestiegen bin, gesellt sich Orela neben mich, während Santo unsere Taschen aus dem Kofferraum holt.

»Früher befand sich an dieser Stelle eine Quelle.« Orelas sanfte Stimme übertönt kaum das Vogelgezwitscher und das Rauschen des Windes in den Bäumen ringsum. »Hier, in der Gegend um die Tiburtinischen Hügel, gab es jede Menge heilsame Schwefelquellen, die uns Römer schon in der Antike anzogen. Dieser Ort hier soll ein Hain des Apollo gewesen sein.«

Andächtig lasse ich den Blick umherschweifen und atme den schweren Geruch von Harzen, Waldboden und eine leicht bittere Note in der Luft ein. Vielleicht der Schwefel. Hinter dem Haus glaube ich das Glitzern einer Wasserfläche zu erkennen.

»Und niemand sonst weiß von diesem Ort?«

»Nein. Nicht einmal das Ehepaar Bruni kennt Orela und mich persönlich, und sie kümmern sich schon seit zwanzig Jahren um das Grundstück.« Ich zucke zusammen, als Santo ohne Vorwarnung neben mir stehen bleibt. Seine Miene wirkt noch immer verkniffen, und mit einem kurzen Kopfnicken weist er zum Haus. Mit unseren Taschen in den Händen geht er voran, die flachen Stufen zum Portikus hinauf. Ich folge in einigem Abstand, noch immer völlig bezaubert von diesem Ort. Meine größte Angst bestand an diesem Morgen darin, in einem dunklen Versteck irgendwo unter der Erde untergebracht zu werden. Einem verlassenen Stollen vielleicht. Oder weitere Katakomben. Stattdessen hierbleiben zu können, so nahe am Sonnenlicht und mitten in der Natur, lässt mein Herz vor Erleichterung weit werden.

Das Innere der Villa ist lichtdurchflutet und wunderschön ausgestattet. Marmor- und Mosaikfußböden, antikisierende

Wandmalereien und eine Mischung aus altertümlichen und modernen Möbeln. Santo stellt unser Gepäck auf den untersten Stufen der imposanten Marmortreppe ab, die hinauf ins erste Stockwerk führt.

»Wie lange bleiben wir hier?« Meine Stimme hallt durch den weiten Raum.

»So lange wie nötig«, sagt Santo knapp, der einen Flur hinunterläuft.

Ich werfe Orela einen Blick unter hochgezogenen Brauen zu, und sie streckt dem Rücken ihres Bruders die Zunge heraus. »Sie haben vor, einen Immortalos zu fangen, am besten Remo, um in Erfahrung zu bringen, was sie von dir wollen.« Sie zuckt leichthin mit den Schultern, als wäre es das normalste Vorhaben der Welt. In mir dagegen regt sich leise Besorgnis.

»Ist es ... sehr gefährlich?« Spätestens nach dem Angriff von gestern sind die Immortali zu mehr geworden als einem abstrakten, körperlosen Feindbild. Bis auf Remo konnte ich niemanden unter den dunklen Kapuzen erkennen, aber ich habe ihren Griff auf meiner Haut gespürt. Ich spüre noch immer ein stechendes Pulsieren, dort, wo sich die Finger erbarmungslos um meine Kehle geschlossen haben. Die Immortali sind real, und hätten sie mich alleine erwischt, hätte ich keine Chance gehabt.

Orela schnalzt mit der Zunge. »Der schwierigste Part ist es, einen von ihnen in die Finger zu kriegen. Ansonsten sind wir uns ebenbürtig.«

»Was du gestern gesehen hast«, ruft Santo hinter sich, und seine Stimme trägt weit durch die Flure.

»Angeber«, murmelt Orela.

Am Ende des Flurs öffnet sich ein großzügiger Wohnbereich, der die ganze Breite des Hauses einnimmt. Bodentiefe Rundbogenfenster zeigen hinaus auf eine Terrasse, hinter der sich ein Teich erstreckt. Also habe ich mir das Glitzern von Wasser in der Sonne vorhin nicht bloß eingebildet.

»Es ist so schön hier.« Ich spähe durch die Fenster nach draußen in den parkähnlichen Garten. Hinter dem Teich schlängeln sich verzweigte Wege über einen gepflegten Rasen. Zwischen Blumenbeeten und blühenden Büschen stehen Steinbänke und vereinzelte Statuen.

»Ja, nicht wahr?« Orela tritt neben mich und seufzt tief. »Ich würde gerne öfter kommen, aber dieser Ort ist unser sorgsam gehütetes Geheimnis. Früher oder später würde es herauskommen, wenn wir regelmäßig hier wären.«

Ein Kloß wandert in meinen Hals, und ich muss schwer schlucken, um ihn niederzuringen. »Danke für euer Vertrauen! Dass ihr mich hierherbringt.«

Orela legt mir eine Hand auf die Schulter und drückt sie leicht. »Das ist nicht nötig, danke uns nicht dafür. Es ist dir vielleicht nicht bewusst, aber du bist unfassbar wichtig, für uns alle. Die Immortali haben unmissverständlich klargemacht, dass sie hinter dir her sind, und wir würden dich auf dem Mond verstecken, wenn das möglich wäre.«

Die Enge in meiner Kehle schnürt sich weiter zu. »Ich bin wichtig«, sage ich mit kratziger Stimme. »Wegen meiner Gabe?«

In einer fließenden Bewegung gleitet Orela vor mich, sodass sie mir ins Gesicht sehen kann. »Die Immortali sind wohl wegen deiner Gabe hinter dir her. Aber wir beschützen dich, weil du uns am Herzen liegst.«

Ich will es glauben. Wirklich. Aber ich kann mir nicht vorstellen, wie das möglich sein kann. Wir kennen uns erst seit wenigen Tagen, und sie sind bereit, solche Risiken für mich einzugehen? Für mich. Ein Mädchen, das aus Staub und Vulkanasche kam, uralt, aber so unwissend und hilflos wie ein Neugeborenes.

Die Linien in Orelas schönem, alterslosem Gesicht werden weich, und sie neigt leicht den Kopf zur Seite. »Manches ist uns gegeben, Aliqua. Zuweilen genügt ein Blick, um eine verwandte Seele zu erkennen. So was ist nicht immer leicht zu akzeptieren, vor allem wenn man erlebt hat, was du durchmachen musstest. Aber ich wette, keiner von uns würde etwas anderes sagen, als dass du uns wichtig bist und wir dich beschützt wissen wollen. Adone wäre bestimmt zu Tode beleidigt, wenn er wüsste, dass du an seiner Zuneigung zweifelst.«

Ein krächzender Laut entwischt mir, ein missglücktes kleines Lachen, das verdächtig nach einem Schluchzen klingt. Tränen brennen in meinen Augen, und ich fürchte, jeden Moment von meinen Gefühlen überrollt zu werden. Sie blähen sich in meinem Brustkorb auf, warm und gleißend wie ein Ball aus reinem Sonnenlicht. Ich will dieses Gefühl festhalten und es tief in mich einschließen, um mich in einsamen Stunden daran zu erinnern. Dass ich wirklich Freunde gefunden habe, die mich in ihrer Runde aufgenommen haben und sich um mich sorgen. Um meinetwillen.

Freundschaft, erkenne ich in diesem Moment, ist ein kostbares Geschenk, das ich noch nie zuvor erlebt habe.

Einem Impuls nachgebend, trete ich vor und schließe Orela in die Arme. Im ersten Moment wirkt sie überrascht, doch dann erwidert sie fest meine Umarmung.

»Ich war schon immer deine Freundin, Aliqua«, murmelt sie kaum hörbar.

Ihre Worte überraschen mich, doch ehe ich nachfragen kann, tritt Santo zu uns. Und er steckt noch immer in dieser schwarzen, schattigen Wolke. Obwohl wir uns gestern darauf geeinigt haben, bin ich mir bei ihm nicht so sicher, ob er wirklich mein Freund sein will.

Orelas Nasenflügel blähen sich, als könnte sie seine Stimmung wahrnehmen, und sie macht einen Schritt zurück. »Ich schaue mal in die Küche und überprüfe, was die Brunis in den Kühlschrank gefüllt haben.« Sie rauscht davon, und ich bleibe mit Santo im Wohnzimmer zurück, das mir plötzlich um einiges schattiger vorkommt.

Schweigend stehen wir nebeneinander, aber es ist kein geselliges Schweigen. Es brennt mir unter den Nägeln, etwas zu sagen, doch es dauert einige Augenblicke, um Mut zu fassen. Im nächsten Moment ärgere ich mich über mich selbst. Seit wann braucht es Mut, um mit Santo zu sprechen? Gestern Nacht auf dem Dach habe ich es immerhin auch geschafft, und dabei ging es um ein sehr viel delikateres Thema.

»Ist alles in Ordnung mit dir?« So, hiermit ist es raus. Und wenn es wirklich stimmt, was Orela gesagt hat, und wir Freunde sind, dann ist das doch eine völlig legitime Frage, oder? Ich bin nicht besonders geübt darin, eine Freundin zu sein, aber es zeugt doch von Sympathie, sich nach so etwas zu erkundigen.

Santo zuckt leicht zusammen und wendet mir ein wenig das Gesicht zu. Mein Blick huscht über ihn, und ich kann nicht mehr wegsehen. Die dunkle Schönheit seiner Züge trifft mich wie ein elektrischer Impuls. Jede Linie erzählt von der schweren Finsternis, die in ihm lauert. Sie ist eingegraben in die Kontur seines Kiefers und die leicht eingesunkenen Wangen, die seine Wangenknochen betonen wie Rasiermesser. Sie lauert in den immer leicht zusammengezogenen Brauen und in den Winkeln seines Mundes. Aber am deutlichsten ist sie aus seinen Augen zu lesen, der intensivsten Schattierung von Blau, die ich jemals gesehen habe. Und die er so oft abwendet. Auch jetzt schaut er mich nicht direkt an, als fürchtete er, ich könnte mehr sehen, als er zulassen will.

»Kann ich dir etwas verraten? Etwas absolut Selbstsüchtiges?«

Seine Antwort überrascht mich, aber ich nicke. Natürlich will ich so etwas wissen.

Santo atmet tief ein, seine Nasenflügel beben. Ein weiteres Anzeichen für seine Anspannung. »Ich will dich nicht hier zurücklassen.« Er öffnet die vor der Brust verschränkten

Arme und spreizt die Finger neben dem Körper. Ballt sie im nächsten Moment zu Fäusten. Als müsste er sich davon abhalten, mich zu berühren. »Mir ist klar, dass du mit Orela fürs Erste sicher hier bist. Es ist meine Pflicht, in Rom zu bleiben und dabei zu helfen, die Zerstörung, die Remo mit seinem Verrat angerichtet hat, in Grenzen zu halten. Was er getan hat, betrifft nicht nur dich. Als Nerones Sohn weiß er so viele Dinge ... allen voran die Existenz der Katakomben. Das, was er den Immortali verraten könnte, ist verheerend, und wir müssen es schaffen, ihn zu finden. Selbst wenn es bedeutet, ihn für den Rest seines Daseins einzukerkern.«

Der Atem entweicht mir mit einem stockenden Stoß. »Nerone würde so weit gehen, seinen eigenen Sohn wegzusperren?«

Santo blinzelt, und seine Wimpern werfen Schatten auf seine Wangen. »Es fällt ihm nicht leicht, aber wenn Remo bereits Informationen weitergegeben hat und sich nicht einsichtig zeigt ... ihm bleibt keine andere Wahl. Remo ist kein Mitglied dieser Familie mehr und gehört jetzt zu den Abtrünnigen.«

Das wusste ich schon, trotzdem blutet mir das Herz. Zwar habe ich Nerone und Diana nur flüchtig kennengelernt und war mir insbesondere bei Nerone nicht sicher, was ich von ihm halten soll, aber sie sind Eltern, die gerade ihren Sohn verloren haben. Einen Sohn, den sie seit Jahrhunderten kennen und lieben und der sich dennoch dazu entschlossen hat, sie und den Rest seiner Familie in Gefahr zu bringen. Hat er auch nur eine Sekunde daran gedacht, was er ihnen damit antat? Seinem Bruder, seinen Cousins und den restlichen Damnati? Oder waren die Gefühle in ihm, die ihn zu diesem Schritt getrieben haben, zu übermächtig?

»Obwohl ich all das weiß und meine Pflichten kenne, will ich nicht nach Rom fahren und dich hier zurücklassen«, fährt Santo fort. Das leise Zittern in seiner Stimme bringt mein angeknackstes Herz zum Rasen. Da lauern so viele Gefühle unter seiner Oberfläche ... Alle meine Sinne strecken sich danach aus, wollen zwischen die Ritzen schlüpfen, die Santo gerade in seiner Panzerung offenlegt. Dennoch bleibe ich still stehen.

»Seit Nerone angeordnet hat, dich in Sicherheit zu bringen, ist meine Laune im Keller. Ich will ehrlich mit dir sein, Aliqua, es macht mir eine Scheißangst, so etwas zu fühlen. Seit der Fluch über uns gekommen ist, habe ich den Dienst an den Damnati über alles andere gestellt und bin nie wieder in eine Situation gekommen, in der meine eigenen Bedürfnisse mit meinen Pflichten in Widerstreit geraten sind.«

Er verstummt. In meinem Kopf herrscht ein heilloses Durcheinander, das ich kaum überblicken kann. Die nächsten Worte entschlüpfen mir, ehe ich eine Chance habe, sie abzuwägen. »Warst du immer ehrlich zu mir, Santo?«

Ein Ruck geht durch seinen verkrampften Körper, und er kneift die Lider zusammen. »Ich wäre es gerne gewesen, aber ich konnte es nicht«, krächzt er dann.

Ich bin nicht überrascht über diese Aussage. Eher darüber, dass er es ausspricht. Endlich.

»Es liegt nicht an dir! Aber manches ... manche Dinge sollten im Verborgenen bleiben. Es genügt, wenn ich diese Last trage, ich will sie niemandem sonst aufbürden. Am allerwenigsten dir. Wenn ich dir Dinge verschweige, dann nur, um dich zu schützen.«

»Du weißt etwas.« Die Worte kommen mir rau über die Lippen, als sträubten sich meine Stimmbänder, sie auszusprechen. »Ich konnte es von Anfang an spüren. Da ist etwas, das du zurückhältst, und ich weiß, dass es mit mir zu tun hat.« Ich habe das Gefühl, dass er es indirekt gerade sowieso bestätigt hat.

Er wendet sich mir zu, und das Blau seiner Augen flackert wie eine Gasflamme, doch ich halte ihn mit meinem Blick fest, bis ich sehe, dass er die Zähne zusammenbeißt.

»*Ita est.*« *So ist es.*

Etwas ändert sich am Klang seiner Stimme, als er Latein spricht. Es rauscht über mich hinweg wie eine Welle puren Stroms, aufgeladen und gewichtig.

»Dann sag es mir. Egal wie furchtbar es ist, du musst es mir sagen! Was ich auch gesagt oder getan habe, wie unverzeihlich es auch war ... ich muss es wissen!« Meine Stimme verklingt zu einem flehentlichen Wispern.

Santo schüttelt ganz leicht den Kopf. Ein schmerzlicher Ausdruck huscht über seine schönen Züge, der mir den Atem aus den Lungen presst. »Nicht du, Aliqua, niemals du.« Er vergräbt den Kopf in den Händen, als wöge er zu schwer. Die Last des Wissens, das er seit so langer Zeit mit sich trägt. Zu Vulkangestein erstarrt in seinen Gedanken.

Als er nicht weiterspricht, brauche ich einige Momente, um zu begreifen, was er gesagt hat. Die Erkenntnis darüber sinkt nur langsam in mich.

»Dann also du.« Im Grunde überrascht mich auch diese Tatsache nicht sonderlich. Es gibt einige Dinge, die ich nicht glauben kann und weswegen ich vermute, dass er nicht vollkommen ehrlich zu mir war. Allen voran seine Behauptung, mich nicht zu kennen. Auch ohne meine Erinnerungen bin ich mir inzwischen so gut wie sicher, dass es in meinem Leben vor Herculaneum einen Berührungspunkt zwischen uns gab. Dass ich keine vollkommene Fremde für ihn bin. Und dass irgendeine Sache zwischen uns ist, die er seit damals mit sich herumschleppt.

Zumindest sind wir nun an einem Punkt, an dem er das eingestehen kann. Und ich habe vor, so lange weiterzubohren, bis er nachgibt und sich mir anvertraut. Anders als Santo bin ich nämlich nicht davon überzeugt, dass manche Dinge im Verborgenen bleiben sollten. Egal wie sehr die Wahrheit auch schmerzen mag.

Allerdings meldet sich in diesem Moment das Handy in Santos Hosentasche, und mit einem Fluch holt er es hervor.

»Verdammte Götter, ich hab ihm doch gesagt, er soll mich nicht anrufen, während ich hier bin.« Stirnrunzelnd drückt Santo den Anruf weg und schaltet das Mobiltelefon dann aus. Nachdem er es weggesteckt hat, schaut er zu mir. »Das war Adone, er wird wahrscheinlich ungeduldig, weil ich mich noch nicht gemeldet habe.«

Ich nicke, wohl wissend, dass der Moment der Offenheit zwischen uns hiermit vorbei ist. »Du musst los?«

Santo nickt. »Ich muss. Aber ich hoffe, dass wir schnell Fortschritte machen und ich euch bald zurückholen kann. Und dann ... dann reden wir.« Noch immer ist da dieses ernste V zwischen seinen Brauen, und ein nachdenklicher Ausdruck steht in seinen Augen. »Wenn mich die letzte Nacht eines gelehrt hat, dann, dass ich es satthabe, mich selbst zu verleugnen, weil ich Angst vor der Wahrheit habe.«

Er kommt näher, und mit angehaltenem Atem beobachte ich, wie er die Hand hebt und sanft meine Wange berührt. Die Berührung ist so zart, dass ich sie kaum spüre, und schickt doch eine Feuerzunge durch meinen Körper, die jeden Nerv vibrieren lässt. Mutig geworden neige ich den Kopf, sodass sich meine Wange in seine Handfläche schmiegt.

»Irgendwie habe ich das Gefühl, dass mich dieses Gespräch über die Wahrheit sauer machen wird«, murmle ich.

Santo schnaubt. »Was meinst du, warum ich solche Angst davor habe? Du wirst mir wahrscheinlich den Kopf abreißen und das zu Recht.«

»Verdammt, jetzt machst du mich aber *wirklich* neugierig.«

»Ich will bleiben«, wiederholt Santo ein weiteres Mal.

»Aber du musst deine Pflicht tun, ich weiß. Hey, ich habe es die ganze Zeit unter Herculaneum ausgehalten, wenn jemand ein Profi in Geduld ist, dann ich.«

»Niemand würde dir einen Vorwurf daraus machen, dass du auf Geduld pfeifst, jetzt, da du wieder frei bist.«

Ich grinse, und Santos Hand drückt sich fester an meine Haut. Er hält den Kontakt aufrecht, und ich genieße jede gestohlene Sekunde, in der er mich berührt. Ich schließe sogar die Augen, um alles andere um mich herum auszublenden.

Wie aus weiter Ferne dringt Santos Stimme zu mir. »Pass auf dich auf. Bleibt im Haus und versteckt euch, wenn jemand hierherkommen sollte. Orela weiß, wie ihr notfalls Hilfe holen könnt, und ich werde nicht unangemeldet auftauchen. Ja?«

»Ja.«

Im nächsten Moment spüre ich Santos Atem auf meinem Gesicht. Sachte streichelt sein Daumen über die dünne Haut unter meinen geschlossenen Augen, und dann liegt für den Bruchteil einer Sekunde sein Mund auf meinem. Mir stockt der Atem, mein Körper streckt sich dem Kuss entgegen, verlangt nach mehr, doch die Berührung ist schneller vorbei als ein Windhauch.

Santos Schritte entfernen sich eilig aus dem Wohnzimmer, und ich bleibe am Fenster stehen. Mein ganzes Gesicht fühlt sich heiß an, und bestimmt bin ich knallrot angelaufen. Verwundert hebe ich die Hand und lege einen Finger auf meine Lippen.

Kapitel Achtzehn

Rom, 79 n. Chr.

In den kommenden Wochen schwebte Aliqua auf einer sonderbaren Wolke des Glücks, die den Alltag wie einen fernen Nebel an ihr vorbeiziehen ließ. Octavias unaufhörliches Geplapper über eine mögliche Vermählung und ihre nie endenden Wünsche und Forderungen schafften es nicht, zu ihr durchzudringen. Und auch Marcellus, der sie noch immer mit gierigen Blicken verfolgte, war nun leichter zu ertragen.

Es schien, als lebte Aliqua einzig und allein für die wenigen kostbaren Stunden, die sie mit Sanctius verbringen konnte. Jede Woche schafften sie es, sich unter Vorwänden irgendwo in der Stadt zu treffen, und Aliqua barg diese gestohlene Zeit in sich wie einen Schatz. Meistens spazierten sie durch Rom, vorbei an der riesigen Baustelle des Amphitheatrum Flavium, das in Kürze fertiggestellt werden sollte, oder am Tiber entlang. Für die Menschen um sie herum mochten sie aussehen wie ein Patrizier, der mit seiner Sklavin unterwegs war, und niemand verschwendete einen zweiten Blick auf sie beide. Sie wurden unsichtbar in der Öffentlichkeit, und Aliqua konnte sich einbilden, dass es immer so bleiben konnte. Ihre Gespräche flochten sich von Woche zu Woche fort, und sie erfuhr so viel über Sanctius ... Sein Wunsch, eines Tages Senator zu werden wie sein Onkel Claudius Nero. Seine politischen Pläne und Visionen, mit denen er irgendwann das Leben der Menschen in Rom verbessern wollte. Wie sehr er seine Familie liebte, allen voran Orela, um die er sich ständig Sorgen machte. Ein kleiner, ratio-

naler Teil in Aliqua wusste, dass es hoffnungslos war, aber mit jedem Detail, das sie über ihn erfuhr, verfiel sie ihm ein wenig mehr. Er war so vollkommen anders als die verwöhnten Mitglieder der Oberschicht, die sie bisher kennengelernt hatte. Eine der Eigenschaften, die sie am meisten an ihm mochte, war, dass er sie wie eine Ebenbürtige behandelte. Ein Gefühl, so neu und berauschend, dass sie immer mehr davon wollte.

Er stellte genauso viele Fragen zu ihrem Leben wie sie zu seinem, und vor allem ein Detail verstimmte ihn: ihr Name.

»Das ist einfach nicht richtig«, schimpfte er und sah sie so verstimmt an, als wäre es ihre Schuld. »Warum hat sich niemand darum bemüht, dir einen ordentlichen Namen zu geben?«

Aliqua zuckte nur mit den Schultern. »Diese Frage konnte mir niemand beantworten. Die Magd, die mich aufzog, starb noch in meiner Kindheit, die anderen haben sich nie darum gekümmert.«

Sanctius' strahlender Blick, der sich in ihren bohrte, ließ ihren Puls in die Höhe schnellen.

»Für mich bist du Omnia.«

Für mich bist du alles.

Diese Worte trug Aliqua auch Tage später noch bei sich, als sie Octavia in die Kaisertherme des Nero begleitete. Der Zutritt war für alle Bürger der Stadt kostenlos, sogar für sie als Sklavin, aber Aliqua blieb selten die Zeit, sich dem öffentlichen Badevergnügen hinzugeben.

Folgsam begleitete sie ihre Herrin in die prächtige Badeanlage in der Nähe des Circus Flamingos auf dem südlichen Marsfeld. Dort herrschte wie üblich unüberschaubarer Trubel. Die Luft im ganzen Umkreis war geschwängert vom Rauch der Öfen, die in den Katakomben unter der Therme unermüdlich brannten, um die Becken, Dampfbäder und Böden zu heizen. Vor dem Eingang herrschte ein unablässiges Kommen und Ge-

hen, und Octavia schob sich mit der ihr eigenen Überheblichkeit energisch durch das Gedränge bis nach vorne durch.

»Es wird heute länger dauern«, informierte sie Aliqua, als sie das Apodyterium erreichten. Der mit buntem Marmor und Stuck verzierte Umkleideraum der Frauen war ebenso voll wie der Eingangsbereich, und unzählige weibliche Stimmen hallten von den hohen Decken wider. Auf einer langen Bank, die an der Wand entlangführte, saßen Frauen verschiedensten Alters und unterschiedlichster Herkunft, manche fast vollständig nackt, andere mit einem Badekittel bekleidet.

Aliqua half ihrer Herrin beim Auskleiden und verstaute die Sachen anschließend säuberlich gefaltet in einer der Wandnischen. Sie würde hier ausharren und warten, bis Octavia ihr Bad und die körperliche Ertüchtigung beendet hatte. Was, wie bereits angekündigt, lange dauern würde. Wie immer.

Als Octavia verschwunden war, lehnte sich Aliqua an die Wand und ließ den Blick durch das Apodyterium schweifen. Die Luft war warm und so feucht, dass ihre Tunika bald unangenehm auf der Haut klebte und Schweißperlen an ihren Haaransatz traten. Eine seltsame Unruhe schwang heute in den Stimmen der Thermenbesucherinnen mit. Aliqua fing einige besorgte Blicke auf, doch es gelang ihr nicht, irgendetwas aus den zahllosen Unterhaltungen herauszuhören.

Vielleicht ist der Brotpreis gestiegen, dachte sie achselzuckend und richtete ihre Aufmerksamkeit auf eine der Büsten, die in regelmäßigen Abständen in Nischen an der gegenüberliegenden Wand standen. Ganz vorne befand sich ein marmornes Abbild des Kaisers Nero, der dieses Bad gestiftet hatte. Aliqua war schon so oft hier gewesen und hatte gelangweilt ebendiese Büste angestarrt, dass ihr das feiste Gesicht des Kaisers vertrauter war, als ihr lieb war. Neben ihm reihten sich Abbilder der Götter aneinander, und nicht zum ersten Mal fragte sie sich, woher die Künstler den Mut genommen hatten, ihnen menschliche Gesichter zu verpassen, wo doch jeder wusste, dass die Götter nie in Gestalt auftraten.

»Na, auch wieder hier?«

Aliquas Kopf fuhr beim Klang einer munteren Stimme direkt neben ihr herum. Eine junge Frau hatte sich zu ihr gesellt. Ihr Haar leuchtete rot wie Zinnober, und ihre blasse Haut war mit zahllosen Sommersprossen bedeckt, was verriet, dass sie aus dem barbarischen hohen Norden stammen musste. Eine Sklavin wie sie selbst.

Sie erwiderte Aliquas überraschten Blick mit einem munteren Lächeln. »Ich habe dich schon öfter gesehen. Du musst auch die Kleider deiner Herrin bewachen.«

Aliqua nickte.

»Ich bin Svala.« Ihrer Aussprache mit dem fremdartigen Akzent war anzuhören, dass Latein nicht ihre Muttersprache war, aber sie sprach so flüssig, dass sie schon einige Jahre hier sein musste.

»Aliqua.«

Svala runzelte die Stirn, als sie ihren Namen hörte, sagte aber nichts dazu. Stattdessen begann sie zu plappern. Aufgeschlossen, als würden sie sich schon ewig kennen, berichtete sie von ihrem Alltag und schien sich nicht darüber zu sorgen, dass Aliqua kaum etwas zur Unterhaltung beisteuerte. Je länger sie beieinanderstanden, desto mehr entspannte sie sich. Sie war es gewohnt, in solchen Situationen allein zu sein und über Stunden zu schweigen, aber Svalas Gesellschaft war nett. Und nachdem sie sich einmal dazu entschlossen hatte, auch etwas zu sagen, war es erstaunlich befriedigend, sich über die Erfahrungen mit ihren jeweiligen Herrschaften auszutauschen. Wie sich herausstellte, war Svalas Herrin nicht weniger anspruchsvoll als Octavia und scharte gleich mehrere Sklavinnen um sich.

»Ich bin ihr Laufbursche«, murrte Svala, den Blick auf das prächtige Bodenmosaik gerichtet, das zwei Delfine zeigte. »Und oft genug droht sie mir, meine Haare abzuschneiden und sich eine Perücke daraus zu fertigen.«

Instinktiv fasste sich Aliqua in ihre eigenen, dunkelbraunen Strähnen, erleichtert, dass ihr Haar eine solch unspektakuläre Farbe hatte. Sie wusste, dass manche Sklaven aus dem Norden einzig und allein zu dem Zweck gehalten wurden, um aus ihrem hellen Haar Perücken zu fertigen.

Eine Frau mittleren Alters, die sich wenige Meter neben ihnen auf der Bank niedergelassen hatte, zog Aliquas Aufmerksamkeit auf sich. In ihren Augen standen Tränen, und sie redete aufgeregt gestikulierend auf ihre Begleiterin ein. Diese wirkte nicht weniger aufgelöst, versuchte ihre Freundin allerdings mit einem Schultertätscheln zu trösten.

»Sag mal …« Aliqua wandte sich mit schmalen Augen Svala zu. »… was ist hier los? Alle wirken so … aufgeregt.« Die Stimmung, die ihr schon vorhin aufgefallen war, schien sich weiter ausgebreitet zu haben, denn als sie sich genauer umsah, fielen ihr noch viel mehr besorgte Mienen ringsum auf.

Überrascht sah Svala Aliqua an. »Du hast noch nicht davon gehört?«

Sie schüttelte den Kopf, ratlos, worum es gehen könnte.

Svalas Augen wurden groß. »Deine Herrin muss dich ja wirklich beansprucht haben, wenn du davon noch nichts vernommen hast.«

Ihre Herrin … oder Sanctius. Sie wusste selbst, dass sie in letzter Zeit kaum etwas von dem mitbekam, das um sie herum geschah.

Vertrauensvoll beugte sich Svala näher zu ihr. »Eine unbekannte Seuche breitet sich in der Stadt aus«, raunte sie bedeutungsschwanger. »Bisher hat die Krankheit hauptsächlich die Insulae befallen, und niemand hat sich darum gekümmert, aber allmählich greift sie auch im Rest von Rom um sich.« Offenbar genoss sie es, Aliqua diese Neuigkeiten offenbaren zu können. »Wer erkrankt, ist mit großer Sicherheit dem Tod geweiht und stirbt binnen weniger Tage.«

»Kann das möglich sein?«

»Das Reich wird doch immer wieder von Plagen und Krankheiten heimgesucht. Die Leute sagen, dies hier sei eine Strafe der Götter.«

Aliquas Blick huschte zu den marmornen Büsten, und sie verzog den Mund. Ja, eine Seuche zu schicken, sah den Göttern ähnlich. Fragte sich nur, wie viele Opfer es diesmal brauchte, um sie wieder zu besänftigen.

Santo

Seit drei Tagen bin ich alleine in unserer Wohnung, und ich hasse es. Jede Sekunde davon.

Die Stille in den weitläufigen Räumen drückt schmerzhaft auf meine Ohren, obwohl ich die meiste Zeit ohnehin in der Stadt unterwegs bin. Entweder auf Patrouille oder um nach Remo zu fahnden. Aber ich komme nicht umhin, gelegentlich nach Hause zu gehen, um meine Kleidung zu wechseln und zu schlafen. Bedürfnisse, die mir auch als Unsterblicher erhalten geblieben sind.

Ich bin gerade erst aufgewacht und sitze verschlafen auf der Bettkante. Mit den Händen reibe ich mir über das Gesicht, um munter zu werden, auch wenn sich mein Körper bleischwer anfühlt und nach mehr Schlaf schreit. Aber mir ist klar, dass ich nicht zur Ruhe kommen werde. Nicht jetzt, da eine Dringlichkeit in meinen Muskeln und Sehnen summt, die mich hinaustreibt. Ein allgegenwärtiger Drang zu handeln, der meine Sinne rund um die Uhr wachsam hält und dafür sorgt, dass ich mich nur ruhelos herumgewälzt habe, anstatt tief zu schlafen.

Erst wenn wir Remo haben und wissen, was die Immortali mit Aliqua vorhaben, kann ich wieder darüber nachdenken, mich zu entspannen.

Beim Gedanken an Aliqua blecke ich unwillkürlich die Zähne. Ich vermisse meine Schwester, aber genauso sehr fehlt mir Aliquas Anwesenheit. Es ist beängstigend, wie sehr ich mich in der kurzen Zeit an sie gewöhnt habe. Ihr Duft, der in der Luft hängt, ihre Stimme und ganz selten ihr Lachen. Götter, sie fehlt mir! Und ich bin ein gieriger Bastard, der sie nicht gehen lassen wollte. Es schockiert mich noch immer, dass ich ihr das anvertraut habe, aber es hat mir auch ein wenig Erleichterung verschafft. Die Worte einmal nicht zurückzuhalten, sondern frei auszusprechen, was mich umtreibt. Vielleicht ist es wirklich an der Zeit, ihr die Wahrheit zu erzählen. Wenn sie zurück ist ... wenn es für sie wieder sicher ist, hier bei mir zu sein.

Seit ich Orela und Aliqua in Tivoli abgesetzt habe, habe ich nichts von ihnen gehört. Die einzige Möglichkeit, mit der sie mich kontaktieren können, ist ein altes Festnetztelefon im Haus, dessen Leitung irgendwann in den letzten Jahren illegal verlegt wurde. Keine Telefongesellschaft weiß von der Existenz dieser Leitung, was sie zur sichersten Lösung macht. Handys und andere Geräte können jederzeit getrackt und geortet werden, weswegen Orela ihr Smartphone hier zurückgelassen hat. Und sie wird das Telefon im Haus nur im absoluten Notfall benutzen. Weswegen ich eigentlich froh sein sollte, dass ich noch nichts gehört habe. Mein Herz ist allerdings anderer Meinung, und ich muss jedes Gran Selbstbeherrschung aufbringen, um zu bleiben, wo ich bin.

Seufzend stemme ich mich von der Matratze hoch und gehe in mein Badezimmer, um zu duschen.

Als ich mit einem Handtuch um die Hüften zurück ins Schlafzimmer tappe, summt das Handy auf dem Nachttisch. Mit drei großen Schritten durchquere ich den Raum und sehe Adones Namen auf dem Display.

»Ja?«

Ich höre aufgewühlte Atemzüge am anderen Ende der Leitung, sonst nichts. Es bleibt so lange still, dass sich meine Nackenhaare schon alarmiert sträuben. Doch dann ertönt

Adones Stimme. Er klingt wütend und gleichzeitig resigniert. »Remo ist ein verdammter Dummkopf.«

Erleichtert atme ich auf. Verdammt, kurz dachte ich wirklich, dass er in Schwierigkeiten steckt. »Ist das alles, was du mir sagen willst, oder hast du irgendwas für mich, das ich noch nicht weiß?«

Adone schnaubt. »Ich meine es ernst, er ist der verdammt noch mal hirnverbrannteste Dummkopf, der mir je untergekommen ist. Allmählich wird es wirklich peinlich, dass wir blutsverwandt sind.«

»Was hat er getan?«

»Er hat eine Freundin«, platzt es aus meinem Cousin heraus. »Das Mädchen ist sterblich und scheint keine Ahnung davon zu haben, wer oder was mein Bruder wirklich ist – wobei es jetzt auch keinen Unterschied machen würde, wenn er ihr etwas verraten hätte, dafür sitzt er zu tief in der Scheiße. Na ja. Die beiden sind schon ein paar Jahre zusammen, anfangs hat er sich als Fünfzehnjähriger ausgegeben, was eine Weile gut ging, aber unsere Eltern haben ihm mal wieder nahegelegt, sie aufzugeben, weil es allmählich auffällig wurde, dass er nicht altert. Seine Freundin ist inzwischen wohl vierundzwanzig oder so, und er sieht immer noch aus wie ein Baby. Sie scheint bemerkt zu haben, dass er überhaupt nicht altert.«

Oje, Remo. Obwohl er uns so viel Ärger gebracht hat, fühle ich ein wenig mit Adones kleinem Bruder. Einen sterblichen Partner zu verlassen, ist nie leicht.

»Wie gesagt, wir wussten ja, dass es diese Freundin gibt, aber Remo hat sie nicht aufgegeben, auch nicht jetzt, da er bei den Immortali ist. Vielleicht haben sie ihn genau damit geködert. Haben ihm versprochen, dass er sie nicht verlassen muss und die Regeln der Geheimhaltung sowieso nicht mehr gelten, sobald die Götter erst mal zurück sind«, fährt Adone fort. »Giulia hat die Wohnung seiner Freundin beschattet, und es scheint so, als käme er jeden Abend zu Besuch. Sie selbst hat Remo nicht kommen sehen, aber sie hat mit einer Nachbarin gesprochen, die meinte, dass die junge Frau regelmäßig Besuch von ihrem Partner bekomme.«

Jackpot. Wahrscheinlich ist Remo vorsichtig genug, das Haus über einen Hintereingang oder so zu betreten, aber Giulia ist eine unserer gerissensten Wächterinnen. Ihr entgeht rein gar nichts.

»So ein Trottel«, stimme ich Adone seufzend zu. Remo sollte doch genau wissen, dass gerade sämtliche Damnati der Stadt nach ihm suchen. Ich an seiner Stelle hätte mich die nächsten Wochen so tief wie möglich in einem Unterschlupf der Immortali verkrochen und die Füße still gehalten. Es ist wirklich ein anderes Level von dämlich, jeden Abend seine Freundin zu besuchen.

Ich atme tief durch. »Dann greifen wir zu?«

»Ja, heute Abend. Am besten wir behalten die Gegend auch den restlichen Tag im Blick, nur um sicherzugehen. Ich kläre das mit Vater.«

Acht Stunden später verfluche ich den Vorschlag, *die Gegend auch den restlichen Tag im Blick zu behalten.*

Mir tun die Füße weh, und allmählich beginnt auch mein Rücken zu schmerzen. Mit zusammengekniffenen Augen schaue ich an der Fassade eines Wohnhauses in Garbatella hinauf, vor dem ich mich seit Stunden herumdrücke. Das Viertel verströmt seinen ganz eigenen Charme, ein wenig marode und gleichzeitig malerisch, typisch Rom eben.

Remos Freundin Lorena lebt in einer Wohnung im zweiten Stock und ist vor etwa einer Stunde nach Hause gekommen. Aus den Schatten einer schmalen Gasse, in der es nach Müll und Urin stinkt, konnte ich beobachten, wie sie mit Einkaufstüten beladen die Straße hinunterkam. Sie hat nichts von den wachsamen Augen bemerkt, die jedem ihrer Schritte folgen. Denn nicht nur ich bin hier.

Scuro hockt geduckt im Fußraum eines Fiats, der am Straßenrand parkt, und ehrlich gesagt habe ich keine Ahnung, wo genau Adone steckt. Wie ich ihn kenne, hat er sich einen Platz gesucht, an dem es nicht so erbärmlich stinkt wie in dieser Gasse.

Ich verlagere mein Gewicht von einem Fuß auf den anderen. Allein dafür, dass ich seit dem Vormittag hier herumstehe und eine Hauswand anstarre, hat sich Remo einen Faustschlag verdient. Eine Weile ergehe ich mich in der Vorstellung, auf welche Arten ich meinen Frust an ihm auslassen könnte, ehe ich mich wieder auf meine Sinne konzentriere. Es wurmt mich mehr, als ich mir selbst eingestehen will, dass ich nicht den Hauch eines Immortalos in der Gegend wahrnehme. Ihre göttliche Energie fühlt sich immer ein wenig aggressiver an als die von anderen Ewiglichen, wodurch ich sie inzwischen ganz gut unterscheiden kann. Mein beunruhigend stummes Radar kommt mir vor wie ein blinder Fleck in meiner Wahrnehmung. Als hätte ich einen meiner Sinne eingebüßt.

Mein Handy beginnt in meiner Hosentasche zu summen, und augenblicklich verfliegen jegliche Grübeleien. Eine Nachricht von Giulia, die den hinteren Teil des Hauses observiert und mitteilt, dass Remo eingetroffen ist. Inzwischen ist es achtzehn Uhr. Da hatte wohl jemand wirklich Sehnsucht nach seiner Freundin.

Aufatmend verlasse ich meinen Posten und scanne die Straße, um ungesehen auf die andere Seite zu kommen. Ich will nicht riskieren, dass Remo zufällig aus einem der Fester der Wohnung schaut und mich entdeckt. Aber bevor ich mich in Bewegung setzen kann, nehme ich aus dem Augenwinkel eine blitzschnelle Bewegung wahr, gefolgt vom kaum hörbaren Aufprall eines Körpers auf dem Gehsteig. Bereit zuzuschlagen, schnelle ich herum, doch es ist nur Adone, der auf dem Boden kauert wie eine Katze. Mein Blick wandert die Fassade hinauf und bleibt an einem Balkon in etwa drei Metern Höhe hängen. Er war die ganze Zeit da oben?

Ächzend kommt er aus der Hocke hoch und rümpft im nächsten Moment die Nase. »Puh, Santo, du müffelst.«

Was er nicht sagt. »Nicht jeder kann den Tag auf einem Balkon verbringen und an seiner Bräune arbeiten.«

Adone gluckst, doch unser Schlagabtausch wird von einem leisen Pfiff unterbrochen. Scuro hat den Fiat verlassen und lugt neben dem Kotflügel kauernd zu uns herüber. Seine Augen funkeln gereizt. Ich gebe Adone ein Zeichen, und im Schatten eines vorbeifahrenden Linienbusses überqueren wir die Straße.

»Wie sieht der Plan aus?«, murmelt Adone, als wir zu dritt neben dem Wagen hocken, die Eingangstür zu Lorenas Wohngebäude im Blick.

Scuro stößt hörbar den Atem aus. »Giulia bleibt hinter dem Haus und überwacht weiter die Gegend. Wie die letzten Male ist Remo auch heute allein gekommen, aber ich will nicht riskieren, dass wir von seinen neuen Kumpels überrumpelt werden, falls er es schafft, sie um Hilfe zu rufen.« Unter seinem strengen Blick nicken wir beide. »Wir klingeln jetzt, bis einer der Nachbarn uns aufmacht, und gehen dann direkt in die Wohnung von Remos Freundin. Zugriff, erst dann werden Fragen gestellt. Einverstanden?«

Ich stimme zu, wie immer beeindruckt von der rationalen Ruhe, die Scuro in Situationen wie dieser verströmt. Je brenzliger die Lage, desto abgeklärter ist er. Diese Ausstrahlung geht in Wellen von ihm aus und sorgt dafür, dass Adone und ich uns konzentrieren und den Fokus auf das Kommende richten.

Scuro betätigt wahllos die Klingelknöpfe neben der Eingangstür, und kurz darauf ertönt der Summer. Eine blecherne Stimme aus der Gegensprechanlage erkundigt sich, wer da sei, aber da sind wir schon ins Gebäude gehuscht und erklimmen die Treppen in den zweiten Stock. Oben angekommen weist Scuro auf eine schlichte Wohnungstür aus Pressholz, die keinen großen Widerstand bieten sollte.

Adone tritt vor, der die kräftigste Statur von uns dreien hat. Mit der Schulter stemmt er sich gegen die Tür, die mit einem dumpfen Knacken nachgibt. Exzellent, das war leise genug, um keine Nachbarn zu alarmieren und Remo nicht vorzuwarnen. Ich recke den Daumen nach oben, und Adone grinst selbstzufrieden.

Kaum ist die Tür offen, betreten wir den winzigen Eingangsbereich. Der Boden ist fast vollständig von einer enormen Schuhsammlung bedeckt, die nur einen schmalen begehbaren Pfad frei lässt. Ich verbeiße mir einen Fluch, als ich beinahe über ein Paar Stiefel stolpere. Ist das eine verdammte Stolperfalle für Eindringlinge wie uns?

Am Ende des Flurs gehen drei Türen ab. Küche, Wohnzimmer, Schlafzimmer, tippe ich. Noch ist nichts zu hören, was darauf hindeutet, dass Remo und seine Freundin unser Eindringen bemerkt hätten. Nur die Geräusche eines Fernsehers, die aus der angelehnten Tür links von uns dringen. Vielleicht haben wir Glück, und der Fernseher hat tatsächlich das Knacken der eingedrückten Wohnungstür übertönt. Oder Remo und Lorena sind zu sehr mit sich selbst beschäftigt, um etwas zu bemerken. Oder …

Weiter komme ich nicht, denn Adone stürmt nach einem letzten Blick zu Scuro und mir in das Zimmer, aus dem die Fernsehgeräusche kommen. Wir folgen ihm auf dem Fuß und betreten das Wohnzimmer.

Remo und die junge Frau mit den langen Locken liegen zusammen auf der Couch. Wie vom Donner gerührt starren sie uns an, vollkommen reglos vor Schock, während sich Adone wie ein entfesselter Rachegott vor ihnen aufbaut.

»Meine Liebe, ich würde dir raten aus dem Weg zu gehen.« Seine Stimme klingt so weich, dass ich eine Gänsehaut bekomme. Jeder weiß, dass Blut in der Luft liegt, wenn die Stimme meines Cousins *diesen* Klang annimmt. Lorena allerdings rührt sich nicht von der Stelle. Mit riesigen, verängstigten Augen schaut sie zu Adone auf, scheinbar festgefroren vor Angst. Ich spüre einen Stich des Bedauerns, dass wir sie in diese Sache mit hineinziehen müssen, aber anders konnten wir Remo nicht überrumpeln. Und ihr wird kein Haar gekrümmt.

Scuro schiebt sich an Adone vorbei und greift nach der jungen Frau. Jetzt erst kommt Leben in Remo.

»Nein!« Vergeblich versucht er den Arm, den er um seine Freundin gelegt hat, fester zu schlingen, doch Scuro ist schneller. Mit einem erstaunlich sanften Ruck zieht er Lorena von der Couch hoch und schleift sie mit sich zum entferntesten Punkt des Zimmers. Dort, neben dem Fenster, bleibt er stehen, die Frau wie ein lebendes Schutzschild vor sich haltend. Sie zittert am ganzen Körper, und ich sehe, wie sich der Mund meines Cousins nahe an ihrem Ohr bewegt. Er versucht, sie zu beruhigen, und macht ihr gleichzeitig unmissverständlich klar, sich nicht zu wehren oder laut zu werden. Ich wende mich wieder Remo zu, der aufgesprungen ist und seinem Bruder mit geballten Fäusten gegenübersteht.

Ich halte mich bereit, während ich das Aufeinandertreffen der beiden Brüder beobachte. Beide sind bis in die Zehenspitzen angespannt. Die Muskelpakete an Adones Armen schwellen bedrohlich an, als er die Fäuste ballt und eine leicht geduckte Haltung annimmt. Seine Oberlippe zieht sich zurück, er bleckt die Zähne wie ein Raubtier, während ein tiefes Grollen aus seiner Brust dringt. Eine uralte Aggression steigt ihn ihm auf, fegt die Maske der Zivilisiertheit davon, und ich weiß, dass er Remo zu Brei verarbeiten wird, wenn ich nicht rechtzeitig einschreite. Aber für den Moment warte ich noch ab.

Remos Freundin indes reagiert mit einem Wimmern auf die vor Gewalt knisternde Atmosphäre. »Tut ihm nichts«, bettelt sie. »Was auch immer ihr wollt, nehmt es euch. Ich habe nicht viel Geld, aber tut Remo nichts an.«

Adone dreht sich auf dem Absatz herum. Das Lächeln, das er ihr schenkt, ist eine betäubende Mischung aus Verruchtheit und Brutalität. Lorena erstarrt, als sie dieses Lächeln sieht, und ihre Lippen teilen sich. Stummer Horror steht in ihren Augen.

»Du hältst uns für Einbrecher?« Ein leises Glucksen begleitet seine Worte. »Götterverdammt Remo, du bist schon so lange mit ihr zusammen und hast es nie für nötig gehalten, ihr mehr über deine Familie zu erzählen?«

Lorena japst hörbar nach Luft.

»Ich bin Remos älterer Bruder, und die anderen beiden sind seine Cousins. Dein lieber Freund hat sich in letzter Zeit ziemlich ... *unfamiliär* benommen, und wir müssen uns unterhalten. *Alleine.*« Er wendet sich wieder Remo zu, während Scuro Lorena aus dem Raum dirigiert, die nach diesen Neuigkeiten ziemlich geplättet wirkt. Nun, ich kann ihr keinen Vorwurf machen. Normalerweise brechen Verwandte nicht die Wohnungstür auf, wenn sie zu Besuch kommen.

Nachdem Scuro mit Lorena in eines der angrenzenden Zimmer verschwunden ist, konzentriert sich Adone wieder auf seinen Bruder.

Remo reckt seinem Bruder das Kinn entgegen, in seinen Augen brennt nichts als Verachtung. »Ich kann mich nicht erinnern, euch eingeladen zu haben.«

Schneller, als ich blinzeln kann, schießt Adones Hand vor, und er verpasst Remo eine schallende Ohrfeige. »Das ist für unsere Mutter, die sich die Augen wegen eines Bastards wie dir ausweint.«

Mit einem erschrockenen Gesichtsausdruck, der beinahe komisch ist, fasst sich Remo ans Gesicht.

Im nächsten Moment platziert Adone einen zweiten Schlag auf seiner anderen Wange. »Und das für unseren Vater.« Ein weiteres Klatschen zerreißt die angstgetränkte

Stille im Wohnzimmer. »Die hier ist für mich. Ich hätte nie gedacht, dass je der Tag kommen würde, an dem ich mich dafür schäme, dein Bruder zu sein.« Eine Flut von Emotionen vibriert in Adones Stimme. Zorn, Schmerz, Enttäuschung, Reue.

Bei der vierten Ohrfeige platzt die Haut über Remos Wangenknochen auf, und eine schmale Blutspur rinnt sein Gesicht hinunter.

»Die hier war für Aliqua, die du an die Immortali verkauft hast. Hast du überhaupt eine Ahnung, was du damit angerichtet hast?«

Ich lege Adone eine Hand auf die Schulter, um ihn zu stoppen. Auch wenn ich insgeheim entzückt bin, dass er auch einen Schlag für Aliqua reserviert hat.

Schwer atmend hält Adone inne. Er verpasst seinem Bruder einen Stoß vor die Brust, woraufhin der zurück auf die Couch plumpst. Adone lässt sich ihm gegenüber auf dem Couchtisch nieder, der unter seinem Gewicht protestierend ächzt, aber standhält. Ich positioniere mich neben ihm, die Arme vor der Brust verschränkt.

»Erwartest du wirklich, dass ich dir irgendetwas verrate?«, spuckt Remo aus, dessen Gesicht inzwischen die Farbe eines gut gekochten Hummers angenommen hat. Offenbar waren die Ohrfeigen noch nicht genug, um ihm den Ernst der Lage zu verdeutlichen. Adone ist zu aufgewühlt, um ihn wirklich zu ängstigen, deswegen beuge ich mich vor. Ich senke die Stimme zu einem Flüstern, das durch Mark und Bein geht.

»Kleiner, ich weiß nicht, was die Immortali dir erzählt haben, aber gerade gibt es hier nur dich und uns. Und deine Freundin, die vollkommen sterblich ist, wenn ich mich nicht täusche.«

Der Trotz verschwindet aus Remos Miene, weggewischt von meiner sanften Stimme. Er schaut zu der Tür, durch die Scuro gerade mit seiner Freundin verschwunden ist, und er schluckt mehrmals. Remo kennt uns gut genug, um zu wissen, dass wir es völlig ernst meinen.

»Außerdem«, fahre ich ungerührt fort. »... hat mich Aliquas Schicksal auf die Idee gebracht, dass wir dich ohne Probleme irgendwo einbetonieren könnten. Ewigliche halten so was aus. Was meinst du, wäre das was für dich?«

Remo schweigt eine ganze Weile. Hektisch wandern seine Augen durch den Raum, und sein Kehlkopf hüpft nervös. »Was wollt ihr?«

Zufrieden richte ich mich wieder gerade auf und trete zurück, um Adone das Feld zu überlassen. Er lässt die Knöchel knacken, hat sich ansonsten aber wieder im Griff. Ich weiß, dass die Aggression weiterhin nah unter der Oberfläche brodelt, aber er hat sich so weit beruhigt.

»Ich finde, du bist uns ein paar Antworten schuldig.« Die Ellenbogen auf die Knie gestützt lehnt sich Adone nach vorne und schaut seinem Bruder fest ins Gesicht. »Gerade interessiert mich nicht, wie und warum die Immortali dich für sich gewinnen konnten oder warum du dich dazu entschieden hast. Ich will wissen, was sie vorhaben. Und was sie von Aliqua wollen.«

Remo schweigt so lange, dass es mich in den Knöcheln juckt, mit einem weiteren Schlag seine Zunge zu lockern. Als er dann endlich doch von selbst zu sprechen beginnt, lodern heftige Emotionen in seinen Augen auf. Ich weiß nicht genau, was es ist, aber etwas treibt ihn um. Gefühle, die in ihm ringen und ihn zu diesem unwiederbringlichen Schritt bewogen haben.

»Es gibt eine Sache, von denen die Damnati keine Ahnung haben«, beginnt Remo. »Und zwar, dass Marcellus Pomponius noch am Leben ist.«

Diese Aussage geht in mir hoch wie eine Rohrbombe. Die Wucht, mit der sie mich trifft, lässt mich einen Schritt zurücktaumeln, und auch Adone zuckt zusammen. Sprachlos starre ich Remo an, suche in seiner Miene nach einem Anzeichen von Unaufrichtigkeit oder Unsicherheit, aber da ist keine. Er ist vollkommen überzeugt. Aber ist das auch die Wahrheit?

»Wie kann das möglich sein?« Adone hat die Brauen so finster zusammengezogen, dass seine Augen im Schatten liegen.

»Die Immortali wissen es auch erst seit einer Weile. Sie haben sein Verschwinden nach dem Weggang der Götter nie akzeptiert und nicht aufgehört, nach ihm zu suchen. Aliqua war mehr oder weniger ein Zufallsfund, nachdem sie eigentlich Marcellus in Herculaneum vermutet haben.« Remos Mundwinkel heben sich. »Wobei sich herausgestellt hat, dass Aliqua von weitaus größerem Interesse ist, als wir alle dachten.«

»Ach ja?« Ich kneife die Augen zusammen.

»Kommt schon, es muss euch doch auch klar sein, was sie vollbringen könnte.« Ein fiebriger Ausdruck erscheint in Remos Augen, der mir zuwider ist. »Sie hat eine Gabe der Götter. *Die* Gabe der Götter schlechthin. Mit ihrer Hilfe können wir Kontakt aufnehmen, die Götter milde stimmen und sie zur Rückkehr auf die Erde überreden. Dann hat sich der Fluch ein für alle Mal erledigt.«

»Nein, hat er nicht«, donnert Adone. »Haben sie dir wirklich dermaßen das Hirn püriert, dass du vergessen hast, was sie uns angetan haben? Mir und so vielen anderen? Gegen die Rückkehr der Götter ist der Fluch das reinste Wohlfühlprogramm.«

»Ich weiß, was dir passiert ist.« Remos Brust hebt sich in hastigen Zügen. »Über Jahrhunderte hinweg habe ich dir dabei zugesehen, wie du um Iulia getrauert hast. Wie du ihr auch heute noch hinterherweinst. Ich bin diesen Schritt zu den Immortali gegangen, wohl wissend, was es für mich und meine Familie bedeuten würde. Aber ich habe es getan, weil ich nicht so enden will wie du. Verbittert und für alle Zeiten gebrochen, weil du deiner großen Liebe beim Sterben zusehen musstest. Das werde ich nicht tun, niemals. Ich kann Lorena nicht aufgeben und auch nicht dabei zusehen, wie sie altert. Die Immortali werden die Götter zurückholen, und dann wird sie eine von uns werden, damit ich für immer mit ihr zusammen sein kann.«

Adone dreht mir den Kopf zu, und wir starren uns stumm an. Er wirkt vollkommen erschüttert, und auch in mir klingen Remos Worte dumpf nach. Eine ganze Weile herrscht Schweigen, und ich erkenne, dass Adone zu sehr mit dem beschäftigt ist, was Remo gerade offenbart hat, um das Verhör selbst fortzusetzen.

Ich räuspere mich. »Was mich gerade mehr interessiert, ist die Sache mit Marcellus. Wie sind die Immortali auf die Idee gekommen, er könnte doch noch am Leben sein?« Ja, seine Leiche wurde nie gefunden, aber immerhin hat er sich zum Zeitpunkt des Vulkanausbruchs in der Gegend rund um den Vesuv aufgehalten. Allerdings haben wir alle nicht daran gedacht, dass ein Ewiglicher es unbeschadet überstehen könnte, von Lavamassen begraben zu werden. Was im Nachhinein wahrscheinlich etwas fahrlässig war, nachdem nichts und niemand uns nachhaltig den Garaus machen kann. Außer den Göttern vielleicht ... Ja, wir haben angenommen, dass Marcellus durch die Hand der Götter vernichtet wurde. Ein letzter, zorniger Schlag ihrerseits, bevor sie verschwunden sind. Anscheinend haben wir uns da geirrt.

»Ich bin noch nicht lange genug Teil der Immortali, um über jedes Detail Bescheid zu wissen«, gibt Remo grummelnd zu. Offenbar passt es ihm gar nicht, noch nicht über alles im Bilde zu sein. Widerwillig muss ich den Immortali zugestehen, dass dies ein kluges Vorgehen ist. Immerhin singt Remo gerade wie ein Vögelchen, nachdem wir vergleichsweise wenig Druck auf ihn ausgeübt haben. Aber mit Lorena haben wir auch seinen ultimativen wunden Punkt getroffen. Einem so frischen Mitglied jegliches Wissen anzuvertrauen, wäre schlicht fahrlässig.

»Aber sie suchen weiter nach Marcellus, und ich denke, dass es nicht mehr lange dauert, bis sie ihn finden. Wenn sie dann auch noch Aliqua in die Hände bekommen …«

»Das wird nicht passieren«, fahre ich Remo gereizt über den Mund. »Aliqua könnt ihr euch für eure irren Pläne abschminken. Und sollte Marcellus tatsächlich leben, stehen wir Damnati bereit, um es mit ihm aufzunehmen, sobald ihr ihn ausbuddelt. Er wird sich wünschen, niemals wieder aufgetaucht zu sein.«

Remo zieht eine Grimasse. »Ohne die Götter werdet ihr es *nie* aus eurer Misere herausschaffen, niemals. Schön und gut, die Damnati wollen unbedingt sterben, aber wann kapiert ihr endlich, dass ihr dafür die Götter braucht? Ihr tretet seit Jahrhunderten auf der Stelle, weil ihr so eine verdammte Angst vor ihnen habt.«

Das Blut in meinen Adern scheint sich um einige Grad zu erhitzen und beginnt zu brodeln, ein Gefühl, das ich schon fast vergessen habe. Es ist einfach zu lange her, dass eine so intensive Wut meine Abgestumpftheit durchdringen konnte. Wobei … seitdem Aliqua aufgetaucht ist, spüre ich plötzlich wieder eine Fülle an Emotionen, die alles andere als langweilig ist.

Remo erwidert meinen Blick und scheint genau zu wissen, was gerade in mir vorgeht. Er grinst und lümmelt sich tiefer in die Couch, als wäre die Situation für ihn nicht länger bedrohlich. Wenn er sich da mal nicht täuscht.

Denn während er sich scheinbar entspannt zurücklehnt, nehme ich ein Detail am Ausschnitt seines Shirts wahr. Der Stoff ist verrutscht und offenbart, dass etwas um seinen Hals hängt. Stirnrunzelnd starre ich auf seine Brust, wo sich unverkennbar ein Anhänger unter Remos T-Shirt abzeichnet. Ich kann mich nicht daran erinnern, ihn schon einmal mit einer Kette um den Hals gesehen zu haben. Er war noch nie der Typ, der häufig Schmuck trägt.

»Diese Halskette«, sage ich gedehnt, ohne den Blick wegzunehmen. »Zeig sie mal her!«

Remo versteift sich, und seine allzu lockere Haltung fällt von ihm ab. Unwillkürlich legt er eine Hand über die Stelle an seiner Brust, wo der Anhänger ruht. »Die ist von Lorena. Das geht dich gar nichts an.«

Die Worte purzeln hastig aus seinem Mund, und ich ziehe eine Augenbraue hoch. »Ach ja? Ist es ein Herz, auf das eure Namen graviert sind? Ist doch süß.«

Die Hand noch immer in sein T-Shirt gekrallt, starrt mich Remo an. Seine Pupillen sind vor Schreck so geweitet, dass sie beinahe das Dunkelblau seiner Iris verschlucken. Adone, in den wieder Leben gekommen ist, fackelt nicht lange und packt den Arm seines Bruders. Remo wehrt sich verbissen, doch er ist viel schmächtiger gebaut als Adone. Gegen die schiere Masse seines Bruders kommt er nicht an. Keuchend biegt dieser Remos Arme auseinander und dreht ihn so, dass er sie auf dem Rücken verschränken kann. Mit einem kleinen Lächeln komme ich näher und fische nach dem Anhänger unter dem Kragen des Shirts.

Meine Finger schließen sich um kühles, seidenglattes Material von der Größe einer Walnuss. Das Gefühl des Anhängers in meiner Hand zupft an einer Erinnerung, die tief in mir vergraben liegt. Mit einem Ruck ziehe ich die Hand unter Remos Shirt hervor, und der Anblick des Anhängers zwingt mich beinahe in die Knie. Ein polierter Hämatit liegt in meiner Handfläche. Der schwarze Stein schimmert metallisch, als hielte ich einen Tropfen Quecksilber, und obwohl er die ganze Zeit an Remos Brust lag, hat er seine Körperwärme nicht angenommen. Es ist nur ein Stein an einer Kette; was ihn besonders macht, ist das eingeritzte Zeichen: eine gezackte Krone.

Vertraut, so schrecklich vertraut ...

Einen Augenblick balle ich die Hand um den Anhänger zur Faust, was Remo mit einem Ruck zu mir heranzieht, da die Kette noch immer um seinen Hals liegt.

»Wo hast du den her?« Meine Lippen fühlen sich taub an, die Worte wie Geschosssplitter, die beim Sprechen meine Kehle zerfetzen.

Remo zuckt zusammen. Er wirkt nervöser denn je, aber wenn nötig, schrecke ich vor nichts zurück, um ihn zum Reden zu bringen. Lorena ist immer noch im Nebenraum mit Scuro, und wenn sie ihm wirklich etwas bedeutet ... Eine Kälte hat von mir Besitz ergriffen, die jegliche Bedenken zu Eis erstarren lässt und nur ein Ziel kennt: Antworten zu erhalten.

Mein Cousin scheint zu erkennen, in welche Richtung meine Gedanken wandern, denn er räuspert sich hektisch. »Alle Immortali tragen eine Kette mit einem Blutstein.«

Blutstein ist eine andere Bezeichnung für den Hämatit, aber das ist nicht, was ich wissen will. Ich verstärke den Zug auf die Kette, die sich tiefer in seinen Nacken gräbt.

»Auf der Suche nach Marcellus sind die Immortali vor einigen Jahren auf einen Blutsteinanhänger wie diesen gestoßen. Bei meiner Einführung haben sie erzählt, dass Primus ihn zunächst als Schmuckstück getragen hat, ohne zu wissen, welche Kräfte der Anhänger besitzt. Mit der Zeit ist ihnen allerdings klar geworden, dass der Blutstein uns verbirgt.« Er schluckt schwer und weicht meinem Blick aus.

In meinem Kopf beginnt es zu dröhnen, als mir allmählich klar wird, was er da sagt. *Der Blutstein verbirgt sie ...* »Weiter«, knurre ich angespannt. Über Remos Kopf hinweg schaue ich zu Adone, der seinen Bruder immer noch die Arme hinter dem Rücken festhält und mir auffordernd zunickt. In seinen Augen entdecke ich ein aufgeregtes Glühen.

»Wer diesen Anhänger trägt, kann von den Wächtern der Damnati nicht aufgespürt werden, er verbirgt den göttlichen Funken in uns. Allerdings gilt das nur für diesen einen Stein, andere Blutsteine vollbringen das nicht. Also haben die Immortali angefangen, kleine Splitter von ihm abzutragen und sie in andere Hämatiten einzusetzen. Ein kleines Stück genügt, um einen gewöhnlichen Stein zu einem Schutzamulett aufzuladen.«

Ich fasse es nicht. Als wir heute Vormittag losgezogen sind, um Remo aufzugreifen, hätte ich nie im Leben geglaubt, dabei herauszufinden, wie die Immortali es schaffen, sich vor uns zu verbergen. Eine Frage, die uns schon so lange umtreibt ... aber es ist so logisch. Auch jetzt, in diesem Moment, nehme ich an Remo nichts von einem Immortalos wahr, obwohl ich ihm so nahe bin. Eigentlich müsste mich die Wucht seiner Präsenz umhauen, aber ich spüre rein gar nichts. Offenbar wegen des Anhängers, den ich noch immer festhalte. Er ist also nur ein Imitat des Steins, der mir so schmerzlich vertraut ist. Der Stein, der offenbar in den Besitz der Immortali gelangt ist und nun von ihnen benutzt wird, um weitere Schutzamulette herzustellen. Splitter für Splitter. Bei der Vorstellung, dass sie den Anhänger tatsächlich abtragen, dreht sich mir der Magen um.

»Warum haben wir nie einen solchen Anhänger bei einem Immortalos gefunden, den wir festgesetzt haben?«, will Adone wissen.

»Weil die Damnati keinen mehr in die Finger bekommen haben, seit alle sie tragen.« Remos Tonfall ist so patzig, dass ich Lust bekomme, ihm ein Veilchen zu verpassen. Fast zweitausend Jahre alt und noch immer derselbe aufsässige Teenager, der er einmal war.

Die neue Erkenntnis über die Anhänger überschlägt sich in meinem Kopf, und mir fällt noch etwas ein. »Aber weshalb haben wir euch in Herculaneum dann so stark gespürt? Waren da Leute ohne Anhänger am Werk?« Ich hoffe, dass Remo darüber Bescheid weiß.

Er zuckt mit den Schultern. »Das, was ihr gespürt habt, waren nicht wir. Sondern Aliqua. Wie gesagt, sie hat diese göttliche Gabe, die stärker ausstrahlt als zehn Ewigliche auf einem Haufen. Sie ist erwacht, als wir begonnen haben, sie auszugraben. So wurde sie auch überhaupt gefunden: wie sich herausgestellt hat, reagiert der Anhänger und erwärmt sich, wenn etwas Göttliches in der Nähe ist. Unsere Leute dachten, es sei Marcellus, den sie endlich geortet haben, bevor ihr dazugekommen seid.«

Das ist ... wow! Ich suche Adones Blick, der genauso perplex wirkt wie ich.

Dass ich Aliqua mit den Immortali verwechselt habe ... aber es ergibt Sinn. Die Aktivität war so stark, dass ich sie bis nach Rom gespürt habe, und aus Erfahrung habe ich einfach angenommen, dass es Immortali sein müssen. Die Luft war getränkt von Unsterblichkeit, und ich habe mir nicht die Mühe gemacht, genauer nachzuprüfen, als Scuro mich zur Unterstützung gerufen hat. Und von Aliqua habe ich seitdem nichts mehr wahrgenommen, weil sie ihre Gabe nach ihrer Befreiung nur noch im Schlaf genutzt hat – während ich entweder selbst auch geschlafen habe oder zu weit weg war, um dieses minimale Aufblitzen von Aktivität wahrzunehmen. Wahrscheinlich sendet eine unterbewusst genutzte Gabe sehr viel weniger Signale aus. Oder ich habe sie mit Orela verwechselt, von der ich ständig ein leises Aufblitzen spüre.

Wie auch immer, die Liste an Möglichkeiten ist endlos, und für den Moment drehe ich mich mit diesen Überlegungen nur im Kreis.

Tief durchatmend zwinge ich Remo, mir in die Augen zu schauen. »Das genügt für heute. Aber ich sage dir, wie es ab jetzt läuft: Du verrätst deinen neuen Kumpels kein Sterbenswörtchen darüber, dass wir hier waren und du uns einiges erzählt hast. Wie ich dich kenne, wirst du Lorena weiterhin sehen, und selbst wenn du sie irgendwo verstecken solltest, werden wir euch wieder aufspüren, also spar dir die Mühe. Aber du hältst dich für uns erreichbar und informierst uns darüber, wenn es Neuigkeiten zu Marcellus oder Aliqua gibt. Ist das klar?«

Er blinzelt, und der Trotz fällt von ihm ab wie eine schlecht sitzende Maske. Zum Vorschein kommt das ängstliche Gesicht eines Kindes. »Ich habe das nur wegen Lorena getan, Santo«, sagt er zittrig. »Die Immortali wollten Informationen über die Damnati von mir, aber ich habe ihnen nichts Wichtiges verraten. Ich war nur so wütend, weil Vater und Mutter von mir verlangten, auch noch Lorena aufzugeben ... ich habe ihnen kein Wissen verkauft.«

Mit einem Ruck lasse ich den Anhänger los und richte mich auf. »Spar dir das, Remo. Selbst wenn es stimmt, was du sagst, und du kein Wissen weitergegeben hast, hast du einen immensen Schaden angerichtet. Sei dir bewusst, was du denen angetan hast, die dich von Herzen lieben, und erinnere dich daran, wenn wir uns wieder bei dir melden. Kapiert?«

Er nickt, plötzlich ein Häufchen Elend auf der Couch.

Adone lässt seinen Bruder los, steht auf und stellt sich neben mich.

Wir sind hier fertig, auch wenn ich mich frage, was zum Teufel wir mit diesem Haufen an neuen Informationen anfangen sollen.

Kapitel Neunzehn

Aliqua

Mich mit Orela in der Villa zu verstecken, fühlt sich wie eine schräge Art von Urlaub an. Als hätte ich ein Paralleluniversum fernab der Realität betreten. Es ist die absolute Abgeschiedenheit dieses Ortes, an dem es nichts außer der Natur um uns herum gibt. An meinem ersten Tag hier ist mir die Ruhe aufs Gemüt geschlagen. Ein Teil von mir hat nach den Geräuschen anderer Menschen gesucht, dem Lärm von Autos und Bussen, der in Rom Tag und Nacht herrscht. Erst jetzt wird mir klar, wie sehr ich das geschäftige Summen der Großstadt in mich aufgesaugt habe, begierig, jeden Reiz in mich aufzunehmen, nachdem ich so lange von absoluter Stille umgeben war.

Zum Glück ist Orela bei mir. Sie scheint mein Unwohlsein zu spüren und gibt sich Mühe, unseren Aufenthalt so angenehm wie möglich zu gestalten.

Nachdem ich erwähnt habe, dass ich gerne lernen würde, mich selbst zu verteidigen, gehen wir an den Vormittagen hinaus auf die Terrasse, sobald die Sonne hoch genug über die umliegenden Baumwipfel gestiegen ist. Orela unterrichtet mich in den Grundlagen der Selbstverteidigung, was mich mehr ins Schwitzen bringt, als ich erwartet hätte. Das Gefühl von Schweiß auf meiner Stirn und das Brennen meiner Muskeln wirken wie ein Aufputschmittel auf mich, und Orela muss mich mit sanfter Gewalt stoppen, damit ich nicht bis zur völligen Verausgabung trainiere. Aber die schiere

Tatsache, meinen Körper zu bewegen, die Kontrolle darüber zu haben, erfüllt mich mit einer Lebendigkeit, die mich gierig nach mehr macht. Ich habe so lange geruht, zur Regungslosigkeit verdammt, und bin gerade wieder dabei zu entdecken, was es bedeutet, wirklich und wahrhaftig am Leben zu sein. Keine gestohlenen Blicke mehr aus den Köpfen fremder Menschen. Das Tanzen im *Infinitas* hat mich ähnlich euphorisch gemacht.

Und es hilft mir, damit zurechtzukommen, hier in dieser Villa weggesperrt zu sein. Auch wenn es ein komfortables Gefängnis ist.

Um auch an den Nachmittagen beschäftigt zu sein, verbringen Orela und ich viel Zeit in der Küche, wo ich mir bei ihr abschaue, wie man kocht und backt. Das Zubereiten von Speisen fühlt sich so ungewohnt an, dass ich überzeugt bin, in meinem früheren Leben nichts damit zu tun gehabt zu haben. Bei bestimmten Tätigkeiten scheint mein Muskelgedächtnis einzusetzen und lässt meine Finger Dinge tun, ohne dass ich genauer darüber nachdenken muss. Ich entdecke zum Beispiel, dass ich keinerlei Probleme damit habe, komplizierte Frisuren zu kreieren. Das Gefühl, Haarsträhnen zwischen meinen Händen hindurchgleiten zu lassen und sie zu flechten und zu formen, ist so tief in mir verwurzelt, dass ich mir sicher bin, selbst Erfahrung damit zu haben. Gestohlenes Wissen fühlt sich nicht so vertraut an.

Meine Gabe ist etwas, über das ich in diesen Tagen häufig nachdenke. Ich frage mich, ob ich sie willentlich steuern kann. Seit meiner Befreiung ist es nur im Schlaf passiert, und auch während meiner Gefangenschaft hatte ich keine Kontrolle darüber, wann und wie lange mein Geist auf Wanderschaft ging.

Seit wir hier sind, ist es nur einmal passiert, dass ich im Schlaf meinen Körper verlassen habe. Komischerweise kann ich mich nicht so klar wie sonst an diesen Ausflug erinnern. Aber ich bin mir ziemlich sicher, die dunkle Macht wieder gespürt zu haben, die mir dieses unerklärliche Gefühl von Vertrautheit vermittelt. Vielleicht, weil sie mich vor *ihm* beschützt und ihre Finsternis mich einhüllt wie vertraute Arme.

An meinem vierten Abend in der Villa liege ich im Bett und versuche, in mich zu gehen. Ich bin auf der Suche nach dem Kern meiner Gabe. Nach irgendetwas, das ich fassen und kontrollieren kann. Aber alles, worauf ich stoße, sind meine eigenen Gedanken, die sich unermüdlich im Kreis drehen. *Das ist doch bescheuert.*

Es ist definitiv nicht wie in den Geschichten, die ich über die Jahre hinweg aufgeschnappt habe, in denen die Heldinnen und Helden ihre Fähigkeiten in sich spüren und sie gleich verwenden können. Zumindest finde ich keinen verborgenen Winkel, in dem irgendetwas schlummert, das nur darauf wartet, von mir genutzt zu werden.

Je länger ich es versuche, desto unerbittlicher rollt die Müdigkeit über mich hinweg, und meine Gedanken entgleiten mir immer mehr. Frustriert rolle ich mich auf den Bauch und drifte allmählich in den Schlaf.

Irgendwann – ich weiß nicht, ob Stunden oder nur Minuten vergangen sind – merke ich, dass ich nicht mehr allein bin. Oberflächlich ist mir bewusst, dass es sich um eine Art Traum handeln muss, vielleicht ein weiterer Ausflug meines Geistes, aber es fühlt sich so real an, als würde ich es mit Leib und Seele erfahren.

Da ist ein warmer, fester Körper, der sich über mich beugt. Meine Hände fahren über glatte Haut und gewölbte Muskeln, die sich unter meiner Berührung zusammenziehen. Ein Laut dringt an meine Ohren, ein gedämpftes Stöhnen, und mein Körper reagiert, indem er sich aufbäumt.

»Aliqua.« Seine Stimme ist voll und tief, schwer von Gefühlen, die mich in einen Kokon hüllen.

Santo, wird mir bewusst, *das hier ist Santo.* Doch anstatt mich zurückzuziehen, strebe ich ihm weiter entgegen, und er kommt zu mir.

Sein Mund hinterlässt eine heiße, feuchte Spur auf meinem Hals, wandert quälend langsam höher, bis seine Zungenspitze die Kontur meines Kiefers entlanggleitet und über meinen Lippen verharrt. Ich kralle die Hände in seine Schultern und kann nicht glauben, was wir hier tun. Das Gefühl ist außergewöhnlich.

Ich bin er, und er ist ich.

Es scheint keinen Punkt zu geben, an dem Santo anfängt und ich aufhöre. Sanft legt er die Lippen auf meine, und sein Kuss elektrisiert uns beide. Im Bruchteil einer Sekunde wird er tiefer, fordernder. Seine Zunge schlüpft in meinen Mund, lockt mich, und ich neige den Kopf, um mehr zu geben, mehr zu bekommen. Ein Hunger, wie ich ihn noch nie gespürt habe, erwacht tief in meinem Körper, angefacht von seinem Geschmack, der auf meiner Zunge explodiert.

Meine Beine öffnen sich, als er näher drängt, die Hüften gegen mich schiebt, und trotz der Barriere von Kleidung zwischen uns ist der Kontakt beinahe zu viel. Dort, wo wir aufeinandertreffen, zieht sich mein Inneres in einer beinahe schmerzhaften Spirale aus Verlangen und Gier zusammen. Enger und immer enger.

Santos Mund löst sich von meinem, und wir schnappen beide nach Luft. Seine Hand legt sich an meine Wange, und blinzelnd öffne ich die Lider. Bis gerade jetzt war mir nicht bewusst, dass ich überhaupt etwas sehen kann, doch da sind seine Augen, die in diesem Raum zwischen uns glühen. Hell und heiß wie züngelnde Gasflammen. Ich tauche ein in das Blau, bis die Flammen mich einhüllen und auf meiner Haut tanzen.

Ich bin von Asche bedeckt, die jetzt hochwirbelt und unter der Hitze verpufft. Santo fegt sie von mir, und ein andächtiger Ausdruck huscht über sein Gesicht. Seine Miene entlockt mir ein Lächeln, und ich löse den Klammergriff um seine Schultern. Noch immer wiegen unsere Hüften in einem trägen Rhythmus gegeneinander, und ich lasse die Hände an seinen Seiten nach unten gleiten. Flatternd schließen sich Santos Augen, und er legt den Kopf in den Nacken, als ich über seinen Bauch streiche, das Zittern unter jedem Flecken Haut spüre, den ich berühre. Sein ganzer Körper zuckt, als ich am elastischen Bund seiner Hose ankomme, und ich weiß nicht, woher ich den Mut nehme, meine Hand daruntergleiten zu lassen. Vielleicht, weil ein Teil von mir weiß, dass das hier abseits der Realität stattfindet, an einem Ort, an dem wir schlicht existieren. Ohne Sorgen und Gedanken an die Welt, die jenseits dieser Blase wartet.

Ich bin er, und er ist ich.

Und ich tue, was sich in diesem Moment richtig anfühlt. Santo stößt einen heiseren Laut aus, als ich ihn umfasse, zudrücke und mir seine Hüften mit einem unbeherrschten Stoß entgegenkommen. Ich umschlinge ihn mit allem, was ich bin. Drücke die Lippen an seine entblößte Kehle, wo die Sehnen hervortreten und sein Puls rast.

Und ich bleibe bei ihm, eingehüllt in seine kochenden Gefühle, bis sich ein Widerhaken in mich bohrt und meinen nackten Geist mit brutaler Wucht von ihm fortreißt.

Ich will schreien, doch kein Laut entweicht mir. Dunkelheit und Kälte dringen von allen Seiten auf mich ein, bis ich zurück an diesem Ort bin, von dem es kein Entkommen gibt.

»Das«, schnurrt die körperlose männliche Stimme, die ich vom letzten Mal kenne, *»war wirklich anregend. Ich wusste doch, dass du nicht so unschuldig bist, wie du immer getan hast.«*

Die Scham darüber, von *ihm,* dem Besitzer dieser grauenerregenden Stimme, bei dem beobachtet worden zu sein, was ich gerade mit Santo getan habe, frisst sich wie Säure in mich. *Er* hatte kein Recht dazu, das zu sehen. Oder mich einfach mitzunehmen.

»Ich mache mich bereit«, wispert die Stimme. *»Nicht mehr lange, und ich hole mir, was mir gehört. Was mir schon immer zustand.«* Ein markerschütterndes Beben begleitet seine Worte. Es erfasst mich, obwohl ich noch immer losgelöst bin von meinem Körper, und wirbelt mich herum. Mein Geist gerät ins Taumeln.

»Glaube nicht, dass du vor dem davonlaufen kannst, was du damals warst. Erinnere dich!«

Orientierungslos rase ich durch die erzitternde Dunkelheit, begleitet von einem Lachen, das mir noch in den Ohren dröhnt, als ich Sekunden später in meinem Bett aufwache.

»Erinnere dich!« Die Stimme klingt so nah, dass ich wild um mich schlage, um denjenigen zu vertreiben. Aber ich bin ganz allein. Kerzengerade setze ich mich in den Kissen auf, mein Körper bedeckt von kaltem Schweiß, und die Welt um mich herum bebt noch immer. Panisch kralle ich die Hände in die Matratze, ein letzter Erdstoß lässt die Villa erzittern, dann kehrt Ruhe ein. Das einzige Geräusch, das zurückbleibt, ist mein pfeifender Atem, der durch das dunkle Schlafzimmer hallt. Mir ist schwindlig, nachdem mein Geist gerade erst zurückgekehrt ist, und die Bilder dieser Reise überschlagen sich in meinem Kopf.

Santo ...

Unwillkürlich lege ich die Hand über die Lippen und muss feststellen, dass sie sich wund anfühlen. Mit der Zunge fahre ich über meinen Gaumen, und mir ist, als wäre dort ein Hauch seines Geschmacks. Auch mein restlicher Körper fühlt sich ruhelos und seltsam leer an. Aber kann das möglich sein? Mein Geist war fort, offenbar bei Santo, und doch fühle ich mich, als hätte ich das alles am eigenen Leib erfahren. Ist es nur für mich so, oder wird er sich auch daran erinnern, sobald er aufwacht? Gerade ist es schwer, die Grenzen zwischen Traum und Realität zu erfassen.

Ich mache mich bereit.

Energisch schiebe ich den Gedanken an diese unheimliche Stimme von mir, die mich von Santo fortgerissen hat. Ich will nicht an sie denken, weil sich mir dann bestimmt der Magen umdreht.

Kopfschüttelnd schwinge ich die Beine aus dem Bett, um nach Orela zu sehen. Traum oder nicht, gerade hat tatsächlich die Erde gebebt, und ich will mich vergewissern, ob es ihr gut geht. Auf nackten Sohlen tappe ich durch das Zimmer, ohne Licht zu machen, denn nach der Dunkelheit, in die ich gerade gerissen wurde, erscheint mir die Nacht hier unnatürlich hell.

Ich trete hinaus in den Gang und klopfe leise an Orelas Zimmertür, die sich direkt neben meiner befindet. Der Steinboden ist empfindlich kalt, und ich trete unruhig von einem Fuß auf den anderen, während ich darauf warte, etwas von Orela zu hören. Hinter der Tür bleibt es allerdings still. Schläft sie so tief, dass sie das Beben überhaupt nicht bemerkt hat? Kurz zögere ich noch, doch meine Sorge gewinnt, und ich drücke die Klinke nach unten. Vielleicht hat sich ein Bilderrahmen von der Wand gelöst und Orela am Kopf getroffen.

Doch zu meiner Überraschung finde ich ihr Bett leer vor. Das Bettzeug ist zerwühlt, als wäre sie schon darin gelegen, aber Orela ist nicht im Zimmer.

»Orela?«, sage ich trotzdem. Keine Antwort. Ich luge sogar in das angeschlossene Badezimmer, aber dort ist sie auch nicht.

Die Sorge, dass sie verletzt sein könnte, wächst sich zu etwas Schlimmerem aus. Ich weiß ohnehin, dass es dämlich ist, sich darüber Gedanken zu machen, ob einer Ewiglichen etwas auf den Kopf fallen könnte, immerhin kann es sie nicht einmal umbringen, wenn besagter Kopf vom Hals getrennt wird. Mir ist zwar immer noch nicht klar, wie so etwas in der Praxis ablaufen würde, aber ... ich stoppe mich, ehe ich mich weiter in diese Überlegungen hineinsteigern kann. Es ist die Panik, die mich überrollt und mir das Denken erschwert.

Noch einmal rufe ich nach Orela, lauter jetzt. Zitternd lausche ich dem Hall meiner Stimme nach, aber wieder erhalte ich keine Reaktion. Schließlich verlasse ich das Zimmer und trete zurück auf den Flur.

»Orela!« Im Laufschritt durchquere ich das Obergeschoss, schaue in alle Zimmer und rufe immer wieder nach ihr. Wieder bedeckt kalter Schweiß meinen Körper, und mein rasendes Herz übertönt beinahe meine Stimme. Jemand könnte uns hier gefunden und Orela mitgenommen haben. Damit ich alleine zurückbleibe und niemand mehr da ist, um mich gegen wen auch immer zu verteidigen.

Ihn, den Besitzer der körperlosen Stimme aus meinen Wachträumen. Er hat mich nun schon zum zweiten Mal gefunden und mit einer Leichtigkeit zu sich geholt, die mir eine Gänsehaut beschert. Vielleicht konnte er meinem Geist bis hierher folgen und hat sich zuerst um Orela gekümmert. Der Schwärze, die er mit sich bringt, hat nicht einmal eine Ewigliche etwas entgegenzusetzen. Sie ist die pure Vernichtung. Das Ende aller Dinge.

Rasend vor Angst schlittere ich die Treppe ins Erdgeschoss hinunter, doch auch dort entdecke ich nirgends eine Spur von Orela. Still und verlassen liegen die Räume da und geben keinen Hinweis darauf, ob es jemand hereingeschafft hat. Erst im großen Aufenthaltsraum fällt mir etwas auf. Die Tür, die hinaus auf die Terrasse führt, ist nur angelehnt. Ich bin mir ziemlich sicher, dass wir sämtliche Türen und Fenster sorgfältig verschlossen haben, ehe wir ins Bett gingen. Aber jetzt kräuselt eine Brise von draußen die transparenten Vorhangbahnen, die die Tür einrahmen. Ohne weiter darüber nachzudenken, trete ich nach draußen.

Die Kühle der Nacht trifft unbarmherzig auf meine schweißfeuchte Haut, aber ich nehme es gar nicht wirklich wahr. Mein Blick geistert über den schattigen Garten jenseits der erhöhten Terrasse. Meine Wahrnehmung spielt mir Streiche, während ich zwischen den Hecken und Schatten etwas zu erkennen versuche. Und da ... ich blinzle angestrengt, als ich in einiger Entfernung eine Bewegung wahrzunehmen glaube. Hellblauer Stoff flattert im Mondlicht, und ich setze mich in Bewegung, bevor ich darüber nachdenken kann, was ich tue.

Kieselsteine bohren sich bei jedem Schritt schmerzhaft in meine nackten Fußsohlen, als ich den Teich umrunde und einen der Wege entlanghaste. Der Puls trommelt in meinen Ohren. Vergeblich versuche ich mich an die Grundlagen der Selbstverteidigung zu erinnern, die mir Orela am Nachmittag noch gezeigt hat, doch mein Hirn ist wie leer gefegt. Keine Chance, mich an einen der Griffe zu erinnern.

Und dann bleibe ich unvermittelt stehen. Mein Auge hat mich nicht getäuscht. Wenige Schritte von mir entfernt steht eine Person in einem zarten hellblauen Nachthemd. Orela. Ihr nachtschwarzes Haar fällt ihr offen über den Rücken, auf den ersten Blick wirkt sie unverletzt. Der Atem entweicht mir in einem erleichterten Stoß, und ich will sie schon ansprechen, als ich noch mal innehalte. Mit schief gelegtem Kopf mustere ich sie.

Orela steht bei einer der Statuen, die überall im Garten verteilt sind. Es ist eine männliche Figur, aus weißem Marmor gefertigt und ungefähr lebensgroß. Aber Orela steht nicht einfach nur da und betrachtet die Statue. Sie ist auf den Sockel gestiegen, schmiegt sich an den steinernen Körper, als wollte sie ihn umarmen, und schaut zu dem Gesicht auf. Ich höre sie leise Worte sagen, während ihre Hände liebkosend über den Marmor fahren.

Mir bleibt der Mund offen stehen. Mehrere Momente lang starre ich sie sprachlos an und kann nicht ganz glauben, was ich da sehe. Orela kuschelt mit einer Statue.

Sie scheint vollkommen versunken und hat offenbar weder von dem Erdbeben noch von meinem Auftauchen irgendetwas mitbekommen. Vorsichtig nähere ich mich ihr. Ihre Worte sind noch immer nicht zu verstehen, und ich beobachte, wie sie die Augen schließt und ihre Stirn gegen die der Statue lehnt. Ihr Gesicht wirkt todtraurig, und Tränen glitzern auf ihren Wangen. Einige Augenblicke lang verharrt sie so, ehe sie tief durchatmet und von dem Sockel steigt. Mit den Händen wischt sie sich über das Gesicht, dreht sich um und entdeckt mich in einigen Schritten Entfernung.

Die nächsten Augenblicke sind wahrscheinlich die unangenehmsten meiner kompletten Existenz. Ich kann mir absolut keinen Reim auf das machen, was ich gerade gesehen habe, und ich denke, meine Verwirrung ist mir deutlich anzusehen. Orelas Miene indes wechselt in rasender Geschwindigkeit von Erschrecken über Bestürzung bis hin zu Beschämung. Ihre Wangen leuchten rot in der Dunkelheit, und sie öffnet mehrmals den Mund, ehe sie etwas sagt.

»Was ... was machst du denn hier?«

Ich trete auf der Stelle, und inzwischen nehme ich die spitzen Steinchen, die sich in meine nackten Fußsohlen bohren, überdeutlich wahr. »Ich habe dich gesucht.« Ich räuspere mich, um die Befangenheit aus meiner Stimme zu vertreiben. »Es gab ein Erdbeben, und ich wollte nachsehen, ob es dir gut geht.«

Orela zieht die Brauen hoch. »Ein Erdbeben? Bist du dir sicher?«

Ich nicke. »Es hat mich aufgeweckt und noch einen Moment angehalten.«

Als sie nichts weiter dazu sagt, fahre ich nervös fort: »In Herculaneum kam es häufig zu Erdstößen, und ich habe sie jedes Mal gespürt. Das hier kann nicht besonders stark gewesen sein, vielleicht fand es weiter entfernt statt. Aber die Erschütterung war definitiv zu spüren.«

Mein Blick wandert zu der männlichen Statue, und plötzlich bin ich froh, dass das Beben nicht stark genug war, um sie von ihrem Sockel zu reißen. Keine Ahnung, ob ich stark genug gewesen wäre, sie aus dem Weg zu räumen, wenn sie Orela unter sich begraben hätte. Während sie ... na ja, dabei war, sie zu umarmen, oder so.

Ich wende den Kopf, als ein Geräusch in einiger Entfernung die nächtliche Stille zerreißt. Es ist das Heulen von Sirenen. Orela schaut ebenfalls in die Richtung, aus der das Sirenengeheul dröhnt, und tritt auf mich zu. »Komm, wir sollten wieder nach drinnen gehen.«

Ein wenig beklommen folge ich ihr zurück in die Villa, wo Orela zwei Lampen anknipst und sich auf ein Sofa im Wohnzimmer fallen lässt. Sie vergräbt das Gesicht in den Händen, und ich kann hören, wie sie zittrig nach Atem ringt.

»Alles in Ordnung?«, erkundige ich mich vorsichtig.

Sie hebt den Blick, und ihre Augen umgibt ein unnatürlich silbriger Glanz. »Ich weiß nicht«, gibt sie zu und streicht sich fahrig über die Stirn. »Keine Ahnung, wie ich nach draußen in den Garten gekommen bin, ich kann mich nicht erinnern. Und das Erdbeben ... ich habe nichts davon bemerkt.«

Sie wirkt so verstört, dass ich mich neben sie setze und ihr tröstend einen Arm um die Schulter lege. »Ist dir so was schon mal passiert? Das Schlafwandeln?« Ich weiß nicht, als was ich es sonst bezeichnen soll.

»Nicht mehr seit den frühen Jahren des Fluchs. Damals habe ich öfter im Schlaf nach Götterstatuen gesucht und wurde dabei gefunden, wie ich mich an sie klammerte. Mehr als einmal bin ich samt der Figuren vom Sockel gefallen, und irgendwann hat es aufgehört. Die anderen meinten, ich hätte nach dem Weggang der Götter verzweifelt nach ihnen gesucht, nachdem sie so lange ein Teil meines Lebens waren. Und die Statuen waren das Einzige, das noch von ihnen übrig war.«

Das klingt ziemlich logisch. Und mir kommt ein Gedanke. »Vielleicht ist es jetzt wieder passiert, weil du durch mich erneut Anfälle von Visionen erlebt hast. Möglicherweise triggert das Dinge aus der Vergangenheit in dir.«

Orela denkt über meine Worte nach und schüttelt dann langsam den Kopf. »Es ist schwer zu beschreiben, aber es fühlt sich an, als wären die Götter wieder nahe, und das hat nichts mit dem zu tun, was ich bei dir spüre. Es ist, als wäre ihr Atem in meinem Nacken.« Sie stockt. »Die Statue im Garten war übrigens Apollo. Es wundert mich nicht, dass ich ausgerechnet zu ihm gegangen bin und ihn wie eine Verrückte betatscht habe.« Ihre Wangen färben sich rosa, und sie dreht sich nervös eine Strähne ihres langen Haares um den Finger.

Sie erwähnt Apollo nicht zum ersten Mal, und ich werde den Gedanken nicht los, dass Orela mehr mit diesem Gott verbindet als nur die Tatsache, dass ihre ehemalige Aufgabe als Medium in seinen Zuständigkeitsbereich fiel. Da ihr die Sache mit der Statue aber wirklich unangenehm zu sein scheint, bohre ich nicht weiter nach, sondern grüble über das, was sie gerade noch gesagt hat.

Sie hat das Gefühl, die Götter seien wieder nah.

Ich kann nichts gegen das ängstliche Schaudern tun, das mir über den Rücken läuft. »Meinst du ... meinst du, das Beben vorhin könnte etwas mit den Göttern zu tun haben?« Diese Frage liegt mir schwer auf der Zunge und hinterlässt einen bitteren Geschmack.

Orela verzieht das Gesicht, als könnte sie es auch wahrnehmen. »Ich bin mir nicht sicher. Ehrlich gesagt will ich nicht daran glauben, aber es könnte einen Zusammenhang geben. Auch dass ich ausgerechnet in dieser Nacht schlafgewandelt bin, nachdem es so lange Zeit nicht mehr passiert ist. Wir haben schließlich keine Ahnung, was genau die Immortali treiben. Ihr Ziel ist es, die Götter zurückzuholen, und vielleicht ist ihnen gerade ein Durchbruch gelungen. Auch ohne dich.«

»Was, meinst du, passiert, wenn es ihnen gelingen sollte?«

Ein Schatten, wie ich ihn schon so oft bei Santo gesehen habe, legt sich über Orelas Gesicht. »Einer der Gründe, warum die Götter damals gegangen sind, war die Tatsache, dass die Menschen immer mehr den Glauben an sie verloren haben. Ihre Macht fußte in gewisser Weise in diesem Glauben und der Hörigkeit gegenüber ihren Geboten. Sie waren es in ihrer selbstherrlichen Arroganz satt, beobachten zu müssen, wie neue Religionen wie das Christentum immer mehr Zuwachs fanden und sie selbst allmählich ins Abseits gedrängt wurden. Wenn sie zurückkommen, werden sie Forderungen stellen, die die Immortali nur zu gerne erfüllen werden. Schon jetzt sehen sie Normalsterbliche als unterlegen an, machen zum Spaß Jagd auf sie, verletzen oder verschleppen sie. Die Götter werden mit ihrer Macht die Welt ins Chaos stürzen und Blut fordern, das die Immortali ihnen liefern werden. Sie planen nach all den Jahrhunderten im Verborgenen, endlich aus den Schatten zu treten und sich zu offenbaren. Als unsterbliche Gebieter, denen mit den Göttern im Rücken kein Sterblicher etwas entgegensetzen kann.«

Das Bild, das Orela malt, ist grob skizziert, in seiner Eindringlichkeit aber unmissverständlich. »Und du meinst nicht, die Götter könnten sich auf die Seite der Damnati schlagen? Immerhin gehörst du zu ihnen.«

»Die Götter haben sich von der Erde abgewandt, aber ich glaube nicht, dass sie vollkommen blind und taub sind. Etwas sagt mir, dass sie uns nach wie vor beobachten und sehen, dass wir Damnati uns gegen ihre Rückkehr stemmen. Das wird ihnen nicht gefallen, und ich fürchte, wir werden die Ersten sein, die ihre Rache zu spüren bekommen.«

Sie klingt erschreckend nüchtern, was mir sagt, dass sie sich mit diesen Gedanken schon lange auseinandersetzt. Ich dagegen bin hin- und hergerissen zwischen rasender Angst und Wut. Wenn ich könnte, würde ich auf der Stelle zu den Immortali marschieren und ihnen die verqueren Köpfe zurechtrücken.

»Ich will versuchen, Santo zu erreichen«, sagt Orela nach einer Weile und verzieht das Gesicht. »Er meinte zwar, wir sollen uns nur im Notfall melden, aber ich finde, das hier zählt dazu. Ich will wissen, was in Rom los ist.«

Zusammen gehen wir in den Keller der Villa, wo sich laut Orela ein Telefon befindet, das mehr oder weniger legal ans Netz angeschlossen ist. Zumindest weiß niemand außer ihr und Santo von dieser Leitung, weswegen wir sie sicher benutzen können. In einem modrigen Raum voller Pappkartons und kaputter Möbel versteckt sich das Telefon in einem Kleiderschrank. Es ist ein altes Gerät aus verblichenem grünem Plastik und einem Hörer mit Kabel. Orelas Finger zittern ein wenig, als sie eine Nummer wählt und sich den Hörer ans Ohr hält. Ich stehe so dicht neben ihr, dass ich die knisternde Stimme höre, als jemand das Gespräch annimmt.

»Santo? Nein. Nein, wir sind allein, keine akute Gefahr.«

Ich verstehe nicht, was Santo sagt, aber er klingt aufgeregt und wütend.

»Habt ihr dieses Erdbeben auch in Rom gespürt?«

Sie lauscht auf eine Antwort und kraust dabei die Stirn. »Nein, so schlimm war es hier nicht. In der Umgebung rücken zwar die Rettungskräfte aus, aber ich glaube nicht, dass es große Schäden gab. Rund um die Villa steht alles.«

Heißt das, in Rom war es heftiger? Nervös kaue ich auf der Unterlippe herum, während ich weiterhin nur das verstehe, was Orela zum Gespräch beiträgt. Zögerlich berichtet sie jetzt von ihrem Ausflug zu den Statuen im Garten und erzählt Santo von der Befürchtung, ihr Schlafwandeln und das Erdbeben könnten mit den Göttern und Immortali zusammenhängen.

Sie lauscht, als Santo etwas erwidert. Und selbst im schummrigen Keller kann ich erkennen, wie Orela daraufhin blass wird. »Das kann nicht sein!« Sie stolpert rückwärts, als wollte sie sich dem Gehörten entziehen, doch das gespannte Telefonkabel hält sie auf. Bebend drückt sie sich den Hörer ans Ohr.

»Was? Ja, sie ist bei mir ... Moment!« Überrascht nehme ich das Telefon von ihr entgegen, mein Herz schlägt bis in den Hals hinauf.

»Aliqua?« Santos Stimme klingt dunkel und ernst und rauscht durch mich hindurch wie in meiner Traumwanderung. Meine Zehen rollen sich zusammen, und ich senke schnell den Kopf, damit mein Haar nach vorne fällt und Orela nicht sieht, wie ich rot werde.

»Hey! Was ist los?« Ich bemühe mich, möglichst normal zu klingen.

»Ich wollte nur hören, ob's dir gut geht. Und Orela. Stimmt es wirklich, dass mit ihr alles in Ordnung ist?«

Ich luge zu ihr hinüber, doch sie starrt mit ziemlich apathischem Gesichtsausdruck die Wand an. »Wenn du das Beben und diese Schlafwandel-Sache meinst, dann ja. Aber was du ihr gerade gesagt hast, hat sie verstört.« Ungeduldig zu erfahren, worum es geht, wippe ich auf den Fußballen. Das Schweigen in der knisternden Leitung zieht sich in die Länge, bis sich Santo endlich räuspert.

»Als ich dir davon erzählt habe, wie wir den Deal mit den Göttern eingefädelt haben, war auch die Rede von Marcellus Pomponius. Erinnerst du dich?«

»Ja.« Er war derjenige, der die Idee hatte, die Götter um Hilfe zu bitten. Der die Omodei überzeugt hat, sich daran zu beteiligen.

»Adone, Scuro und ich konnten Remo aufspüren und ihn befragen, und dabei kam heraus, dass die Immortali nach Marcellus gesucht haben, als sie in Herculaneum auf dich stießen.«

Der Atem entweicht mir mit einem Zischen. »Was genau hat das zu bedeuten?«

»Es bedeutet, dass die Immortali glauben, Marcellus sei noch immer am Leben. Wahrscheinlich ähnlich begraben wie du. Alle unsere Nachforschungen bestätigen bisher, dass sie wirklich davon überzeugt sind. Nerone hat Spähtrupps losgeschickt, die überall östlich von Rom Spuren von Grabungen gefunden haben. Sie ackern systematisch antike Stätten um.«

»Was versprechen sie sich davon, diesen Marcellus auszugraben?«

Santo murmelt einen Fluch. »Marcellus ist verdammt gefährlich, war er schon immer. Er wurde von den Göttern mit reichen Gaben beschenkt, als er Ambrosia nahm, und wenn auch nur ein Bruchteil davon in ihm zurückgeblieben ist, haben wir ein Problem. Außerdem wird er es auf dich abgesehen haben.«

»Wa...was?«

»Verdammt!«, zischt Santo. »Das Letzte wollte ich nicht sagen. Vergiss es!«

»Santo, nein!« Meine Stimme hallt aufgeregt durch den düsteren Kellerraum. »Warum sollte er es auf mich abgesehen haben, nachdem er seit Menschengedenken verschollen war? Hatte ich früher etwas mit ihm zu tun?« Mein Geist stemmt sich gegen die Barriere, die meine Erinnerungen vor mir verschließt, doch ich kann nicht zu ihnen vordringen. Wütend heule ich auf.

»Bitte, reg dich nicht auf«, fleht Santo, und es klingt, als würde gerade irgendetwas in ihm zerbrechen.

»Sag mir die Wahrheit. Sag mir einmal die Wahrheit!« Inzwischen zittere ich genauso heftig wie Orela. Ich kann kaum noch an mich halten und umklammere den Telefonhörer so fest, dass ich fürchte, das Plastik könnte unter meinen Fingern zerbröseln. Aber selbst das wäre mir egal. Solange Santo mir irgendetwas sagt.

Doch selbst über die Leitung hinweg kann ich wahrnehmen, wie er sich verschließt. »Ich habe gesagt, dass wir reden werden, aber das ist keine Unterhaltung, die man am Telefon führen sollte. Wenn ich dir Dinge verschweige, dann nur zu deinem Schutz.«

Ich kann es nicht mehr hören. Von mir aus können seine Motive noch so edel sein, ich habe es satt, hingehalten zu werden. »Gut«, fauche ich. »Gibt es sonst noch etwas, das du *am Telefon* besprechen willst?«

Ich höre seinen aufgewühlten Atem. »Passt einfach auf euch auf. Ruft sofort an, wenn dir oder Orela nochmal etwas Merkwürdiges passiert, okay?«

»Ja, machen wir.«

»*Bene.* Und Aliqua, heute Nacht ...«

Aber ich habe schon aufgelegt, ehe Santo den letzten Satz beendet hat. Das Telefon bleibt stumm, auch nachdem ich den Hörer wieder aufgelegt habe, also kann es ihm nicht mehr so wichtig gewesen sein. Außerdem ahne ich, was er noch ansprechen wollte. Der raue Klang seiner Stimme hat mir verraten, dass es um meinen nächtlichen Besuch bei ihm ging, und dafür habe ich gerade wirklich keine Nerven.

Orela dreht sich zu mir um und zieht eine gequälte Grimasse. Als sie den Mund öffnet, hebe ich warnend den Finger. »Wenn du jetzt sagst, dass ich Geduld mit ihm haben soll, platze ich.«

Ein wackeliges Grinsen erscheint auf ihrem blassen Gesicht. »Ich wollte eher sagen, dass er ein Trottel ist.«

Ich schnaube. Damit kann ich leben.

»Und falls es dich tröstet: Ich finde auch, dass es spätestens jetzt an der Zeit ist, dir mehr zu erzählen. Ich versuche ihn schon seit einer Weile dazu zu bewegen.«

Ich mustere Orela mit zusammengekniffenen Augen. »Du weißt auch Bescheid?«

Sie schluckt und sieht entschieden unwohl aus. »Gewissermaßen. Aber das sind Dinge, die Santo dir selbst erzählen muss. Es ist nicht an mir, so etwas zu offenbaren.«

Bibbernd schlinge ich die Arme um mich, und wir haben es beide eilig, den Keller zu verlassen. Im Foyer, kurz vor der Treppe, hält mich Orela noch einmal zurück. In ihre Augen ist dieses rätselhafte Leuchten zurückgekehrt, und sie lehnt sich zu mir, als wollte sie mir ein Geheimnis zuflüstern.

»Ich kann es dir nicht erzählen. Aber vielleicht du selbst.«

Kapitel Zwanzig

Rom, 79 n. Chr.

Wie sich herausstellte, waren die Götter diesmal nicht mit Opfergaben zufriedenzustellen. Es dauerte keine zwei Wochen, bis die Seuche, von der Svala in der Nerotherme erzählt hatte, in ganz Rom um sich gegriffen hatte. Die unbekannte Krankheit verschonte weder die Häuser der Ärmsten noch die der Reichen, und es wurde hektisch geflüstert, dass selbst im Kaiserpalast erste Erkrankte zu beklagen seien. Vespasian selbst hielt sich in einem Heilbad unweit von Rom auf, jedoch war sich niemand sicher, wie es um die Gesundheit des Pontifex Maximus stand.

Die ganze Stadt war in Aufruhr, in einem Ausmaß, wie Aliqua es noch nie erlebt hatte. In den Tempeln herrschte Hochbetrieb, die Menschen, die dorthin pilgerten, trampelten einander beinahe nieder in ihren Bestrebungen, die Götter milde zu stimmen. Durch die Straßen wanden sich jeden Tag mehr Trauerzüge, die Toten feierlich auf Bahren gebettet, um sie zu den Nekropolen und Mausoleen außerhalb der Stadt zu bringen. Frauen, die das Ricinium trugen, einen Stoffschal als Zeichen der Trauer, sah man an jeder Ecke. Lautstark beklagten sie das Ableben lieber Verwandter.

Seit die Seuche so stark um sich griff, war es Aliqua nicht mehr möglich gewesen, sich mit Sanctius zu treffen. Aus Sorge, jemand könnte das Übel ins Haus schleppen, hatte Faustus seiner familia strenge Regeln auferlegt. Hinaus durfte nur, wer einen dringlichen Grund hatte, und da Aliqua in erster Linie

Octavias persönliche Zofe war, wurden ihr keine Botengänge mehr übertragen.

So war sie mit ihrer Herrin eingesperrt im Haus. An manchen Tagen spielte Aliqua ernsthaft mit dem Gedanken, sich vom Dach zu stürzen, um ihr zu entgehen. Denn Octavia, die das Haus ebenfalls nicht verlassen durfte, wurde schlichtweg unerträglich.

Marcellus sah sie auffallend selten, und wenn doch, wirkte er angespannt und hoch konzentriert. Er war als Einziger häufig außer Haus, und nicht einmal Octavia wusste, wohin er ging.

Und dann kam der Tag, vor dem sie sich alle gefürchtet hatten. Ein Mitglied des Haushalts zeigte Anzeichen der Krankheit. Es war der Koch, der am Morgen über Kopfschmerzen klagte. Binnen weniger Stunden bekam er hohes Fieber, und ein rasselnder Husten schüttelte seinen stattlichen Leib. Inzwischen war bekannt, was als Nächstes folgen würde: Der Hals schwoll schmerzhaft an, während der Husten immer heftiger wurde, bis die Erkrankten Blut spuckten. Ein Ausschlag trat überall auf der Haut auf, und das Fieber stieg, und nach etwa zwei bis vier Tagen trat der Tod ein.

Der sonst so umsichtige Faustus zögerte nicht lange und warf den erkrankten Koch aus dem Haus. Aliqua beobachtete schockiert von der Treppe aus, wie der Hausherr seinen Sklaven, der ihm jahrelang gedient hatte, wie Ungeziefer hinfortschaffen ließ. Die restliche Dienerschaft stand stumm und bleich in den Fluren und verfolgte das Geschehen mit versteinerten Mienen. Niemand wagte es, das Wort zu erheben, aber in ihren Gesichtern sah Aliqua denselben Ausdruck: nackte Angst und Ablehnung. Sie wusste nicht, wohin der Koch gebracht worden war, doch nach diesem Fall wurde die Stimmung im Haus noch angespannter. Alle hofften und beteten, dass der Koch das einzige Opfer blieb, doch keine drei Tage später bemerkten zwei weitere Sklaven Symptome. Einer davon war Faustus' persönlicher Diener, und am nächsten Morgen fühlte sich auch der pater familias unwohl. Selbstredend wurde ab diesem Zeitpunkt niemand mehr hinausgeworfen.

Das Haus verwandelte sich in eine Gruft. Selbst Octavia, deren unablässiges Klagen und Seufzen sonst die Räume erfüllt hatte, verstummte, starr vor Sorge um ihren Vater. Aliqua wusste, dass sie sich mehrmals am Tag zu ihm schlich, um ihm am Krankenbett beizustehen. Als sie ihre Sorge äußerte, Octavia könne sich bei ihm anstecken, erntete sie prompt eine Ohrfeige.

»Wage es nicht noch einmal, das Wort gegen mich zu erheben, Serva«, zischte Octavia, und zornige rote Flecken erschienen auf Hals und Brust. Aliqua hielt sich die brennende Wange, den Blick auf den Boden gesenkt.

»Was will ich schon erwarten von einer wie dir, die nichts von der Liebe zu ihren Eltern weiß.«

Dieser Satz verfolgte Aliqua und traf sie empfindlicher, als sie sich eingestehen wollte. Es stimmte, dass sie so etwas nicht kannte, aber trotzdem war es töricht von Octavia, sich nicht von ihrem Vater fernzuhalten. Hatte sie den Ernst der Lage noch nicht begriffen? Glaubte sie, über die Krankheit erhaben zu sein, obwohl Faustus zeigte, dass nicht einmal ein Pomponius ihr etwas entgegenzusetzen hatte?

Was würde mit ihnen geschehen, wenn alle Mitglieder dieses Hauses nacheinander erkrankten und starben?

Diese Fragen trieben Aliqua um und führten dazu, dass sie fast jede Nacht aus ihrer Kammer schlich, wenn Octavia schlief, und durch den ummauerten Garten wanderte. Obwohl sich diese unheimliche Stille über das Haus gelegt hatte, kam es auch in der Nacht nicht vollkommen zur Ruhe. Lampen brannten, und unentwegt waren emsige Schritte zu hören, von Sklaven, die sich um die röchelnden und hustenden Erkrankten kümmerten.

Aliqua hielt sich im hinteren Teil des Gartens auf, wo niemand sie bemerken würde. Dort stand sie und hing ihren Gedanken nach, als sie ein merkwürdiges Geräusch hörte. Ein Kratzen und Schaben auf der anderen Seite der Mauer, die den Garten eingrenzte. Dazu etwas, das nach den angestrengten Atemzügen eines Menschen klang.

Aliqua verharrte wie erstarrt, den Blick auf die Mauerkrone in der Dunkelheit gerichtet. Sie konnte sich nicht bewegen oder Alarm schlagen, während sie beobachtete, wie ein dunkler Schemen sich über die Brüstung schwang und elegant wie eine Katze auf der anderen Seite aufkam. Instinktiv griff Aliqua nach ihrer Halskette und umklammerte den immer kühlen Anhänger, als wäre er ein schützender Schild. Sie musste ein Geräusch von sich gegeben haben, denn der Eindringling fuhr herum und kam direkt auf sie zu.

»Aliqua?« Sanctius' gedämpfte Stimme erklang, und die Anspannung fiel von einem Moment auf den anderen von ihr ab.

»Bist du ... bist du gerade wirklich über die Mauer geklettert?« Sie war so überrascht über sein Auftauchen, dass sie kaum ein Wort herausbrachte.

Je länger sie den Blick auf sein Gesicht richtete, desto mehr Details erkannte sie im Dunklen. Ein Lächeln schlich sich auf seine vollkommenen Züge, eine Mischung aus Zerknirschtheit und schelmischem Vergnügen. »In den vergangenen Tagen war ich jede Nacht hier«, gestand er und trat noch einen Schritt näher auf sie zu.

»Ich hatte gehofft, dich zufällig zu treffen ... so, wie es gerade passiert ist.«

Sie wusste nicht, ob es die schützende Dunkelheit war, oder die Tatsache, dass sie sich seit Tagen nicht mehr gesehen hatten, aber Sanctius übertrat die unausgesprochene Grenze, die bisher zwischen ihnen geherrscht hatte, und schloss sie in seine Arme. Zunächst hielt sich Aliqua noch vollkommen steif. Sie war Umarmungen nicht gewohnt und brauchte einige Momente, ehe sie der unbekannten Nähe nachgab. Die Wärme, die sein Körper ausstrahlte, durchdrang ihre Haut, sank bis tief in ihre Knochen, und sein ganz eigener Geruch hüllte sie ein. Zögerlich legte sie die Arme um seine Taille, was Sanctius ein zufriedenes Brummen entlockte. Mit einer Hand umfasste er ihren Hinterkopf, legte die Schläfe an ihre und murmelte direkt an ihrem Ohr: »Ich musste mich vergewissern, dass es dir gut geht.«

Aliqua schauderte, vollkommen hingerissen von dem Gefühl, in seinen Armen zu liegen. Sie hatte es sich unzählige Male erträumt, aber es wirklich zu erleben, übertraf jede Vorstellung.

»Ich habe mir auch Sorgen um dich gemacht«, gestand sie flüsternd ein und war froh, dass die Dunkelheit ihre rot glühenden Wangen verbarg.

Eine Weile standen sie stumm da, dann sagte Sanctius: »Einige Mitglieder meiner Familie sind erkrankt. Auch einer meiner Vettern ... wie sieht es hier aus?«

»Es steht nicht gut um Faustus. Ich fürchte ... wenn kein Wunder geschieht ...« Unsicher biss sie sich auf die Unterlippe, um durch ihre Worte kein Unheil zu beschwören.

Sanctius' Arme schlossen sich noch fester um sie. »Aber dir geht es gut?«

Aliqua nickte. Ihre Wange rieb dabei an seiner, und ein heißer Schauer durchlief sie, als sie die rauen Bartstoppeln spürte.

Sanft legte er eine Hand an ihr Gesicht, damit sie ihn ansah, und seine Augen leuchteten hell auf wie Fackeln. »Wenn mich diese schreckliche Seuche eines lehrt, dann den Blick auf das Wesentliche. Mit dem Tod, der zwischen uns wandelt, wirken die Regeln dieser Welt mit einem Mal so lachhaft ... und neben meiner Familie bist du diejenige, um die ich mich am meisten sorge. Deswegen klettere ich jede Nacht über diese Mauer und hoffe, dass du herauskommst.«

Aliquas Lippen teilten sich vor Verblüffung, und sie brachte kein Wort heraus. Er sollte so etwas nicht sagen, und doch konnte sie nichts gegen das rauschhafte Glücksgefühl tun, das sich in ihr ausbreitete.

Sanctius senkte sein Gesicht, und sein Mund streifte hauchzart den ihren. Aliquas Gedanken trudelten davon, und sie wusste nicht, wie sie sie je wieder einfangen sollte. Sie fühlte sich, als hätte Jupiter einen seiner Blitze durch ihren Körper gejagt. Atemlos und brennend vor Sehnsucht stand sie da, unschlüssig, was sie nun tun sollte.

»Was würdest du tun, wenn uns eine Ewigkeit zur Verfügung stünde?« Sanctius' Worte glitten über ihre Zunge, und sein Kuss verschluckte jede Antwort, die sie hätte geben können. Ihr Körper prallte gegen die Mauer, und während sie sich dem ersten Kuss ihres Lebens hingab, hallte das Wort Ewigkeit *wie ein unaufhörliches Echo durch ihren Geist.*

Aliqua

Mein Herz klopft so heftig, dass mir schwindlig wird und ich mich am Treppengeländer festhalten muss, um nicht umzufallen. »Was soll das heißen?«

Orela beißt sich auf die Unterlippe und schaut sich im dunklen Foyer um, als fürchtete sie, Santo könne jeden Moment aus den Schatten springen. »Mir ist vorhin ein Gedanke gekommen, als Santo von Marcellus gesprochen hat und darüber, dass die Immortali glauben, er könnte noch am Leben sein.«

In diesem Moment wird mir klar, dass Orela genauso viele unausgesprochene Geheimnisse mit sich herumträgt wie Santo. Nur ist es ihr nicht so deutlich anzusehen. Und in diesem Moment drängen einige dieser Geheimnisse an die Oberfläche.

»Du könntest vielleicht wissen, was mit Marcellus passiert ist. Möglicherweise liegt der Schlüssel zu der Frage, ob er wirklich noch lebt, in deiner Vergangenheit.«

Bei ihren Worten platzt ein Knoten in meiner Brust, der sich schon seit Tagen enger und immer enger zieht. Die Vergangenheit. *Meine* Vergangenheit. Ich lechze nach allem, was sie mir vorschlagen könnte. »Was hast du vor?«

Nervös befeuchtet sich Orela die Lippen mit der Zungenspitze. »Wir könnten eine Hypnose versuchen, um an diesen speziellen Teil deiner Erinnerungen zu gelangen. Somnus, der Gott des Schlafes, hat mich früher dabei unterstützt, aber ich kann es noch immer. Viel fördere ich selten zu Tage, aber unter der direkten Einwirkung deiner Gabe könnten wir an die verlorenen Erinnerungen gelangen.«

Verblüfft erwidere ich ihren Blick. »Warum willst du das tun?«

»Ich habe Santo einen Schwur geleistet, vor langer Zeit, niemals über diese Sache zu sprechen. Auch nicht mit dir. Schwüre zwischen Ewiglichen sind etwas Bindendes, das wir sehr ernst nehmen, aber ich verzweifle inzwischen an ihm. Seine Angst steht ihm im Weg. Aber du hast das Recht dazu, über deine Vergangenheit Bescheid zu wissen, und kein Schwur dieser Welt verbietet es dir, Zugang zu deinen eigenen Erinnerungen zu suchen.« Ein verschmitztes Lächeln kräuselt ihre Lippen, und fragend neigt sie den Kopf.

Ich nicke, bereits wie in Trance. Der Gedanke, tatsächlich etwas herauszufinden, macht mich zwar schwindelig vor Aufregung, aber der Hunger nach Antworten wiegt schwerer. Ja, ich könnte auf Dinge stoßen, die mich verstören und aufwühlen. Aber Orela scheint einige davon zu kennen, auch wenn sie nicht darüber sprechen kann, und sie schaut mich nicht an, als wäre ich ein schlechter Mensch. Jemand, dessen Vergangenheit von Abgründen und unverzeihlichen Taten geprägt ist. Von Dingen, die schwer genug wiegen, um dafür unter Vulkanmassen begraben zu werden.

»Versuchen wir es. Jetzt gleich.«

Orela wirkt nach wie vor etwas unentschlossen. »Bevor wir es versuchen, musst du mir ein Versprechen geben.« Sie hält meinen Blick fest und sagt eindringlich: »Versprich mir, nichts Unüberlegtes zu tun, sobald du irgendetwas herausgefunden hast.«

Ich runzle leicht die Stirn, nicke aber. Meine Gefühle sind ab und an vielleicht ein wenig überwältigend, weil ich so lange so wenig empfunden habe, aber ich weiß, dass ich nicht der Typ bin, um mich kopflos davon mitreißen zu lassen. Außerdem würde ich Orela in diesem Moment alles versprechen, damit sie mich in eine Hypnose versetzt.

»Ewigliches Ehrenwort«, schwöre ich und lege mir eine Hand auf die Brust.

»Okay. Dann komm, am besten machen wir es im Wohnzimmer.«

Adrenalin rauscht in aufgepeitschten Wellen durch meinen Körper, während ich ihr zurück in das schummrige Wohnzimmer folge und mich auf eines der Sofas lege. Orela zieht sich einen Fußhocker von einem der Sessel heran und lässt sich neben meinem Kopf nieder. Die Tür zur Terrasse steht noch immer offen und lässt einen Hauch Nachtluft herein, die nach feuchtem Gras und einer schweren, undefinierbaren Süße duftet.

»Liegst du bequem?« Orelas kühle Finger streichen über meine Arme und Schultern, und ich sinke tiefer in die Polster.

»Ja.« Eine unerträgliche Spannung hält mich gepackt, seit ich mir hier niedergelassen habe, auch wenn sich mein Körper ganz entspannt auf dem Sofa ausstreckt.

»Keine Angst vor der Hypnose. Ich bin die ganze Zeit bei dir und leite dich hindurch. Sobald ich merke, dass es zu viel für dich wird, hole ich dich zurück. Und denk dran: Heute ist der erste Versuch, wenn es nicht auf Anhieb klappt, probieren wir es weiter. Manche Menschen brauchen eine gewisse Übung, ehe ihr Geist sich mir öffnet.«

Hm, irgendwie bezweifle ich, dass mein Geist große Probleme damit haben wird, sich zu öffnen. Immerhin ist er so umtriebig, dass er regelmäßig im Schlaf meinen Körper verlässt, um Abstecher zu absolut gruseligen Stimmen zu machen.

»Gut. Ich vertraue dir.«

Orela hebt die Lider, und mein Atem stockt, als ich erneut den hellen Silberglanz in ihren Augen erkenne. Es ist nicht dasselbe wie bei ihren Anfällen, wo sich ihr gesamter Augapfel weiß färbt. Vielmehr ist es, als hätte sich flüssiges Silber in das Blau ihrer Iris gemischt, was sie von innen leuchten lässt. Ein sehr hübscher Effekt, aber auch ein wenig gruselig. Es lässt sie weniger menschlich erscheinen.

»Schließ die Augen und konzentrier dich nur auf meine Stimme.«

Ich folge ihrer Anweisung, auch wenn es zunächst schwer ist, die Umgebungsgeräusche auszublenden. Hier in der Villa ist es sehr ruhig, aber die Geräusche der Nacht klingen dadurch umso lauter. Das Rascheln des Winds in den Bäumen, der Schrei eines Käuzchens und noch immer das vereinzelte Heulen von Sirenen in der Ferne. Meine Gedanken kreisen um das Erdbeben und die Frage, welche Schäden es in der Umgebung angerichtet haben mag ... ob es ein vollkommen natürliches Phänomen war oder ob die Immortali und ihre Suche nach Marcellus etwas damit zu tun haben.

»Du bist noch aufgewühlt, aber dein Geist muss zur Ruhe kommen, ehe er sich auf diese Reise begeben kann«, höre ich Orela wie aus einiger Entfernung sagen. Sie klingt so ruhig, dass ich mich unwillkürlich entspanne.

»Spüre deinem Körper nach, wie er auf den Polstern liegt. Jedes deiner Glieder ruht bequem, und du bist vollkommen sicher und geborgen. Konzentriere dich auf die Schwere deines Körpers, und lass sie los, denn es ist nur dein Geist, der sich aufmacht in die Tiefe deiner selbst.«

Orelas Stimme sinkt schwer und betäubend in mich, tief und immer tiefer. Sie leitet mich an wie eine strahlende Fackel, hinein in die verborgenen Untiefen meines Kopfes.

Und zum ersten Mal, seit ich von der Gabe weiß, spüre ich den Unterschied zwischen meinem Körper und meinem Geist. Ich kann mich frei bewegen in dieser Hülle, die meinen Gedanken eine Form gibt, sie umschließt wie ein schützendes Gefäß. Mein Körper ist kein Gefängnis, sondern ein Hafen, von dem aus ich aufbrechen kann, mit dem Wissen, einen sicheren Ort für meine Rückkehr zu haben. Orela ist dicht neben mir, und sie ist ein ebensolcher Hafen, den ich ansteuern könnte.

»Die Reise deines Geistes wird dich heute nicht zu mir führen oder zu anderen Zielen, sondern in dich selbst. Ich weiß, in dir sind die Barrieren des Vergessens. Sinke tiefer und finde sie.«

Ich folge Orelas Anweisung, und anstatt dem Drang nachzugeben und auszuschwärmen, gehe ich weiter in mich. Zu all den Orten, um die ich sonst instinktiv einen weiten Bogen mache. Dabei passiere ich Erinnerungen und Bilder der letzten Tage. Ein bunter Strom, der in meine Befreiung mündet, und dann ... nur noch flüchtige Fetzen aus meiner Zeit in dem Kokon aus Vulkangestein. Die Farben werden grau und dunkel, kaum noch ein Fleck Farbe durchbricht diesen Teil meiner Erinnerungen. Das Dahindämmern, die unregelmäßigen Erschütterungen von Erdstößen und Bewegungen an der Oberfläche, die Phasen von völliger Abwesenheit. Es fühlt sich an wie ein dichter, zäher Nebel, durch den ich blind wate. Ein endloses Feld der Leere, dem ich den Rücken kehren will, doch Orelas ferne Stimme lotst mich weiter. Bis ich die geistige Barriere erreiche. Ich habe sie gefunden. Die dicke Nebelsuppe verdichtet sich hier zu einer undurchdringlichen Wand, höher und breiter, als ich sehen kann. Hoffnungslosigkeit droht mich zu überwältigen, weil ich keine Möglichkeit sehe hindurchzukommen.

Orela dringt wie ein heller Glockenschlag durch das milchige Nichts am Grunde meiner Gedanken. »Sehr gut, du bist da. Jetzt schau dich um. Diese Barriere mag unüberwindbar scheinen, aber es gibt einen Schlupfwinkel. Einen Spalt, durch den du dich zwängen kannst.«

Ich folge ihren Worten und pralle gegen die Blockade. Sie stößt mich ab, als wären wir die gleichen Pole eines Magneten, egal wie heftig ich dagegen drücke. Der Widerstand ärgert mich, und ich weite meinen Fokus aus, schicke tastende mentale Finger, die jeden Winkel auf Schwachstellen überprüfen.

Und da ist eine lockere Masche im Nebel. Ein kleines Leck, das mir schon zuvor winzige Krümel zugespielt hat, mit denen ich allerdings wenig anfangen konnte. Wenn ich es hindurch schaffe, wird sich mir ein größeres Bild eröffnen. Angefeuert von Orela schiebe ich meinen Arm in den Spalt, der sich wie eine Kompresse um mich schließt. Fester und immer fester. Ich merke, wie mein Körper mit den Zähnen knirscht, während ich in meinem Geist damit beschäftigt bin, auch noch den zweiten Arm in die Lücke zu stecken. Es gelingt mir, und mit aller Kraft zwinge ich meine Arme auseinander. Die Barriere wehrt sich, aber ich schaffe es, einen Durchgang zu öffnen, der groß genug ist, um mich durchzulassen. Schwer atmend warte ich ab, ob die Passage offen bleibt, aber zumindest für den Moment wirkt sie stabil – trotzdem merke ich, dass ich nicht viel Zeit haben werde. Nicht auszudenken, wenn sich die Barriere schließen sollte, während ich mich noch auf der anderen Seite befinde, und mich in meinen Erinnerungen einschließt.

Ich höre Orela etwas sagen, ihr Tonfall klingt wie eine Mahnung, aber ich bin zu sehr damit beschäftigt, auf die andere Seite zu gelangen, bevor es zu spät ist.

Und dann falle ich in einen Pool aus Erinnerungen, die ich mit schmerzlicher Vertrautheit wiedererkenne.

Ich bin die Tochter einer Sklavin, geboren im Haus des Flavius Verus, als Kaiser Titus über Rom und das Imperium herrschte. Meine Mutter starb, bevor sie mir einen Namen geben konnte, und niemand wusste, wer mein Vater war. Ich blieb als Eigentum im Haus meiner Geburt, man zog mich auf, ich durfte mit den Töchtern des Hauses lernen, auch wenn niemand sich darum kümmerte, mir einen richtigen Namen zu geben. Später konnte mir niemand erklären, warum sie es nicht getan haben. Dadurch wurde ich Aliqua, *was* Irgendjemand *bedeutet.*

Als ich achtzehn war, starb mein Herr Flavius, und sein Erbe beschloss, mich zu verkaufen. Ich sah die Gier nach Profit in seinen Augen, als er mich zu dem Sklavenhändler brachte. Flavius' Witwe Cornelia weinte, als sie mich wegbrachten. Ich sei wie eine Tochter für sie ...

Ich werde die neue Sklavin von Octavia Pomponius, die fordernd und eitel und selbstherrlich ist. Doch sie schlägt mich nicht und behandelt mich nicht schlecht – anders als ihr Bruder Marcellus, der mir nachstellt. Auch in seinen Augen erkenne ich Gier, aber sie ist bedrohlicher. Einmal hat er mich angegriffen, als ich mich heimlich aus dem Haus schleichen wollte. Mich mit der Kette um meinen Hals, die das einzige Erinnerungsstück an meine Mutter ist, gewürgt, und er hätte mir noch weitere Gewalt angetan, wenn nicht Theos eingeschritten wäre.

Die Kette ... deren Anhänger aus Hämatit plötzlich zu glühen begann und einen finsteren Sturm in mir entfesselte. Etwas, das ich vor Kurzem wieder erlebt habe, als die Immortali uns in der Gasse angriffen. Auch wenn ich die Kette nicht mehr besitze. Die Dunkelheit in mir ist an diesem Abend wieder erwacht.

Trotzdem habe ich mich noch viele Male hinausgeschlichen, immer mit einem besseren Vorwand als beim ersten Mal ... denn da war jemand, der es wert war, dieses Risiko auf sich zu nehmen. Blaue Augen, die mich über die größte Menge hinweg angesehen haben, als könnten sie direkt in meine Seele blicken.

Dieser Blick allein war das größte Geschenk, das ich je erhalten hatte. Denn ich wurde gesehen.

Und ich fiel, so hoffnungslos und tief, obwohl ich es besser wissen sollte. Doch zwischen gestohlenen Stunden, Küssen und Schwüren, die gegeben wurden, um gebrochen zu werden, habe ich mein Herz verloren. Ich schenkte es ihm, wohl wissend, dass ich es niemals zurückbekommen würde.

Reglos vor Staunen treibe ich in den Erinnerungen, sauge sie gierig in mich ein und umklammere sie, damit sie mir nicht wieder entwischen. Meine Herkunft, die schon damals ein Rätsel war. Mein Leben bei den Pomponii, das endlich erklärt, warum ich so empfindlich auf den Namen Marcellus reagiert habe. Er war ein Scheusal und hat mir mehr als einmal wehgetan. Einfach so, weil er es konnte, oder aus Wut, da ich mich ihm konsequent entzogen habe. Der Klang seiner Stimme in meinen Erinnerungen rüttelt an mir. Es fühlt sich so an, als wären erst Tage und nicht mehrere Jahrhunderte vergangen, seit ich sie das letzte Mal gehört habe, aber dieser Gedanke verschwindet so schnell, wie er gekommen ist.

Denn da ist diese große, alles verändernde Wahrheit, die mir die Luft aus den Lungen presst.

Santo und ich kannten einander.

Obwohl *kennen* die wahrscheinlich größte Untertreibung des Jahrtausends ist. Es war so viel mehr als das.

Ich habe ihn geliebt. Diese Erkenntnis bringt mich so sehr ins Taumeln, dass die Erinnerungsbilder um mich herum zu einem Strudel verschwimmen. Ich habe ihn geliebt. Glasklar kann ich die Zerrissenheit von damals nachfühlen, weil wir das nach den Regeln der Zeit nicht gedurft hatten. Und trotzdem war das überwältigende Gefühl von Wärme und Glück in meiner Brust mit jedem heimlichen Treffen weiter gewachsen. Es reißt mich mit sich, immer tiefer in einen bodenlosen Strudel aus nachtschwarzem Schmerz, der sich auch nach so vielen Jahrhunderten noch frisch und unerträglich anfühlt.

Worte greifen nach mir wie Rettungsanker. Die Dunkelheit um mich herum tost und zerrt an mir, doch die Stimme ist stärker. »Komm zurück, Aliqua.« Ein Teil von mir wäre gerne noch etwas länger bei meinen Erinnerungen geblieben, doch seit die Schwärze um sich greift, fühlt sich dieser Ort bedrohlich an.

Orelas Stimme lotst mich zurück zu der Barriere, durch den Spalt, den ich aufgetan habe und der sich fast vollständig hinter mir schließt. Der restliche Weg zurück an die Oberfläche meines Bewusstseins fühlt sich an wie das Auftauchen aus einem tiefen, tiefen Ozean.

Nach und nach kehrt das Gefühl für meinen Körper zurück, bis ich keuchend nach Luft schnappe und die Augen aufschlage. Das Licht der Lampen im Wohnzimmer blendet mich im ersten Moment, dann erkenne ich Orela, die sich über mich beugt und meinen entsetzten Blick erwidert. Ihr Atem geht stoßweise, als wäre sie gerannt, und sie ist von ihrem Hocker aufgestanden, um sich über mich zu beugen.

»Was hast du gesehen?«

Unfähig, die Bilder und Emotionen zu bändigen, die in mir wüten, schüttle ich den Kopf. Es ist zu viel. Zu viel, das auf mich eingestürzt ist, und doch beherrscht mich nur ein schäumender, wilder Gedanke.

Santo und ich waren ein Liebespaar.

Ruckartig schnelle ich aus der liegenden Position hoch, und Orela weicht erschrocken zurück. Ein Zorn, wie ich ihn noch nie gespürt habe, erhebt sich in mir. Dunkel wie der strudelnde Abgrund in meinen Erinnerungen, dem ich um ein Haar entkommen bin. Der bittere Geschmack von Lügen und Verrat legt sich auf meine Zunge.

»Aliqua«, beschwört mich Orela. *»Was hast du gesehen?«*

Es fällt mir schwer, Atem zu schöpfen, da es sich anfühlt, als würde die lodernde Wut den Sauerstoff verbrennen, ehe er es in mein System schafft.

»Santo und ich«, bringe ich irgendwie hervor. Meine Stimme klingt fremd in meinen eigenen Ohren. »Warum hat er das getan? Behauptet, da sei nichts und dass er nichts über mich wüsste?« Tränen brennen in meinen Augen, aber ich will jetzt nicht weinen. Nicht seinetwegen. Ich habe das Gefühl, dass ich das in der Vergangenheit schon oft genug getan habe.

Ein gequälter Ausdruck legt sich über Orelas Gesicht. »Um dich vor der Wahrheit zu beschützen.«

»Vor der Wahrheit?« Meine Stimme schwillt an und hallt von den hohen Wänden der Villa wider. »Welche Wahrheit? Dass wir uns damals über sämtliche Standesregeln hinweggesetzt haben?«

Orela presst die Lippen zusammen und schüttelt bedauernd den Kopf. Klar, ihr Schwur verbietet ihr wahrscheinlich, über mehr zu sprechen, was mich nur noch weiter aufbringt. »Götter, das ist so *abgefuckt.*« Ich raufe mir die Haare.

»Hast du sonst noch etwas gesehen? Über Marcellus?«

Ich schnaube. »O ja, er war ein Bastard. Was er mir angetan hat ... aber das weißt du ja bestimmt.«

Sie nickt, die Augen voller Schuldbewusstsein. Erst jetzt fällt mir auf, wie blass Orela aussieht. Die Hypnose muss sie unglaublich angestrengt haben. »Ich wollte, dass du es auf andere Weise erfährst. Dass du dich an das Leben in Freiheit gewöhnst, ehe wir die Kapitel deiner Vergangenheit aufrollen. Aber die Dinge haben sich überschlagen, und ich dachte ... ich dachte, diese Sitzung könnte dir ein wenig helfen.«

Mit zittrigen Gliedern stemme ich mich von der Couch hoch. »Die Sitzung hat geholfen. Sehr sogar.«

Kapitel Einundzwanzig

Aliqua

In dieser Nacht finde ich keine Ruhe mehr. Ich weiß nicht, wie spät es war, als das Erdbeben mich geweckt hat, aber es war noch dunkel, als ich die vollkommen erschöpfte Orela davon überzeugt habe, dass es mir gut geht und ich zurück ins Bett will. Sie ist auch in ihr Zimmer zurückgekehrt, zusammen mit der Beteuerung, Santo das Messer auf die Brust zu setzen, sobald sich die Bedrohung durch die Immortali gelegt hat. Was so schnell wohl nicht der Fall sein wird.

Ich sitze auf der Kante des Betts, inzwischen vollständig angezogen, weil ich die Hoffnung aufgegeben habe, noch einmal einschlafen zu können. Unruhig trommle ich mit den Fingern auf meine Oberschenkel.

Die Rage beherrscht mich mit derselben Heftigkeit wie direkt nach der Hypnose. Jeder Atemzug facht sie neu an wie ein Glutnest, das immer weiter Funken schlägt, bis sich mein Blut daran entzündet. Meine Gedanken taumeln und kehren zurück zu den Bildern, die ich heute Nacht entdeckt habe. Zu den Wahrheiten über mich selbst.

In meinem früheren Leben war ich eine Sklavin im Besitz der Familie Pomponius. Jetzt, da ich es einmal gesehen habe, fügen sich die restlichen Stücke wie von selbst hinzu. Glasklar sehe ich die Momente auf dem Sklavenmarkt, als ich zum Kauf angeboten wurde und Santo das erste Mal gesehen habe. Die flirrende Hitze dieses Tages tanzt wie ein Echo über meine Haut, und ich weiß noch, dass die Welt sich in ein Vakuum verwandelt hat, als unsere Blicke sich trafen. Von da an sind wir aufeinander zugetrudelt wie zwei Meteoriten auf Kollisionskurs. Der finale Crash war unvermeidlich. Und obwohl ich es von Anfang an besser wusste, hatte ich keine Chance, mein Herz zu schützen. Orela war damals der Meinung, dass die Götter ihre Finger im Spiel hatten, aber göttliche Einmischung oder nicht, ich habe mich dazu entschieden, Santo zu lieben. Sie haben vielleicht unsere Wege aufeinander zugelenkt, aber wenn da nicht von Anfang an diese Verbindung zwischen uns gewesen wäre, hätte ich vielleicht eine Chance gehabt, mich ihm zu entziehen.

Eine einzelne Träne rollt über meine Wange, und ich beiße mir so fest auf die Unterlippe, dass ich Blut schmecke. Warum hat Santo das alles verleugnet? Weshalb hat er mir das vorenthalten? Die Fragen wälzen sich durch meinen Kopf, und die Wut brennt und brennt und brennt.

Ich muss etwas getan haben, schießt es mir durch den Kopf. Etwas so Furchtbares, dass Santo mich nach meinem Verschwinden für immer aus seinen Erinnerungen verbannen wollte und mir auch nach all den Jahrhunderten nicht vergeben konnte. Denn warum sonst hätte er unsere alte Verbindung so vehement verschweigen sollen? Ich bezweifle, dass es etwas mit verletzten Gefühlen zu tun hat. Von Adone weiß ich zwar, wie lange manche Ewigliche einer verlorenen Liebe nachtrauern können, aber wegen eines Liebeskummers beinahe zweitausend Jahre nachtragend sein? Das kommt selbst mir kleinlich vor. Nein, ich habe etwas Schlimmeres getan.

Zwar haben mir meine Erinnerungen heute Nacht noch nicht offenbart, *was* es gewesen ist, aber die Vermutung hatte ich doch ohnehin schon. Diese mächtige, sich Bahn brechende Dunkelheit in mir, deren Echo ich noch heute spüre und die mich jedes Mal lockt, wenn mein Geist ihr auf Wanderschaft begegnet.

Ruckartig stehe ich auf und stakse aus dem Zimmer. Ich kann einfach nicht weiter hier herumsitzen und an die Decke starren. Leise, um Orela im Nebenzimmer nicht zu stören, schließe ich die Tür hinter mir und laufe hinunter ins Erdgeschoss. Instinktiv will ich in die Gärten gehen, um dort ein wenig Luft zu schnappen und vielleicht die Götterstatuen ein bisschen anzuschreien, als mich ein Geräusch unvermittelt innehalten lässt. Den Fuß noch in der Luft, verharre ich auf der Treppe zum Foyer und versuche das, was ich höre, einzuordnen. Es kommt von der Auffahrt. Ein tiefes Grollen, das immer lauter wird und schließlich abrupt endet. Die feinen Härchen auf meinen Armen stellen sich alarmiert auf, und ich neige den Kopf und lausche.

Ein Nachbeben oder etwas Ähnliches kann es nicht gewesen sein, denn die Umgebung hat sich keinen Millimeter bewegt. Außerdem klang es nicht, als würde sich die Erde erneut bewegen ... eher wie ein Motor.

Mein Herz, das einige quälende Momente lang fast zum Erliegen gekommen ist, beginnt mit doppelter Geschwindigkeit zu rasen. Sind das Schritte, die draußen auf der Auffahrt über den Kies knirschen? Ich strenge mich an, mehr herauszuhören, als das Blut in meinen Adern gefriert. Ein Schaben und Kratzen ertönt, als sich jemand am Türschloss zu schaffen macht, dann schwingt die Eingangstür mit einem leisen Ächzen auf.

Jemand ist hier.

Unfähig, mich zu bewegen, verharre ich auf der Treppe. Ich war zu lange abgelenkt, um mich in Sicherheit zu bringen, und für diese Dummheit möchte ich mich am liebsten selbst treten. Aber solange das Licht nicht angeht, habe ich noch immer die Chance, mich im Schutz der Dunkelheit wieder nach oben zu schleichen.

Aber bevor ich dazu komme, erklingt eine schmerzlich vertraute Stimme. »Ist da jemand?«.

Zum Glück kann ich mich an das Treppengeländer lehnen, ansonsten wäre ich in diesem Moment unter der gewaltigen Welle aus Erleichterung und Irritation zusammengebrochen.

Es ist Santo, der in das dunkle Foyer der Villa tritt. Und jetzt erkenne ich auch das bedrohliche Grollen von vorhin als den Motor seines chromglänzenden Motorrads wieder.

Seine Gestalt schält sich aus dem Zwielicht, das allmählich durch die Fenster hereindringt. Ich kann mehr Details erkennen. Seine Haare, die vom Helm noch platt gedrückt sind, die übliche schwarze Lederjacke und seine Augen, die von innen heraus zu glühen scheinen. Er taxiert mich, wie ich im am Fuß der Treppe kauere, und seine Brauen ziehen sich zusammen.

»Aliqua? Was tust du da?«

Als er meinen Namen sagt, läuft mir ein heißer Schauer den Rücken hinunter, und das Gefühlschaos von vorhin entflammt wieder. Vielleicht hat mich sein Auftauchen kurz aus dem Konzept gebracht, und ja, ich bin heilfroh, dass er es ist und kein Immortalos, aber de facto ist er der Letzte, den ich gerade sehen will. Und wenn die Götter noch unter uns wären, hätten selbst sie ihm sicher dringend geraten, im Moment einen riesigen Bogen um mich zu machen. So aber stolziert er geradewegs auf mich zu, mit einem Gesichtsausdruck, als wäre er in der Position, mich zurechtzuweisen.

Entschlossen gehe ich die letzten Stufen hinunter, um ihm vor dem Durchgang zum Wohnbereich entgegenzutreten.

Santo baut sich vor mir auf, sein Körper zum Zerreißen angespannt. »Kannst du mir erklären, was du hier machst?«

»Ich war wach, habe Geräusche gehört und wollte nachsehen, ob wir ungebetenen Besuch bekommen. Was ja auch der Fall ist.« Natürlich sage ich ihm nicht, dass ich wie ein verängstigtes Kaninchen erstarrt bin, als ich ihn gehört habe. Meine Vision klingt sehr viel mutiger.

Bei meinen schnippischen Worten zieht Santo die Augenbrauen zusammen. »Welchen Teil von ›Du sollst dich hier zu deiner eigenen Sicherheit verstecken‹ hast du nicht kapiert?« Er klingt genauso beißend wie ich. »Beim Jupiter, wir könnten dich am anderen Ende der Welt verstecken und es würde nichts nützen, wenn du zur Tür rennst, sobald sich jemand nähert.«

»Wäre es dir lieber, dass ich Augen und Ohren verschließe und mich von Eindringlingen einfach überrumpeln lasse?«

Brodelnd starren wir uns an, beide nicht bereit nachzugeben. Zum ersten Mal stört es mich, dass er größer ist als ich, denn so muss ich den Kopf in den Nacken werfen, um ihn anfunkeln zu können.

»Was willst du überhaupt hier?«

Das Material der Lederjacke ächzt und knarzt, als er die Hände ballt und die Muskeln anspannt. »Nach diesem Telefonat konnte ich einfach nicht in Rom bleiben und Däumchen drehen. Ich musste nachsehen, wie es euch geht. Wie es *dir* geht.« Sorge zeichnet die Linien seines Gesichts weich, doch ich bin nicht in der Stimmung, es anzuerkennen.

»Den Weg hättest du dir sparen können.«

Santo zuckt angesichts des kalten Zorns, der mir aus jeder Pore dringt, zusammen. Anscheinend war er zunächst zu sehr mit seinem eigenen Ärger beschäftigt, um zu bemerken, dass meine Verstimmung mehr als nur oberflächlich ist. Ich stehe in Flammen, und er scheint zu begreifen, dass etwas nicht in Ordnung ist.

»Ich weiß Bescheid«, bricht es rau aus mir heraus. »Ich habe mich erinnert, an die Vergangenheit. An uns beide.«

Santo sieht aus, als hätte ich ihm die Brust aufgerissen und das herausgeholt, was von seinem Herzen noch übrig ist. Alles Blut weicht aus seinem Gesicht, und seine Pupillen weiten sich vor Schock so sehr, dass sie das züngelnde Blau beinahe verschlucken. Aber er weicht nicht zurück.

»Wie?« Seine Stimme ist kaum mehr als ein Röcheln.

»Es ist egal wie!« Meine Finger zucken, so sehr möchte ich ihn schütteln. »Wichtig ist nur *warum*? Du hast mich vom ersten Moment an wiedererkannt, stimmt doch, oder? Warum hast du mich verleugnet? Und angelogen?«

Ich verliere den Kampf gegen den Teil in mir, der sagt, dass körperliche Gewalt keine Lösung ist, und verpasse ihm mit jeder Frage einen Schubs vor die Brust. Ein wütender Schrei entweicht mir, weil Santo nicht einmal ansatzweise ins Wanken gerät, obwohl ich all meine Kraft in die Stöße lege. Ich hebe die Hände erneut, bereit, meine Fingernägel einzusetzen, doch Santo packt mich an den Handgelenken und hält mich auf. Verbissen kämpfe ich gegen seinen Griff, aber es ist zwecklos.

»Es hat mir nicht gefallen, das zu tun, okay?«, stößt er zwischen den Zähnen hervor. »Ich hätte niemals daran geglaubt, dich jemals lebend wiederzusehen, und im ersten Moment war ich vollkommen überfordert. Alles ist zurückgekommen, der Schmerz, die Schuld, und ich habe mir eingeredet, dich damit zu beschützen. Dass die Vergangenheit dort bleibt, wo sie hingehört. Im Vergessen.«

Tränen steigen mir in die Augen, während er noch immer meine Handgelenke umklammert, damit ich nicht weiter auf ihn losgehe. »Dass es dir keinen Spaß gemacht hat zu lügen, macht es nicht besser. Wie soll ich dir jemals wieder irgendwas glauben?«

Er versteift sich, sein Griff nun so fest, dass meine Fingerspitzen taub werden. Aber ich spüre es kaum. Santos Gesicht kommt so nahe vor meines, dass sich unsere Atemluft vermischt, und mein verräterisches Herz flattert, als ich seinen Geruch einatme.

»Du musst mir gar nichts mehr glauben, Aliqua. Nur das hier: Jeder Damnatos hat seine eigenen Gründe, den Fluch brechen zu wollen, um wieder sterblich zu werden. Meiner warst immer du. Meine einzige Hoffnung an den Tod war, dass er mich mit dir vereinen würde. Hätte ich gewusst, dass du immer noch da draußen bist, hätte ich ganz Italien umgegraben, um dich zu finden. Ich wollte nur zu dir. Jeden einzelnen der 707850 Tage, seit du verschwunden bist.«

Götter, verdammt mich!

Er hat die Tage gezählt.

Obwohl ich mir geschworen habe, nie wieder ein Wort zu glauben, das aus seinem Mund kommt, setzt mein Herz mehrere Schläge lang aus. Da ist wieder dieses unglaubliche Gefühl des Vakuums, als wäre mein Körper für einige unendliche Augenblicke lang in luftleerem Raum gefangen.

Wäre ich keine unsterbliche Ewigliche, wäre ich in diesem Moment an einem Herzinfarkt gestorben, da bin ich mir sicher. Jede Faser des angeknacksten Klumpens in meiner Brust schmerzt und spannt sich. Hin- und hergerissen zwischen Kummer und Schmerz und diesem unbändigen Drang, Santo nahe zu sein.

Wütend, weil er noch immer die Macht hat, mich solche Dinge fühlen zu lassen, trete ich mit den Füßen und treffe ihn am Schienbein. Santo grollt verärgert, rührt sich aber nicht von der Stelle, was mich nur noch rasender macht. Schließlich packe ich ihn an den Oberarmen und nutze seine Überraschung aus, um ihn herumzuwirbeln und mit dem Rücken an die Wand neben der Tür zu drücken. Ich weiß, dass er mich spielend wegschieben könnte, aber er verharrt bewegungslos. Es gibt mir ein Gefühl der Befriedigung, Santo in die Enge getrieben zu haben.

»Das ist keine Entschuldigung, aber es gibt Wahrheiten in meinem Leben, für die ich mich bis heute schäme, und sie würden auch auf dich zurückfallen, wenn sie je herauskämen«, raunt Santo, jede Silbe streicht wie eine raue Zunge über meine Haut. Ich weiß, dass es falsch ist, aber mein Blick klebt auf seinem Mund. »Ich habe nicht damit gerechnet, dass es wieder wie damals zwischen uns sein würde, als die Götter ihre Finger im Spiel hatten. Dass ich so etwas noch einmal spüren könnte.«

Wir sind uns so nah, dass sich unsere Lippen beinahe berühren, und plötzlich reichen Worte nicht mehr aus. Ich will ihn spüren lassen, was er angerichtet hat. Ich überbrücke die winzige Distanz und senke meinen Mund auf seinen.

Es ist ein Kuss, der weder sanft noch liebevoll ist. Er ist Schmerz und Zorn, Hunger und Verzweiflung. Obwohl ich unnachgiebig bleiben wollte, sinkt mein Kopf zur Seite, damit ich ihn tiefer küssen kann, mir mehr nehmen kann von dem, was pures Verlangen durch meine Adern schießen lässt und mir gleichzeitig das Herz aufschlitzt. Santos Geschmack gräbt sich tief in mich ein und ist doch nicht genug. Es wird nie genug sein, um die Tage wieder wettzumachen, die uns gestohlen wurden. Die schiere Unendlichkeit, die uns getrennt hat.

Als er sich kurz löst, um nach Luft zu schnappen, seine Stirn eng an meine gepresst, senke ich die Zähne in seine Unterlippe. Meine Eckzähne kratzen über die samtige Haut, und er stöhnt, als ich Blut schmecke. Entschlossen, ihn meinen Schmerz spüren zu lassen, senke ich die Zähne tiefer in seine Lippe. Es ist, als hätte ich eine Bestie entfesselt.

Santo übernimmt die Führung. Er packt mich an den Hüften, hebt mich hoch und dreht uns herum, bis ich seinen Platz an der Wand eingenommen habe. Ich schlinge die Beine um seine Taille, und sein Körper presst sich der Länge nach an mich. Sofort vergrabe ich die Finger in seinem Haar und ziehe ihn wieder zu mir heran. Küsse ihn wie eine Ertrinkende, und er erwidert es, als wäre ich sein rettender Atemzug.

Wahrscheinlich wären wir noch Stunden so im Foyer geblieben, wenn nicht irgendwann Santos Handy geklingelt hätte. Nur ganz allmählich kämpft sich das nervtötende Klingeln durch den Nebel in meinem Kopf, auch wenn ich anfangs versuche, es zu ignorieren. Santo wohl auch. Aber es will nicht aufhören, also hält er ächzend inne und fummelt das Gerät mit zitternden Fingern aus der Hosentasche.

Mit der Zunge fahre ich über meine geschwollenen Lippen, während er den Anruf annimmt. Eine aufgeregte Stimme dringt aus dem Hörer.

»Adone!« Santo verzieht das Gesicht, seine Stimme klingt noch ganz belegt. »Brüll nicht so! Moment, ich schalte dich auf Lautsprecher. Ich bin bei Aliqua.«

Im nächsten Moment dringt Adones Stimme in voller Lautstärke aus dem Handy. »Wir wissen jetzt, was es mit dem Erdbeben auf sich hat.«

Der freie Arm, mit dem Santo mich festhält, schlingt sich enger um mich. »Spuck's aus!«

»Ich habe direkt danach Remo kontaktiert, und er hat mir verraten, dass sie Marcellus lokalisiert haben und gerade dabei sind, ihn zu befreien.«

Ein Schwall von Flüchen bricht in einer bunten Mischung aus Italienisch und Latein aus Santo heraus. »Wo, verdammt? Und warum lösen sie dabei ein Erdbeben aus?«

Adones aufgewühlter Atem dringt überlaut aus dem Lautsprecher. »Frag mich nicht, wie genau sie es tun und wie das überhaupt möglich ist, aber Marcellus steckt unmittelbar am Vesuv. Das behauptet zumindest Remo. Sie werden ihn befreien, und es ist ihnen scheißegal, ob der Vulkan dabei ausbricht.«

Kurz bleibe ich bei der Frage hängen, wie zum Teufel sie wieder Kontakt zu Adones abtrünnigem Bruder hergestellt haben. Aber das muss für den Moment warten. Immerhin scheinen sie ihm genug zu vertrauen, um seine Informationen ernst zu nehmen.

Dann nimmt nur ein Gedanke den Raum in meinem Kopf ein: Marcellus wird gerade befreit. Womöglich bricht der Vesuv aus ... All die Menschen, die in seinem unmittelbaren Umkreis leben, können nie und nimmer rechtzeitig evakuiert werden. Schließlich ist das keine Eruption, vor der irgendwelche Messstationen warnen könnten. Wird mit Neapel dasselbe passieren wie damals mit Pompeji, Herculaneum und Stabiae? Mein Inneres wird vollkommen taub, und ich bin froh, dass Santo mich noch immer hält. »Wir müssen sie stoppen«, flüstere ich, aber Santo und Adone hören mich.

»Scuro ist gerade dabei, Vater zu überzeugen, damit wir Leute runter nach Neapel schicken können. Keine Ahnung, ob die Zeit reicht.«

»Ich komme auch hin.« Eine tödliche Entschlossenheit spricht aus Santo, und einmal mehr brennen seine Augen lichterloh. »Diesem Bastard werde ich einen würdigen Empfang bereiten.«

Adone verspricht noch, sich wieder zu melden, sollte es Neuigkeiten geben, dann legt er auf, weil er weitere Telefonate führen muss.

Einige Momente lang verharren Santo und ich reglos an der Wand, dann suche ich seinen Blick. »Wir müssen uns sofort auf den Weg machen.«

Bei den Wörtchen *wir* und *uns* verzieht er das Gesicht und macht Anstalten zu widersprechen, doch ich lege ihm den Finger über die Lippen, auf denen immer noch Blutspuren kleben. »Wenn es stimmt, was ich in meinen Erinnerungen gesehen habe, hat mir Marcellus früher das Leben zur Hölle gemacht, und ich will dabei sein, wenn wir ihn zurück in diesen Vulkankrater befördern. Er soll sich wünschen, niemals ausgegraben worden zu sein.«

Kapitel Zweiundzwanzig

Rom, 79 n. Chr.

Octavia erkrankte.

Einen Tag nachdem Sanctius sie des Nachts im Garten überrascht hatte, als sich ihre Lippen noch immer geschwollen und ihr Körper seltsam schwerelos anfühlte, begann Aliquas Herrin zu husten. Sie versuchte es zu kaschieren, beharrte darauf, lediglich nach den langen Stunden, die sie am Krankenbett ihres Vaters ausgeharrt hatte, erschöpft zu sein. Doch Aliqua wusste es besser. Sie sah die hochroten Wangen, die von steigendem Fieber kündeten, und verbannte ihre Herrin schließlich ins Bett. So resolut kannte sie sich selbst gar nicht, aber Octavia ging es so rasant schlechter, dass sie sich diesmal keine Ohrfeige einfing. Ein besorgniserregender Umstand. Aliqua kümmerte sich so gut sie konnte um Octavia und versuchte, nicht daran zu denken, dass sie sich damit selbst der Seuche aussetzte. Ihre Gesundheit war immer robust gewesen, aber diese Krankheit machte vor nichts und niemandem halt. Höchstwahrscheinlich unterschrieb sie ihr eigenes Todesurteil, wenn sie bei ihrer Herrin blieb, aber sie konnte die Kranke nicht sich selbst überlassen. Und wahrscheinlich war es für sie ohnehin schon zu spät, und sie hatte sich bereits angesteckt, weil sie sich immer in Octavias unmittelbarer Nähe aufhielt.

Gegen Abend war Aliqua gerade in der verwaisten Küche, um dort von den beiden verbleibenden gesunden Sklaven etwas Brühe für Octavia zu holen, als sie Schritte im Atrium hörte. Gallus, der Pförtner, sprach eine Begrüßung, was ihr verriet, dass Marcellus heimgekehrt sein musste. Aliqua straffte sich, stellte die Schale mit Suppe beiseite und trat aus dem Flur in den Eingangsbereich. Auch wenn alles in ihr sich dagegen sträubte, musste sie den Sohn des Hauses darüber informieren, dass auch seine Schwester erkrankt war.

Marcellus war bereits auf dem Weg in den hinteren Wohnbereich, wo sich sein Arbeitszimmer befand, als sie ihm in den Weg trat. Unvermittelt stoppte er und sah sie mit hochgezogenen Brauen von oben herab an. Aliqua biss die Zähne zusammen und blickte hoch in sein Gesicht, das blass und abgekämpft aussah. In seinen dunklen Augen lag ein fiebriger Glanz, der beinahe den Eindruck erweckte, er wäre auch krank. »Was?«, schnarrte er ungeduldig.

Aliqua räusperte sich, richtete sich noch gerader auf und sagte dann nur: »Octavia ist erkrankt.«

Einige Sekunden lang zeigte Marcellus keinerlei Reaktion. Er stierte auf sie hinunter, als wären ihre Worte nicht zu ihm durchgedrungen. Sie wollte sie gerade wiederholen, als ihn ein Zittern durchlief. Unwillkürlich duckte sich Aliqua, doch es war zu spät. Die Erschöpfung fiel von Marcellus ab wie ein schäbiger Mantel, und glühender Zorn trat an ihre Stelle.

»Ist das dein Ernst?« Seine Stimme war glatt und so leise, dass Aliqua am ganzen Körper Gänsehaut bekam.

Stoisch nickte sie.

»Du hättest auf sie aufpassen müssen!«, explodierte Marcellus und trat einen Schritt auf sie zu. Aliqua wich vor ihm zurück. »Es ist deine Pflicht, auf deine Herrin zu achten, und stattdessen hast du sie immer wieder an das Lager meines Vaters gelassen. Das weiß ich!« Er kam immer näher, bis Aliqua mit dem Rücken gegen die Wand stieß und gefangen war. Mit panisch aufgerissenen Augen starrte sie ihn an.

»Ich konnte nichts tun ... sie hat darauf bestanden, zu ihm zu gehen.«

In blinder Wut packte Marcellus sie am Hals und drückte so fest zu, dass sie kaum noch Luft bekam. »Du willst sie tot se-

hen, nicht wahr? Glaub nicht, dass ich blind dafür bin, dass du dich ständig hinausgeschlichen hast, um dich mit dem jungen Omodeus zu treffen. Ich habe es zugelassen, weil es ohnehin keine Zukunft für euch gibt, aber jetzt bist du zu weit gegangen. Hoffst du, dass er dich nimmt, wenn meine Schwester als seine zukünftige Braut nicht mehr da ist?«

Wild mit den Beinen strampelnd, versuchte sich Aliqua aus seinem Würgegriff zu befreien und gleichzeitig den Kopf zu schütteln. »Nein ... nein.«

Marcellus schien nichts zu hören. Endlich ließ er ihren Hals los, aber nur, um im nächsten Moment seine Faust in ihr Gesicht zu donnern. Stöhnend vor Schmerz sackte Aliqua an der Wand zu Boden, heißes Blut strömte in ihren Mund und tropfte auf die Fliesen. Wie von Sinnen begann Marcellus sie mit Tritten zu traktieren, und Aliqua blieb nichts anderes übrig, als sich zu einer schützenden Kugel zusammenzurollen.

»Du sorgst dafür, dass sie gesund wird«, grunzte er und rammte seinen Stiefel gegen ihren Kopf. »Wenn sie stirbt, schlage ich dich höchstpersönlich an ein Kreuz und sehe zu, wie du verreckst.«

Aliqua war ein Bündel aus Schmerz, und sie war sich sicher, dass er sie erschlagen würde, ehe er eine seiner anderen Drohungen wahr machen konnte. Er würde nicht aufhören ...

Der Hämatit-Anhänger, der an ihrer Brust ruhte, erwachte zum Leben. Das Echo einer mächtigen Präsenz überrollte sie, und mit einem Zorn, der aus Finsternis und Abgründen geboren war, bäumte sie sich auf. Der Schmerz war vergessen, während das Glühen und Pochen des Hämatiten sie mit knisternder Dunkelheit erfüllte. Wieder war da dieser Hauch in ihrem Nacken, der sie bestärkte und tröstete. Und diesmal spürte sie es. Die Anwesenheit eines Gottes.

Marcellus wurde von ihr geworfen und landete einige Schritte entfernt auf dem Boden. Keuchend, die Augen weit aufgerissen, starrte er sie an. Fast glaubte sie, so etwas wie Furcht in ihm zu erkennen – Furcht vor ihr. Es war wahnwit-

zig. Nur ganz langsam kühlte sich der Anhänger ab, und damit schwand auch die dunkle Raserei in ihrem Inneren.

»Bei allen Göttern! Was bist du?« Marcellus Blick huschte von ihrem Gesicht zum Boden, und als sie ihm folgte, erstarrte Aliqua. Das Blut, das noch immer an ihr hinuntertropfte, hatte sich schwarz verfärbt. Frisches schwarzes Blut. Mit zitternden Händen fasste sie sich an die Lippen und hielt sich ihre benetzten Finger vor die Augen. Einige Augenblicke lang schimmerte die Flüssigkeit noch kohlschwarz, dann kehrte langsam ein sattes Rot zurück. Dasselbe geschah mit den Spritzern auf dem Boden.

Marcellus sah aus, als würden ihm vor Entsetzen die Sinne schwinden, und Aliqua konnte es ihm zum ersten Mal nachfühlen. Auch sie war einer Ohnmacht nahe.

Doch bevor das geschah, kam jemand in den Raum gerannt. Es war Theos, der schwer atmend zum Stehen kam.

»Pater Faustus ... er ... er liegt im Sterben.«

Einen langen Augenblick war Marcellus noch in dem Schrecken gefangen, dann schien er zu begreifen, was Theos verkündet hatte, und rappelte sich auf. Ohne ein weiteres Wort eilte er davon, in Richtung des Quartiers seines Vaters.

Aliqua blieb mit Theos zurück, und mit jedem Augenblick, der verstrich, schwoll der Schmerz in ihrem Körper weiter an. Tränen quollen aus ihren Augen und vermischten sich mit dem Blut auf ihrem Gesicht, das nun offenbar wieder vollkommen rot war. Zumindest schien Theos nichts zu bemerken. Es war schwer, sich nach diesem Erlebnis wieder einzureden, sie habe es sich nur eingebildet. Denn Marcellus war ihr Zeuge.

Das Rasseln ihres Atems erfüllte die Luft.

Theos ging neben ihr in die Hocke. »Kannst du aufstehen? Ich kümmere mich um dich.« Der warme, rollende Klang seiner Stimme umfing sie wie ein tröstendes Streicheln, doch kraftlos schüttelte sie den Kopf.

»Ich muss zu Octavia ... sie ist krank.«

»Jemand anders wird sich um sie kümmern. Zuerst muss ich dich versorgen.«

Ohne auf ihre schwachen Proteste zu achten, trug Theos sie in einen Raum neben der Küche, wo er sie auf eine Bank legte, behutsam abtastete und dann ihre Wunden versorgte. »Es scheint nichts gebrochen zu sein, aber du wirst noch eine Weile Schmerzen haben. Du hast großes Glück, dass er dich nicht schwerwiegender verletzt hat.«

Aliqua fühlte sich so zerschlagen, dass sie es nicht einmal schaffte zu nicken. In ihrem Kopf dröhnte es, und noch immer versuchte sie zu verstehen, was gerade passiert war. Heftig blinzelnd, um nicht ohnmächtig zu werden, starrte sie an die schmucklose Decke und sog den Atem durch ihre schmerzende Kehle. Theos war aus dem Raum verschwunden, und irgendwann verlor sie das Zeitgefühl.

Stunden später – oder waren es nur Minuten gewesen? – weckte eine erregte Stimme ihre Aufmerksamkeit. Aliqua wollte sich aufrichten, um zu sehen, woher der Lärm kam, doch alles um sie herum begann sich zu drehen, als sie den Kopf bewegte. Mit einem dumpfen Stöhnend sank sie zurück auf die Bank.

Die Stimmen kamen jetzt näher.

Aliqua schaffte es, zur Seite zu blicken, und zu ihrer Überraschung stürmte Sanctius in den Raum, begleitet von Theos. Als er sie auf der Bank liegen sah, stürzte er auf sie zu und sank neben ihr auf die Knie. Sein Blick huschte über ihr Gesicht, das zweifellos einen unschönen Anblick bot. Es fühlte sich geschwollen und blutig an. In Sanctius' Gesicht tobte nackter Zorn, doch er berührte sie unendlich sanft und strich ihr eine Strähne aus der Stirn.

»Was tust du hier?« Die Worte kamen ihr nur rau über die Lippen, während sie ihn ihrerseits musterte.

»Theos hat mich geholt.« Sanctius schaute über die Schulter und nickte dem Sklaven zu. »Er hatte Angst, dass Marcellus

dir noch mehr antut, und seine Möglichkeiten, dich zu beschützen, sind begrenzt. Meine nicht.«

Aliqua war verblüfft. Woher hatte Theos gewusst, dass er ausgerechnet Sanctius holen musste?

»Ich habe euch beobachtet, an jenem Tag am Markt, als wir beide verkauft wurden«, erklärte Theos, als hätte er ihre stumme Frage gehört. »Es war unübersehbar, dass ihr beide vom ersten Moment an eine Verbindung geknüpft hattet. Nachdem Marcellus vorhin erwähnte, er wisse von euren Treffen, war mir klar, dass diese Verbindung nicht abgerissen war.«

»Eine Verbindung von Adler und Ratte«, drang eine spöttische Stimme von der Tür her, und Marcellus trat ein. »Dass ihr euch nicht schämt!«

Dem Schwindel zum Trotz rappelte Aliqua sich auf und kauerte sich instinktiv zusammen. Sanctius erhob sich mit einem Grollen. »Du!«

Marcellus verschränkte die Arme vor der Brust. »Soll ich fragen, was du mitten in der Nacht in meinem Haus tust?«

Nur mit Mühe gelang es Sanctius, ruhig zu bleiben und sich nicht umgehend auf ihn zu stürzen. »Wie kannst du es wagen, Hand an sie zu legen?« Mit einer zitternden Hand wies er auf Aliqua.

»Ich muss dir gegenüber keine Rechtfertigung ablegen, wie ich mit meinen Sklaven umgehe.«

»Sie ist die Sklavin deines Vaters!«

»Mein Vater ist tot«, verkündete Marcellus. »Und als sein Erbe gehört nun alles mir. Auch die kleine Namenlose.« Kein Hauch von Trauer war Marcellus anzusehen. Aber er schien sein provokantes Auftreten zu überdenken und neigte leicht den Kopf. »Sanctius«, sagte er dann beschwörend und trat einen Schritt auf ihn zu. »Vergiss dieses Mädchens wegen nicht, woran wir gerade sind. Gemeinsam. Sollten wir erfolgreich sein, kann es euch beiden womöglich sogar nützen.« Dabei betrachtete er Aliqua, als wäre er sich nicht mehr so sicher, ob sie

wirklich nur ein namenloses Sklavenmädchen war. Sie hatten beide nicht vergessen, was vorhin passiert war.

Sanctius sah noch immer aus wie ein wütender Stier. »Glaube nicht, mich verlocken zu können.«

»Ich meine es ernst. Meine Schwester ist erkrankt. Um sie zu retten, würde ich Himmel und Erde in Bewegung setzen, und es ist mir vollkommen egal, was mit einer meiner Sklavinnen geschehen wird. Nimm sie dir, wenn du sie unbedingt brauchst, aber rede mit deiner Schwester. Wir brauchen die Götter, um das hier lebend zu überstehen.«

Mit einem letzten, eindringlichen Blick verließ Marcellus den Raum, und Aliqua wagte es, ihre zusammengekauerte Haltung zu lockern. »Was meint er? Woran arbeitet ihr?«, wisperte sie.

Sanctius glitt neben ihr auf die Bank und umfing ihr Gesicht so vorsichtig mit den Händen, als fürchtete er, es könnte jeden Moment zerbrechen. Das Blau seiner Augen nahm sie gefangen, so leuchtend vor Hoffnung und Zuneigung, dass sie einmal mehr züngelten wie Flammen.

»Es widerstrebt mir mit jeder Faser, aber Marcellus hat eine Idee. Die Sache ist wahnwitzig und gefährlich, und ich weiß nicht, ob wir überhaupt eine Chance haben, aber wir werden es versuchen. Vielleicht gibt es noch eine Rettung für uns.«

Aliqua

Keine fünf Minuten später schwinge ich mich hinter Santo auf sein Motorrad. Wir haben noch nach Orela gesehen, um ihr Bescheid zu sagen, wohin wir aufbrechen, doch wir haben es nicht geschafft, sie zu wecken.

»Ihr habt eine Hypnose abgehalten, stimmt's?«, brummte Santo mit einem schicksalsergebenen Seufzen. Seine Schwester indes lag schlafend wie ein Stein auf dem Bett, und wir beschlossen, ihr einen Zettel mit den nötigsten Informationen dazulassen. Selbst wenn wir sie wach bekommen hätten, wäre sie gerade nicht in der Verfassung gewesen, uns zu begleiten. Die Hypnose hatte sie tatsächlich vollkommen ausgeknockt.

Jetzt brettern wir mit halsbrecherischer Geschwindigkeit über die verlassenen Seitenstraßen im Wald in Richtung Tivoli, um von dort aus über die Autobahn nach Neapel zu fahren. Geistesgegenwärtig habe ich mir vor der Fahrt noch eine Jacke geschnappt, worüber ich jetzt heilfroh bin. Die Sonne hat es noch immer nicht ganz über die waldigen Hügelkuppen geschafft, und es ist nach wie vor empfindlich kühl.

Santo meinte, wir würden mit dem Motorrad etwa zwei Stunden brauchen, bis wir den Vesuv erreichen. Möglicherweise sogar noch weniger, wenn die Straßen so früh am Morgen leer bleiben und sich in Richtung Osten keine größeren Schäden des Erdbebens zeigen. Über das Headset in den Helmen spreche ich mit Santo, um herauszufinden, wie er das Beben in Rom erlebt hat.

»Nicht annähernd so heftig, wie es rund um den Vesuv gewesen sein muss, aber es hat mehr Schäden angerichtet als hier. Ein paar umgestürzte Bäume, Zierelemente von Gebäudefassaden sind abgebröckelt und so was.«

Er zuckt mit den Schultern, aber ich beiße mir beunruhigt auf die Unterlippe. Je weiter wir Tivoli hinter uns lassen, desto deutlicher sehe ich selbst die Spuren des Bebens. Für diese Uhrzeit sind ungewöhnlich viele Autos unterwegs. Zum Glück nur vereinzelte Krankenwagen, aber viele Einsatzfahrzeuge der Polizei und Feuerwehr. Sie sind damit beschäftigt, Schutt von den Straßen zu räumen, Gefahrenstellen abzusperren und Leuten zu helfen, in deren Häuser größere Schäden aufgetreten sind.

Auf der Autobahn wird es ruhiger, und der Motor unter mir grollt wie eine Raubkatze, die endlich ihr volles Potenzial ausschöpfen kann. Wir rasen einem atemberaubenden

Sonnenaufgang aus rosaroten und orangenen Schlieren entgegen, und mit jedem Kilometer, den wir uns dem Vesuv nähern, dröhnt mir der Herzschlag schmerzhafter in der Brust.

Ein irritierendes Déjà-vu-Gefühl überkommt mich. Als wäre ich schon einmal so schnell wie irgend möglich in diese Richtung geeilt. Eine ganze Weile zermartere ich mir das Hirn, aber meine Erinnerungen geben nicht mehr preis.

Keine zehn Minuten scheinen vergangen zu sein, als wir die Ausläufer von Neapel erreichen. Santo nimmt eine Route, die uns um die Stadt herumführt, damit wir nicht im hektischen Treiben der Metropole im Schatten des Vesuv stecken bleiben.

Denn bei allen Göttern: Der Vulkan, der seit geraumer Zeit als gewaltiger Berg am Horizont zu sehen ist, befindet sich in unmittelbarer Nähe von Neapel.

Das Erdbeben muss die Stadt gewaltig durchgeschüttelt haben, aber offenbar versetzt es die Leute hier nicht annähernd so sehr in Aufregung wie im Umland von Rom. Wahrscheinlich sind sie das seit Jahrhunderten gewohnt. Und niemand vermutet, was tatsächlich vor sich geht.

»Meinst du, der Vesuv bricht wirklich aus, wenn sie Marcellus befreien?«, frage ich Santo.

Unter meinen Händen, mit denen ich mich an ihm festklammere, spüre ich, wie sich seine Muskeln anspannen. »Ich hoffe nicht. Schwer vorstellbar, dass er unten in den Magmakammern geruht hat. Geschweige denn, wie die Immortali dort hingelangen wollen, ohne zu schmelzen wie Butter in der Sonne.«

Die Vorstellung, dass die Immortali einfach von dem Vulkan verschluckt werden, ehe sie ihr Vorhaben in die Tat umsetzen, zaubert mir ein grimmiges Lächeln auf die Lippen. Trotzdem bete ich, dass wir den Vulkan erreichen, bevor es zu spät ist. Die Vorstellung, dass Marcellus auf die Erde zurückkehren könnte ... Instinktiv spüre ich, dass der Ärger erst richtig losgeht, sobald er zurück ist. Wenn er genauso wenig vergessen hat wie ich, wird er die Jagd auf mich fortsetzen. Schonungsloser und um jeden Preis.

Rechts von uns taucht das Meer auf, aber ich wende den Blick nicht von der näher kommenden Masse des Vesuv ab. Er ist so riesig. Und erweckt den trügerischen Anschein, nicht mehr als ein bewaldeter Berg zu sein, der Neapel und das Umland in seinem Schoß bewacht. Keine potenzielle Killermaschine, die schon einmal ganze Städte unter ihren brennend heißen Massen begraben hat. Die Beklommenheit in meiner Brust zieht sich noch enger zusammen.

»Woher weißt du eigentlich, wohin wir müssen?« Wie gesagt, der Vulkan ist gigantisch, und die Immortali könnten an jedem Winkel von ihm am Werke sein.

»Remo hilft uns.« Santos Stimme knistert in meinen Ohren. »Durch ihn haben wir herausgefunden, wie die Immortali es schaffen, sich vor uns zu verbergen. Sie tragen Hämatit-Anhänger, die sie vor unserem Blick abschirmen. Sie wirken wie ein Schutzschild, und Remo hat seinen Anhänger heute heimlich gegen Onyx ausgetauscht. Er ist bei der Bergungsmission dabei, und ich kann ihn bis hierher spüren.«

Die Frage danach, wie sie Remo so schnell wieder umdrehen konnten, taucht erneut in mir auf. »Ist er zu den Damnati zurückgekehrt? Ich dachte, so was ist nicht möglich.«

»Ist es auch nicht. Aber wir haben seine Schwachstelle gefunden, und er hat sich bereit erklärt, unser Spitzel zu sein.«

Ich frage besser nicht nach, unter welchen Umständen Remo sich *bereit erklärt* hat. Denn etwas anderes fesselt meine Aufmerksamkeit. Angestrengt blinzle ich, den Blick auf die Kuppe des Vulkans gerichtet, wo sich ein paar Schleierwolken sammeln. Aber nicht nur Wolken. Eine dünne Rauchfahne, kaum zu erkennen zwischen dem Dunst, steigt aus dem Krater auf. Aufgeregt boxe ich Santo gegen den Arm.

»Es steigt Rauch auf!«

Das Motorrad gerät leicht ins Schlingern, als er den Kopf herumreist und zum Gipfel des Vesuv starrt.

»*Cazzo!*« Er hat die Maschine schon wieder unter Kontrolle, lässt den Motor aufheulen und überholt in einem waghalsigen Manöver einen Lkw vor uns. Mein Magen zieht sich zusammen, als wir in atemberaubendem Tempo die Straßen entlangrasen, immer auf den Vulkan zu. Ich behalte die Rauchfahne im Blick, die zum Glück nicht größer zu werden scheint.

Endlich erreichen wir den Fuß des Massivs. Die Straßen links und rechts sind von Weinbergen gesäumt, und nur noch ab und an kommen wir an Häusern vorbei. Die Steigung nimmt stetig zu, und ich beginne mich zu fragen, wie weit wir mit dem Motorrad noch vorankommen, als ich es spüre. Der Wind scheint zum Erliegen zu kommen, und die Grashalme am Wegesrand erzittern. Es ist, als würde die Erde selbst tief Luft holen, kurz innehalten und ihren Atem dann in einem markerschütternden Grollen loslassen.

Schlitternd bremst Santo das Motorrad ab, bevor wir stürzen. Die Erschütterungen jagen in intensiven Stößen durch den Boden, die sich schnell zu einem einzigen, ausdauernden Beben verbinden. Der bröckelige Asphalt reißt ächzend auf, und Schutt und Erdklumpen kommen den Hang heruntergerutscht.

Hastig springe ich vom Rücksitz, kauere mich am Seitenstreifen zusammen und beobachte Santo, der auf der Maschine durchgeschüttelt wird. Er gibt es auf, sie parken zu wollen, hechtet stattdessen auf den Grünstreifen neben mich, während sein Motorrad mit einem Rums zur Seite kippt.

Die Erde erzittert indes noch immer, und ein Grollen liegt in der Luft, das alle Härchen auf meinem Körper zu Berge stehen lässt.

»Alles okay bei dir?« Santo zerrt sich den Helm vom Kopf, und sofort kommt sein Blick auf mir zum Liegen. Auch ich nehme den Helm ab und schüttle mein Haar aus.

»Ja, du hast ja rechtzeitig gebremst. Was ist mir dir?«

»Mir geht's gut.« Santo klopft sich Erde und Grünzeug von den Kleidern und schaut dann zu seinem Motorrad. Gequält verzieht er das Gesicht, strafft sich dann aber und wendet sich wieder mir zu.

»Komm, wir müssen weiter.«

Gemeinsam hasten wir den ansteigenden Weg hinauf. Santo scheint genau zu wissen, wohin er muss, und ich folge ihm, auch wenn ich mich etwas mulmig dabei fühle, einen Vulkan zu besteigen, der gerade klar und deutlich verkündet hat, dass er aufgewacht ist.

Bald bricht mir unter der warmen Jacke der Schweiß aus, und mein Brustkorb schmerzt bei jedem Atemzug, als hätte ich richtig übles Seitenstechen. Trotzdem setze ich stur einen Fuß vor den anderen, den Blick fest auf Santos Rücken vor mir geheftet.

»Ich glaube nicht, dass sie am Gipfel sind, ich spüre Remo in unmittelbarer Nähe. Sei bereit«, sagt Santo mit einem Blick über die Schulter. Ich sehe Sorge in seinen Augen, halte aber so entschlossen wie möglich dagegen. Wenn wir beiden die Einzigen sind, die es rechtzeitig hierher schaffen, dann müssen wir alles versuchen, was in unserer Macht steht, um die Immortali aufzuhalten. Auch wenn ich mir bei dem Versuch, Schläge auszuteilen, wahrscheinlich die Hand brechen werde.

Einige Hundert Meter vor uns wird die Straße breiter und endet in einem verlassenen Parkplatz. Hier stellen wohl Touristen ihre Autos ab, bevor sie den Vulkan erklimmen und den Rest des Weges zu Fuß zurücklegen. Es ist noch niemand hier, aber ich bezweifle nicht, dass es bald nur so wimmeln wird von Forschern und Regierungsleuten, die der Rauchfahne und den Erschütterungen vor Ort auf den

Grund gehen wollen. Als ich Santo frage, warum noch niemand hier ist, vermutet er, dass die zuständigen Behörden noch damit beschäftigt sind, die Ergebnisse der Messstellen auszuwerten. Es gibt ein Observatorium, das den Vesuv rund um die Uhr überwacht und sämtliche Daten sammelt.

»Dieses Beben hat keinen natürlichen Ursprung, deswegen werden sie sich schwertun, es einzuordnen«, fährt Santo kurzatmig fort, ohne sein Tempo zu verringern. »Ich wette, sie haben noch keine Ahnung, wie nah sie vor einem Ausbruch stehen. Rauchfahne hin oder her.«

Als wir den Parkplatz erreichen, bleibt Santo stehen und legt mir eine Hand auf die Schulter. Er neigt den Kopf, und ich kann mir vorstellen, dass er gerade das Radargerät in seinem Kopf überprüft, dann zuckt er zusammen. »*Merda!*«

Ich muss nicht nachfragen, woher dieser Ausbruch kommt. Denn der Parkplatz ist nicht länger vollkommen verlassen. Aus Richtung Gipfel kommt eine dunkel gekleidete Gruppe in besorgniserregendem Tempo auf uns zu. Santo versucht, mich hinter sich zu schieben, doch es ist ohnehin zu spät. Sie haben mich gesehen, und ich habe nicht die Absicht, mich hinter Santo zu ducken. Wenn Marcellus tatsächlich bereits befreit ist, werde ich ihm ohne Angst und mit hoch erhobenem Haupt entgegenblicken.

Santo holt sein Handy heraus und flucht erneut. »Die anderen werden nicht schnell genug hier sein, das Beben hat sie aufgehalten.« Hastig tippt er auf dem Display herum, zweifellos mit der Bitte, sich dennoch zu beeilen.

»Komm!« Was auch immer ich für Santo gerade empfinde, ist vollkommen in den Hintergrund getreten, als ich nach seiner Hand greife. »Wir gehen ihnen entgegen.«

Er sträubt sich. »Wir sollten besser zusehen, so viel Abstand wie möglich zwischen uns zu bringen, bis der Rest von uns hier ist. Um sie aufzuhalten, ist es zu spät.«

Ich werfe Santo einen herausfordernden Blick zu. »Du sagst es, es ist zu spät. Aber lieber trete ich ihnen aufrecht entgegen, anstatt das Unvermeidliche hinauszuzögern und mich von ihnen aus einem Versteck zerren zu lassen.«

Santo knirscht mit den Zähnen, umfasst meine Finger aber fester, und gemeinsam treten wir der dunklen Prozession entgegen, die vom Vulkangipfel herunterströmt.

Am Ende des Parkplatzes treffen wir aufeinander, und alles in mir wird vollkommen ruhig.

Zehn kapuzenverhüllte Gestalten stehen Santo und mir gegenüber, vollkommen reglos, und unter keiner ist auch nur die Andeutung eines Gesichts zu erkennen. Keine Ahnung, wer von ihnen Remo ist, geschweige denn Marcellus. Doch ich muss nicht lange warten. Nachdem wir uns einige endlose Momente lang schweigend angestarrt haben, kommt Bewegung in die Gruppe, als eine einzelne Gestalt vortritt.

Das Gefühl von Erkenntnis strömt als eisiges Rinnsal meinen Rücken hinunter, noch bevor die Person die schmutzverkrusteten Hände hebt und die Kapuze zurückschlägt.

Marcellus' Anblick ist ein Schock. Wie nach meiner Bergung sind auch seine unbändigen schwarzen Locken schmutzverkrustet, doch jemand hat bereits die Ascheschicht von seinem Gesicht gewischt. Er sieht noch immer aus wie damals.

Glühende dunkle Augen, überwölbt von geschwungenen Brauen. Die markante lange Nase. Verschwenderisch volle Lippen, die permanent zu einem Schmollmund aufgeworfen scheinen. Das vorspringende runde Kinn mit dem Grübchen und die rasiermesserscharfe Linie seines bartlosen Unterkiefers. Sein Gesicht ist ein düsteres Meisterwerk, geformt aus Stolz und Herablassung, geschliffen von Grausamkeit. Und er erwidert meinen entsetzten Blick mit einem gelassenen Lächeln.

»Sag mir nicht, dass du überrascht bist, mich zu sehen, Anonyma.« Seine Stimme, zusammen mit dem alten Schimpfnamen, wirft mich beinahe von den Füßen. Nur dass ich sie nicht zuletzt in der Antike gehört habe, sondern erst vor Kurzem. In dieser Nacht, um genau zu sein. Und in Nächten davor. Marcellus ist *er*, der Besitzer der grauenerregenden Stimme, die meinen Geist so oft in seine Gefilde gelockt hat, um mich vor Angst erbeben zu lassen. Ich hatte schon direkt nach der Hypnose das eigenartige Gefühl, seine Stimme vor nicht allzu langer Zeit gehört zu haben, aber erst jetzt erkenne ich klar die Verbindung. In meinen Träumen klang Marcellus anders, der Klang seiner Worte war verzerrt von der Furcht, die er in mir ausgelöst hat.

Sein Lächeln vertieft sich. »Ich sehe, du erinnerst dich. Es war schön, dich so oft bei mir zu haben. Wie mir scheint, zieht es dich noch immer zu mir hin.«

Jeder Muskel in meinem Körper versteift sich vor Abscheu, und Santo tritt grollend einen Schritt vor.

»Ah, du.« Marcellus kichert, während er Santo mustert. »Ich muss sagen, es enttäuscht mich immer noch, dass sie dir so bereitwillig gibt, was sie mir selbst immer verweigert hat.« Sein Blick gleitet schamlos über meinen Körper.

Ich höre, wie Santo tief Luft holt. »Ich hätte es wissen müssen, dass ein Aas wie du nicht mit einem gnädigen Tod gesegnet wurde.«

Bevor einer von uns beiden reagieren kann, nickt Marcellus kaum merklich seinen Leuten zu, und sie schwärmen aus. Ich bin so überrascht von diesem Angriff, dass mein Kopf wie leer gefegt ist. Santo nimmt den Kampf mit vier Gegnern gleichzeitig auf, wirbelt herum und tritt um sich, während ich panisch rückwärtsstolpere. Jemand packt mich von hinten, und mein Körper reagiert instinktiv. Ohne Vorwarnung werfe ich meinen Kopf nach zurück und höre ein übles Knacken, als mein Schädel die Nase meines Angreifers zertrümmert. Ein Mann stöhnt, und im nächsten Moment erschlafft der Griff um mich. Mir bleibt keine Zeit, darüber nachzudenken, was ich gerade getan habe. Zwei weitere Männer, die inzwischen ihre Kapuzen zurückgeschlagen haben, nähern sich mir, um mich in die Zange zu nehmen.

Ein rascher Blick zu Santo verrät mir, dass er sich noch immer wacker gegen die Übermacht wehrt, ehe ich mich ducke und auf den richtigen Moment warte, um zuzuschlagen. Einer der beiden Männer, ein riesiger Kerl mit kurz geschorenen Haaren, macht einen Ausfallschritt auf mich zu, und mit der Macht der Verzweiflung trete ich nach ihm. Und treffe mitten in die Weichteile. Aufheulend krümmt er sich zusammen und sackt auf den Boden. Von irgendwo aus dem Getümmel höre ich Marcellus vergnügt lachen, und schon stehe ich dem zweiten Mann gegenüber. In seinem Gesicht breitet sich blanker Hass aus, als er sich auf mich stürzt. Er trifft mich wie eine Naturgewalt. Oder ein Felsbrocken. Egal wie heftig ich versuche, auf ihn einzuschlagen oder ihn zu treten, er lässt nicht locker, sondern schafft es, mir die Arme hinter dem Rücken zu verdrehen, bis er mich vor sich hält wie ein lebendes Schutzschild.

»Hab ich dich, du kleine Schlampe«, raunt er mir ins Ohr, und ich versuche noch einmal, meinen Kopf nach hinten zu donnern. Doch er kommt mir zuvor und packt mich schmerzhaft an den Haaren. Ich kämpfe noch eine Weile gegen seinen Griff, und als meine Kraft schließlich nachlässt, fällt mir auf, wie ruhig es um uns geworden ist. Panisch lasse ich den Blick schweifen, um Santo zu finden, und da ist er. Den anderen ist es nun doch gelungen, ihn zu überwältigen, denn er liegt bäuchlings auf dem Boden, den schweren Stiefel eines Immortalos im Nacken, Arme und Beine von einem anderen fixiert. Mit urtümlicher Befriedigung stelle ich fest, dass sie aus mehreren Wunden bluten.

Marcellus kommt herübergeschlendert und schnalzt mit der Zunge. »Habt ihr euch jetzt ausgetobt, Kinder?«

Weder Santo noch ich tun ihm den Gefallen zu antworten.

Direkt neben Santo bleibt Marcellus stehen. »Dich im Dreck vor mir liegen zu sehen, ist wahrlich ein Bild für die Götter.« Santo murmelt eine Entgegnung, aber ich kann nicht verstehen, was er sagt. Er dreht den Kopf, und ich kann sehen, dass sein Mund voller Blut ist.

Marcellus geht neben ihm in die Hocke. »Ich habe gehört, dass du dich nach dem Tod sehnst, Sanctius. Während ich im Vulkan begraben lag, habe ich deine unendlichen Gebete und Wehklagen gehört. Du hast so vieles bereut, nicht wahr?« Er schüttelt den Kopf und lugt kurz zu mir. »Was würdest du sagen, wenn ich ihn dir nun endlich anbieten könnte? Den Tod.«

Santo versucht den Kopf zu schütteln, und ein Röcheln dringt aus seinem Hals, auf den noch immer der Stiefel drückt.

Was zum Teufel sagt Marcellus da? Wie will er Santo den Tod anbieten?

»Das Gefährliche an Wünschen ist, Sanctius, dass sie eines Tages wahr werden können. Vielleicht hättest du dir besser überlegen sollen, worum du bittest.«

»Lass ihn in Ruhe!«, bricht es aus mir heraus, und ich bebe am ganzen Körper. Das stetige Grollen des Vesuv wandert wie eine Schockwelle meine Beine hinauf, rüttelt an meinen Knochen. Dunkelheit bricht sich tief in meinem Inneren Bahn und steigt mir die Kehle hinauf, bis Tod und Verderben auf meiner Zunge brennen. Ich bin so begierig darauf, Marcellus in die Finger zu kriegen und seine Drohung gegen Santo an ihm selbst wahr werden zu lassen. Es ist das erste Mal, dass ich mich nicht vor der Dunkelheit fürchte, die in mir haust.

Tatsächlich sichere ich mir Marcellus' Aufmerksamkeit, und er erhebt sich von Santos Seite. Unangenehm nahe tritt er an mich heran, doch ich kann nicht ausweichen und muss es zulassen, dass er mit der Hand meine Wange streichelt. Sie ist rau von Staub und Asche und hinterlässt bestimmt eine Spur auf mir. Mein wütendes Zischen spricht von Höllenkratern und Verderben.

Marcellus scheint es indes wenig zu beeindrucken.

»Zugegeben, es wäre verführerisch, ihm den Garaus zu machen«, raunt er laut genug, dass alle ihn hören. »Aber das wäre langweilig. Es gibt etwas, das mir besser gefällt.« Seine Hand schnellt von meiner Wange ans Kinn, und ich ächze, als er schmerzhaft fest die Finger in meinen Kiefer gräbt. Er hebt mein Gesicht an, bis ich ihm in die Augen schaue und das Gefühl habe, dass mich der Griff in meinem Haar, mit dem mich der andere noch immer gepackt hält, jeden Moment skalpiert. Mit tränenden Augen erwidere ich seinen Blick.

»Ich lasse Santo am Leben, in dem Wissen, dass er dich nicht haben kann. So unerreichbar, wie du schon in der Antike für ihn warst und auch danach, während deiner Gefangenschaft – die du vollkommen verdient hast, wenn du mich fragst.«

Obwohl der Schmerz durch meinen Kopf rast, will ich ihn fragen, was er über meine Gefangenschaft weiß. Er war ebenfalls gefangen, in meiner Nähe. Und im Gegensatz zu mir scheint ihn sein Gedächtnis nicht im Stich zu lassen. Ich bin überzeugt, dass er mir mehr über die Umstände erzählen kann, wie wir beide unter den Vulkan kamen. Doch Marcellus wendet sich Santo zu, der unseren Austausch mit blutigem Gesicht und schmerzerfüllten Augen verfolgt.

»Schau sie dir ein letztes Mal an, deine kostbare kleine Sklavin. Denn sie kehrt jetzt dorthin zurück, wo sie schon immer hingehört hat: zu ihrem rechtmäßigen Besitzer.«

Das Entsetzen droht mich zu überwältigen, als mehrere Dinge gleichzeitig passieren: Ein Zittern fährt durch den Boden unter uns, heftiger als die Erdstöße zuvor. Der ganze Vulkan erschaudert, und mit unfehlbarer Gewissheit wird mir klar, dass er jeden Moment ausbricht. Er brodelt, seit Marcellus befreit wurde. Santo stößt einen Schrei voller hilflosem Zorn aus und versucht die Männer abzuschütteln, die ihn auf den Boden drücken und nun dank des Bebens aus dem Gleichgewicht kommen. Währenddessen ertönt über uns in der Luft ein summendes Brausen, das mit jeder Sekunde lauter wird und das dumpfe Poltern des Vesuv übertönt. Zur selben Zeit erreichen drei Geländewagen den Parkplatz und bremsen mit quietschenden Reifen. Ich sehe noch, wie die Türen der Fahrzeuge auffliegen und Leute herausströmen. Unaufhaltsam eilen sie dem zuckenden Asphalt entgegen und überbrücken die Distanz zu uns.

Kurz bin ich erleichtert, als ich Scuro und Adone zu erkennen glaube, zusammen mit einem Dutzend anderer Damnati, doch dann werde ich in Richtung eines Helikopters geschleift, der gerade am Ende des Parkplatzes landet. Der Lärm stammt von den flirrenden Rotorblättern.

Ich wehre mich verbissen, und die Dunkelheit pocht jetzt in mir wie ein zweiter Pulsschlag. In meinem früheren Leben und seit meiner Befreiung ist sie nur in mir hochgekocht, wenn ich mich in gefährlichen Situationen befand oder heftige Emotionen fühlte, und hat sich danach wieder verflüchtigt. Ich spüre genau, wie potent diese Macht ist, und diesmal klammere ich mich an sie. Ich lasse zu, dass sie mich bis in den letzten Winkel füllt und alles in ihre samtige Schwärze taucht. Eine Schwärze, in der ich mich geborgen und wie zu Hause fühle. Meine Gedanken kreisen hektisch darum, wie ich sie einsetzen könnte, um mich und die anderen zu befreien, als etwas anderes meine Aufmerksamkeit erregt.

Noch immer wankt die Erde, und ich merke, dass der Ausbruch des Vulkans nur noch Augenblicke entfernt ist. Seine Kraft fußt genau wie meine in den finstersten Tiefen der Erde. Wir sind uns ähnlich, und deswegen versuche ich auf ihn einzuwirken. Fast fühlt es sich so an, als hätte er ein tief schlummerndes Bewusstsein. Ich weiß, dass ich den Ausbruch nicht mehr verhindern kann, aber ich könnte ihn abschwächen. So weit zumindest, dass alle hier Anwesenden und auch ganz Neapel nicht unter einer gewaltigen Eruption begraben werden. Ohne genau zu wissen, was ich tue, lasse ich die knisternde Dunkelheit aus mir herausfließen, bis sie tief in die aufgeworfene Erde dringt und das aufgepeitschte Herz des Vulkans einhüllt.

In meinem Hinterkopf höre ich eine vertraute, tiefe Stimme murmeln, deren Worte ich nicht verstehe. Doch ich weiß, dass sie mich unterstützt, so wie sie mich schon beschützt hat, als ich Marcellus auf meinen Geistwanderungen begegnet bin.

Ich bin so konzentriert auf mein Vorhaben, dass ich nichts mehr von dem mitbekomme, was um mich herum passiert. Wir haben den Helikopter erreicht, und blinzelnd vertreibe ich den schwarzen Schleier vor meinen Augen. Marcellus' Gesicht taucht genau vor meinem auf, und er bedenkt mich mit einem zähnefletschenden Grinsen.

»Wie nobel von dir.« Er wirft einen raschen Blick hinter sich, wo Immortali und Damnati einander bekämpfen. »Benutzt dein Erbe, um Vulcanus' Brut zu besänftigen, anstatt deine eigene Haut zu retten. Du hast noch viel zu lernen. Dein Papi wird nicht erfreut sein, dass du ihn um so viele Seelen gebracht hast.«

Ich habe nicht den blassesten Schimmer, wovon er da redet. Mein Vater? Ich habe keinen Vater, und von welchem Erbe spricht er genau?

Bevor ich die Gelegenheit bekomme nachzufragen, macht Marcellus eine auffordernde Geste mit dem Kopf zu dem Kerl, der mich gepackt hält. Es ist, als hätte er in diesem Moment die Geräusche, die ich nur noch dumpf wahrgenommen habe, wieder laut gestellt.

Santos Schreie übertönen das Kampfgetümmel und dröhnen mir in den Ohren, während sich die Kabinentür des Hubschraubers von innen öffnet und ich wie ein Sack Kartoffeln hineingeworfen werde. Ich schlage hart auf dem Aluminiumboden auf, richte mich aber sofort auf alle viere auf. Fünfzig Meter entfernt hat Santo es gerade geschafft, seine Angreifer abzuschütteln, und sprintet mit tödlicher Entschlossenheit auf uns zu. Ich krieche über den Boden zu der Tür des Helis, eine Hand nach ihm ausgestreckt. Da packt mich Marcellus mit einer Geste hinten am Nacken, die mir nur allzu vertraut ist. Er steht über mir, wie der Herr, der seinen ungehorsamen Hund züchtigt.

Bevor Santo den Helikopter erreichen kann, geht ein Ruck durch die Maschine, und sie erhebt sich in die Luft. Durch die noch immer offene Kabinentür starre ich zu Santo hinunter, der stetig kleiner wird, je höher wir steigen. Sein Name erstirbt auf meinen Lippen.

Der Krater des Vesuv taucht unter uns auf. Gigantische Risse brechen die kegelförmige Caldera auf, und gewaltige graue Aschewolken steigen auf. Der Anblick trifft mich wie ein Schwall Eiswasser. Ich habe es nicht geschafft, den Ausbruch aufzuhalten.

O Götter, es passiert tatsächlich. Er bricht aus, und wenn Santo und die anderen nicht sofort verschwinden, begräbt der Vulkan sie unter sich.

Marcellus beugt sich über mich, bis sein heißer, feuchter Atem mein Ohr streift. »Willkommen zurück zu Hause, *Serva*!«

Danksagung

Das allergrößte Dankeschön an den Piper Verlag und das Team von Piper.Digital. Danke, dass ihr Infinitas sofort eine Chance gegeben habt, auch, als es noch »Wir wollen alle sterben« hieß (wer es bis hierher geschafft hat kann sich vielleicht denken, woher mein etwas schnodderiger Arbeitstitel kam).

Mein besonderer Dank gilt an dieser Stelle meiner wunderbaren Lektorin Elke Hittinger, die mir immer mit Rat und Tat zur Seite steht und mich verlässlich bremst, wenn die Kitsch-Queen mit mir durchgeht.

Ebenso danke an Uwe Raum-Deinzer, der diesem Buch sprachlich und historisch sehr versiert den letzten Schliff verpasst hat.

Ein Buch schreibt sich nicht allein und ohne die Unterstützung all der tollen Menschen in meinem Leben, hätte ich es auch diesmal nicht geschafft.

Allen voran meine Eltern. Danke Mama und Papa, dass ihr immer für mich da seid und an meinen Traum glaubt. Ohne euren Rückhalt hätte ich schon so oft den Kopf in den Sand gesteckt. Ihr seid die Besten, für immer!

Ebenso meine Familie, die mit so viel Begeisterung dabei ist. Ich liebe euch sehr!

Ein nahtloser Übergang von Familie zu meiner besten Freundin (denn ehrlich, genau so ist es doch). Danke Pati, für deine Geduld, Begeisterung und Kampfbereitschaft, mit der du mich unterstützt. Für's gelegentliche »In den Hintern treten« und einfach die Tatsache, dass du meine Freundin bist.

Genauso wie Giusi und Marina! Die besten Freundinnen, die ich mir wünschen könnte. Euer Rückhalt und eure Begeisterung bedeutet mir so viel und ich bin sehr dankbar euch zu haben.

Anika. Danke für deine Freundschaft, unsere Telefonate, die immer ein bisschen ausarten und deine Unterstützung, auf die ich immer zählen kann. Du bist die Beste!

Unendliche Dankbarkeit auch für meine Schreibmädels Sarah, Julia und Bianca. Ohne euch und unseren täglichen Austausch wäre ich schon unendlich oft verzweifelt. Danke, dass ihr nicht nur Kolleginnen, sondern auch meine liebsten Freundinnen seid. Ich hab euch sehr sehr lieb.

Und an alle Leser*innen: Adone gehört leider schon Julia, sie hat ihn als erste beansprucht. Es tut mir sehr leid.

Ein riesiges Dankeschön auch an meine Testleserinnen Franzi und Lena. Danke für eure Zeit, die wertvollen Anmerkungen und die Liebe, mit der ihr auch dieses Projekt von Anfang an begleitet und verbessert habt. Unsere Zusammenarbeit bedeutet mir unglaublich viel!

Außerdem danke an E'Kathi, Anne, Katharina, Mandana, meine Gospel-Mädels, Ludwig und Luise und alle anderen, die ich nicht namentlich nennen kann, weil das wirklich den Rahmen sprengen würde. Danke, dass es euch gibt!

Und an meine Leserinnen und Leser. Von Herzen danke, dass ihr meine Bücher lest und sie in euer Herz geschlossen habt. Ohne euch wäre das alles nicht möglich. Danke für eure Nachrichten, Beiträge, Rezensionen und Empfehlungen. Das bedeutet mir die Welt!

Ich hoffe, dass ihr bereit für den zweiten Teil von Aliquas und Santos Geschichte seid. Es gibt da einige Geheimnisse, die noch gelüftet werden müssen ...

Eine Reise durch die Zeit, die alles verändert

Marina Neumeier

Aquarius – Herz über Kopf durch die Zeit

Roman

Piper Taschenbuch, 404 Seiten
€ 18,00 [D], € 18,50 [A]*
ISBN 978-3-492-50348-8

Rosalies Leben ändert sich schlagartig, als sie im Haus ihres Professors auf eine Gemäldesammlung stößt. Denn als sie eines der Bilder berührt, findet sie sich in Florenz wieder. Im Jahr 1480. Von diesem Moment an ist nichts mehr wie es war und Rosalie wird hineingezogen in einen Wettlauf gegen die Zeit: Jemand hat die Vergangenheit verändert und sie muss im Florenz der Renaissance das Leben eines wichtigen Mannes retten. Leider wird sie dabei von dem arroganten Leo begleitet.